U0076079

史蒂芬金選

Stephen King

STEPHEN KING 黃意然｜譯

史蒂芬·金

【導讀】

恐懼的召喚——金毒上癮者的告白

【影評人】楊元鈴

我承認，我中了「金毒」，史蒂芬・金的毒，而且癮頭很深。這當然不是某種新出品的金非他命、或金牌威士忌，但比起煙癮、酗酒、毒品，史蒂芬・金所創造出的閱讀／毒功力，對許多像我這樣的書迷而言，影響力更是無遠弗屆，毒性更深之入骨、更無從戒除。

被譽為恐怖小說之王、類型文學大師的史蒂芬・金，從一九七四年第一部長篇小說《魔女嘉莉》（Carrie）問世以來，史蒂芬・金可以說是成為恐怖小說的代名詞，他那枝像是帶有魔力的筆，徹底挖出了現代人心底的幽陰恐懼，小自家中結滿蛛網的儲藏櫃角落、大至一望無際的美國中西部玉米田，或近如鄰家男孩的高中生恩怨、遠如未來的科技新可能……透過史蒂芬・金的引領，總是讓人輕易地跨過了理性的界線，穿透現實的安全表象，走進意識、潛意識、靈魂的底層，在那裡，恐懼無處無時不在。

我們到底為什麼會害怕？更精確一點來看，究竟的史蒂芬・金的小說為什麼可以勾動這麼深刻的懼怕？衣櫃的暗處、床架的底下、大霧的公路、超市或玉米田的小屋，所有史蒂芬・金筆下的場景，其實都來自日常生活，美國中西部的田園風光，純樸小鎮的小人物生活，史蒂芬・金用所有看似平凡無奇的小確幸生活，喚起了讀者對於生活的熟悉與感知之後，再一刀劃開安全的薄膜，瞬間將人推入靈魂底層的恐懼深淵。

大家都說「人如其食（You are what you eat）」，但讀過史蒂芬・金的作品就會發現，其實應該是「人如其懼（You are what you fear.）」更符合現代人的狀態。根據精神分析學家克麗斯蒂娃（Julia Kristeva）的說法，恐懼是一種卑賤情境的召喚，是既非主體亦非客體的「某個東西」，它不斷地重新現身，讓人臉色蒼白、令人作嘔，又教人著迷。恐懼讓我們變成一直不願面對的真相，那藏在心底最醜怪的，就是自己。一切恐懼的根源，都還是得溯源回到心理層面的精神核心，讀史蒂芬・金的小說也是最好的例證。在閱讀的過程中，我們一方面進入了看似安全的平凡生活或感性回憶中，但卻又隨著恐怖書寫的開展，召喚了心底那頭名為恐懼的怪獸，一任自我的狀態被改變。我們不再是有生命的、崇高的萬物之靈，從來沒有所謂的人的主體，只不過是某種卑賤、扭曲、齷齪、無生命的物件，殺人魔獵殺的玩物、吸血鬼品嘗的佳釀……這種主體性的扭曲甚至泯滅，正是史蒂芬・金一筆見血道破的，讓現實中的怪物和惡靈現身，讓恐怖與現實生活直接對話，用最自然平靜的方式刺穿種種信仰、道德的保護傘，看見骨子裡最怵目驚心、不忍卒睹的血漿、殘骸與鬼影。就像他在本書前言所提到，當你看著自己的臉，卻成了血肉模糊、佈滿小眼睛的妖魔，是不是真的有怪獸，真的已經不重要，因為你的存在早已被這無以名狀的一切所吞噬。

史蒂芬・金在這本原名《玉米田的孩子》的最早短篇集結裡，可以說是比長篇更精準的剖析、透視了恐懼的形貌。可能也因為是短篇，所以不管是題材、類型、敘事、文體各方面，都展現了精彩絕妙的書寫技巧與探討面向。〈耶路撒冷地〉以書信對話的形式，彷彿向「吸血鬼」經典致敬，不直接鋪陳情節，卻在一封一封狀態與心情的回報中，呈現了更具心理張力的懸疑性；〈燙衣機〉則宛如八卦流言或報導整理，直白的事件和證據描述，卻更身歷其境的勾勒再現了恐懼的溫度與氣味；〈戒菸公司〉像是使用者代言的廣告推薦，將戒菸與身體、情感和欲望巧妙連結，乍看幽默莞爾、卻又讓人不寒而慄。當然還有〈櫃魔〉、〈草莓之春〉，明明只是日常生活經驗的敘述，若是發展成迪士尼動畫，或許就成了《怪獸電力公司》、《冰雪奇緣》，但恐懼之獸一旦被喚醒，讀完後半夜睡覺絕不敢關燈、絕不開衣櫃門或腳伸出被子，當然也絕不在大霧之夜外出耍浪漫。

除了書寫上的功力，書中許多篇也都成為知名的好萊塢恐怖系列，《玉米田的孩子》一連拍了五、六部續集，成為邪魔孩童恐怖次類型的重要代表；〈夜班〉裡的飛天食人魔，先改編成《惡夜嚇破膽》（Night Flier），後來更發展成《鬼擋路》（Jeepers Creepers）系列；而〈有時候，他們會回來〉則在一九九一年拍攝成同名長片，早在當時就對於高中校園的青少年霸凌，提出深刻討論，透過恐怖元素的轉化，成為另一種自我心魔的成長對抗探索。

這次以《有時候，他們會回來》重新翻譯校訂印行，新書名其實更貼切地回應了史蒂芬．金的創作精髓。或許有人會說：一旦死了，還有什麼需要忍受的呢？但問題就出在那結束之前的中間狀態，卡住，動彈不得，而在史蒂芬．金的文字裡，我們也跟著人物、情節、情感和想像力的不斷氤氳蔓延，看見了那頭房間裡的粉紅恐懼之象，誰都看得到、誰都不敢說，卻在史蒂芬．金的文字召喚中，一再回來、從未真正離開。

所以，來吧，讓我們來嗑金毒，回到金大師最早、也最核心的一本，看看恐懼最開始的樣貌。

他們都為大師喝采！

史蒂芬・金就像一個心理療癒師，他的小說集《有時候，他們會回來》描述了隱身在大自然、外在環境，以及科技文明當中的種種恐懼。如果恐懼無法被了解，我們就無法克服它。史蒂芬・金的作品，釋放了我們內化的焦慮與恐懼。

——作家・影評人／但唐謨

如果把史蒂芬・金的長篇小說比喻成一頓需要時間、全程細細品嘗的法式饗宴，集合了數十個短篇小說的《有時候，他們會回來》就像是一趟充滿驚喜的夜市美食之旅，每一攤（篇）都風味迥異，但只需淺嚐幾口，就能讓人大呼過癮。

——史蒂芬・金網站站長／林尚威

直接使用恐怖、怪異、荒誕、詭異、驚悚，來形容史蒂芬・金的故事，是薄弱不足的。這本短篇小說集，完全抵達了「令人感覺到⋯」如此高度上的感知基礎。

——小說家、FHM總編輯／高翊峰

你手上的這本《有時候，他們會回來》，堪稱史蒂芬・金的短篇集中最為經典的一本，更是好萊塢始終取之不盡的恐怖題材之源。

——城堡岩小鎮家族創立人／劉韋廷

史蒂芬・金建立了一個文學流派，把平常人置入最駭人的情境中……他總能將不可能發生的事寫得異常可怕，讓你忍不住想去檢查大門的門鎖。

——波士頓環球報

史蒂芬・金會將你抓進他的網裡，觸及你毫無抵抗力的內心深處。

——辛辛那提詢問報

怪誕恐怖……應該會讓許多人打從心底升起一股寒意。

——芝加哥論壇報

無與倫比的想像力！

——觀察家報

說故事大師！

——洛杉磯時報

【引言】

該死的，是故事啊！

【美國推理大師】約翰・麥唐諾

我在宴會上（可能的話我都避免參加）經常遇到有些人笑容滿面地跟我握手，接著，露出一副愉快共謀的神態，對我說：「你知道嗎？我一直想要寫作。」

我以前都盡量客氣地回應。

現在我以同樣興高采烈的激動回答：「你知道嗎？我一直想當個腦外科醫生呢！」

他們一臉困惑。那無所謂。反正近來有很多茫然不解的人到處閒晃。

如果你想寫，你就寫吧。

學習寫作的唯一方法就是不斷地寫。但這招對腦科手術並不管用。

史蒂芬・金向來想要寫作，因此他持續不斷地寫。

他寫了《魔女嘉莉》、《撒冷地》、《鬼店》，和你能在本書中讀到的精采短篇故事，以及數量驚人的其他故事、作品集、斷簡殘篇、詩、散文及其他無法歸類的作品，其中多數因為太拙劣而從未出版。

因為這正是寫作的途徑。

因為沒有別條路可走。別無他法。

強制性的勤勉差不多足夠。但是尚不完全。你必須愛好文字到貪婪的程度。你得想在文字中打滾。必須閱讀他人所寫的數以百萬的文字。

你以難以忍受的羨慕或令人厭煩的輕蔑閱讀每篇文章。

你保留最強烈的輕蔑給那些用唬人的長字、德文的句子結構、扎眼的符號，以及毫無道理的故事、節奏，或角色來隱藏無能的人。

然後你得開始充分了解自己，透徹到你開始理解其他人。我們能在遇到的每個人身上找到部分的自己。

好吧，那接下來呢？驚人的勤奮，加上對文字的愛，再加上同理心，從中可以辛辛苦苦地產生些許客觀。

永遠沒有完全的客觀。

在這脆弱的時刻，我正用我的藍色機器打出這些字，在引言的第二頁由上算下來七行，清楚地知道自己在尋找的特色和意義，卻絲毫不確定是否找到了。

進入文壇的時間比史蒂芬・金長兩倍，我對自己的作品比他對他自己的多了一點客觀。

達到客觀的過程是如此的痛苦而緩慢。

你讓書誕生到世上，非常困難擺脫掉書的脾性。書是糾結的孩子，儘管承受了你強加的天生缺陷，依舊想要走自己的路。我願意付出重金以換他們全部回家，再替每一本最後好好地修改一番。一頁一頁地。挖掘和清理，擦拭與磨光。梳理打扮。

史蒂芬・金三十歲就是個優秀的作家，遠比我在三十歲，或四十歲時還要出色。

為此我有資格稍微討厭他。

我想我知道有十幾個惡魔躲藏在他的小徑通往的矮樹叢中，就算我有辦法警告他，也無濟於事。他得勝過它們，否則就會被它們打敗。

道理就是如此簡單。

到目前為止，我們全都一致嗎？

勤奮、對文字的慾望，與漸增的客觀相當的同理心，然後呢？

故事啊，故事。該死的，是故事啊！

故事是發生在某個人身上牽引你感興趣的事。可能發生在任何層次，無論是肉體、心理，或精神上，也可能是在這些層次的組合中。

沒有作者侵入。

作者侵入的情況是：「天啊！媽媽，看我寫得多好！」

另一種侵入是詭異。這句是我最喜歡的例子之一，從去年的大暢銷書中摘錄出來：「他的目光溜下她的禮服前面。」

作者侵入是寫出非常不恰當的語句，讓讀者忽然意識到他正在閱讀，立刻從故事抽離。他被嚇到退出故事。

還有一種作者侵入是在故事中嵌入迷你的說教。這是我最難忍受的缺點之一。

一個影像可以處理得很巧妙，令人意想不到，而不會破壞讓讀者入迷的氣氛。在本書那篇名為〈卡車〉的故事中，史蒂芬・金寫了一幕在卡車休息站等待的緊張場景，描述那人：「他是個推銷員，始終將展示用的手提箱緊抱在身邊，好像一隻睡著的寵物犬。」

我覺得這句寫得很好。

在另一篇故事中他顯示了他敏銳的聽覺，能賦予對白精確、忠實的語調。一個男人和他妻子

在長途旅行。他們開在鄉間僻徑上。她說：「對，伯特。我曉得我們在內布拉斯加，伯特。可是我們見鬼的到底在哪裡？」他說：「妳手邊有道路圖啊。查一下。還是說妳看不懂？」

很棒！看起來十分簡單，就像腦部手術一樣，刀子鋒利。你好好拿著。割下去。

現在冒著當個反對崇拜偶像的人的風險，我得說我不會無聊地高聲歡呼史蒂芬‧金選擇寫作的領域。他目前喜歡寫鬼魂、咒語和地窖裡滑行的怪物方面的作品，我覺得這是有關這位任何人都能欣賞的作家最不重要且最無用的事實。

本書中有許多滑行的怪物，還有一台發狂的燙衣機纏著我，它也會糾纏住你，另外還有令人信服的邪惡孩童足以在二月的任一個星期天擠滿迪士尼樂園，但最重要的還是故事。

引人感興趣的故事。

注意這點，兩個最難寫的領域是幽默和玄學。在笨拙的作家手中幽默會轉為哀歌，玄學會變成笑話。

不過一旦你懂得訣竅，你就能寫任何領域的作品。

史蒂芬‧金不會將自己侷限在他目前強烈感興趣的範疇。

在這本書中最能引起共鳴和感動的其中一個故事是〈梯子的最後一階〉一篇珍寶。既沒有窸窣聲也沒有其他異世界的生命在裡頭。

最終的話。

他寫作並非為了取悅你。他寫作是為了讓他自己高興。我寫作也是為了讓我自己感到高興。當這點達成時，你也會喜歡這篇作品。這些故事令史蒂芬‧金高興，也取悅了我。

十分奇妙湊巧的是，在我寫這篇文章的當天，史蒂芬‧金的小說《鬼店》和我的小說《公寓》兩本都在暢銷排行榜上。我們並沒有互相爭奪你的注意力。我想，我們的競爭對象是拙劣、做作、譁眾取寵的書，由一些家喻戶曉的人物所出版，那些人從來沒真正費心去學習他們的技能。

在牽涉到故事、關係到愉悅的範圍內，還沒有足夠的史蒂芬•金可滿足需求。

假如你讀了這整篇文章，我希望你有充足的時間讀讀這些故事。

*約翰•麥唐納（John D. MacDonald，1916-1986），以「私探查維斯・麥基」系列聞名，勞倫斯・卜洛克強力推薦的頹廢私探推理作家。曾榮獲美國偵探作家協會授予最高獎項「大師獎」及美國作家的最高榮譽之一「國家圖書獎」。

【序言】

讓我們來談談恐懼

史蒂芬・金

我們來談談吧，就你和我。我們來談談恐懼。

我在寫這篇文章時屋子裡空無一人；外頭下著冰冷的二月雨。夜晚有時候當風如此刻意這般吹著的時候，我們會失去了力量。但是目前力量還在，所以讓我們非常坦誠地來談論恐懼吧。讓我們非常理性地談論到達瘋狂的邊緣……或許甚至超過了界限。

我的名字是史蒂芬・金。我是個成年男子，家有太太和三個孩子。我愛他們，我相信這種感情是互相的。我的工作是寫作，這是我非常喜愛的工作。我出版過的小說，《魔女嘉莉》、《撒冷地》和《鬼店》都夠成功，因此我可以全職寫作，能夠全心寫作是件非常愉快的事。在我生命中的這個時間點，我似乎身體還算健康。去年，我將十八歲以來就一直抽的無濾嘴牌子改成低尼古丁、低焦油的品牌，我仍希望能夠完全戒除。我的家人和我住在緬因州相對較無污染的湖邊一棟舒適房子裡；去年秋天有天早晨我醒來，看見一頭鹿站在後院草坪的野餐桌旁。我們擁有美好的生活。

不過……我們還是來談談恐懼吧。我們不提高音量，也不放聲尖叫；我們要理性地談，就你和我。我們來談一下事物的完好結構有時會因為令人震驚的意外而崩散的情況。

夜裡，我上床時仍然盡力確保雙腿在燈熄滅後蓋在毯子底下。我不再是個孩子，但……我不喜歡睡覺時一條腿露出來。因為要是一隻冰涼的手從床下伸出來抓住我的腳踝，我可能會驚叫。

對，我可能會尖叫喚醒了死者。當然，那種事不會發生，我們全都知道。在接下來的故事中你會遭遇到形形色色的夜間怪物：吸血鬼、魔鬼情人、住在衣櫃裡的妖怪，各種各樣的其他恐怖的東西。它們沒有一個是真實的。躲在我床下等著抓我腳踝的東西也不是真的。我很清楚，我也知道只要我小心謹慎地一直把腳蓋在被子底下，它就永遠無法抓住我的腳踝。

有時候我在對寫作或對文學有興趣的人群前面演講，在問答時間結束前，總是有人會站起來提出這個問題：你為什麼選擇寫這麼可怕的題材？

我通常會回以另一個問題：你為什麼假設我有得選擇？

寫作是種能抓到什麼就抓什麼的職業。我們每個人的腦袋似乎都配備著濾網，所有的濾網都有不同的尺寸和網眼。我的濾網捕捉到的東西可能會直接流過你的。你的濾網所抓到的可能通過我的，毫不費力地。我們每個人似乎都有天生的義務要篩選陷入我們各自腦袋濾網中的沉澱物，我們從中找到的東西通常可發展成某種副業。會計師可能也是攝影師；天文學家可能收集錢幣；學校老師可能用炭筆拓印墓碑。腦袋濾網所捕捉到的沉澱物，那些拒絕通過的材料，經常變成每個人私下的癡迷。在文明社會，我們有默契地稱這種癡迷為「嗜好」。

有時嗜好能變成全職的工作。會計師可能發覺他能依靠照相賺足夠的錢來養家；學校老師可能成為墓碑拓印的專家，夠格到處巡迴演說。另外有些專業一開始是嗜好，即使在從業者能夠靠追求嗜好為生後仍舊是嗜好；但是由於「嗜好」是個起伏不定，聽起來很普通的渺小詞彙，因此我們也有個不成文協議，將專業的嗜好稱為「藝術」。

繪畫。雕塑。作曲。歌唱。演戲。彈奏樂器。寫作。光是寫這七個主題的書就足以壓沉一整隊的豪華郵輪。而我們對於這些主題似乎唯一能意見一致的是：那些真誠從事這些藝術工作的人會繼續鑽研，即使他們的努力沒有得到報酬；就算他們的作品受到批評或甚至辱罵；縱使冒著遭監禁或死亡的危險。在我看來，這似乎是相當不錯的癡迷行為的定義。適用在普通的嗜好上，同樣適用於我們稱之為「藝術」的創作嗜好；槍枝收藏家所貼的保險桿貼紙上印著：你要拿走我的槍得先從槍上扳開我死後冰冷的手指；波士頓的近郊，在跨區校車接送的騷動中初次接觸到政治激進主義的家庭主婦，也經常把類似的貼紙：你要把我的孩子帶離鄰近區域先得把我送進監獄貼在她們旅行車的後保險桿上。同樣地，假如明天收集錢幣遭到取締，那位天文學家極有可能不會交出他的鋼製一分硬幣和野牛鎳幣；他會小心地用塑膠布將錢幣包起來，沉到他的馬桶儲水槽的底部，等午夜過後再取出來心滿意足地欣賞。

我們似乎偏離了恐懼的主題，不過我們其實並沒有離得非常遠。在我的排水管網眼上攔截到的沉澱物經常是恐懼的材料，我著迷的是令人毛骨悚然的題材。我寫的任何故事都不是為了追求金錢，雖然其中有些是先賣給雜誌才出現在這裡，我也從來沒有退回未兌現的支票。我也許著魔，但我不是瘋子。不過我再說一次：我不是為了錢才寫這些故事；我寫是因為我正好想寫。我的癡迷有銷路。全世界都有住在牆壁鋪著軟墊的病房裡、運氣不佳的瘋子和瘋女人。

我不是個偉大的藝術家，但我總覺得非寫不可。因此我每天重新篩選沉澱物，仔細翻找丟棄的零星材料，無論是觀察到的，或是記憶中的，抑或是思索所得，努力用這些沒通過濾網、順著排水管進入潛意識裡的材料寫出東西來。

路易斯・拉摩爾，西部小說作家，和我可能兩人都站在科羅拉多州的小池塘邊，我們兩人可能在完全同一時刻想到點子。我們兩人可能都有想要坐下來努力將點子化為文字的衝動。他的故事或許與乾季的用水權有關，我的故事比較可能是從寧靜的水面升起可怕、龐大笨重的怪物，奪走羊隻……馬匹……最終奪走人。路易斯・拉摩爾的「癡迷」是以美國西部的歷史為中心；我比較傾向於星光下滑行的怪物。他寫西部小說；我寫恐怖小說。我們兩人都有點瘋狂。

藝術是擺脫不去的癡狂，而癡迷是危險的，就宛如一把刀在腦袋裡。在某些情況下——我想到狄倫・湯瑪斯，和羅斯・洛克里奇、希薇亞・普拉絲——刀子可能殘忍地轉向揮刀的人。藝術是局部的疾病，通常是良性的——創作的人往往長壽——有時卻是非常惡毒的。你謹慎地使用刀子，因為你知道刀子不在乎砍傷的是誰。假如你有智慧，你會小心翼翼地篩選沉澱物……因為其中有些東西可能沒死。

在解決掉你為何寫那種題材的問題之後，伴隨而來的問題出現了：為什麼讀者看這種東西？這種題材暢銷的原因？問題中夾帶著隱藏的假設，這假設就是有關恐懼、恐怖的故事，是不健康的偏好。寫信給我的人時常在開頭寫著：「我想你會覺得我很奇怪，不過我真的喜歡《撒冷地》」，或「我大概有點病態，不過我欣賞《鬼店》的每一頁……」

我想問題的關鍵也許在《新聞週刊》的一行影評中。那篇影評是評論一部不是非常好的恐怖電影，內容是像這樣：「……對於喜歡減慢速度旁觀車禍的人來說是部精采的電影。」這是相當俐落明快的評語，不過當你停下來仔細思考，這句話適用於所有的恐怖電影和小說。《活死人之夜》，以其可怖的人吃人和弒母場景，肯定是適合喜歡減慢速度旁觀車禍的人觀賞的電影；那《大法師》中小女孩將豌豆湯吐得神父一身都是的場面又如何？布拉姆・史托克的《吸血鬼德古拉》，經常被拿來當作現代恐怖小說比較的基礎（這本書的確當之無愧；這是大膽地隱含佛洛依德分析的精神變態的第一本書），書中描寫一個名叫倫菲爾德的瘋子，他狼吞虎嚥地吃蒼蠅、蜘蛛，最終吃鳥。他把鳥連羽毛全部吃下去，再吐出來。小說中也描寫了年輕可愛的女吸血鬼的刺刑——可以說是，刺穿的儀式——以及一個嬰兒和嬰兒的母親遭到謀殺的場景。

描寫超自然事物的偉大文學作品經常包含相同的「我們放慢速度來看車禍吧」的典型特徵：貝武夫殘殺格蘭德爾的母親；〈告密的心〉的敘事者支解了他罹患白內障的恩人，再將屍塊藏到地板底下；托爾金的魔戒三部曲最後一本中哈比人山姆冷酷地與蜘蛛屍羅決鬥。

有些人會激烈地反對這種思路，主張亨利・詹姆士的《碧廬冤孽》並不是要給我們看一場車禍；他們會宣稱納撒尼爾・霍桑的恐怖故事，比如〈年輕的布朗大爺〉和〈牧師的黑面紗〉也比《吸血鬼德古拉》要更有品味。這是荒謬的想法。這些書仍是在展示車禍給我們看；屍體雖然被搬走了，但我們仍能看見變形的殘骸，觀察到椅套上的血跡。在某種程度上來說，〈牧師的黑面紗〉這類故事普遍欠缺誇張劇情，並且充滿了敏銳，及理性的低調、慎重的風格，甚至比勒伏魁夫的無尾兩棲類畸形怪物，或是愛倫坡的〈陷阱與鐘擺〉中的死刑更為可怕。

事實是——我們大多數的人心裡都明白這點——我們極少數人克制得了不安地偷瞄夜晚高速公路上被警車和道路照明裝置圍住的殘骸。老年人早上拿了報紙就立刻翻到訃聞欄，看他們活得比誰長。當我們聽到丹・布拉克過世，或是弗雷迪・普林茲、珍妮絲・賈普林死去，我們所有人都不自在地愣住半晌。當我們聽到保羅・哈維在收音機裡告訴我們，某個地方小機場有名女子在暴風驟雨中不慎撞上螺旋槳葉片，或是一名男子因為同事絆到了操縱裝置，而在巨大的工業用攪拌機內立即蒸發，我們感到恐懼並且摻雜著一種奇怪的幸災樂禍。無須抨擊這顯而易見的事實；生活中充滿了大大小小恐怖的事物，但因為小得是我們能理解的，因此這些可怕的小事物能以十足的殺傷力深深觸動我們。

我們對袖珍本的恐怖小說的興趣不可否認，但我們本身對這些作品的強烈反感也無可爭辯。

這兩種情緒不自在地混雜在一起，而這混合物的副產品似乎就是罪惡感……這種罪惡感似乎與經常隨同性覺醒出現的罪惡感沒太大差異。

我沒有立場告訴你別感到罪惡，同樣地我也沒必要替我的小說或是隨後的短篇故事辯解。不過我們能觀察到性和恐懼間有趣的相似處。當我們有能力發生性關係的時候，我們對性關係的興趣就覺醒；而性趣，除非有點變態，自然而然地有助於交媾和物種的延續。當我們開始意識到自己無可避免的結局，我們就察覺了恐懼情緒。我想，正如交媾有助於自保，所有的恐懼都有助於理解死亡。

有個古老的寓言故事說，七個瞎子摸到一頭大象的七個不同部位。其中一人認為他抓到一條蛇，一人認為他拿到的是片巨大的棕櫚葉，另一人覺得他在摸一根石柱。當他們匯集在一起，他們判斷他們摸到的是一頭象。

恐懼是導致我們盲目的情緒。我們害怕的東西有多少？我們害怕用濕的手關燈。我們害怕沒先拔插頭就將刀子伸進烤麵包機取出卡住的英式瑪芬。我們擔心健康檢查完畢後醫生可能告訴我們的話；害怕飛機在半空中突然恐怖地傾斜。我們擔憂油可能用完，清淨的空氣會耗盡，還有乾淨的水、美好的生活。當女兒答應在十一點前到家，而現在是十二點十五分，冰霰像乾沙一樣拍打著窗戶，我們坐著假裝在看強尼•卡森的節目，眼睛偶爾瞟向無聲的電話，感覺到那種使我們盲目的情緒，會暗中破壞思考過程的情緒。

嬰兒是無畏無懼的生物，直到他大哭到母親頭一次沒有當場將奶嘴塞進他的嘴巴為止。學步的幼兒很快就發現了甩上的門，燒燙的爐子，伴隨哮吼或麻疹而來的發燒背後生硬、痛苦的真相。孩童很快地學會恐懼；當父母親走進浴室看見他們拿著藥瓶或是安全刮鬍刀，他們從父親或母親的臉上毫不費力地學會懼怕。

恐懼使我們盲目，我們以利己的貪婪好奇心去接觸各種恐懼，想要從上百個片段去拼湊出全貌，就像瞎人摸象一般。

我們察覺到形狀。孩童輕易地領會、遺忘，等成人後再重新學習。形狀在那裡，我們大多數人遲早會了解到那是什麼：那是屍體蓋在被單下的形狀。我們所有的恐懼加總起來變成一個極大的恐懼，我們所有的畏懼是這大恐懼的一環，是一隻手臂、一條腿、一根手指，或一個耳朵。我們害怕被單下的屍體。那是我們的屍體。古往今來，恐怖小說最大的吸引力就在於恐怖小說可充當我們自身死亡的預演。

這個領域從來不曾備受尊重；有很長一段時間愛倫坡和勒伏魁夫唯一的朋友是法國人，他們以某種方式與性和死亡兩者達成協議，此種協議是愛倫坡和勒伏魁夫的美國同胞肯定無法容忍的。美國人忙著鋪設鐵路，愛倫坡和勒伏魁夫死的時候一文不名。托爾金的中土奇幻作品在獲得公開的成功之前，遭到輕率地對待了二十年，而書中經常涉及死亡預演概念的科特・馮內果，面對持續不停的批評聲浪，其中有許多達到歇斯底里的程度。

這或許是因為恐怖小說作者總是帶來壞消息：他說，你快要死了；他告訴你別管歐洛・羅勃茲和他所說的「有好事將會發生在你身上」，因為壞事也快要發生在你身上，可能是癌症，或許是中風，也許是車禍，無論如何就是即將發生。他抓起你的手，包進他自己手中，牽著你進入房間，把你的兩手放在被單下的形體上……叫你摸它這裡……這裡……和這裡……

當然，死亡與恐懼的題材並非恐怖小說作家獨佔的領域。許多所謂的「主流」作家也談論這些主題，並且以形形色色的不同方式——從費奧多爾・杜斯妥也夫斯基的《罪與罰》、愛德華・阿爾比的《誰怕吳爾芙》到羅斯・麥唐諾的劉亞契故事。恐懼向來重要，死亡也一向很重要。這兩者是人類的常數。然而只有描寫恐怖和超自然的作者提供讀者完全認同和宣洩的機會。這類型的作者即使對他們的工作僅有些微的了解，也知道整個恐怖和超自然的領域是介於意識和潛意識間的一種濾網；恐怖小說就像人心靈裡的中央地鐵站，介於我們能安全地深藏心底的藍線，和我們必須想方設法擺脫掉的紅線之間。

當你閱讀恐怖小說時，你並不真的相信你所讀到的東西。你不相信吸血鬼、狼人，及突然發動自行駕駛的魔車。我們全都真的相信的恐怖事物是杜斯妥也夫斯基、阿爾比和麥唐諾所寫的那種內容：憎恨，疏離，得不到愛地成長，靠著青春期搖晃不穩的雙腿蹣跚地走進充滿敵意的世界。在每日的現實世界裡，我們經常就像是喜劇與悲劇的面具，表面咧著嘴笑，內心愁眉苦臉。在內心的某處有個中央的切換點，或許是個變壓器，從兩個面具牽來的電線在此連結。那正是恐怖故事時常觸動人的地方。

恐怖小說作家與威爾斯的食罪人沒太大差別，後者應當藉由分享死者的食物將死者的罪惡承擔在自己的身上。畸形怪物和驚悚的故事是鬆散地裝滿恐懼症的籃子；當作者逝去時，你從籃子取出一個他想像的可怕故事，再放進一個你自己的真實故事——至少暫放一段時間。

過去在一九五〇年代，突然激增了大量的巨蟲電影——《X放射線》、《末日之始》、《致命螳螂》，等等。幾乎毫無例外地，隨著電影劇情發展，我們會發現這些巨大無比的醜惡突變種是在新墨西哥州，或是荒無人煙的太平洋環礁上，原子彈試驗的產物（在比較近期的《驚悚沙灘派對》中，這部可能該加個副標題「沙灘核反應爐再生區大決戰」；犯人是核子反應爐的廢棄物）。總括來說，巨蟲電影塑造一個無可爭辯的典型，反映出整個國家對曼哈頓計畫迎來的新時代感到恐怖、不安的心理狀態。在五〇年代後期，有一段時間流行「青少年」恐怖電影，由《青少年狼人》開始，以一些史詩般的作品達到高潮，如《少年外星人》和《變形怪體》，在片中年輕的史提夫·麥昆在他青少年朋友的協助下與果凍狀突變種奮戰。在那個每本週刊都至少有一篇文章報導青少年犯罪率節節上升的年代，青少年恐怖片顯示出整個國家對即使當時才在醞釀的青年革命相當擔憂；你女兒正在和一個開跑車的呆子交往，因此當你看見麥可・蘭登變成穿著高中運動夾克的狼人時，很容易就將銀幕上的幻想和你自身隱隱浮現的焦慮聯想在一起。對青少年自己而言（我也曾是其中一員，所以根據經驗來談），在租用的美國國際電影公司攝影棚孕育出來的怪獸給了他們一個機會，見識到有人甚至比他們自覺的模樣還要醜陋；幾顆青春痘和《少年科學怪人》中原為高中生的笨拙怪人比起來算什麼？這同一系列的電影也顯示出青少年自己感覺到被長輩不公平地壓迫或貶低，他們覺得父母就是「不了解」電影非常的公式化（正如許多寫出或拍攝出來的恐怖故事一樣），公式表達得最清楚的是整個世代的偏執，這偏執無疑地有些是由他們父母親閱讀的所有文章造成的。電影中，有個可怕的、長疣的恐怖怪物正威脅著埃姆維爾。孩子們知道，因為飛碟降落在情侶小徑附近。在第一卷中，那個長疣的恐怖怪物殺死了貨卡上的老人（老人一貫由小伊萊沙・庫克飾演）。在接下來三卷中，孩子試圖說服他們的長輩，長疣的恐怖怪物真的鬼鬼祟祟地走來走去。「在我用違反宵禁的罪名把你們全關起來之前趕快滾！」埃姆維爾的警察局長咆哮著說，才剛說完怪物就滑到主街上，把四面八方毀成一片廢墟。末了是思維敏捷的孩子們除去了長疣的恐怖怪物，最後他們到當地青少年聚集的場所喝巧克力麥芽奶昔，在片尾字幕放映時配合某個容易遺忘的曲調跳著吉魯巴。在一系列電影中有三次各別的宣洩機會——對於一堆經常在十天內拍攝完成、低預算的史詩片來說算不壞了。有這種效果並非因為作家、製片和導演希望製造這種效果；而是因為恐怖故事最自然地存在意識和潛意識間的接點，在那裡影像和寓意最自然而然地出現，且具有威力最強大的影響。《青少年狼人》和史丹利・庫柏力克的《發條橘子》間，以及《少年變身怪物》和布萊恩・狄・帕瑪的電影《魔女嘉莉》間有一脈的演化。

傑出的恐怖小說幾乎總是含有寓意；有時候寓意是蓄意置入，就像《動物農莊》和《一九八四》，有時候是湊巧——托爾金到處發誓魔多的黑暗魔君並非披著奇幻外衣的希特勒，然而光寫那個含意的論文和學期報告卻層出不窮……或許因為，如巴布・狄倫所說，當你擁有很多刀叉時，你總得切割些東西。

愛德華・阿爾比、史坦貝克、卡繆，和福克納的作品討論了恐懼和死亡，有時候也論及恐怖，不過這些主流作家通常是以比較正常、現實的角度來寫。他們的作品設定在理性世界的框架中；他們的故事是「可能發生的」，他們是在通過外在世界的地鐵線上。另外有其他的作家，例如詹姆斯・喬伊斯和福克納（再度提到），以及像艾略特、希薇亞・普拉絲，和安・賽克斯頓等詩人，他們的作品則是設定在象徵的無意識地帶。他們是在駛進內在景觀的地鐵線上。然而恐怖小說作家幾乎總是在連接兩條線的終點站，最起碼假如他的文章切題的話。當他寫得非常出色時，我們經常有種既非完全睡著也不清醒的怪異感覺，在那種狀態下，時間伸展、偏斜，我們能聽見聲音卻無法辨認出字句或含義，夢似乎十分真實而現實感覺如夢一般。

那是個奇怪美妙的終點站。山宅就在那裡，坐落在列車往兩個方向行駛的地方，門明顯地關上；黃色壁紙房間裡的女人在那兒，在地板上緩慢地爬，頭緊貼在隱約的油漬上；威脅佛羅多和山姆的古墓屍妖也在那邊；還有皮克曼的範本；雪怪；諾曼・貝茲和他可怕的母親。在這終點站沒有清醒或作夢，只有作者的聲音，低沉而理性的，講述事物的完好結構有時會因為令人震驚的意外而崩散的情況。他告訴你你想看車禍，嗯是的，他說得沒錯，你的確想看。電話死寂無聲……老房子的牆後有東西聽起來比老鼠還大……地窖樓梯的底部有動靜。他想要你看見這一切，甚至更多；他希望你把兩手放在被單下的形體上。而你也想把手放在那兒。沒錯。

這些是我覺得恐怖小說會做的事，不過我堅定地深信恐怖故事必須要做另一件事，這件事比其他所有事都要來得重要：恐怖小說必須說個故事能讓讀者或聽眾出神一陣子，迷失在一個以往沒有，永遠也不會有的世界裡。恐怖小說必須像從三人中攔住一人聽他講故事的婚禮賓客一樣。在我當作家的一生中，我始終堅信這個看法，在小說中故事的價值主導著作者技巧的所有其他方面：性格描繪、主題、氣氛，倘若故事枯燥無味，這些全都不值一提。但假如故事吸引你，其他所有的都可以原諒。我最喜歡的一句提及這點的話出自艾德格·萊斯·布洛斯筆下，並非是個世界偉大作家的候選人，而是徹底了解故事價值的人。在《時光遺忘的大地》的第一頁，敘事者發現了瓶中的手稿；小說剩餘的篇幅就是在陳述那手稿。敘事者說：「讀一頁，我就會被遺忘。」這是布洛斯兌現的誓言——許多才能大過他的作家卻沒辦到。

最後，敬愛的讀者，這裡有個讓最堅強的作家氣得咬牙切齒的事實：除了三小群人之外，沒人閱讀作者的序言。例外的有：一、作者的近親（通常是他的妻子和母親）；二、作者委任的代表（和編輯人員及各種無事忙的人），其主要興趣是找出在作者離題的過程中是否有人遭到詆毀；三、那些在作者寫書途中插手幫助過他的人。這些人想知道作者是否得了大頭症，以至於竟然忘了書不是他獨自一人完成的。

其他的讀者有完美正當的理由，覺得作者的前言是令人厭惡的強迫推銷，多達數頁的自我廣告，甚至比平裝書中段擴增的香菸廣告更教人噁心。大多數讀者是來看表演，而不是看舞台監督在腳燈前面鞠躬。重申一次，他們有完美正當的理由。

現在我要離開了。表演即將開始。我們要走進那個房間，觸摸被單下的形體。但是在我離開前，我想花你兩、三分鐘的時間感謝上述的三群人——還有第四群人。請容我說幾句感謝：

感謝我的妻子，塔比莎，我最犀利且最棒的評論家。她覺得作品很好時，她會直接說；當她覺得我犯了錯，她會儘可能親切和藹地糾正我。謝謝我的孩子，娜歐蜜、喬，及歐文，他們總是非常體諒他們的父親在樓下房間的奇怪舉動。還要感謝我的母親，她在一九七三年過世了，我要把本書獻給她。她持續、堅定地鼓勵我，似乎總能找到四十或五十分的硬幣買必須貼郵票的回郵信封，而且在我「有所突破」時沒有人，包括我自己在內，比她更高興。

在第二群人中，我要特別感謝我的編輯，雙日出版公司的威廉·G·湯普森，他非常有耐心地與我共事，始終興致勃勃地忍受我每日的電話，他在幾年前友善地對待一個沒有憑證的年輕作家，並從那時起就一直支持著那個作家。

在第三群人中，我要感謝的是最先買我作品的人：羅伯特·A·W·隆德斯先生，他購買了我有史以來賣出的頭兩個故事；杜甄特出版公司的道格拉斯·艾倫先生和奈伊·威爾登先生，早在從前我經濟拮据，有時候得靠支票及時到來以避免電力公司委婉稱為「暫停服務」的窘境的年代，他們就買了許多寫給《騎士》和《紳士》雜誌的作品；感謝新美國文庫出版社的伊蓮·蓋格、赫伯特·史諾，和卡洛琳·史壯伯格；謝謝《閣樓》雜誌的傑拉德·范·德·盧恩和《柯夢波丹》的哈里斯·狄恩斯費瑞。感謝你們所有的人。

最後還有一群人我想要感謝，那就是每一位曾經解囊購買我寫的作品的讀者。在許多層面上，這是你們的書，因為沒有你們這本書肯定永遠無法出版。所以謝謝你們。

我所在的地方，天色仍黑且下著雨。儘管如此我們有個美好的夜晚。我想給你看一個東西，一個我想要你去觸摸的東西。就在離這裡不遠的房間內——事實上，幾乎近在下一頁。

我們走吧？

緬因州，布里奇頓

一九七七年，二月二十七日

contents

耶路撒冷地

一八五〇年，十月二日

親愛的伯恩斯：

搭乘那糟糕透頂的長途汽車害我每根骨頭都在痛，膨脹的膀胱也急需解放，所以一踏入查波威特這裡寒冷、透風的門廳，看到以你獨樹一格的潦草筆跡所書寫的信件，就擱在門邊粗俗的櫻桃木小桌上，是多麼愉快的事啊！放心等我照料完身體的需求（在裝飾得冷冰冰的樓下盥洗室裡，我能看見自己呼出的氣在眼前升起），馬上開始認真解讀。

我很高興聽說你已除去長期積在你肺部的瘴氣恢復健康，不過我向你保證，我確實同情你因治療方法所陷入的道德兩難的處境。一個患病的廢奴主義者居然仰賴奴隸遍佈的佛羅里達州陽光和煦的氣候治癒！儘管如此，伯恩斯，身為同樣走在死蔭幽谷中的朋友，我請求你千萬照顧好自己，在身體許可之前別冒險回麻薩諸塞。倘若你化為一抔黃土，那你敏銳的頭腦和鋒利的筆就無法再幫助我們，況且假如南方具有療效，那豈不是詩般的正義呢？

沒錯，這屋子和我堂哥的遺囑執行人引導我相信的同樣完善，不過更多些不祥。屋子坐落在一大片土地凸出的尖端上，大約是在費爾茅斯北邊三哩，波特蘭以北九哩處。屋後是約莫四英畝的空地，以所能想像最可怕的方式回歸荒野——圓柏、矮樹藤、灌木叢，和各種各樣的攀緣植物恣意地爬滿區隔莊園和小鎮領地的別致石牆。難看的希臘雕像仿製品從許多墳塚上頭的殘骸茫然地窺視——絕大多數時候，看起來好像正準備撲向過路人的樣子。我堂哥史蒂芬的品味似乎涵蓋

了從無法接受到十足可怖的整個範圍。另外有一小間幾乎埋沒在深紅色漆樹叢中的古怪避暑別墅，和立在以前肯定是座花園的中央的怪誕日晷儀，增添了最後一點瘋狂的格調。

但是從客廳看出去的景致讓人寬恕了這一切；整個查波威特岬和大西洋下端的岩石令人炫目的景色都盡收眼底。一扇寬大、凸出的八角窗面向這片風景，還有張宛如蟾蜍的巨大寫字檯豎立在一旁。恰好適合我動筆寫那本說了許久（想必令人不勝其煩）的小說。

今天天氣陰沉，偶爾飄些雨。當我望出窗外，一切看上去像是石板上的習作——如時間本身般古老，風化的岩石、天空，當然還有海，在底下拍打著花崗岩的尖端，發出的響聲未必是聲音而是震動——就連我在寫作時都能用雙腳感受到海浪。這種感覺並不全然討人厭。

我知道你反對我不喜與人交往的習性，親愛的伯恩斯，不過我向你保證我過得很好很快樂。卡爾文陪著我，如同往常一般的能幹、沉默、可靠，到星期三之前，我確信我們兩人將會整理好東西，安排從鎮上送些必要的物品，還有一群打掃的女僕會開始撣去這地方的灰塵！

我要停筆了，有好多東西至今還沒看，好多房間要探索，另外無疑有上千件劣等家具有待這雙審慎的眼睛查看。再一次，謝謝你的信帶來的熟悉感，並謝謝你持續不斷的關心。

請代我向你妻子致意，我深深關愛著你們兩位。查爾斯。

一八五〇年，十月六日

親愛的伯恩斯：

這地方竟然如此！

鄰近村莊的村民對我入住此地的反應持續令我驚訝。那是個奇怪的小地方，有著別具一格的名字：傳教士之角。卡爾文就是和那兒的人訂下每週提供食物及生活必需品的契約。另一項任務，確保冬天有充足的柴薪補給，我們也同樣處理了。只不過卡爾文回來時一臉悶悶不樂，當我問他遇到了什麼麻煩，他相當不快地回答：

「他們認為你瘋了，布恩先生！」

我大笑著說或許他們聽說了在我的莎拉過世後我得了腦膜炎一事——不可否認那時我說話瘋瘋癲癲的，這點你可以證明。

然而卡爾文抗議說要不是透過我的堂哥史蒂芬，沒人會知道我的任何事情，堂哥跟我現在預做的準備一樣簽約訂下相同的服務。「先生，謠言是說，任何住在查波威特的人肯定是精神錯亂，要不就是冒著變成神經病的風險。」

如你可能想像得到的，這個消息讓我完全困惑不解，我問他是誰給他這個令人訝異的情報。他告訴我有人建議他去找一位名叫湯普森的紙漿木伐木工人，此人性情陰鬱、經常爛醉，擁有四百英畝的松樹、白樺，和雲杉，在五個兒子的協助下砍伐林木，販售給波特蘭的製造廠和鄰近區域的住戶。

卡爾文全然不知他有此奇怪的偏見，當卡爾文告訴他木材要送往的地點時，這個湯普森嘴巴張得開開地瞪著他說，他會派他兒子去送木材，但要趁一天光線良好的時候，沿著海邊的道路送來。

卡爾文顯然將我的困惑誤解為苦惱，連忙說那人渾身散發著廉價威士忌的臭味，並且開始胡言亂語地講起一座荒廢的村落及史蒂芬堂哥的親戚——還有蠕蟲！卡爾文與湯普森的兒子處理完事情，我認為，他兒子本身也相當乖戾，而且一點也不清醒或者氣味清新。我猜想傳教士之角那裡，在卡爾文和老闆談話的雜貨店內，也有一些同樣的反應，雖然那比較傾向閒話、放馬後炮的性質。

這些並不太困擾我，我們知道鄉下人有多麼深愛用少許醜聞和謠言來豐富他們的生活，我猜想可憐的史蒂芬和他的家族確實是值得非議的對象。正如我對卡爾文說的，一個幾乎是從自己家前門廊摔死的人通常都會引起流言蜚語。

這屋子本身持續令人驚奇。有二十三間房啊！伯恩斯。鑲飾上層樓面及肖像走廊的護牆板都發了霉，不過仍然牢固。我站在已故的堂哥樓上的寢室時，可以聽見老鼠在牆後疾奔，由牠們發出的聲音來判斷，肯定是大隻的老鼠，因為幾乎像是人在那兒行走。我可不願意在黑暗中遇到一隻；或者，老實說，即使在白天也不想。雖說如此，我沒注意到任何孔洞或糞便，真奇怪。

上層走廊掛著成排鑲框的拙劣肖像畫，那些畫框鐵定所費不貲。有些肖像酷似我記憶中的史蒂芬。我相信我無誤地認出我的叔叔亨利．布恩及他的妻子茱迪斯。其他人就不熟悉了。我猜想其中一位可能是我自己聲名狼藉的祖父，羅伯特。不過史蒂芬的家族我就幾乎完全不認識了，對此我衷心感到抱歉。儘管肖像畫得拙劣，但是在史蒂芬寫給莎拉和我的信中所表露出來的好脾氣，及非凡的才智，同樣顯現在這些畫中。然而我們的家族竟為了多麼愚蠢的原因失和啊！一張遭竊的寫字桌，如今已死去三世代的兄弟間激憤時的惡言，造成無可責難的子孫不必要的疏遠。我不由得想到，幸好在我似乎可能追隨莎拉通過墓地之門時，你和約翰．派帝成功地聯繫上史蒂芬，不幸的是我們喪失了面對面會晤的機會。我多想聽他為祖傳的雕像和室內陳設品辯解啊！

但是別讓我詆毀這地方到極致。沒錯，史蒂芬的品味是與我自己的不同，但在他所增添物品的虛飾之下，有幾件是真正的傑作（其中有些用防塵布蓋著放在上層寢室裡）。床鋪、桌子，還有以柚木和桃花心木雕刻而成的沉重、深色的渦捲裝飾，另外許多臥房和接待室，上層的書房和小客廳，都有種陰鬱的魅力。地板是珍貴的松木，暗藏於內的光芒隱隱發亮。此處顯示著威嚴，威嚴和長年的負荷。我尚不能說我喜歡，但我的確敬重這裡。我渴望看見這屋子隨著我們輪替過這北方氣候的四時變化而改變。

天哪，我寫個沒完沒了！快點回信吧，伯恩斯。告訴我你有什麼進展，還有你從派帝和其他人那裡聽到什麼消息。請別犯下錯誤，太過努力說服任何南方新認識的朋友去接受你的看法，據我了解並非所有人都滿足於光靠嘴巴回答，如我們老愛長篇大論的朋友，凱爾宏先生一般。

你的摯友
查爾斯

一八五〇年，十月十六日

親愛的理查，

嗨，你好嗎？自從我在查波威特定居下來，我就時常想起你，並且有幾分期待能收到你的來信——如今我收到伯恩斯的信，告知我我竟然忘記把地址留在俱樂部！無論如何，請放心我終究會寫信過去，有時候我覺得好像真摯、忠誠的朋友是我在世上所剩下唯一可靠且完全正常的東西。可是，天哪，我們變得多麼分散！你在波士頓，誠心誠意地為《解放者》❶撰文（順帶一提，我也寄了我的地址到報社），韓森在英格蘭又一次混亂的短途旅行，而可憐的老伯恩斯在真正的獅子穴裡，休養他的肺。

這裡如可預期的一樣好，迪克，我保證等這兒現存的某些要務沒那麼緊逼著我的時候，我會提供完整的描述給你，我想你這律師的頭腦可能對查波威特及周邊區域的某些事件相當感興趣。

不過同時我想請你幫個忙，如果你願意考慮的話。你記得在克萊瑞先生籌募基金的晚宴上你引介給我的歷史學家嗎？我想他的名字是畢格羅。不管怎樣，他提過他有收集一些基於史實的奇特民間傳說的嗜好，正好是與我現在居住的這一帶有關的傳說。我想請你幫的忙是：你可不可以聯絡他，問他是否熟知有關一個叫做**耶路撒冷地**的廢棄小村落的實際情況、民間傳說，或廣為流傳的謠言，倘若有的話？這個村子靠近名為傳教士之角的小鎮，位在羅亞河畔。這條河川是安德羅斯科金河的支流，在安德羅斯科金河接近查波威特的河口上游十一哩處匯入安德羅斯科金河。如果能獲得相關訊息我會非常高興，更重要的是，這也許是相當重大的問題。

在仔細查看這封信時，我覺得對你有點唐突，迪克，為此我衷心感到抱歉。但是請放心不久我就會向你解釋，在那之前我先向你的妻子、兩個優秀的兒子，當然，還有向你本身，獻上我最誠摯的問候。

你的摯友

查爾斯

一八五〇年，十月十六日

親愛的伯恩斯：

我要告訴你一個故事，卡爾文和我都覺得好像有點奇怪（甚至教人憂慮），看看你的想法。就算沒別的，至少可在你和蚊子作戰時為你解悶。

在我寄出上封信給你的兩天後，從傳教士之角來了四位年輕的小姐，在外表幹練得令人敬畏、名叫克蘿莉絲的年長女士監督下，整頓這間屋子，清除掉害我似乎每隔一步就打噴嚏的灰塵。她們在動手工作時全都顯得有點緊張；甚至，當我走進樓上的客廳，一位正在撣灰塵、易受驚嚇的小姐發出小聲的尖叫。

❶《解放者》（The Liberator）：是在一八三一年到一八六五年間發行提倡廢奴主義的報紙。

我問克蘿莉絲太太這是怎麼回事，（她正以毫不妥協的果決態度清理樓下走廊的灰塵，你看了肯定會相當驚奇，她的頭髮用一條褪色的舊印花大手帕裹起來。）她轉向我用果斷的神態說：「她們不喜歡這間屋子，我也不喜歡，先生，因為這間屋子向來不好。」

這意料之外的回答聽得我目瞪口呆，她繼續用比較溫和的口吻說：「我並不是說史蒂芬．布恩人不好，因為他確實是個好人；他在世的時候我每隔一週的星期四就來為他打掃，就像我為他父親，藍道夫．布恩先生清掃，一直到他和他妻子在一八一六年過世為止。史蒂芬是個善良親切的人，你看來也是如此，先生——請原諒我直言不諱，我不知道別的說話方式。但是這間屋子很不好，一直以來都這樣，自從你祖父羅伯特和他哥哥菲利浦在一七八九年因為失竊的物品（她說到這裡停頓片刻，幾乎像感到歉疚似的）爭吵起來後，就沒有一位布恩家的人在這裡過得幸福了。」

伯恩斯，這些人竟然有這樣的回憶！

克蘿莉絲太太繼續道：「這屋子建築在不祥之上，住進裡頭的人過得不幸，地板上灑過血，（伯恩斯，不知你是否知曉，我的藍道夫伯伯涉及地窖樓梯上的一樁意外，此意外奪走了他女兒瑪賽拉的性命，後來他在悔恨中一時衝動自殺身亡。史蒂芬在他死去的姊姊生日那令人傷痛的日子裡寫信給我，信中陳述過那場意外。）不斷有人消失、發生意外。

「布恩先生，我在這裡工作，我既不瞎也不聾。我聽見牆裡有可怕的聲音，先生，嚇人的聲響——捶擊和碰撞的巨響，還有一次聽到半哭半笑的奇怪哀號。這事情徹底讓我的血液凝結。先生，這是個邪惡的地方。」她到此打住，或許害怕她說得太多。

至於我自己，我簡直不知是否該生氣或覺得有趣、好奇，或者僅僅是淡然處之。我恐怕興味占了上風。「克蘿莉絲太太，那妳懷疑是什麼呢？鬼魂把鐵鍊弄得嘎啦嘎啦響？」

然而她只是古怪地盯著我。「或許有鬼魂。但是在牆裡的不是鬼。在黑暗中如下地獄的靈魂般哭嚎、抽噎，並且發出巨響跌跌撞撞地走開的不是鬼魂。而是——」

「說吧，克蘿莉絲太太，」我鼓勵她繼續說下去。「妳已經說到這裡了。現在可以把妳起頭的話題說完嗎？」

她的臉上掠過最奇怪的表情，交雜了恐懼、惱怒，和——我敢發誓——虔誠的敬畏。「有些不死，」她低聲說：「有些活在薄暮陰影之間，為了侍奉——他！」

她的話到此結束。我繼續向她施加壓力了幾分鐘，但她只變得更頑強，不肯再多說。最後我斷了念頭，擔心她可能鼓起勇氣放棄這屋子的工作。

這是第一件插曲的結尾，然而隔天傍晚發生了第二件事。卡爾文在樓下準備生火，我坐在起居室裡，邊昏昏欲睡地看著《通訊報》，邊聆聽風颳著雨水打在大面八角窗上的聲音。我覺得舒適安逸，正是一個人只有在這樣的夜晚，當外面淒風苦雨，裡頭一切溫暖舒服的時候，才能感受到的。但是一會兒後，卡爾文出現在門口，顯得激動又有點不安。

「先生，你醒著嗎？」他問。

「勉強，」我說：「怎麼了？」

「我在樓上發現了一個東西，我想你該看看，」他回答，帶著同樣壓抑的激動神態。

我起身跟著他走。我們爬著寬大的樓梯時，卡爾文說：「我正在樓上書房看書——一本相當奇怪的書，突然間聽見牆裡有嘈雜的聲音。」

「老鼠，」我說：「就這樣而已？」

他在樓梯平台上停下腳步，嚴肅地看著我。他手持的燈投射出詭異、潛伏的影子在深色的帷幔和半遮掩的肖像畫上，那些畫像此時似乎像是惡意地斜睨而不是在微笑。外頭的風聲增強為短促的尖嘯，然後不情願地平息。

「不是老鼠，」卡爾文說：「從書櫃後面傳來一種蹣跚走路、重擊的聲音，然後是恐怖的咯咯聲——非常恐怖的，先生。還有刨抓的聲音，好像有什麼東西掙扎著要出來……要對付我！」伯恩斯，你可以想像我的驚愕。卡爾文不是那種會因為歇斯底里的想像力飛馳而失控的人。最後我開始覺得好像這裡有個謎團——而且也許真是個險惡的謎。

「然後呢？」我問他。我們繼續順著走廊走下去，我能看見書房的燈光流洩到外面長廊的地板上。我驚恐地觀察，這夜晚似乎不再安逸舒適。

「刨抓的怪聲停止了。過一會兒，重擊、拖著腳步走的聲音又開始，這次是離開我。那聲音停頓過一次，我發誓我聽見一聲奇怪、幾乎低不可聞的大笑！我走到書櫃旁，開始又推又拉，想說可能有道隔牆，或是暗門。」

「你找到了嗎？」

卡爾文停在通往書房的門邊。「沒有——不過我發現了這個！」

我們走進去，我看見左邊櫃子中有個正方形的黑洞。在那個位置上的書只不過是空殼，卡爾發現的是一個狹小的藏匿處。我拿燈往洞裡照，什麼都沒看到，只見一層厚厚的灰，鐵定有幾十年歷史的灰塵。

「只有這個，」卡爾輕聲說，遞給我一張泛黃的大裁紙。那是張地圖，以黑墨畫出蜘蛛般細的筆觸——一個小鎮或村落的地圖。上頭大概有七幢建築，其中一棟，用尖頂明顯標示出來，底下寫著這句文字說明：確實腐爛的蠕蟲。

左上角有個箭頭，指向應當是這個小村莊西北方的位置。下面題寫著：查波威特。

卡爾文說：「先生，在鎮上，有人相當迷信地提到一個叫做耶路撒冷地的荒廢村子。那是他們都避開的地方。」

「但是這個呢？」我問，用手指頭指著尖頂底下的古怪文字說明。

「我不知道。」

克蘿莉絲太太的回憶，無可動搖但令人驚駭，掠過我的腦海。「蠕蟲……」我喃喃地說。

「布恩先生，你知道些什麼嗎？」

「或許……明天去找這個鎮可能很有趣，你覺得呢，卡爾？」

他點點頭，眼睛灼灼發亮。之後我們花了將近一個鐘頭，在卡爾文發現的小房間洞後方的牆壁上找尋裂口，但一無所獲。卡爾文描述的嘈雜聲也沒再出現。

我們當晚沒有進一步的奇遇就去睡了。

隔天早晨，卡爾文和我出發到樹林中漫步。前一晚的雨已停歇，但天空仍昏暗陰沉。我看得出來卡爾文有些遲疑地注視著我，我趕緊再度向他保證假如我累了，或是發現這趟路程太遠，我會毫不猶豫就喊停。我們準備了午餐的便當，一個精良的巴克懷特指南針，當然，還有那張奇特、古老的耶路撒冷地地圖。

這天天色很怪，黑壓壓的。我們穿過遼闊幽暗的松樹林，走向東南方時，似乎沒有鳥兒鳴唱，也沒有動物在活動。唯一的聲響只有我們自己的腳步聲，和大西洋拍打海岬穩定不變的沖擊聲。海水的氣味，濃厚得幾近超乎自然，是我們始終如一的同伴。

我們走不到兩哩就碰上一條雜草叢生的路，是我相信曾被稱為「木排路」的那種以木頭鋪成的道路。這條路通往我們大致的方向，因此我們轉而順著這條路走，腳步輕快地疾速前進。我們鮮少交談。這天，以寂靜而不祥的特質，沉重地壓迫著我們的情緒。

約莫十一點時，我們聽見湍急的水流聲。剩餘的路向左急轉，在洶湧、深灰藍色的小河流另一側，有如幻影般出現的，正是耶路撒冷地！

這河川寬度大概八英尺，上頭架了長滿青苔的步行橋。在遠處，伯恩斯，坐落著你所想像得到最完美的小村莊，可以理解的飽經風霜，但保存完好得令人驚訝。幾棟房子以清教徒出名的簡樸但氣勢逼人的形式建造而成，群聚在切割得陡峭的堤岸近旁。再更遠處，沿著野草叢生的大道，豎立著三、四棟也許是原先的商業機構的建築，再過去，地圖上標示的教堂尖頂高聳向灰色的天空，剝落的油漆和生鏽、傾斜的十字架使教堂看上去陰森得難以形容。

「這小鎮的名字取得好。」卡爾文在我身旁輕柔地說。

我們跨過橋進入小鎮，開始四處探看——我的故事就在這裡變得有些不可思議。伯恩斯，作好心理準備吧！

我們走在房屋之間的時候，空氣像是灌了鉛一般；沉重，如果要形容的話。大型建築物全都腐朽不堪——百葉窗扯落，屋頂被過去的大雪重量給壓垮，滿是塵埃的窗子斜睨著。從異樣的轉彎處和歪曲的屋角投射出的陰影，好似落在一攤攤的不祥中。

我們先走進一間破舊、腐化的酒館——不知怎地我們似乎不該侵入此地的任何一間屋子，當地人想要保留隱私時退居的所在。在裂開的門上方有個飽受風吹雨打的老招牌，宣告這從前是野豬頭客棧與酒館。僅剩一個鉸鍊的門令人毛骨悚然地嘎吱作響，我們走進陰影籠罩的內部。腐壞和發霉的味道瀰漫，幾乎強烈得教人無法忍受。在底下似乎隱含著更濃烈的氣味，令人作嘔、厭惡的味道，經年累月及長期腐敗的臭味。這惡臭與腐爛棺材或遭人褻瀆的墳墓可能散發出的氣味相同。我用手帕掩住鼻子，卡爾文也這麼做。我們仔細查看了這個地方。

「我的天啊，先生——」卡爾文膽怯地說。

「這裡從來沒有人動過。」我替他說完。

這裡確實如此。桌椅有如警戒的幽靈守衛般閒站著，落滿塵埃，並且由於新英格蘭氣候著名的極端溫度變化而扭曲，但除此之外完美無瑕，彷彿歷經沉默、重複的數十年，它們仍等待那些早已離去的人再次進來，叫一品脫或少量的酒，發牌並點燃陶製的菸斗。一面正方形的小鏡子懸掛在酒館的規章旁，完整無損。伯恩斯，你看出這之中的意味嗎？小男孩向來以探險、破壞行為著稱，沒有一間「鬧鬼的」屋子窗戶完好無缺，不論傳聞中可畏的居民有多麼嚇人，每個鬼影幢幢的墓地至少都會有塊墓碑遭惡作劇的年輕人給扳倒。毫無疑問地，距離耶路撒冷地不到兩哩的傳教士之角，必定有許多喜歡惡作劇的年輕人。然而客棧老闆的玻璃（那肯定花了他一大筆錢）卻毫無損傷，其他我們在四處探查時發現的脆弱物品也是一樣。耶路撒冷地唯一的損壞是由非人的大自然所造成。這含意十分明顯：耶路撒冷地是個人人迴避的小鎮。但是為什麼呢？我有個想法，但是在我甚至膽敢暗示出來前，我必須繼續講述我們這趟巡視令人心緒不寧的結尾。

我們上去宿泊區，發現整理好的床鋪，白鑞的水壺整齊地擺在床舖旁。廚房同樣保持原狀，只除了經年的灰塵和那可怕、滲透的腐敗惡臭。單單這酒館就會是古董收藏家的天堂；光是那異常奇特的廚房爐子就可在波士頓的拍賣會上賣到相當高的價錢。

「卡爾，你覺得怎麼樣？」我們再度出現在模糊不清的日光下時，我問。

「布恩先生，我認為這是白費力氣的事，」他以鬱鬱不樂的口吻回答：「我們必須多看看才能了解更多。」

我們稍微留心一下其他的店鋪——有間旅店，生鏽的扁頭釘上仍掛著朽壞的皮件；一間雜貨零售店；一間貨棧，裡頭還堆著橡木和松木；還有間鐵匠舖。

我們走向位在村子中心的教堂途中，順道進入兩間屋子。兩間都是不折不扣的清教徒風格，擺滿了收藏家會願意付出極大代價換取的物品，兩間都荒無人居，充斥著同樣的腐敗氣味。

除了我們自己之外，這整個村子似乎沒有生物居住或是走動的痕跡。我們沒看到昆蟲、鳥類，甚至沒有蜘蛛網結在窗角，只有塵埃。

最後我們抵達教堂。教堂聳立在我們之上，陰森、冰冷、令人不快。裡頭的陰影使窗子一片漆黑，虔誠或聖潔早已棄它而去。這點我非常確定。我們爬上台階，我將手擱在巨大的鐵製門把上，用堅決、陰鬱的眼神看向卡爾文再看回自己身上。我拉開大門。這門多久沒人碰過了呢？我有十足的把握說我的手是五十年來第一個，或許還更久。我打開門時，鐵鏽卡住的鉸鍊發出尖銳刺耳的聲音。向我們襲來的腐爛、朽壞的氣味幾乎像是可觸摸得到。卡爾文的喉嚨發出乾嘔的聲音，不由自主地轉動頭部尋找較為清淨的空氣。

「先生，」他問：「你確定你——？」

「我很好，」我鎮定地說。但我並不覺得平靜。伯恩斯，和我現在同樣的不冷靜。我相信，儘管有摩西，有耶羅波安❷，有英克里斯・馬瑟❸，還有我們自己的韓森（在他擁有哲學氣質時），仍有些毒害精神的場所、建築，在那裡宇宙的牛奶發酸、腐臭。這座教堂就是這樣的地方，我敢發誓。

我們踏進狹長的門廳，此處備有佈滿灰塵的衣帽架和廢棄不用的讚美詩集。沒有窗戶。油燈放置在各處的壁龕裡。一個毫不起眼的房間，我心裡想著，直到我聽見卡爾文急劇的喘息聲，看見他已經留意到的東西。

那是猥褻的景象。

我不敢多加描述那鑲框精緻的畫作，只能點到此：這幅畫是仿效魯本斯❹富有肉感的風格所繪製，內含怪誕的聖母與聖子的滑稽仿作，背景裡有半掩在陰影中的奇怪生物在嬉戲、爬行。

「主啊，」我低聲說。

「這裡沒有主，」卡爾文說，他的話似乎懸在半空中。我打開通往教堂本身的門，那氣味變成瘴氣，幾乎強烈到難以忍受。

在午後閃爍的暗光中，靠背長椅如幽靈般延伸到聖壇。在上方是高聳、橡木製的講道壇和暗影侵襲的前廳，那兒的黃金閃著微光。

微微啜泣的卡爾文，那虔誠的新教徒，比了個神聖的手勢，我也照樣比畫。那黃金是座做工精美的巨大十字架——卻是上下顛倒地掛著，那是撒旦彌撒的象徵。

「我們必須冷靜，」我聽見自己在說話。「我們必須鎮定，卡爾文。我們得冷靜。」

但是一道陰影觸動我的心，我感到前所未有的恐懼。我曾走在死亡之傘下，以為別無更險惡的事。然而確實有。的確存在。

我們走下通道，腳步聲在上方及四周迴響。我們在塵土上留下足跡。在聖壇那裡有其他晦暗的藝術品。我不願，也不能，讓我的腦袋仔細回想。

我開始登上講道壇。

「布恩先生，不要啊！」卡爾文忽然高喊：「我擔心——」

但是我已經到了。一本大書打開平放在講台上，同時以拉丁文和難解的神秘字母撰寫，在我毫無經驗的眼裡看來，像是德魯伊文或是前塞爾特語。我附上一張卡片，上頭有我憑記憶重畫的幾個符號。

我闔上書，注視壓印在皮革裡的文字：De Vermis Mysteriis。我的拉丁文生疏，不過尚可翻譯

❷耶羅波安（Jeroboam）：舊約聖經中北國以色列的第一任君王，後因設金牛犢命百姓敬拜，得罪上帝遭到懲治。
❸英克里斯・馬瑟（Increase Mather）：殖民時期新英格蘭一名舉足輕重的清教徒牧師，曾涉及悲劇的賽倫女巫審判事件。
❹魯本斯（Rubens）：法蘭德斯畫家，為十七世紀巴洛克畫風的代表人物。

出來：蠕蟲之謎。

當我接觸書時，這受詛咒的教堂和卡爾文蒼白、朝上看的臉龐似乎在我面前搖晃。我似乎聽見低沉、吟詠的聲音，充滿了令人驚駭卻渴望的恐懼——在那聲音之下，有別的，填滿地底深處。是幻覺，我毫不懷疑——可是在同一瞬間，教堂盈滿了某種非常真實的聲響，我只能描述為巨大無比、令人毛骨悚然的翻轉，就在我腳下。講道壇在我的手指底下顫抖、褻瀆的十字架在牆上抖動。

卡爾文和我，我們一同退出，將這地方留給其自身的黑暗，兩人都不敢回頭看，直到我們度過跨越小河的簡陋厚木板。我不會說我們用狂奔褻瀆了人們從保守、迷信的野蠻人努力向上爬的一千九百年，但若說我們在漫步，那我就是個騙子。

這就是我的故事。你不必擔心我又得了熱病而影響到你自己的療養；卡爾文可證實這幾頁上寫的一切，包括那令人驚駭的響聲。

我就此停筆，只再說一句我但願能見到你（心知如此一來，我的許多困惑就會馬上一點一滴地消失），我依然是你的朋友和崇拜者，

查爾斯

一八五〇年，十月十七日

閣下鈞鑒：

在你們最新版的家用品型錄中（也就是一八五〇年，夏的那一版），我注意到有個名為老鼠剋星的製劑。我想要依你們的定價——三十分購買一份五磅錫罐裝的這種製劑。茲附上回郵。請寄到：緬因州，坎伯蘭郡，傳教士之角，查波威特，卡爾文·麥肯收。

感謝你們對此事的關注。

靜候閣下回音

卡爾文・麥肯

一八五〇年，十月十九日

親愛的伯恩斯：

令人惶惶不安的狀態持續發展。

屋子裡的怪聲越來越劇烈，我開始傾向於在牆內活動的不全是老鼠的結論。卡爾文和我又搜找了一次隱藏的裂縫或通道卻徒勞無功，什麼也沒發現。我們多麼不適合瑞德克麗芙女士❺的浪漫故事啊！不過，卡爾文主張這些聲音多半發自地窖，因此我們打算明天去那兒探索。知道史蒂芬堂哥的姊姊正是在那裡慘遭不幸的事實，並沒有讓我覺得比較安心。

順帶一提，她的肖像畫掛在樓上的走廊上。倘若畫家畫得正確的話，瑪賽拉・布恩是位令人痛心的美麗女子，我確實知道她未曾結婚。有時我認為克蘿莉絲太太說得沒錯，這的確是間不祥的屋子。不可否認這屋子只為過去的住戶留下陰影。

但是我還要多說些有關令人敬畏的克蘿莉絲太太的事，因為今天我和她第二次面談。由於她是目前為止我所遇到從傳教士之角來的人中頭腦最冷靜的一位，因此今天下午在一場不愉快的會談後，我特地去找她，至於那場會談的情形我待會就敘述給你聽。

今早木柴應當送來，然而過了中午，木柴仍舊沒到。我決定將每日散步的目的地改到小鎮。

❺安・瑞德克麗芙（Ann Radcliffe），十八世紀末的英國小說家，為融合浪漫、恐怖、超自然等元素的哥德小說代表作家之一。

目標是造訪湯普森，就是和卡爾文做生意的那個人。

這天天氣很好，富有晴朗秋日的清新活力，待我抵達湯普森的農莊時（卡爾文留在家裡進一步調查史蒂芬堂哥的書房，給了我充分的方向指引），我感受到過去這幾天來最愉快的心情，完全準備好原諒湯普森延遲送木柴一事。

這整個地方混雜了糾結的雜草和需要粉刷的頹圮建築，在畜舍左邊有隻準備十一月屠宰用的大母豬，在泥濘的豬圈裡邊發出呼嚕聲邊打滾，另外在房子和附屬建築物之間凌亂的院子裡，有個穿著破爛的格紋棉布衣服的女人正用圍裙裡的飼料餵雞。我向她打聲招呼，她蒼白、毫無生氣的臉孔轉向我。

看她的表情從十足愚笨的呆滯突然轉變為狂亂的恐懼令人相當驚歎。我只能認為她是把我看成史蒂芬本人，因為她抬起手把指頭叉開比出邪惡之眼的手勢，並且高聲尖叫。雞飼料撒落到地上，家禽嘎嘎亂叫著振翅四散。

我還來不及出聲，一個巨大、赫然出現的男人身影，僅穿著毛料的禦寒內衣，笨重地走出屋外，一手拿著點二二口徑的步槍，另一手抱著一瓶威士忌。從他眼中的危險信號及搖晃不穩的走路方式，我判斷這就是伐木工人湯普森本人。

「布恩家的人！」他咆哮著說：「去──你媽──的眼睛！」他扔下威士忌瓶任其滾動，然後也比出那個手勢。

「我來，」我在這種情況下盡我所能地以鎮定的口吻說：「是因為木柴沒到。根據你和我的人達成的協議──」

「我說，你的人也去──你媽──的！」頭一次我注意到在他的虛張聲勢和高聲威嚇之下，他其實害怕得要死。我開始認真懷疑他是否不可能激動得真的用步槍來對付我。

我小心謹慎地開口說：「為了表示禮貌，你何不——」

「去——你媽——的禮貌！」

「非常好，那麼，」我儘可能威嚴地說：「我祝你有個美好的一天，等你比較能控制自己的時候我再來。」說完我轉身邁步走向通往村子的道路。

「你別再來了！」他在我背後大喊：「繼續跟你的邪惡在那上面作伴吧！遭天譴的！遭天譴的！遭天譴的！」他朝我扔了一塊石頭，擊中我的肩膀。我不會閃躲順了他的心。

於是我去找了克蘿莉絲太太，下定決心至少要解開湯普森滿懷敵意之謎。她是個寡婦（伯恩斯，別想幫我該死的湊對，她遠遠長我十五歲，而我已超過四十了），獨自住在鄰近海邊的迷人小屋裡。我找到她時，這位女士正在外頭晾洗滌的衣物，她似乎真心高興見到我。這令我大感欣慰，因為不可理解的原因而被烙下棄民的印記，教人苦惱得幾乎難以言表。

「布恩先生，」她說，向我微微屈膝行禮。「假如你是來問洗衣的事，在剛過的九月裡我一件都不收。我的風濕病痛得我連洗自己的衣物都夠麻煩的了。」

「我倒希望洗衣是我來訪的目的。我是來尋求協助的，克蘿莉絲太太。我得知道所有妳能告訴我有關查波威特和耶路撒冷地的事，以及鎮民為什麼這樣害怕、懷疑地看待我！」

「耶路撒冷地！那麼，你聽說了那個地方。」

「是的，」我回答：「而且和我的同伴一個星期前去過了。」

「天哪！」她的臉色慘白得像牛奶，而且搖搖欲墜。我伸出一手穩住她。她的雙眼可怕地翻白，有一剎那我確信她將會暈倒。

「克蘿莉絲太太，很抱歉，如果我說了什麼讓——」

「進來吧，」她說：「你必須知道。我的神啊，邪惡的日子再度來臨了！」

她不肯多說，先在陽光照耀的廚房裡沖泡了濃茶。等茶放在我們面前，她沉思地凝望窗外的海洋片刻。無可避免地，她的視線和我的都受到查波威特岬凸出的峭壁邊緣所吸引，坐落在此處的房子俯視著海洋。大面的八角窗在逐漸西沉的太陽光線中閃耀得有如鑽石。這景色十分美麗卻奇怪地令人不安。她忽然轉向我，激烈地宣告：

「布恩先生，你得馬上離開查波威特！」

我震驚得目瞪口呆。

「自從你定居下來後空氣中就有股邪惡的氣息。上個星期，你走進那受詛咒的地方後，出現了預兆和惡兆。胎膜罩在月亮表面上；成群的三聲夜鷹棲息在墓地；違反自然出生的嬰兒。你必須離開！」

等我終於能開口講話時，我儘可能溫和地說：「克蘿莉絲太太，這些都只是夢中出現的事物。妳應當明白。」

「芭芭拉・布朗生出的嬰孩沒有眼睛難道是夢嗎？或者克里夫頓・布羅克特在查波威特鎮外的林子裡，發現了寬約五呎的扁平、壓擠過的痕跡，而且林子裡所有的樹木都枯萎變白呢？而你，去過耶路撒冷地，可以誠實地說那裡沒有任何東西還活著嗎？」

我無法回答，在那令人驚駭的教堂裡的情景躍入眼前。

她將粗糙的雙手緊握在一起努力讓她自己冷靜下來。「我只有從我母親和她的母親那兒聽說過這些事情。你知道你們家族與查波威特有關的歷史嗎？」

「不大清楚，」我說：「那間屋子從一七八〇年代起就一直是菲利浦・布恩家族的家；他的弟弟也就是我的祖父，羅伯特，在兩人因為失竊的文件起了爭執之後就定居在麻州。關於菲利浦一家的事情我知道得很少，只除了籠罩他們一家的不幸陰影，從父親延續到兒子再到孫子輩——

瑪賽拉死於悲劇的意外，史蒂芬則是摔死。讓查波威特成為我和我家人的家，藉此修補家族的裂痕是他的心願。」

「永遠不可能修補的，」她低聲說：「你對最初的爭吵一無所知？」

「羅伯特‧布恩在翻他哥哥的書桌時被發現。」

「菲利浦‧布恩是個瘋子，」她說：「一個和邪惡做交易的男人。羅伯特‧布恩企圖拿走的東西是本邪教的聖經，用幾種古語寫成的，包括拉丁文、德魯伊文，和其他語言。一本惡魔之書。」

「《De Vermis Mysteriis》。」

她好像挨了打似的退縮。「你知道這本書？」

「我見過……摸過。」她看上去又像可能暈厥過去的樣子。一手舉到嘴邊彷彿要抑制住尖叫。「對，就在耶路撒冷地。在一間腐化、遭到褻瀆的教堂的講道壇上。」

「這麼說來，還在那裡，仍然在那兒。」她在椅子上搖晃。「我曾希望上帝以祂的智慧將那本書扔進地獄的深淵。」

「菲利浦‧布恩和耶路撒冷地有什麼關係呢？」

「血親關係，」她陰鬱地說：「他身上有獸印❻，儘管他披著羔羊的外衣行走。在一七八九年十月三十一日的夜裡，菲利浦‧布恩消失了……那個受詛咒的村落裡的全體居民也跟著他一起。」

她也許可多說一點，事實上，她似乎知道更多一些。但她只反覆地懇求我離開，說明的理由

❻聖經啟示錄中獸印代表褻瀆神、邪惡的印記。

是什麼「血親呼喚血親」並喃喃唸著「那些監視的和看守的」。隨著黃昏逼近，她似乎變得越來越焦慮，而非安下心來，為了安撫她我允諾將會慎重考慮她的請求。

我在逐漸拉長、幽暗的影子中走回家，我的好心情消散殆盡，腦子裡不停轉著依舊煩擾我的疑問。卡爾文帶著消息迎接我，說我們牆內的怪聲甚至更嚴重了，這點此刻我能夠證實。我努力告訴自己我所聽到的只不過是老鼠，然而我看見克蘿莉絲太太那張誠摯、受到驚嚇的臉。

月亮上升到海面上，膨脹、滿盈，呈血紅色，以毒害的暗影污染海洋。我的心思再度轉到那間教堂，還有

（這兒有行字被畫掉）

但是你不該看到這個，伯恩斯。太瘋狂了。我想，該是我睡覺的時候。我的思緒飄到你身邊。

祝好

查爾斯

（接下來的內容是出自卡爾文．麥肯的袖珍日記本）

五〇年，十月二十日

今早擅自強行打開封住那本書的鎖，趁布恩先生起床前趕緊行動。毫無幫助；書的內容全用密碼書寫。我相信，是種簡單的密碼。或許我可以像打開鎖一樣輕鬆地破解。這是本日記，我很肯定，筆跡說也奇怪地酷似布恩先生自己的。誰的書被收在這書房最隱僻的角落，而且所有的書頁還上了鎖呢？看起來似乎很舊了，不過該如何分辨呢？腐化的空氣大多無法接近書頁。稍晚，

如果時間許可，布恩先生打算開始全面查看地窖。然而我擔心他不穩定的健康狀況會承受不了這些駭人的事。我得試著勸勸他——

不過他來了。

伯恩斯：

一八五〇年，十月二十日

我不能寫我還不能寫這件事我我我

（出自卡爾文・麥肯的袖珍日記本）

五〇年，十月二十日

如我所擔心的，他的身體垮了——

敬愛的上帝，我們在天上的父啊！

只要一想到就受不了，然而整件事有如錫版攝影般深植、烙印在我的腦袋裡，那地窖裡的恐怖經歷——！

現在獨自一個人。八點半了，屋子裡靜悄悄的，但是——

發現他暈倒在寫字桌上，他仍在睡，不過那段時間他表現得非常勇敢，而我卻嚇得發愣、心煩意亂地站在那兒！

他的皮膚像蠟一樣慘白、冰冷。感謝上帝，不是熱病復發。我不敢移動他或留下他，自己到村裡去。而且就算我去了，誰會跟我一起回來幫助他呢？誰會願意來這遭到詛咒的屋子？

噢，那個地窖！一直出沒在我們牆壁中的就是地窖裡的那些東西啊！

一八五〇年，十月二十二日

親愛的伯恩斯：

我完全恢復過來了，雖然在失去知覺的三十六小時之後，身體相當虛弱。恢復自我……這是多麼糟糕、諷刺的笑話！我永遠無法再恢復自我，絕不可能了。我已經遭遇過超越人類表達能力極限的瘋狂與恐怖，而且還不到盡頭。

要是沒有卡爾文，我相信我在此刻就會結束自己的生命。他是這一切狂亂中的理智孤島。

我將要告訴你一切。

我們為地窖探險準備了蠟燭，蠟燭投射出的強光相當足夠——要命的足夠！卡爾文試圖勸阻我，舉出我最近生的病為證，並且說我們最多大概會找到一些該留心毒殺的健康老鼠。

不過，我仍舊意志堅定。卡爾文嘆口氣回答道：「那就照你堅持的去找吧，布恩先生。」

地窖的入口是通過廚房地板上的一個活動門（卡爾文向我保證他之前都用木板牢牢蓋住），我們唯有使出全力搬動才能抬起來。

一股濃烈得令人難以忍受的惡臭從黑暗中衝上來，就像瀰漫在羅亞河對岸的廢棄小鎮上的味道一樣。我手持的蠟燭散發出光芒，照在通往黑暗的陡斜樓梯上。樓梯的維修狀態極糟，有一段整個梯級腳板都缺了，僅留下一個黑洞——足以輕易地看出不幸的瑪賽拉為何會在此喪命。

「布恩先生，小心點！」卡爾文說。我告訴他我無意輕忽，於是我們開始往下走。

地板是泥磚地，牆壁則是堅實的花崗岩，不十分潮濕。這地方看起來絲毫不像老鼠的避難所，因為沒有半點老鼠喜歡做窩的東西，像是舊盒子、丟棄的家具、成堆的紙張，諸如此類的。我們把蠟燭舉高，擴大小小的光圈，但仍然只能看到少許。地板有個逐漸傾斜的坡度，似乎是延

伸在主起居室和餐廳下面，也就是說，朝向西邊。我們就是朝著這方向走。四周一片全然的寂靜。空氣中的惡臭持續變得越來越強烈，我們周遭的幽暗似乎如羊毛般的緊貼，彷彿在這麼多年無可爭辯的主宰之後，妒忌暫時逼它退位的光線。

在遠端，花崗岩的牆壁為平滑的木頭所取代，木頭牆面似乎完全漆黑，毫無反射的性能。地窖到此結束，剩下一個看來好像是主房間外的凹室。凹室所設置的角度使我們必得繞過轉角才能檢閱。

卡爾文和我繞過去看。

感覺好似這棟住宅不祥過往的腐爛幽靈出現在我們眼前。凹室裡擺了單張椅子，在椅子上方，緊繫在牢固的頭頂橫樑鉤子上的是一根腐朽的麻編絞索。

「那麼這就是他上吊自殺的地方了，」卡爾文喃喃地說：「天啊！」

「是的……而他女兒的屍體就躺在他身後的樓梯底。」

卡爾文開口想說話，但接著我看見他的目光急促轉向我背後的一點，然後他的話語就轉變成尖叫。

伯恩斯，我如何能描述映入我們眼中的景象呢？我該如何告訴你居住在我們牆內的可怕房客呢？

遠端的牆突然向後旋轉，從那幽暗之中出現了一張臉帶著惡意斜眼看人——這張臉有雙宛如冥河般烏黑的眼睛。無牙的嘴巴大張，咧出顯得極為痛苦的笑容，一隻發黃、腐爛的手朝我們伸出。它發出可怖、嗚咽的聲音，蹣跚地往前跨一步。我手中蠟燭的光落在它身上——

然後我看到它脖子上有一圈青紫色的繩索烙印。

在它的另一邊有別的東西在移動，某個直到所有的夢皆終止的那天都會持續出現在我夢裡的東西：一個臉孔腐爛、毫無血色、掛著死屍笑容的女孩，她的頭部以極端古怪的角度下垂。

他們想要我們，我很清楚。我也知道要是我沒把蠟燭直接扔向隔牆裡的東西，並且緊接著把絞索下面的那張椅子丟過去，他們就會把我們拉進黑暗中，讓我們成為他們自己的人。

在那之後，一切陷入混亂的漆黑。我的腦袋停止思考。我醒來時，如我說過的，躺在自己房間，身邊有卡爾文陪伴。

倘若我能離開，我會飛奔出這間恐怖的屋子，任長睡衣拍打我的腳後跟。但是我不能。我已經成為更深沉、更晦暗的戲劇性事件中的人質。別問我如何知道，我就是知道。克蘿莉絲太太說血親呼喚血親時並沒有說錯，當她說「那些監視的和看守的」也正確到可怕的程度。我恐怕已經喚醒了沉睡在黑暗的撒冷地村子裡半個世紀的力量，這股力量殺害了我的祖先，讓他們成為邪惡的奴隸，吸血殭屍——不死族。此外我還有更大的恐懼，伯恩斯，不過我仍只看到局部。假使我知道……要是我能知道全部就好了！

查爾斯

又及：當然我寫這信只是為了我自己。我們被孤立在傳教士之角外。我不敢為了郵寄此信將我的污點帶去那兒，卡爾文又不願離開我。或許，倘若上帝慈悲，這信將會以某種方式傳到你手上。

查

（出自卡爾文·麥肯的袖珍日記本）

五〇年，十月二十三日

他今天比較有力氣，我們短暫地談論了一下地窖裡的鬼魂；同意他們既不是幻覺也不是源於靈質的東西，而是真實存在。布恩先生像我一樣懷疑他們已經離去了嗎？也許。那嘈雜的怪聲安靜下來，然而一切依舊給人不祥的預感，籠罩著昏暗的陰影，似乎我們在予人假象的暴風中心等待……

我在樓上臥室找到一小捆文件，擱在一張古舊的捲蓋書桌的底層抽屜裡。其中有些信件和付清的帳單使我相信這間房子是羅伯特•布恩的。然而最引人關注的文件是一張紳士的海狸皮帽廣告背面的幾行簡短筆記，最上面寫著：

溫柔的人有福了。

下面，寫著下述表面上毫無意義的話：

bke dshdermthes eak
elmsoerare shamded

我相信這是書房那本上鎖並用密碼寫成的書的關鍵。上頭的肯定是獨立戰爭期間所用的粗劣暗碼，被稱為柵欄加密法。當我將這潦草字跡第二個位元的「無意義暗碼」移除，就會得到以下的文字：

besdrteek

Iseahme

讀的時候由上往下，而不是橫著，得到的結果就是最初源自天國八福❼的引文。

在我敢將這個拿給布恩先生看之前，我必須先確定那本書的內容……

一八五〇年，十月二十四日

親愛的伯恩斯：

一件驚奇的事發生了——卡爾文向來在絕對有把握之前總是緊閉嘴巴，（非常難能可貴、值得讚揚的為人特質！）他找到了我祖父羅伯特的日記。文章是以密碼寫成，卡爾文自己破解了密碼。他謙虛地宣稱是偶然發現的，不過我猜想堅持和勤奮比較有關係。

無論如何，這個發現為我們在此處的謎上投下昏暗的光線！

第一篇記載日期是一七八九年六月一日，最後一篇是一七八九年十月二十七日，就在克蘿莉絲太太所說的劇變的失蹤四天前。日記描述了逐漸加深的著魔——不，是瘋狂——的過程，解釋清楚菲利浦伯公、耶路撒冷地小鎮，及擱在遭褻瀆教堂裡的那本書之間駭人聽聞的關係。

根據羅伯特·布恩的日記，這鎮本身早於查波威特（建於一七八二年）和傳教士之角（始建於一七四一年，當時被稱為傳教士的休息處）；是在一七一〇年由清教徒信仰分裂出的小派別所建立，這個宗派的領袖是一個嚴格篤信宗教的狂熱份子，名叫詹姆斯·布昂。這個名字令我多麼吃驚！我相信，幾乎無庸置疑這個布昂與我的家族有關。克蘿莉絲太太迷信地相信家族血統在這件事情中至關重要，這點她說得完全正確；我驚恐地回想起我問她菲利浦及他和撒冷地之間的關係時她的回答。「血親關係。」她說，我恐怕事實的確如此。

這小鎮成為定居的社區，圍繞著布昂傳教（或者開庭）的教堂而建。我祖父暗示布昂也與鎮上好些女士交往，讓她們相信這是上帝之道和旨意。結果，小鎮演變出一種異常現象，唯有在那相信女巫和處女懷胎和諧共存的封閉、奇怪的年代才有可能存在：一個雜交和宗教信仰頗為變質的村落，由一個半瘋狂的傳教士所操控，他的兩本福音書是聖經和戴高芝的邪惡之作《惡靈居處》；一個定期舉行召魂儀式的聚落；一個亂倫、瘋狂，和時常伴隨那種罪惡存在的身體缺陷的村落。我懷疑（並且相信羅伯特・布恩必定也如此）布昂的其中一個雜種後代肯定是離開（或者被偷偷帶離）耶路撒冷地，往南尋找發達的機會，因此奠基了我們現存的這一家系。我確實知道，根據我自己家族的估算，我們宗族應當是源於麻州那一區，就是近來發展成為擁有獨立主權的緬因州。我的曾祖父，肯尼斯・布恩，由於當時繁盛的毛皮貿易成了有錢人。他於一七六三年過世，但這間祖厝是憑著他的財富，隨時間和明智的投資而逐漸增加，在多年後建造起來的。他的兒子，菲利浦和羅伯特，蓋了查波威特。血親呼喚血親，克蘿莉絲太太說。是否有可能肯尼斯為詹姆斯・布昂所生，他逃離了他父親的瘋狂和他父親的小鎮，卻不料他的兒子，毫不知情地，在離布昂的創始地不到兩哩處建蓋了布恩家呢？倘若真是如此，是否好像有隻巨大、無形的手在引導我們呢？

根據羅伯特的日記，詹姆斯・布昂到一七八九年已是個人瑞——想必是如此。假定他在小鎮興建那年是二十五歲，他到那時應該一百零四歲了，非常驚人的年紀。接下來是直接引述羅伯特・布恩日記裡的內容：

❼耶穌登山寶訓，記載在聖經馬太福音第五章中。

一七八九年，八月四日

今日我頭一次見到這個我哥哥病態地著迷的男人；我必須承認這個布昂操控著一種奇怪的吸引力，搞得我非常地心煩意亂。他是個名副其實的人瑞，鬍子全白，身穿一件讓我莫名厭惡的黑色長袍。然而更令人不安的是他身邊環繞著許多女人的事實，就像蘇丹身邊妻妾圍繞一般；而且菲深信不疑地對我說他仍然性慾旺盛，儘管他起碼是個八旬老翁了……

我以前只造訪過村子一次，將來不會再去了。街道一片寂靜，充滿了那老人從他的講道壇所激起的恐懼：同時我恐怕同宗已和同宗交配，因為有好多張面孔相似。似乎我轉的每個方向都見到老人的面容……全都一臉病弱；他們似乎缺乏生氣，彷彿所有的活力都被吸乾，我看見孩童無眼無鼻，女人無緣無故地哭泣、胡言亂語、指向天空，並且以魔鬼的話語篡改聖經中的話……

菲希望我留下來參加禮拜，但是想到那邪惡的人瑞在講道壇上，前面的聽眾是這鎮上近親雜交的居民，我就覺得厭惡，因此找了個藉口……

在此之前和接著的記載描述了菲利浦對詹姆斯・布昂逐漸加深的著迷。在一七八九年九月一日，菲利浦受洗加入布昂的教會。他弟弟說：「驚愕和戰慄把我嚇傻了——親眼看見我哥哥的轉變——他甚至似乎長得越來越像那個卑鄙無恥的男人。」

頭一次提及那本書是出現在七月二十三日。羅伯特的日記僅簡短地記載：「菲今晚從那個較小的村子回來，臉上神色，我覺得，相當狂亂。一直到就寢時間他才肯開口，他說布昂在打聽一本名為《蠕蟲之謎》的書。為了取悅菲，我答應寫封詢問信給約翰・古德費洛，菲幾乎感激得對我卑躬屈膝。」

八月十二日，有這篇記錄：「今天的郵件中收到兩封信……一封是來自波士頓的約翰・古德

費洛。他們知道那本菲感興趣的大部頭書。本國現存僅有五冊。這封信寫得相當冷淡。真是奇怪，我和亨利・古德費洛已經相識多年了。」

八月十三日：

古德費洛的信讓菲興奮得幾近瘋狂；他拒絕說明原因。他只肯透露布昂非常急切地想要得到一冊。不明白為什麼，因為依書名來看似乎只是本無害的園藝論文……

我擔心菲利浦，他一天比一天變得更陌生。如今我但願我們不曾回到查波威特。這個夏天炎熱、令人鬱悶，而且充斥著預兆……

羅伯特的日記裡只有另外兩篇提及這本惡名昭彰的書（即使到最後，他似 乎仍不了解這本書真正的重要性）。從九月四日的那篇日記：

我請求古德費洛就購書一事擔當菲的代理人，儘管我更佳的判斷強烈抗議這麼做。但反對又有何用？倘若我拒絕，他難道沒有自己的錢嗎？作為回報，我已經得到菲利浦的承諾，他會放棄這個有害的信仰……然而他是如此的興奮，幾近狂熱。我並不信任他。在這件事情上我茫然無助……

最後，九月十六日：

書今日到了，古德費洛附上一張短箋說他不希望再跟我交易……菲興奮到極為反常的程度，簡直是一把從我手中搶走書。書是以似是而非的拉丁文和我一字不識的神秘字母寫成。那東西摸起來好像幾乎是溫暖的，而且在我手裡顫動著，彷彿包含了巨大的力量……我提醒菲他允諾過要宣佈放棄，他只是醜惡、癲狂地大笑，對著我的臉揮舞那本書，一遍又一遍地叫嚷著：「我們得到了！我們得到了！蠕蟲！蠕蟲的秘密！」他立刻飛奔而去，我猜是到他發瘋的恩人身邊，這天我沒再見到他……

日記中沒再提到那本書，但我做出一些至少似乎極有可能的推論。第一，如克蘿莉絲太太所說，這本書是羅伯特和菲利浦失和的起因；第二，此書是邪惡妖術的寶庫，很可能是起源自德魯伊教（許多德魯伊教的血祭被征服不列顛的羅馬人以學術的名義出版保留下來，而許多這類地獄的魔法書都列在世上的禁忌文學作品中）；第三，布昂和菲利浦打算利用這本書達成他們自己的目的。或許，以某種扭曲的角度來看，他們的意圖是好的，但我並不相信。我相信他們早在很久以前就與存在於宇宙邊緣外的某種不知名的力量訂下合同，這些力量的存在甚至可能超越了時間的架構。羅伯特·布恩日記的最後幾篇記錄為這些推論提供了贊同的微光，我就交由這些記錄自己發表吧：

一七八九年，十月二十六日

今日在傳教士之角有場激烈的喧囂，鐵匠弗羅利抓住我的手臂，要求知道「你哥哥和那個反基督的瘋子在那上頭搞的鬼。」蘭道大嬸宣稱天空中出現大難即將降臨的跡象。有隻母牛出生時有兩個頭。

至於我自己，我不知道什麼東西在迫近。或許是我哥哥的精神失常吧，他的頭髮幾乎在一夜間變灰白，雙眼嚴重充血，眼中似乎已不見令人愉悅的理智光芒。他咧嘴笑著喃喃自語，而且為了某種他個人的理由，當他不在耶路撒冷地時開始經常出沒在我們的地窖。

三聲夜鷹聚集在屋子四周和草地上，牠們從霧中傳來的聯合叫聲與海洋的聲音混合在一起，成為怪異的尖嘯，阻止了所有想睡覺的念頭。

一七八九年，十月二十七日

今天晚上菲出發前往耶路撒冷地時我尾隨在後，保持一段安全距離以免被發現。那群討厭的三聲夜鷹遍及樹林，讓四周充斥著致命的、令人快要精神錯亂的單調吟詠。我不敢越過那座橋。小鎮上除了教堂外一片漆黑，教堂點燃教人毛骨悚然的刺眼紅光，看上去好像將高聳尖頂的窗子轉變成地獄之眼。聲音在惡魔的連禱文中起起伏伏，時而大笑，時而啜泣。我腳下的這片大地似乎隆起發出吱嘎聲，彷彿承受了極大的重量，於是我逃走了，滿懷著驚愕與恐懼，在我飛奔過陰影劈開的林子時，那群夜鷹地獄般的刺耳尖嘯聲在我耳邊絮聒不休地鼓譟著。

一切已走向高潮，然而無法預見。我不敢睡，擔心噩夢來臨，但是也不敢醒著，害怕瘋狂的恐怖事情可能即將發生。那晚充滿了可怕的聲響，我畏懼——

然而我感到一股強烈的欲望，想要再去一趟，去觀看，去親眼目睹。似乎菲利浦本身在呼喚我，還有那個老人。

鳥群

詛咒詛咒詛咒。

羅伯特·布恩的日記到此結束。

不過伯恩斯，你一定注意到了，在靠近結尾處，他宣稱菲利浦本身似乎在呼喚他。這些字句，克蘿莉絲太太和其他人的談話，但最重要的是地窖裡的可怖身影，那些死去卻仍活著的東西，形成了我的最終結論。伯恩斯，我們的家族仍然不幸。籠罩我們一家的詛咒拒絕被埋沒，在這個屋子和那個小鎮過著駭人的影子生活。而這個循環的頂點再次迫近。我是布恩家血脈的最後一人。我毫無理智判斷地擔心某個東西知道這件事，恐怕我是處在邪惡活動的核心。週年紀念就是在萬聖節前夕，離今天只有一星期。

我該如何行動？要是你能在這裡建議我幫助我該有多好！真希望你在此！

我必須了解一切，我必須回去那個忌諱的小鎮。願上帝支持我！

查爾斯

（出自卡爾文・麥肯的袖珍日記本）

五〇年，十月二十五日

布恩先生今天幾乎睡了一整天。他的臉色蒼白，同時消瘦許多。我害怕他的熱病復發無可避免。

在補充他的玻璃水瓶時，我瞥見兩封要給佛羅里達的葛蘭森先生卻尚未寄出的信件。他計畫返回耶路撒冷地，倘若我任由他去，將會葬送他的命。我敢偷偷溜去傳教士之角僱一輛輕便馬車嗎？我非這麼做不可，但萬一他醒來怎麼辦？要是我回來後發現他不在了呢？

我們牆內的怪聲又開始了。感謝上帝他仍沉睡著！我一想到這代表的含意就發抖。

稍後

我用餐盤將他的晚餐端給他。他打算晚點起床，儘管他迴避我的問題，但我曉得他的計畫。我仍要去傳教士之角。他先前生病的期間，醫生開給他的幾包安眠藥粉仍在我手頭上，他渾然不知地和著茶喝下去，再度入睡。

我害怕將他留下來和牆後蹣跚行走的那些鬼東西在一起，但是我更害怕讓他繼續在這幾堵牆內，就算是多待一天。我把他鎖在屋內。

但願我僱了輕便馬車回來時，上帝保佑他仍在那兒，平安地熟睡。

再後來

囚禁我！把我像隻患有狂犬病的野狗般囚禁起來！怪物和魔鬼！這些，居然稱呼他們自己是人！我們是這裡的囚犯——

鳥，那群三聲夜鷹，已經開始聚集了。

一八五〇年，十月二十六日。

親愛的伯恩斯：

時間已近黃昏，我才剛醒來，過去二十四小時我幾乎都在睡覺。雖然卡爾文一聲不吭，但我懷疑他查明了我的意圖，在我的茶中放了安眠藥粉。他是個善良忠實的朋友，一心只為我好，因此我不會說什麼。

不過我的心意已決。明天就是行動的日子。我很平靜堅定，但同時似乎感覺到熱病又微微發作。倘若如此，那明天就非行動不可。或許今晚會更好。不過就算是地獄之火本身，也不能誘使我在陰暗的光線中踏足那個村子。

我不該再多寫了，伯恩斯，願上帝保佑你與你同在。

查爾斯

又及：鳥高聲啼叫，拖著腳步走動的可怕聲音又開始了。卡爾文以為我沒聽到，但是我聽見了。

查

（出自卡爾文・麥肯的袖珍日記本）

五〇年，十月二十七日

清晨五點

他完全不聽勸。非常好。我要跟他一起去。

一八五〇年，十一月四日

親愛的伯恩斯：

虛弱，但頭腦清楚。我不確定日期，但憑著潮汐和夕陽，我的曆書讓我確信這日期肯定正確。我坐在書桌前，就是我從查波威特第一次寫信給你時所坐的位置，看著窗外幽暗的海洋，海面上最後一道光線正在迅速消逝。我再也見不到了。今晚是屬於我的夜晚，我將其留給無論是何種幽靈。

這大海，多麼用力地拍打岩石啊！向漸暗的橫幅狀天空拋起成堆的海水泡沫，讓我腳下的地板為之振動。在窗玻璃上，我看見自己的映像，蒼白得有如吸血鬼。我打從十月二十七日以來就沒有補充營養，要不是卡爾文那天在我床邊留了玻璃水瓶，本來也應該沒有喝水的。

噢，卡爾文！他已經不在了，伯恩斯。他代替我死去，代替這個手臂細長、臉若骷髏的不幸之人，我看見這張臉反映在變黑的玻璃上。但他或許是比較幸運的人，因為沒有夢像過去這幾天纏擾著我那般地糾纏他——那些潛伏在妄想的噩夢走廊上的扭曲形影。即使到現在我的雙手仍在顫抖，我的墨水弄髒了紙頁。

那天早晨正當我打算溜走時，卡爾文出現在我面前——而我還以為自己非常狡猾呢！我告訴他我決定我們必須離開，問他是否能去一趟唐德雷爾，大約十哩遠，到我們沒那麼惡名昭彰的地方僱一輛雙輪輕便馬車。他同意徒步走這趟路，我看著他沿著海邊道路離開。等他走到視線之外，我馬上打理好自己，穿戴上大衣和圍巾（因為天氣已轉為嚴寒，早晨刺骨的冷風已令人感受到冬天即將來臨）。我有一瞬間希望能有支槍，然後嘲笑自己的願望。面對這樣的事，槍又有何用呢？

我由食品儲藏室旁的小路走出去，停下腳步再看最後一眼海洋與天空，呼吸新鮮空氣來抵禦我心知再過不久就將聞到的腐臭味，欣賞覓食的海鷗盤旋在雲層下方的景象。

我轉過身——卡爾文・麥肯就站在那兒。

「你不該獨自一個人去，」他說。他的表情是我從未見過的嚴厲。

「可是卡爾文——」我開口。

「不，什麼也別說！我們一起去做我們該做的，否則我就親自把你帶回屋裡。你身體不好。你不該自己一個人去。」

我無法描述掠過心中矛盾的情感：困惑、慍怒、感激——然而最首要的是愛。

我們沉默地走著，經過避暑別墅和日晷儀，走下雜草蔓生的邊界，進入樹林。周遭一片死寂——沒有鳥鳴或木蟋蟀唧唧叫。整個世界彷彿置入寂靜的棺木裡。只有始終存在的鹽味，以及從遠處飄來，隱隱約約的柴煙味。樹林點綴得五彩繽紛，然而，在我眼中，猩紅色似乎主宰了一切。

不久鹽的味道消失，另一股，更加不祥的臭味取而代之；就是我提過的腐臭味。當我們來到跨越羅亞河的傾斜橋畔，我預期卡爾文會再度要求我延期，但是他並沒有。他停頓一下，望著那似乎在譏笑藍天的猙獰尖塔，然後注視我。我們繼續向前。

我們以快速但畏懼的步伐走向詹姆斯•布昂的教堂。大門從我們上回離去後仍半敞開著，內部的幽暗似乎不懷好意地斜睨著我們。當我們爬上台階時，我的心好似裝滿黃銅般的沉重。我的手顫抖著觸摸門把然後拉開，裡頭的氣味比先前更加強烈、更為有害。

我們走進陰影幢幢的前廳，然後毫不停留地進入主廳。

映入眼中的是一片混亂景象。

某個龐大的東西曾在那兒工作，造成規模浩大的毀壞。靠背長椅翻覆，如細木棒般堆在一起。邪惡的十字架傾靠著東牆，上方的灰泥中有個邊緣呈鋸齒狀的洞，證明了砸牆面的力量有多強勁。油燈從原本高處的固定裝置被扯下來，鯨油的惡臭與彌漫整個小鎮的可怕臭味混合在一起。而中央通道，宛如令人毛骨悚然的新娘走道，上頭有一長串黑色膿水的痕跡，混雜著惡兆的捲鬚狀血跡。我們的視線跟著污痕一路到講道壇——舉目所及唯一未遭破壞的東西。在講道壇上面，用呆滯的雙眼從那本瀆神的書上凝視我們的是，一頭被屠宰的羔羊屍體。

「天哪！」卡爾文低聲道。

我們走近講道壇，避開地板上的黏液。我們的腳步聲迴盪在整個廳內，並且似乎轉化成洪亮的笑聲。

我們一同登上前廳。那頭羔羊並沒有遭到撕裂或啃咬；看起來倒像是被擠壓到血管爆破。血液在讀經台上，以及底部附近，形成濃稠、惡臭的水灘……然而在書上的血是透明的，那晦澀的神秘文字可以隔著血液閱讀，有如隔著彩色玻璃般！

「我們應當碰那本書嗎？」卡爾文語氣堅定地問道。

「是的。我必須。」

「你要做什麼？」

「做六十年前早該做的事。我要把書給毀了。」

我們將羔羊的屍體搬離書本，羊屍垂下去撞到地板發出可怕的砰然重響。沾染血跡的書頁如今看來好像洋溢著自身散發出的猩紅色光芒。

我的耳朵開始嗡嗡響；一種低沉的吟詠似乎發自牆壁本身。從卡爾文臉上扭曲的表情，我知道他也聽到同樣的聲音。我們腳下的地板振動，彷彿糾纏這教堂的死靈如今撲向我們，以保護它自己。理智時空的架構似乎扭曲斷裂，教堂彷彿佈滿了幽靈，並燃起永恆不滅的冷火發出地獄的光芒。我感覺好像看見了詹姆斯·布昂，可怕、畸形的在一個女人仰臥的軀體四周雀躍，而我的伯公菲利浦在他身後，穿著連帽的黑色長袍當侍祭，手持一把刀子和一個缽。

「Deum vobiscum magna vermis —」

這些字句在我眼前的紙頁上戰慄蠕動，浸漬在祭品的血中，是搖晃不穩地走在遙遠星際的怪物的獎賞——

一群盲眼、雜種的會眾在愚昧、對惡魔的讚美詩中前後搖擺，殘缺的臉龐滿是飢渴、不可名狀的期盼。

緊接著拉丁文為更古老的文字所取代，那文字的年代古老到當時埃及才初草創，金字塔尚未興建，遠古到地球仍懸浮在一團空洞氣體所組成的翻湧、未成形的天穹中。

「Gyyagin vardar Yogsoggoth! Verminis! Gyyagin! Gyyagin! Gyyagin!」

講道壇開始撕裂劈開，往上推——

卡爾文放聲大叫，舉起一隻手臂護住自己的臉。陰暗的前廳劇烈地搖動著，有如遭狂風摧毀的船隻。我一把抓起那本書，盡量把書拿得遠離我的身體，這本書似乎聚滿了太陽的光熱，我感覺自己就要被燒成灰燼，眼睛即將失明。

「快跑！」卡爾文叫嚷著：「跑啊！」

但是我僵立在原地，異形的存在填滿了我，彷彿我是個等待多年、好幾個世代的古老容器。

「Gyyagin vardar!」我尖聲大喊：「猶格-索勾斯的僕人，無名的神！來自外太空的蠕蟲！噬星的魔物！時間的障眼物！Verminis! 現在填充的時刻，歸還的時代來臨了！Verminis! Alyah! Alyah! Gyyagin!」

卡爾文推我一把，我的腳步踉蹌，教堂在我眼前旋轉，接著我摔倒在地。我的頭撞擊到翻覆的靠背長椅邊緣，紅色火花脹滿整個腦子——不過似乎因此清醒過來。

我摸索著我帶來的硫磺火柴。

地底下的轟隆聲響遍整個廳。灰泥崩落。尖塔裡生鏽的大鐘產生共振，鳴響出滯悶的撒旦樂曲。

我的火柴燒了起來。我拿去點燃書的時候，講道壇正好往上炸開，木頭炸得四分五裂。下面露出一個巨大、黑色的無底洞，卡爾文就在洞口邊搖搖欲墜，他伸長雙手，臉龐腫脹變形，發出一聲我永遠揮之不去的無言尖叫。

接著，洞口突然湧出一大團灰色、抖動的肉。那惡臭如夢魘般的浪潮襲來。那是一大坨黏糊、生膿的肉凍迸發出來，龐大可怕的形體彷彿是從地心深處噴湧上來。但是，忽然間我領悟到一件沒人知道的恐怖事情，我發覺那是條多年來生存在這座可憎教堂底下隔間的黑暗中的無眼巨蟲，而湧出的只不過是巨蟲的一小節、一小段罷了！

那本書在我手中熊熊燃燒起來，那東西似乎在我上方無聲地吶喊。卡爾文被撞到斜著飛出去，從教堂這頭摔到另一頭，宛如頸子折斷的人偶。

騷動平靜下來，那東西退去，只留下一個黑色黏液包圍的破碎大洞，和一種尖厲無比的嗚咽聲，彷彿通過驚人的距離逐漸減弱，最後消失。

我低頭一看。那本書已燒成灰燼。

我大笑起來，接著宛如受創的野獸似的咆哮。

我徹底失去理智，坐到地板上，鮮血從我的太陽穴流淌下來，我不斷對著那些褻瀆神明的幽靈尖叫、語無倫次地說話，卡爾文則四肢攤開地躺在遠處的角落，用呆滯、驚恐的眼睛瞪著我。

我不知道我維持那種狀態多久，完全無法分辨。但是當我官能恢復時，四周已拖出一道道的長影，而我坐在薄暮中。有個動靜引起我的注意，來自前廳地上那個破洞的動靜。

一隻手在裂開的地板上摸索著方向。

我的狂笑哽在喉嚨裡。所有的歇斯底里逐漸化為麻木遲鈍。

一個殘骸似的人形以令人生畏的遲緩動作從黑暗中爬出來復仇，半顆頭顱死命地盯著我。甲蟲在只剩骨頭的前額上蠕動。一件破爛的長袍緊貼在歪斜、凹陷的腐朽鎖骨上。僅有眼睛是活的——血紅、發狂的眼窩怒視著我，那不僅僅是瘋狂，而是在宇宙邊緣之外、毫無人跡的荒原上度過空虛生命的眼神。

它是為了帶我墜入黑暗而來。

就在此時我拔腿狂奔，一邊尖叫著，將我一生的朋友丟在那恐怖的地方不管，我不停地奔跑直到肺和大腦裡的空氣似乎如岩漿般爆發。一直跑到我重返這間著魔不潔的屋子，回到我房間內，我癱倒下去像個死人似的躺到今天。我逃跑是因為即使在我癲狂的狀態下，即便是在那雖死猶生的人形破敗的殘骸中，我依然看到家族的相似處。然而不是像菲利浦或羅伯特，他們的肖像掛在樓上走廊。那張腐爛的面容是屬於詹姆斯．布昂，蠕蟲的守護者！

他依然居住在耶路撒冷地和查波威特地下某個邪惡、暗無天日的角落——而且它仍活著。那本書的焚毀重創了它，可是世上還有其他的副本。

而我是條通道，是布恩血脈的最後一人。為了全人類著想，我必須死……將連繫的鏈條永遠斬斷。

現在我要往海裡去了，伯恩斯。我的旅程，一如我的故事，已到了終點。願上帝賜你安寧保佑你平安。

查爾斯

以上這一系列奇怪的信最終送達信上所寫的收件人艾佛瑞特．葛蘭森先生手中。據猜測，最初在一八四八年他妻子過世後，侵襲他的腦膜炎不幸復發，致使查爾斯．布恩神智不清，謀殺了他的同伴及畢生的友人，卡爾文．麥肯先生。

麥肯先生袖珍日記本上的紀錄是精采的偽造練習，無疑是查爾斯．布恩為了強化他自己偏執的妄想而捏造出來的。

不過，至少在兩點細節上，證明了查爾斯・布恩是錯的。第一，當耶路撒冷地小鎮被人「重新發現」時（當然，我是從歷史的觀點來用這個措詞），前廳的地板，雖然腐朽，卻沒有任何爆炸或嚴重損壞的痕跡。雖然古老的靠背長椅翻覆過來，幾扇窗戶破損，這些都可推斷是多年來鄰近小鎮蓄意破壞文物的混混所為。在傳教士之角和唐德雷爾上年紀的居民之中，仍有些關於耶路撒冷地的毫無根據的傳言（或許，在查爾斯・布恩活著的時候，正是這種無惡意的民間傳說導致他的精神開始走向毀滅），不過似乎都沒有多重大的意義。

第二，查爾斯・布恩並非他家族的最後一人。他的祖父，羅伯特・布恩，生了至少兩個私生子。一個在嬰兒時期就死亡。第二個繼承了布恩的姓氏，定居在羅德島州的中央瀑布市。我是布恩家族這支分支的最後一代，是和查爾斯・布恩隔了三代的遠房親戚。這些信件交託到我手裡已十年。我在住進布恩家祖厝查波威特之際將這些信拿出來發表，希望讀者心中會為查爾斯・布恩誤入歧途的可憐靈魂感到同情。就我目前所能說的是，他只說對了一件事：這個地方極需要僱用滅鼠人。

從聲音聽來，牆內有好些大老鼠呢！

詹姆斯・羅伯特・布恩筆

一九七一年，十月二日

＊本篇另有收錄在新版《撒冷地》附錄。

夜班

星期五，半夜兩點。

沃維克上來的時候，霍爾坐在電梯旁的長椅上，三樓唯一可讓工人抽根菸的地方。他不高興見到沃維克。這個工頭在大夜班時不該出現在三樓，他應該待在地下室他的辦公室裡，喝著辦公桌角落擺著的咖啡壺裡頭的咖啡。附帶說一句，天氣真熱。

這是蓋茲瀑布鎮有史以來最炎熱的六月，同樣在電梯旁的鮮榨橙汁溫度計曾經在凌晨三點仍保持在華氏九十四度。只有上帝才知道紡織廠在三點到十一點的大夜班是什麼樣要命的鬼地方！

霍爾負責操作清棉機，一架經常突然停止運轉的廢物，由克里夫蘭一家已不存在的公司在一九三四年所製造。他是從四月份才開始在這家紡織廠工作，那表示他仍然賺一小時一‧七八美元的最低薪資，雖然如此生活還過得去。沒有老婆，沒有穩定的女朋友，沒有需要扶養的親人。他是個四處漂泊的人，過去三年間他隨自己意願從柏克萊（大學學生）遷到太浩湖（餐廳打雜工）到蓋維斯頓（碼頭裝卸工）到邁阿密（快餐廚師）到惠林（計程車司機和洗碗工）再到緬因州的蓋茲瀑布（清棉機操作工人）。他計畫等到下雪再搬。他是個孤獨的人，喜歡十一點到七點的時段，這時大紡織廠的人氣最冷，更別提溫度了。

他唯一不喜歡的是老鼠。

三樓狹長、鮮少人來，只靠幾盞劈啪響的日光燈發出的光芒照亮。不像紡織廠的其他樓層，這裡比較安靜、未被占用——至少沒被人占用。老鼠就是另一回事了。三樓唯一的機器是清棉機。這層樓其餘的空間儲藏了大量九十磅一袋，尚未經霍爾的長輪齒機器挑選過的纖維。這些袋子堆得像串起的臘腸般排成長列，其中有些（尤其是沒有訂單的不完整麥爾登呢和有瑕疵的羊毛）已囤了多年，因為工業廢料而變得髒髒灰灰的，成為老鼠築窩的完美地點，這些體型巨大、肚子肥碩的生物有著狂暴的眼睛，和蝨子、寄生蟲在上面跳躍的身體。

霍爾養成一種習慣，在休息時間從垃圾桶收集一小間軍火庫的飲料罐。在工作不急的時候用空罐投擲老鼠，等稍後空閒時再撿回來。只是這回工頭先生逮到他了，工頭沒利用電梯而是從樓梯上來，像個鬼鬼祟祟的王八蛋，正如大家所公認的。

「霍爾，你在幹什麼？」

「老鼠啦，」霍爾說，明白這說詞肯定聽起來有多麼站不住腳，因為現在所有的老鼠都安全回到窩裡舒服地蜷伏著。「我看到老鼠時就用空罐丟牠們。」

沃維克點了一下頭，非常簡短地。他是個理著平頭、肌肉發達的大塊頭男人。他的襯衫袖子捲起，領帶扯下。他仔細地端詳霍爾。「先生，我們不是付錢請你來朝老鼠扔罐子的。就算你再把罐子撿起來也不行。」

「哈利已經二十分鐘沒傳訂單下來了，」霍爾回答，一邊心想：你幹嘛不他媽的待在位子上喝你的咖啡就好？「我沒有訂單就沒法照單操作清棉機啊。」

沃維克點點頭，彷彿已對這個話題不感興趣。

「也許我會走上去看看威士康斯基，」他說：「五比一打賭他正在看雜誌，讓廢料堆積在他的箱子裡。」

霍爾沒有答腔。

沃維克突然指著。「有一隻！打中那畜生！」

霍爾舉手過肩咻一聲投出拿在手裡的尼嗨汽水罐。那隻在布袋頂上用大號鉛彈般大而明亮的眼睛看著他們的老鼠，微弱地吱叫一聲逃走了。霍爾去撿罐子時，沃維克把頭往後一仰哈哈大笑起來。

「我來找你是為了別件事。」沃維克說。

「是嗎？」

「下禮拜就是國慶週了。」霍爾點頭。紡織廠將從禮拜一停工到禮拜六——對在職至少一年的人來說是休假週，對不滿一年的人而言則是失業週。「你想工作嗎？」

霍爾聳聳肩。「做什麼？」

「我們要清理整層地下室。已經十二年沒人動過。髒亂透了。我們打算用水管沖。」

「城鎮規劃委員會在騷擾董事會嗎？」

沃維克冷靜地看著霍爾。「你想做還是不做？一個小時兩元，在七月四日當天領雙倍工資。我們會在大夜班的時間做，因為那時候比較涼快。」

霍爾計算了一下。扣掉稅後他可以淨賺也許七十五塊，總比他期待抱個鴨蛋要來得好。

「好吧。」

「那就下禮拜一在底下的染色間旁邊報到。」

霍爾看著他邁步走回樓梯。沃維克在半途停下腳步，回頭注視霍爾。「你以前是個大學生，是不是啊？」

霍爾點頭。

「好吧，大學生，我會記在心裡的。」

他說完離開。霍爾坐下來再點一根菸，一手拿著汽水罐等待老鼠。他能想像地下室會是什麼景象——實際上，是下層地下室，在染色間再下一層。潮濕、陰暗，滿是蜘蛛、腐爛的布料，和河川來的軟泥——以及老鼠。或許甚至還有蝙蝠，嚙齒類動物中的飛行員。呿！

霍爾奮力扔出空罐，然後暗自淡淡地笑了，因為頭頂上的輸送管隱約傳來沃維克的聲音，他正在狠狠地訓斥哈利・威士康斯基。

好吧，大學生，我會記在心裡的。

他唐突地停止微笑捻熄手中的菸。片刻後威士康斯基開始利用鼓風機把未經加工的尼龍送下來，於是霍爾著手工作。過一會兒老鼠跑出來，坐在長長的廠房後面的袋子頂端，黑眼睛眨也不眨地直盯著他。牠們看起來好像陪審團。

星期一，晚上十一點。

沃維克穿著一條舊牛仔褲，塞進高筒橡膠靴裡，他走進來時大約有三十六個男人四處閒坐著。霍爾一直在聽哈利・威士康斯基說話，他是個過度肥胖，極為遲緩，而且極端悲觀的人。

「那裡一定是亂七八糟的，」工頭先生進來時威士康斯基正在說：「你等著瞧吧，我們全都會回比波斯的午夜還要黑的老家去。」

「好了！」沃維克說：「我們在那下面掛了六十個燈泡，所以應該夠亮，可以讓你們看清楚自己在做什麼。你們幾個，」——他指向一群倚靠在晾乾的捲筒上的男人——「我要你們把那邊的軟管接上樓梯井旁邊的主水管。你們可以順著樓梯把軟管拉開。每個人大概有八十碼，那應該非常夠用了。別鬧著玩對著你們的搭檔噴，否則你就要送他去醫院了。那個沖擊的力量很大。」

「有人會受傷的，」威士康斯基悶悶不樂地預言。「等著瞧吧。」

「你們其他的人，」沃維克說著指向霍爾和威士康斯基所屬的那一群人。「你們今晚是負責垃圾組。兩兩一組行動，每個小組用一輛電動貨車。這裡有舊的辦公家具、一袋袋的布料、一大片一大片壞掉的機件，你能說出來的都有。我們要把這些垃圾堆到西端的通風井旁邊。有人不知道怎麼開貨車的嗎？」

沒人舉手。電動貨車是種靠電池驅動的新發明，類似迷你的自動傾卸卡車。在連續使用後這些貨車會發出噁心的臭味，讓霍爾聯想到燃燒的電源線。

「好，」沃維克說：「我們把地下室分成幾個區域，到禮拜四要全部清完。禮拜五我們就要用吊鍊把垃圾運出去。有問題嗎？」

無人發問。霍爾仔細審視工頭的臉，他突然有種奇怪的事情將會發生的預感。這個想法讓他暗自高興。他不是非常喜歡沃維克。

「很好，」沃維克說：「我們動手吧。」

星期二，半夜兩點。

霍爾筋疲力盡，而且非常厭倦了聽威士康斯基千篇一律喋喋不休的咒罵抱怨。他在想如果狠狠揍威士康斯基一拳會不會有用？他很懷疑。八成只會給威士康斯基另一個發牢騷的話題。

霍爾早知道情況會很糟，不過這簡直是謀殺。首先，他沒預料到臭味。河川污染的惡臭，與腐爛的布料、朽壞的磚石、植物的氣味混合在一起。在他們開始工作的遠處角落，霍爾發現一叢白色的大毒蕈從破碎的水泥縫間探出來。他在使勁拉扯一個有輪齒的生鏽輪子時，兩手碰到了毒蕈，摸起來感覺奇妙的溫暖浮腫，好像患水腫的人的肌膚似的。

燈泡無法驅除十二年的漆黑，只能逼黑暗往後退一些，投射暗淡的昏黃光線在整片髒亂上。這地方看起來像遭褻瀆的教堂毀壞的中殿，有著高聳的天花板和他們絕對無法搬動的龐大廢棄機械，潮濕的牆壁上長滿了斑斑點點的黃色苔蘚，而不成調的唱詩班是來自軟管的水，在半阻塞的下水道系統流動，最後注入瀑布底下的河川。

還有老鼠——讓三樓的那些看起來像侏儒的巨大老鼠。天知道牠們在這下面吃些什麼。他們不斷翻倒木板和袋子揭露出碎報紙築成的巨大鼠窩，帶著原始本能的厭惡看著幼鼠逃竄到裂縫和小洞裡，那些老鼠的眼睛很大，但因為持續待在黑暗中所以失明。

「我們停下來抽根菸吧！」威士康斯基說。他聽起來氣喘吁吁的，但霍爾搞不懂是為什麼，他明明整晚都在偷懶。不過，的確差不多是休息的時候，而且他們目前在其他所有人的視線外。

「好吧。」他靠在電動貨車的邊上點菸。

「我真不該讓沃維克說服我做這件差事的，」威士康斯基意氣消沉地說：「這工作真不是人幹的。不過他那天晚上逮到我在四樓穿著褲子蹲茅房的時候氣死了。天啊，他那時可真火大。」

霍爾沒有回話。他正在想沃維克，以及老鼠的事。奇怪，這兩個東西怎麼好像綁在一塊兒。老鼠似乎長期待在紡織廠地下，已經忘記有關人的一切；牠們放肆無禮，幾乎一點也不害怕。其中一隻像松鼠般用後腿端坐著，直到霍爾走近踢得到的距離，牠立刻撲向他的靴子啃咬皮革。數百，也許數千。他好奇牠們不知帶了多少種疾病在這個烏漆抹黑的集水坑裡跑來跑去。而那個沃維克呢。他有種——

「我需要錢，」威士康斯基說：「可是我的天啊，小老弟，這根本不是人幹的工作。那些老鼠。」他擔心地四處張望。「簡直像是會思考一樣。你有沒有想過假如我們很小牠們很大的話，會變成怎樣——」

「噢，閉嘴！」霍爾說。

威士康斯基看著他，一臉受傷。「嘿，對不起啦，老弟。只不過那個……」他的聲音逐漸減弱。「天哪，這地方糟透了！」他大喊。「這工作絕不是人幹的！」一隻蜘蛛從貨車邊緣爬下來，攀上他的胳臂。他厭惡地悶聲一吭揮開蜘蛛。

「來吧，」霍爾說著熄掉菸。「動作快點，就可以早點做完。」

「我想是吧，」威士康斯基痛苦地說：「我想應該是吧。」

星期二，清晨四點。

午餐時間。

霍爾和威士康斯基與另外三、四個人坐在一起，用那雙就連工業用清潔劑也洗不乾淨的黑手吃三明治。霍爾邊吃邊望著工頭那間玻璃隔出的小辦公室。沃維克津津有味地喝著咖啡吃冷漢堡。

「雷•厄普森得回家了。」查理•布洛楚說。

「他吐了嗎？」有人問道：「我差點就吐了。」

「不是。雷就算吃了成堆的牛糞也不會吐。是老鼠咬了他。」

霍爾停止審查沃維克，沉思地抬起頭來。「真的嗎？」他問。

「沒錯。」布洛楚搖搖頭。「我和他一組。那是我見過最該死的東西。從那堆舊布袋的破洞跳出來。肯定有隻貓那麼大。緊緊抓住他的手就開始咬。」

「天——哪，」一人說，臉色發青。

「就是啊，」布洛楚說：「雷尖叫得像個娘兒們似的，我也不怪他。他像隻豬那樣的流血。那個東西肯放開嗎？不，先生。我得用木板狠狠敲牠三、四下，牠才鬆開。雷大概抓狂了。他重重地踹牠一直踹到那畜生只不過是一大團毛。我從沒見過這麼該死的東西。沃維克幫他包上繃帶

就讓他回家去了，叫他明天去看醫生。」

「那討厭鬼還挺寬宏大量的嘛！」有人說。

沃維克彷彿聽見似的，在辦公室裡站起來，伸伸懶腰，然後走到門口。「該繼續工作了。」大家慢慢站起來，盡一切可能地拖延時間，收拾便當盒，喝點冷飲，買巧克力棒。然後他們開始往下走，鞋後跟無精打采地踏在樓梯階的鋼鐵格子上，發出哐啷哐啷的聲響。

沃維克經過霍爾身邊，輕拍一下他的肩。「大學生，怎麼樣啊？」他沒等霍爾回答。

「來吧，」霍爾耐心地對威士康斯基說，威士康斯基正在綁鞋帶。隨後他們下樓去。

星期二，早上七點。

霍爾和威士康斯基一起走出去；霍爾感覺自己似乎多少遺傳了這個肥胖的波蘭人。威士康斯基幾乎骯髒得可笑，肥胖的月亮臉髒兮兮的好像剛被鎮上惡霸痛打的小男孩。

其他人完全沒有像平常那般粗俗地笑鬧，像是拉扯襯衫下襬，或是說說一點到四點間誰在幫東尼的老婆取暖之類的玩笑話。只有一片沉默和偶爾有人吐口水到髒地板上的咳聲。

「你要搭便車嗎？」威士康斯基遲疑地問他。

「謝啦。」

他們開上米爾街過了橋，一路都沒有說話。唯有在威士康斯基在他公寓前讓他下車時，才交換簡短的一個字。

霍爾直接進去淋浴室，腦中仍思考著沃維克的事，試著想出工頭先生究竟是哪點吸引他，讓他覺得他們的命運似乎莫名其妙地緊繫在一起。

他的頭一沾上枕頭就馬上睡著，但是他的睡眠斷斷續續的不得安寧：他夢到了老鼠。

星期三，半夜一點。

負責用軟管沖水比較輕鬆。

他們要等垃圾組清完一區才能進去，而且常常在下一區清乾淨前他們已經沖完水了——那意味著有時間抽根菸。霍爾操控一條長軟管的噴嘴，威士康斯基則啪噠啪噠地來回奔跑，解開整條軟管纏結的地方，把水打開關閉，清除障礙物。

沃維克的脾氣暴躁，因為工作的進度緩慢。照目前的情況，他們絕對沒辦法在星期四之前完成。

此時他們正在清理堆在角落的一團混亂的十九世紀辦公設備，包含破碎的捲蓋辦公桌、發霉的帳簿、大量的發票、坐部破損的椅子——這根本就是老鼠的天堂。無數的老鼠吱吱叫，在成堆廢物中到處充斥的幽暗、不牢固的通道內奔跑，在兩個人被咬了之後，其他人拒絕繼續工作，於是沃維克派人到樓上去拿超厚的橡膠手套，那種通常保留給染色間的工作人員使用，因為他們必須處理酸性物質。

霍爾和威士康斯基正等著帶軟管進去時，一個頭髮淺棕色、脖子粗短、名叫卡麥克的人開始狂罵三字經並且往後退，用戴著手套的雙手猛拍打自己的胸膛。

一隻夾雜灰毛的巨鼠瞪大醜惡的眼睛，咬進他的襯衫後緊攀在那兒不放，吱吱叫著用後腳爪猛踢卡麥克的肚子。卡麥克最後好不容易才用拳頭把牠打飛，但是他的襯衫破了一個大洞，從一邊乳頭上方滴下一條細細的血絲。怒氣從他臉上消失。他背過臉去嘔吐。

霍爾將軟管轉向那隻老鼠，牠已經老了行動緩慢，嘴巴仍叼著一小片卡麥克的襯衫。強大的水壓逼得牠往後退到牆邊，被壓扁成一攤軟泥。

沃維克走過來，嘴上浮現古怪、勉強的笑容。他拍一下霍爾的肩膀。「這個比用罐子丟那些小畜生要好多了吧，啊，大學生？」

「一點也不是小畜生，」威士康斯基說：「牠有一呎長啊！」

「把軟管轉向那邊。」沃維克指著那堆雜亂的設備。「你們幾個，閃開！」

「樂意之至。」有人喃喃地說。

卡麥克衝向沃維克，他的臉蒼白而扭曲。「我要求賠償！我要——」

「當然，」沃維克微笑著說：「你的乳頭被咬了嘛。現在趁你被打趴在水邊之前趕快滾開。」

霍爾將噴嘴對準後發射。白色的水沫猛然噴出擊中目標，打翻一張桌子，並將兩張椅子擊成碎片。老鼠四處亂竄，比霍爾見過的任何一隻都還要大。這些生著巨大眼睛和油亮、飽滿身軀的東西在逃跑時，他可以聽見人人厭惡又驚駭得大聲叫嚷。他瞥見一隻看起來大得跟健康的六星期大的小狗一樣。他繼續沖水直到再也看不到半隻，才關掉噴嘴。

「好了！」沃維克喊道。「我們收拾收拾吧！」

「我可不是受僱來當滅鼠人的！」賽・易普斯頓反抗地叫嚷。霍爾前一個禮拜曾和他喝過幾杯。他是個年輕人，身穿T恤，頭戴一頂煤灰弄髒的棒球帽。

「易普斯頓，是你嗎？」沃維克和藹可親地問。

易普斯頓顯得有點猶豫，不過他挺身站出。「是啊。我不想再看到這些老鼠了。我受僱來清理，不是希望可能得到狂犬病或斑疹傷寒或什麼的。或許你最好別把我算在內。」

其他人低聲贊同。威士康斯基偷瞄一眼霍爾，不過霍爾正在檢查他拿著的軟管噴嘴。噴嘴的口徑大約是零點四五，八成可以將一個男人沖到二十呎外。

「賽，你是說你想要打卡下班嗎？」

「正在考慮。」易普斯頓說。

沃維克點點頭。「好吧。你跟其他想要下班的人。不過這裡可不是工會管轄的工廠，從來都不是。現在打卡離開，就永遠別想回來打卡上班了。我保證說到做到。」

「你又不是什麼大紅人。」霍爾喃喃地說。

沃維克猛然轉過身。「大學生，你是不是說了什麼？」

霍爾泰然自若地注視他。「只是清清喉嚨而已，工頭先生。」

沃維克微微一笑。「你吃到什麼難吃的東西嗎？」

霍爾沒有回話。

「好吧，我們再開始幹活吧！」沃維克大聲宣佈。

他們繼續工作。

星期四，半夜兩點。

霍爾和威士康斯基再度開貨車工作，收拾垃圾。西側通風井旁的垃圾堆已經擴大到驚人的程度，不過他們尚未完成一半。

「國慶日快樂，」他們停下來抽菸時，威士康斯基說。他們正在靠近北牆、遠離樓梯的地方工作。這裡燈光極為昏暗，由於一些傳聲效果的錯覺使得其他人感覺好像在好幾哩外。

「謝啦，」霍爾深吸一口菸。「今晚沒看到太多老鼠。」

「沒人看到，」威士康斯基說：「或許牠們變聰明了。」

他們站在一條搖搖欲墜、蜿蜒曲折的小路盡頭，這條路是由成堆的舊賬簿和發票、發霉的裝布袋子，和兩大台古董橫織機所構成的。「呿，」威士康斯基啐了一口口水說：「那個沃維克——」

「你想所有的老鼠都跑到哪裡去了？」霍爾問，幾乎是自顧自地說：「不會是到牆裡面去——」他凝視包圍著巨大基石的潮濕、剝落的磚石。「牠們會淹死的。河水浸透了所有東西。」

有個拍動翅膀的黑色東西突然俯衝向他們。威士康斯基大叫用兩手罩住頭。

「蝙蝠，」霍爾說，視線追著蝙蝠。威士康斯基直起身子。

「蝙蝠！一隻蝙蝠！」威士康斯基發狂地說：「蝙蝠在地下室裡幹什麼？牠們應該在樹林裡、屋簷下，還有——」

「這是隻大蝙蝠，」霍爾輕輕地說：「蝙蝠不就是隻長翅膀的老鼠嗎？」

「天啊，」威士康斯基呻吟道。「牠是怎麼——」

「進來的？或許跟老鼠出去是用同一條路。」

「那後面發生了什麼事？」沃維克從他們身後某處高聲問：「你們在哪裡？」

「別緊張，」霍爾柔聲說。他的眼睛在黑暗中閃閃發亮。

「是你嗎，大學生？」沃維克喊道。他聽起來更接近了。

「沒事！」霍爾嚷著。「我的小腿擦破皮了！」

沃維克突然爆出急促響亮的大笑。「你想要紫星動章嗎？」

威士康斯基看著霍爾。「你幹嘛那麼說？」

「看著，」霍爾跪下去點燃一根火柴。在潮濕、剝落的水泥中間有個方格。「敲敲看。」

威士康斯基照做。「是木頭。」

霍爾點點頭。「這是支柱的頂端。我在這附近看過其他的。在地下室這區底下還有一層。」

「天哪！」威士康斯基極度反感地說。

星期四，半夜三點三十分。

他們位在東北角，易普斯頓和布洛楚帶著一條高壓軟管跟在他們後面，霍爾停下來指著地板。「那裡，我想我們找到了。」

地上有個木製活動門，靠近中央處有一個陳舊的鐵製帶環螺栓。

他走回易普斯頓旁邊說：「把水關掉一會兒。」等軟管的水止住只剩細流時，他提高聲音呼喊：「嘿！嘿，沃維克！你最好過來這裡一下！」

沃維克濺著水走過來，眼中露出同樣不甚友好的笑意看著霍爾。「你的鞋帶掉了嗎，大學生？」

「你看，」霍爾說。他用腳踢踢活動門。「第二層地窖。」

「那又怎樣？」沃維克問：「現在不是休息時間，大——」

「那是你的老鼠躲藏的地方，」霍爾說：「牠們在那下面繁殖。稍早威士康斯基和我甚至看到一隻蝙蝠。」

其他工人有的聚集過來看著那扇活動門。

「我才不管呢，」沃維克說：「我的職責是清地下室，不是——」

「你會需要大概二十個滅鼠人，受過訓練的那種，」霍爾說：「要花上管理部門一大筆錢。真是遺憾。」

有人大笑起來。「哪有可能。」

沃維克盯著霍爾彷彿他是玻璃下的蟲子。「你真是個傻瓜，百分之百的，」他說，一副覺得不可思議的口氣。「你以為我他媽的會在乎底下有多少隻老鼠嗎？」

「我今天下午和昨天都在圖書館，」霍爾說：「幸好你一直提醒我我是個大學生。沃維克，我讀了城鎮規劃條例，這些條例是在一九一一年制定的，在這間紡織廠大到需要指派規劃委員之前。你知道我發現什麼嗎？」

沃維克的眼神冷冰冰的。「走開，大學生。你被解僱了。」

「我發現，」霍爾彷彿沒聽見似的堅持說下去。「我發現蓋茲瀑布有條關於害獸的規劃法。假如你想知道的話，害獸是這樣拼的，v-e-r-m-i-n。那指的是傳播疾病動物，像是蝙蝠、臭鼬、沒有登記的狗——還有老鼠。尤其是老鼠。在兩個段落中就提到老鼠十四次，工頭先生。所以你好好記著，我一打卡下班就會直接走去鎮委員那兒，告訴他這底下的情況。」

他停頓一下，欣賞沃維克充滿恨意的臉。「我想就我、他，和鎮委員會，我們可以對這地方提出禁制令。工頭先生，到時你就不只停工到禮拜六了。我非常清楚你的老闆出現時會怎麼說。沃維克，希望你的失業保險有按時繳啊。」

沃維克的雙手張成爪子。「你這該死狂妄自大的小鬼，我應該——」他低頭看著活動門，忽然間他的笑容又浮現了。「當你自己被重新僱用了吧，大學生。」

「我就相信你會明白過來的。」

沃維克點頭，咧開嘴露出同樣奇怪的笑容。「你真是太聰明了。我想也許你應當下去那兒。霍爾，這樣吧我們找個受過大學教育的人來提供我們可靠的意見。你和威士康斯基。」

「別找我！」威士康斯基驚叫。「別找我，我——」

沃維克看著他。「你怎樣？」

威士康斯基閉上嘴巴。

「很好，」霍爾高興地說：「我們需要三支手電筒。我想我看到大辦公室有一整個架子的那種六顆電池的玩意兒，我沒看錯吧？」

「你想要再找別人去嗎？」沃維克慷慨地問：「沒問題，任你挑吧。」

「你，」霍爾輕聲說。那種奇怪的表情又出現在他臉上。「畢竟，管理部門應該派個代表嘛，你不覺得嗎？這樣一來威士康斯基和我才不會在那下面看到太多的老鼠。」

有人（聽起來像是易普斯頓）聲音洪亮地大笑。

沃維克仔細盯著工人。他們低頭檢查自己的鞋尖。最後他指向布洛楚。「布洛楚，上去辦公室拿三支手電筒來。告訴夜班警衛是我說讓你進去的。」

「你幹嘛把我扯進來？」威士康斯基對霍爾抱怨。「你明知道我討厭那些——」

「又不是我。」霍爾說著，看向沃維克。

沃維克回瞪著他，沒人肯垂下視線。

星期四，清晨四點。

布洛楚拿了手電筒回來。他遞一支給霍爾，一支給威士康斯基，一支給沃維克。

「易普斯頓！把軟管給威士康斯基。」易普斯頓照辦。噴嘴在波蘭人的兩手中細微地顫抖。

「好吧，」沃維克對威士康斯基說：「你走中間。要是有老鼠，你就給牠們點顏色瞧瞧。」

當然囉，霍爾心想。假如有老鼠，沃維克不會看到。威士康斯基也不會，等他發現薪水袋裡多出十元後。

沃維克指向兩名工人。「把門抬起來。」

其中一人彎下腰用力拉帶環螺栓。有一瞬間霍爾認為門不會動，但片刻後門突然發出古怪的

嘎吱聲響猛地拉開了。另一個人把手指放在底側幫忙拉，卻大喊一聲抽回手。他的雙手爬滿了盲眼的大甲蟲。

抽搐地咕噥一聲，抓著帶環螺栓的男人死命拉開後把活動門扔下。底側是一片黑壓壓的奇怪真菌，霍爾以前從未見過。甲蟲掉落到底下的黑洞中，或是在地板上跑來跑去被人壓扁。

「看。」霍爾說。

有個生鏽的鎖以螺栓固定在底側，如今已斷。「但是這不應該在底下啊，」沃維克說：「應當裝在上面的。為什麼——」

「有很多原因，」霍爾說：「或許是為了讓這一側沒有東西可以打開門——至少在鎖還新的時候。也許是為了讓那一側沒有東西可以上來。」

「可是是誰鎖的呢？」威士康斯基問。

「啊，」霍爾嘲諷地說，眼睛盯著沃維克。「是個謎。」

「聽。」布洛楚低聲說。

「噢，天啊，」威士康斯基啜泣道：「我不要下去那裡！」

那是個輕柔的聲音，幾乎是滿懷期待的；成千隻爪子急速揮動拍打的聲音，老鼠的吱叫聲。

「有可能是青蛙。」沃維克說。

霍爾大聲地笑了。

沃維克拿手電筒往下照。一段歪歪斜斜的木梯通向底下的黑石地板。沒看見半隻老鼠。

「那個樓梯支撐不了我們的。」沃維克斷言。

布洛楚向前走兩步，在第一階上下跳動一下。梯子發出嘎吱聲但沒有顯出倒塌的跡象。

「我沒要求你那麼做。」沃維克說。

「那隻老鼠咬雷的時候你不在場。」布洛楚溫和地說。

「我們走吧！」霍爾說。

沃維克最後再諷刺地看周圍那圈工人一眼，然後跟著霍爾一起走到邊緣。威士康斯基心不甘情不願地走在兩人中間。他們一次下去一個人。先是霍爾，再來威士康斯基，最後是沃維克。他們手電筒的光束照射在地板上，地板曲折起伏形成許多搖晃不穩的丘陵和山谷，軟管咚咚地拖在威士康斯基後面有如一條笨重的大蛇。

當他們到達底部時，沃維克用手電筒照一下四周，辨別出幾個爛掉的箱子、一些大木桶，沒什麼其他東西。從河那兒滲進來的水積成水窪，深及他們靴子的腳踝處。

「我沒再聽見牠們的聲音。」威士康斯基低聲說。

他們緩緩離開活動門，拖著腳步在爛泥中行走。霍爾停頓一下用他的手電筒照亮一個大木箱，箱上寫著白字。「埃里亞斯・瓦尼，」他出聲唸道：「一八四一。紡織廠那時就在這裡了嗎？」

「不，」沃維克說：「紡織廠是到一八九七才建的。有什麼差別嗎？」

霍爾沒有回答。他們再度向前走。感覺上，第二層地窖比理應的長度還要長。惡臭更為濃烈，混雜著腐敗、腐爛和葬身此地的東西的味道。然而唯一的聲響只有微弱、如在洞穴中的滴水聲。

「那是什麼？」霍爾問，用光束指著伸入地窖兩呎左右的一塊凸出的混凝土。混凝土再過去，黑暗持續延伸，霍爾覺得他現在似乎可以聽見上方的聲音，鬼鬼祟祟得引人好奇。

沃維克盯著混凝土看。「這……不，不該有這個的。」

「紡織廠的外牆，對不對？那在前面是……」

「我要回去了。」沃維克說，突然轉過身去。

霍爾粗暴地抓住他的脖子。「工頭先生，你哪裡也不能去。」

沃維克抬頭看他，他齜牙咧嘴的笑容劃破黑暗。「你發瘋了，大學生。對吧？完全神智不清地瘋了。」

「你不應該逼迫人的，朋友。繼續走下去。」

威士康斯基呻吟一聲。「霍爾——」

「把那個給我。」霍爾抓住軟管。他放開沃維克的頸子用軟管指著他的頭。威士康斯基突然轉身，發出砰砰巨響地衝回活動門。霍爾甚至沒有回頭。「你先走，工頭先生。」

沃維克向前跨步，走在上方紡織廠已到盡頭的地底下。霍爾用手電筒照著四周，感到微微的滿足——不祥的預感實現了。老鼠已將他們團團圍住，如死亡般悄無聲息。一列又一列的，成群擠上來。成千上萬隻的眼睛貪婪地回瞪著他。在靠牆的行列中，有些長得足足到男人小腿的高度。

沃維克看了牠們半晌後完全停下腳步。「大學生，牠們已經把我們包圍了，」他的聲音依然鎮定，仍舊控制住，不過有點刺耳。

「對，」霍爾說：「繼續走。」

他們往前走，軟管拖在後頭。霍爾回頭看了一次，看見老鼠堵塞住他們背後的通道，正在啃咬厚帆布製的軟管。有一隻抬起頭來，幾乎像是對他齜牙咧嘴地微笑後再度低下頭。現在他也可以看到蝙蝠。牠們棲息在粗糙的天花板上，體型巨大，約莫烏鴉或禿鼻鴉的大小。

「看，」沃維克說，將他的光線集中在前方大約五呎處。

一個骷髏頭，長滿霉而發青，仰面朝他們笑。再往前一點霍爾可看見一節尺骨、一塊骨盆翼，和局部的胸腔。「繼續走。」霍爾說。他感覺心裡有什麼東西爆發，某種瘋狂、顏色漆黑的東西。工頭先生，你會比我先崩潰，上帝幫助我吧！

他們走過骨頭。老鼠沒有推擠他們，牠們的距離似乎始終不變。在前方霍爾看見一隻橫過他們行走的路徑。陰影掩蔽了牠，但是他瞥見一節抽動的粉紅尾巴，如電話線一般粗。

再往前地面急遽升起，接著又下降。霍爾能聽見鬼鬼祟祟的窸窣聲，非常大的聲音。是個或許沒有活人曾見過的東西。霍爾突然意識到他所有瘋狂的流浪日子也許就是在找尋像這樣的東西。

老鼠靠近來，利用牠們的腹部匍匐爬行，逼迫他們向前。「看。」沃維克冷冷地說。

霍爾看到了。這兒的老鼠身上發生異變，某種在太陽的注目下絕不可能倖存的可怕突變；大自然應該會嚴禁的變化。然而在此處，自然呈現另一種令人毛骨悚然的面貌。

這兒的老鼠龐大無比，有的甚至高達三呎。不過牠們的後腿不見了，而且像鼴鼠一樣盲目，一如牠們飛行的同類。牠們以駭人的熱切渴望費勁地拖著身體向前。

沃維克轉身面對霍爾，憑著殘忍的意志力維持臉上的笑容。霍爾真的不得不欽佩他。「我們不能再繼續走了，霍爾。你一定看得出來吧。」

「我想，這群老鼠有事找你。」霍爾說。

沃維克的控制力下滑。「拜託，」他說：「求求你。」

霍爾笑了。「繼續走。」

沃維克回頭看。「牠們在咬軟管。一旦牠們咬穿，我們就永遠回不去了。」

「我知道。繼續走。」

「你瘋了——」一隻老鼠跑過沃維克的鞋子，他放聲尖叫。霍爾微微一笑用他的手電筒示意。牠們包圍在四周，如今最靠近的距離不到一呎。

沃維克再度開始走。老鼠保持距離。

他們爬到一座迷你高地的頂端往下望。沃維克先抵達，霍爾看見他的臉色蒼白如紙，唾液順著他的下巴流下。「噢，我的天啊。仁慈的耶穌啊！」

然後他轉身狂奔。

霍爾打開軟管的噴嘴，高壓的水柱急速噴出，正擊中沃維克的胸膛，把他撞飛到視線外。一聲長長的尖叫壓過水聲。連續撲打的聲響。

「霍爾！」咕噥聲。一聲巨大、陰沉的吱吱尖叫似乎響徹大地。

「霍爾，看在上帝的份上——」

驀地一個軟弱、撕扯的聲音。另一聲尖叫，更無力了。有個龐大的東西移動轉身。相當清楚的，霍爾聽見骨頭斷裂所發出的微弱啪嗟聲響。

一隻無腿的老鼠，由某種類似聲納的東西所引導，猛撲向他，張口欲咬。牠的身體鬆軟、溫暖。霍爾幾乎是心不在焉地將軟管轉向牠，把牠沖開。軟管如今已沒有那麼大的壓力。

霍爾走到泥濘山丘的坡頂往下看。

那隻老鼠佔滿這可憎的墳墓遠端的整條溝壑。一團巨大、顫動的灰色，沒有眼睛，完全沒有腿。當霍爾的光線照到牠時，牠發出可怕的低泣聲。那麼，這就是牠們的女王大母神了。一隻難以名狀的龐大怪物，其子孫將來有一天很可能會演化出翅膀。與牠相比之下沃維克的殘骸似乎顯得渺小，不過這或許只是錯覺，因為看到如荷士登小牛般大的老鼠太過震驚所致。

「再見啦，沃維克。」霍爾說。老鼠猜忌地蹲伏在工頭先生的身上，撕扯著一條軟綿綿的手臂。

霍爾轉身離開，開始急速地走回頭，用軟管阻擋老鼠前進，但軟管漸漸變得越來越沒力。有些老鼠衝過水柱，用尖牙猛攻他靴子頂部以上的腿。其中一隻頑強地緊咬他的大腿不放，扯開燈芯絨褲子的布料。霍爾握拳用力把牠揍到一邊去。

他幾乎走到回程四分之三的路途時，響亮的呼呼振翅聲充斥了黑暗。他抬起頭來看，一個巨大無比的飛行物體猛撞到他臉上。

突變蝙蝠的尾巴尚未退化消失。牠揮動尾巴令人作嘔地盤捲霍爾的脖子緊緊纏住，同時牙齒尋找他脖子底下的弱點。牠扭動身軀拍動薄而透明的翅膀，緊攫住他破爛不堪的襯衫布條當支點。

霍爾盲目地舉起軟管的噴嘴，一遍又一遍地重擊牠柔韌的身體。蝙蝠掉落，他將蝙蝠踐踏在腳下，隱約意識到自己在尖叫。老鼠潮湧般跑到他的腳上，爬上他的腿。

他拔腿搖搖晃晃地跑起來，甩掉一些老鼠。其他的仍咬住他的腹部、胸膛。有一隻跑上他的肩膀，將探索的口鼻擠入他的耳廓。

他撞到第二隻蝙蝠。牠棲息在他頭上片刻，長聲尖叫，接著撕去霍爾的一片頭皮。

他感覺身體逐漸麻木，耳朵充斥著許多老鼠的尖銳叫聲和喧鬧聲。他最後再奮力一撐，絆倒在毛茸茸的身體上，跌跪在地。他開始大笑，發出高亢、尖厲的叫聲。

星期四，清晨五點。

「最好有人下去查看一下。」布洛楚猶豫不決地說。

「我不去，」威士康斯基說：「別找我。」

「不，不會找你的，大肚腩。」易普斯頓輕蔑地說。

「好吧，我們走吧，」布羅根說，拿起另一條軟管。「我、易普斯頓、丹杰菲爾德、內道爾。史蒂文森，到樓上辦公室去再拿幾支手電筒。」

易普斯頓沉思地俯視黑洞中。「也許他們停下來抽菸了，」他說：「幾隻老鼠而已，搞什麼鬼。」

史蒂文森拿了手電筒回來，一會兒後他們動身往下走。

＊本篇於一九九〇年改編拍成電影《墳場禁區》。

夜浪

在那傢伙死掉，他的肉體焚燒的氣味飄散到空中後，我們全都往下走回海灘。柯瑞有自己的收音機，那種手提箱大小的電晶體產品，需要大約四十安培電力的電池，同時可以製作並播放錄音帶。你無法說那聲音重現的效果很棒，不過確實很響亮。柯瑞在A6之前生活富裕，但是像那樣的財產已不再重要。就連他的大台收音機／錄放音機也只不過是好看的大型垃圾。我們能收聽到的只剩兩個廣播電台仍在播送。一個是位在普茲茅斯的WKDM——某個粗野的電台主持人變得狂熱篤信宗教。他會播放派瑞・柯莫的唱片，說一段禱詞，大聲哭喊，再播放強尼・雷的唱片，朗讀《詩篇》（包括每一個「細拉❽」，就像《天倫夢覺》中的詹姆斯・狄恩一樣），然後再多哭喊幾聲，歡樂時光之類的東西。有一天他用嘶啞、乏味的聲調唱〈收禾捆回家〉，把尼德斯和我搞得歇斯底里發作。

麻州電台比較好一點，不過我們只有晚上能收聽到。那是一群小鬼。我猜他們在所有人離開或死去後接管了WRKO或WBZ電台的播送設備。他們只提供搞笑的電台呼叫代號，例如說WDOPE（笨蛋）或KUNT（賤貨）或WA6，或那一類的代號。真的很好笑，你知道嗎？你真的會笑死。我們走回海灘時就是聽這一台。我和蘇西手牽著手，凱利與瓊恩走在我們前面，尼德斯已經在岬角的坡頂上看不見蹤影了。柯瑞殿後，搖晃著他的收音機。滾石合唱團正在唱〈安琪〉。

「你愛我嗎？」蘇西問：「我只想知道，你愛我嗎？」蘇西需要再三的保證。我是她的泰迪態。

「不愛，」我說。她越來越胖了，假如她活得夠久（那是不可能的事），她的肌肉就會變得鬆垮垮的。況且她已經夠嘮叨了。

「你很討厭耶，」她說著把一手放到臉上。在一個鐘頭前升起的半月下，她塗了指甲油的指甲隱約閃著微光。

「妳又要哭了嗎？」

「閉嘴！」她聽起來像是又要哭了，沒錯。

我們來到山脊，我停下腳步。我向來到此一定駐足。在A6之前，這裡是個公共海灘。觀光客、野餐的人、流鼻涕的小孩和肥胖鬆弛的祖母，手肘都曬得黝黑。糖果包裝紙和冰棒棍子掉在沙裡，所有漂亮的人在海灘毯上卿卿我我，停車場的廢氣和海草、水寶寶防曬油混合在一起發出惡臭。

但是如今所有的塵土和所有的垃圾都不見了。海水吞噬了一切，輕鬆得有如你在吃滿手的琥珀爆米花。沒有人再回來弄髒海灘。只有我們，而我們不足以製造太多髒亂。我想，我們也愛這個海灘——我們不是才剛向海灘獻出一種祭品嗎？就連蘇西，屁股肥大、穿著蔓越莓色喇叭褲的小騷貨蘇西也不例外。

白沙堆積成沙丘，在上面留下痕跡的只有滿潮線——一連串歪歪扭扭的海草、褐藻，及大塊的浮木。月光在萬物上頭縫綴出如墨的新月形陰影和摺痕。荒廢的救生員瞭望塔白若骸骨，豎立在距離更衣室約莫五十碼的地方，宛如一根指骨指向天空。

❽細拉（Selah）：《聖經・舊約》詩篇中意義不清的希伯來詞，一般認為是吟唱時表示「休止」的用語。

而浪濤，夜浪，拋起陣陣巨大的泡沫，無休止地沖擊我們觸目所及的海角四下迸濺。也許這海水前一晚還在到英格蘭的半途中。

「滾石合唱團所帶來的〈安琪〉，」柯瑞收音機裡嘶啞的聲音說：「我肯定你們喜歡這首，來自過去的歡樂時光是令人愉快的寶貴事物，直接由快活地送達，一張重要的唱片。我是鮑比。今晚原本應當是弗瑞德主持，不過弗瑞德得了流感。他整個人都腫起來了。」這時蘇西咯咯笑了起來，最初的淚水仍掛在她的眼睫毛上。為了讓她保持安靜，我開始稍微加快速度朝海灘走去。

「等等！」柯瑞喊道。「伯尼？嘿，伯尼，等等嘛！」

廣播電台的那傢伙正在唸一些下流的五行打油詩，背景中有個女孩問他把啤酒放到哪裡去。他回答了一些話，可是到那時我們已經在沙灘上了。我回頭去看柯瑞在幹什麼。他靠著臀部慢慢滑下來，像往常一樣，他的模樣如此滑稽可笑，我有點替他感到難過。

「跟我一起跑。」我對蘇西說。

「為什麼？」

我打她屁股一下，她尖聲大叫。「只是因為跑步感覺很好。」

我們跑了起來。她落在後頭，氣喘吁吁得像匹馬似的，直喊著要我放慢速度，但是我把她拋在腦後。風急吹過我耳邊，撩開我前額的頭髮。我可以嗅到空氣中的鹹味，強烈而辛辣。浪濤拍擊，海浪就像起泡沫的漆黑玻璃。我踢掉橡膠拖鞋，赤腳沉重地踩過沙子，不在乎偶爾出現的貝殼尖銳的刺。我的血液沸騰。

前面有間單坡屋頂的小屋，尼德斯已經在裡面，凱利和瓊恩站在小屋旁，手牽著手注視著海面。我做了個前滾翻，感覺沙子滑下我的襯衫背後，最後撞到凱利的腿。他跌倒在我身上，把我的臉揉到沙裡，瓊恩在一旁大笑。

我們起來後咧嘴相視而笑。蘇西已放棄跑步，沉重緩慢地走向我們。柯瑞幾乎快趕上她。

「好大的火。」凱利說。

「你想他真的是像他自己說的一路從紐約過來的嗎？」瓊恩問。

「我不曉得。」反正我也看不出來這有何重要。我們發現他的時候，他坐在一輛大林肯車的方向盤後，意識不清、語無倫次。他的頭腫脹到足球大小，脖子看起來像根香腸。他中了特里普斯隊長病毒，而且離死亡不遠了。因此我們把他帶到上面俯瞰海灘的岬角燒了。他說他的名字是艾爾文‧薩克漢。他不斷呼喊著他的祖母。他以為蘇西是他祖母。她覺得這很好笑，天知道是為什麼。稀奇古怪的事總讓蘇西覺得有趣。

將他燒掉是柯瑞的主意，不過一開始只是開玩笑。他在大學時讀過所有關於巫術和黑魔法的書，他在黑暗中艾爾文‧薩克漢的林肯車旁一直斜睨著我們，告訴我們假如我們向黑暗諸神獻祭，或許幽靈會繼續保護我們免受Ａ６的侵害。

當然我們沒人真的相信這鬼話，不過這番討論變得越來越認真。這是件新鮮事，最後我們決定放手去做。我們把他綁在觀察用的玩意兒上，就是你放進一個十分硬幣，在晴朗的日子就能一路看到波特蘭海角燈塔的那種裝置。我們用皮帶將他綁好，然後四處翻找乾枯的柴枝和大塊的浮木，彷彿孩童在玩一種新式的捉迷藏。我們在做這些事的期間，艾爾文‧薩克漢只是稍稍倚靠在那兒，含糊地對他祖母說話。蘇西的眼睛變得非常明亮而且呼吸急促。這件事真的讓她興奮起來。當我們下到露頭另一側的深谷時，她傾靠在我身上吻我。她抹了過多的口紅，因此感覺好像在親吻一塊油膩的薄板。

我將她推開，從那時起她就一直板著臉。

我們爬回上面，我們所有人，把枯死的樹枝和細枝堆疊到艾爾文‧薩克漢的腰部。尼德斯用芝寶打火機點燃火葬的柴堆，火迅速竄燒起來。最後，就在他的頭髮快要著火前，那人開始高聲驚叫。空氣中有股像是中式蜜汁叉燒的味道。

「伯尼，有菸嗎？」尼德斯問。

「就在你背後有大約五十箱的菸。」

他咧嘴一笑，拍打叮在他胳臂上的蚊子。「不想動。」

我給他一根菸後坐了下來。蘇西和我是在波特蘭遇到尼德斯的。當時他坐在州立劇院門口的路緣上，用一把大的舊吉普森吉他彈奏李德貝利的曲調，吉他是他從別處搶劫得來。樂聲迴盪在整條國會街上下，彷彿他是在音樂廳裡演奏。

蘇西在我們前面停下來，仍然上氣不接下氣。「伯尼，你真是差勁。」

「拜託，蘇。把錄音帶翻面吧。這一面糟透了。」

「混帳，笨蛋，無情的王八蛋，討厭鬼！」

「走開，」我說：「不然我就把妳的眼睛打得發青喔，蘇西。看我敢不敢。」

她又哭了起來。她真的很擅長這一招。柯瑞走過來想用一手摟住她。她用手肘撞他的胯下，他對著她的臉啐了一口。

「我要殺了你！」她邊叫邊哭著撲向他，兩手揮舞得像螺旋槳。柯瑞往後退，差點跌倒，然後掉轉屁股逃跑。蘇西追在他後面，口吐歇斯底里的髒話。尼德斯仰頭開懷大笑。柯瑞收音機的聲音蓋過海浪，隱約重回我們耳中。

凱利和瓊恩漫步離開。我可以看到他們在下方海的邊緣，手臂環著彼此的腰部走著。他們看起來就像旅行社櫥窗裡的廣告——飛向美麗的聖洛爾卡。沒問題。他們有好運。

「伯尼？」

「怎樣？」我坐著抽菸想起尼德斯輕輕彈開芝寶打火機的蓋子，旋轉滾輪，如史前時代的穴居人一般以打火用具生火。

「我中了。」尼德斯說。

「是嗎？」我看著他。「你確定嗎？」

「我當然確定。我頭痛，肚子疼，連小便都痛。」

「也許只是香港流感，蘇西得過香港流感。她那時想要一本聖經呢！」我大笑。那是我們仍在大學時候的事了，大概在他們永久關閉學校的一星期前，一個月後他們開始用自動傾卸卡車載走屍體，用挖土機把屍體埋在亂葬崗。

「看。」他點燃一根火柴拿到他的下巴頦角底下。我可以看見最初的三角形污斑，最開始的腫脹。是A6，沒錯。

「好吧，」我說。

「我覺得沒那麼糟，」他說：「我是指，在我心裡。不過，你呢？你想很多。我看得出來。」

「不，我沒有。」謊話。

「你肯定有。就像今晚那個傢伙。你也在想那件事。你徹底認真想一想，我們八成幫了他一個忙。我認為他甚至不知道自己快要死了。」

「他曉得。」

他聳了一下肩側轉身子。「反正無所謂。」

我們抽菸，我看著拍岸浪花來了又去。尼德斯感染了特里普斯隊長病毒。這讓一切重新變得真實起來。現在已是八月下旬，再過幾星期第一波秋天的寒意就會悄悄潛進來。該是移到內陸某個地方的時候。冬天。我們所有人，或許，會在耶誕節前死亡。在某個人家的客廳，柯瑞的昂貴收音機／錄放音機擱置在擺滿讀者文摘精華版的書架頂端，微弱的冬陽照射在地毯上，呈現毫無意義的窗玻璃圖案。

這前景清晰得讓我不由得發抖。沒人應該在八月想到冬天，感覺就像鵝走過墳上那樣教人背脊發涼。

尼德斯笑了。「瞧？你的確在想吧。」

我能說什麼？我站起身。「我要去找蘇西。」

「或許我們是地球上最後一批人，伯尼。你想過這個可能性嗎？」在模糊的月光下，他看起來已經半死不活，眼下有黑眼圈，面色蒼白，不動的手指像鉛筆一樣。

我往下走到水邊眺望海洋。放眼看去只見細緻的泡沫浪捲率領著永不安寧、不斷波動的浪峰。碎浪的轟隆聲在這下頭十分驚人，大過世上一切。宛如站在大雷雨之中。我閉上眼靠光著的雙腳搖擺。沙子冰冷、潮濕，壓得結實。倘若我們是地球上最後一批人，那又如何？只要月亮牽引著海水，浪潮就會持續下去。

蘇西和柯瑞在沙灘上。蘇西騎在他身上彷彿他是匹弓背躍起的野馬，把他的頭撞進奔騰的海水裡。柯瑞不停揮動手臂潑濺著水花。他們兩人都濕透了。我走下去用腳把她推開。柯瑞四肢並用地涉水爬走，噴濺著唾沫發出吼聲。

「我恨你！」蘇西對我尖聲大喊。她的嘴如一彎齜著牙的深色新月。看起來好像通往奇幻屋的入口。我還小的時候，我媽經常帶我們小孩子到哈里森州立公園，那裡有間奇幻屋，正面有個巨大的小丑臉，你必須從嘴巴走進去。

「來吧，蘇西。起來，費多⑨。」我伸出手。她懷疑地牽住我的手站起來。潮濕的沙子凝結在她的罩衫和肌膚上。

「你用不著推我吧，伯尼。你以後不許——」

「走吧。」她不像自動點唱機，你永遠不需要投入十分硬幣，她也永遠不會沒插電。

我們往海灘上方走，走向主要營業攤位。經營這地方的人在樓上有個小房間。那兒有張床。她實在不應得到一張床，不過尼德斯說得沒錯。反正無所謂。事實上再也沒人替遊戲記分了。

建築物側面有道樓梯往上，但我停頓了片刻，從破窗往內瞧，看著裡面積滿灰塵、沒人肯花心思來搶的貨物——成疊的長袖運動衫（正面印著「安森海灘」的字樣和碧波藍天的圖片），到第二天就會把手腕染綠的發光手鐲、閃亮的便宜耳環、海灘球、骯髒的賀卡、畫得拙劣的陶瓷聖母像、塑膠製的假嘔吐物（非常逼真！試試用這個去開你老婆玩笑！）、慶祝再也不存在的獨立紀念日的煙火、印著性感撩人的比基尼女郎站在上百個著名度假勝地名字中間的海灘浴巾、錦旗（安森海灘公園的紀念品）、氣球、泳衣，還有一間小吃部，最前面掛個大招牌寫著**試試我們的蛤蜊餅特餐**。

我還在唸高中的時候經常來安森海灘。那是在A6肆虐的七年前，我當時和一個名叫莫琳的女孩交往。她是個身材高大的女孩。她有一件粉紅色的格紋泳衣，我常告訴她那泳衣看起來像桌布。我們沿著此處前面的木棧道散步，赤裸著腳，腳跟下的木板覆蓋著沙子而且發燙。我們從來沒試過蛤蜊餅特餐。

「你在看什麼？」

「沒什麼。走吧。」

❾費多（Fido）：意為忠實，通常當作狗名。

我作了個有關艾爾文・薩克漢的噩夢，出了一身大汗。他被架在那輛閃亮的黃色林肯車的方向盤後，談論著他的祖母。他只剩一個腫脹、變黑的頭和燒焦的骸骨，聞起來有燒焦味。他繼續不停地說啊說，一會兒後我就辨認不出任何一個字。我吃力地喘氣驚醒過來。

蘇西四肢攤開躺在我大腿上，蒼白而浮腫。我的手錶顯示三點五十分，但是錶停了。外頭仍然漆黑，滿潮的浪花不斷地沖擊撞碎。假設是四點十五分，很快就天亮了。我下床走到門口，海風吹拂在我發熱的身體上感覺很舒服。儘管發生了這一切，我還是不想死。

我走到角落抓起一瓶啤酒。牆邊堆了三、四箱的百威。因為沒有電，啤酒溫溫的。不過，我不像有些人那樣介意喝溫啤酒，只不過泡沫多了點，啤酒還是啤酒。我走回外頭的樓梯平台坐了下來，拉開拉環一飲而盡。

所以我們到了這個田地，全體人類消滅，不是由於原子武器或生物戰或污染或者任何這一類了不起的東西。只是流感。我想要在某個地方，或許在邦納維爾鹽灘，放個正方形青銅製品的巨匾，邊長三哩，以浮雕的大字刻上：**只是流感**，好讓任何登陸的外星人明白。

我把啤酒罐扔出屋子側面，罐子空洞地哐噹一聲掉在環繞這棟建築物的水泥人行道上。單坡屋頂小屋是沙地上的深色三角形。我好奇尼德斯是否醒了，我好奇自己是否會清醒。

「伯尼？」

她站在門邊穿著我的襯衫，我討厭那樣，她像豬一樣很會流汗。

「伯尼，你不再那麼喜歡我了，對吧？」

我沒有答腔，有些時候我仍然會對一切感到抱歉，不過我們彼此都配不上對方。

「我可以和你坐在一起嗎？」

「我懷疑這裡是否夠寬，可以坐得下我們兩個。」

她惱火地打了一聲嗝，轉身往裡面走。

「尼德斯染上A6了，」我說。

她停下來盯著我。她的臉色非常平靜。「別開玩笑了，伯尼。」

我點燃一根菸。

「他不會的！他得過——」

「對，他得過A2，香港流感。就像妳跟我還有柯瑞、凱利、瓊恩一樣。」

「可是那就代表他並不是——」

「免疫。」

「對，所以我們也可能感染。」

「或許他騙我們說他得過A2，這樣我們那時候才願意帶他跟我們一起走。」我說。

她的臉上湧現寬心的表情。「當然，一定是這樣。要是我的話我也會撒謊的。沒人喜歡孤單一個人，對吧？」她遲疑了一下。「要回來床上嗎？」

「現在還不要。」

她走進裡面。我不必告訴她A2不保證可以對抗A6。她清楚得很，她只是不願意去想。我坐看拍岸的浪潮，浪非常高。幾年前，安森曾經是本州內唯一還算像樣的衝浪地點。岬角是塊陰暗、凸出的圓丘映襯著天空。我以為我能看見觀察位置的那根柱子，不過八成只是想像。有的時候凱利會帶瓊恩上去岬角。但今晚我不認為他們在那上面。

我把臉埋入雙手中抓住，感受肌膚的觸感和紋理。所有的生命如此迅速地縮減，同時如此的微不足道——沒有絲毫尊嚴可言。

浪濤湧進來，湧進來，湧進來。毫無限制的，潔淨而深遠。莫琳和我，我們夏天來過這裡，高中畢業的那年夏天，在大學、現實及來自東南亞如棺罩般覆蓋全世界的A6出現之前的夏天，七月，我們吃著披薩，聆聽她的收音機，我在她的背上抹防曬油，她也幫我抹油，空氣炎熱，沙子白得發亮，太陽有如一片凸透鏡。

我是通道

理查和我坐在我家門廊上，眺望沙丘再過去的海灣。他雪茄的煙悠閒地飄浮在空中，保持蚊子在安全的距離。海水是冷調的淺綠色，天空則是較深、較純的藍，這是種賞心悅目的組合。

「你是通道，」理查沉思地重複一遍。「你確定你殺了那男孩，不只是夢見而已？」

「我不是夢到。我也沒有殺他，我告訴過你了。是他們幹的。我是通道。」

理查嘆口氣。「你把他埋了？」

「對。」

「你記得地點嗎？」

「記得。」我伸進胸前口袋拿出一根香菸。我的兩手纏滿繃帶因此動作笨拙，而且癢得要命。「如果你想去看，就得弄那輛沙灘車來。你沒辦法滾動這個」——我指著我的輪椅——「通過沙地。」理查的沙灘車是一九五九年份的福斯，有著枕頭般大小的輪胎。他開著那輛車收集浮木。自他從馬里蘭州的不動產業務退休後，就一直住在卡洛琳小島，製作浮木雕刻品，以厚顏無恥的價格賣給冬天的觀光客。

他一口接一口地抽著雪茄，眺望著海灣。「還不行。你可以再跟我說一次嗎？」

我嘆一口氣想要點菸。他拿走我的火柴自己幫我點。我抽了兩口，深深地吸。手指癢得我快要抓狂。

「好吧，」我說：「昨晚七點我在這外頭，一邊看著海灣一邊抽菸，就像現在這樣，然後

——」

「再往回一點，」他要求。

「往回？」

「告訴我那次飛行的事。」

我搖搖頭。「理查，我們已經徹底談過好幾遍了。沒什麼——」

那張佈滿皺紋、皸裂的臉就像他自己的浮木雕刻一般莫測高深。「你可能記得，」他說：「現在你或許想起來了。」

「你這麼認為嗎？」

「大概吧。等你說完後，我們可以去找那個墳墓。」

「墳墓。」我說。這個字眼有個空洞、恐怖的回響，比任何東西都要來得陰暗，甚至比五年前克里和我航行過的所有可怕的海洋都要來得幽暗。黑暗、黑暗、黑暗、黑暗。

在繃帶下，我新生的眼睛盲目地瞪著繃帶強加諸於它們的黑暗。它們在發癢。

克里和我是由農神十六號火箭推進到衛星軌道，就是所有時事評論員稱為帝國大廈助推火箭的那個。確實，農神十六號是個龐然大物，相比之下農神一B號看起來像紅石飛彈。農神十六號是從兩百呎深的地下掩體起飛——為了避免它帶著半個甘迺迪角一起走，不得不如此。

我們繞著地球旋轉，檢驗我們全部的系統，然後噴射出去，飛往金星。我們丟下為進一步外太空探索的撥款預算案爭論不休的參議院，和祈禱我們會有所發現，任何發現的一群太空總署（ＮＡＳＡ）人員。

「無論什麼都不重要，」唐•拉文傑，宙斯計畫的無官職奇才，在他僅有少許的時候非常喜歡這麼說：「你們具備所有的新發明，再加上五架效率提升的電視攝影機，和一個性能極佳、有無數鏡片和濾鏡的小型天文望遠鏡。找些金或白金吧。或者更好的，找些親切、愚蠢的矮小藍人給我們研究、利用，覺得自己比較優秀。任何東西都好。就算是胡迪・都迪的鬼魂都會是個不錯的開端。」

要是辦得到的話，克里和我是迫不及待想要幫上忙。然而沒什麼救得了外太空計畫。從鮑曼、安德斯，和洛威爾，他們在一九六八年繞行月球，發現了一個荒無人跡、嚴峻、看起來簡直像骯髒的海灘沙地的世界，一直到馬克漢與傑克斯，他們於十一年後登陸火星，找到一個由砂質凍土和少許奮力求生的地衣構成的貧瘠荒地，外太空計畫始終是個所費不貲的大失敗。另外還有傷亡——佩德森和賴德勒，在倒數第二次阿波羅飛行時，突然間一切失靈後永遠繞著太陽轉。約翰・戴維斯，他的小小軌道運行觀測站在千分之一的偶然機會下遭流星擊出一個洞。不，太空計畫才不是大搖大擺地前進。按當時的情形來看，金星軌道航行很可能是我們最後一次說「早告訴過你們了吧」的機會。

我們遠離地球十六天，吃了大量的濃縮食物，玩了很多場金拉米牌，來回互相傳染感冒，以技術方面來說這是趟輕鬆的旅程。我們在飛出第三天失去了空氣濕度轉換器，啟用備品，除了芝麻蒜皮的麻煩瑣事外，就這樣而已，直到重返地球。我們看著金星從一顆星星變成四分之一個乳白色的水晶球，與亨茨維爾指揮中心互相開開玩笑，聆聽華格納和披頭四的錄音帶，照看自動控制實驗，這些實驗關係到從太陽風的量測到外太空導航的一切事物。我們做了兩次中段修正，兩次都是極微小的修正，航程進入第九天時克里到外面去，砰砰砰地敲打可縮回的ＤＥＳＡ，一直到ＤＥＳＡ開始運轉。其他沒有任何不尋常的事，直到……

「ＤＥＳＡ，」理查說：「那是什麼？」

「一項沒有成功的實驗。NASA用語，指的是外太空天線（Deep Space Antenna）——我們以高頻脈波播送圓周率給任何想聽的人。」我把手指在褲子上摩擦，不過完全沒用；要說有什麼區別的話，此舉只讓發癢更嚴重。「概念跟西維吉尼亞的電波望遠鏡相同——你知道吧？就是收聽星星的無線電波的那個玩意兒。只不過我們不是在收聽，而是播送，主要是送到更深遠的外太空星球上，像是木星、土星、天王星。假如那裡有任何有智慧的生物，正在打瞌睡的話。」

「只有克里出去嗎？」

「對。如果他帶進來任何星際瘟疫，遙測數據也沒有顯示。」

「就算這樣——」

「那不重要，」我生氣地說：「只有此時此刻才重要。他們昨晚殺了男孩，理查。不管是觀看，或感受，都不是件愉快的事。他的頭……爆掉了。好像有人用勺子挖出他的大腦，再放一顆手榴彈到他的頭蓋骨裡面。」

「把詳情說完。」他說。

我空洞地大笑。「要說什麼呢？」

我們進入環繞行星的一條古怪軌道。這條軌道急劇下降，長三百二十哩，寬七十六哩。那是在第一個彎道，第二個彎道我們的最遠點甚至更高，最近點更低。我們最多有四條軌道，我們四條都走過，仔細觀察行星一遍。同時拍了超過六百張靜態照片，還有天知道多少呎的電影膠片。覆蓋的雲層是由同等的甲烷、氨、沙塵，和飄浮的廢物所組成，整顆行星看起來就像是在風洞裡的大峽谷。克里估算接近表面的風速是每小時六百哩左右。我們的探測器發出嗶嗶聲一路往下，最後嘎的一聲退出。我們沒看到任何植物和生命的跡象，分光鏡只顯示出微量的貴重礦物。

這就是金星，一無所有——但把我嚇壞了，感覺好像繞著外太空中間的鬼屋走。我了解這聽起來多麼的不科學，但是我被嚇得喪失勇氣，一直到我們離開那裡。我想要是我們的火箭沒有離開，我應該會在下降的途中割開自己的喉嚨。那裡不像月球，月球荒涼但莫名的異常整潔，而我們所看到的那個世界卻完全不像任何人見過的任何東西。也許幸好那兒有雲層覆蓋。那顆行星就像是個被剔乾淨的頭蓋骨——這是我所能想到最接近的形容。

在回程路上，我們聽說參議院投票將太空探索的基金減半。克里說了句：「亞提，看來我們好像重回到氣象衛星的行業啊！」然而我幾乎可說是高興，或許我們根本不屬於外太空。

十二天後克里死了，我終身殘廢。我們在下降的途中遇上唯一的麻煩，降落傘纏住了。這是人生的小小諷刺的最佳範例吧？我們在太空中待了超過一個月，到達無人去過的深遠地方，結果卻如此收場只因為某個傢伙急著去休息喝咖啡，讓幾條繩子糾纏在一起。

我們重重地摔下來。在其中一架直升機上的某個人說看起來好像巨嬰從天空摔落，後頭拖著胎盤。我們撞到地面時我失去了意識。

我甦醒過來的時候，他們正搬著我穿過波特蘭號的甲板。他們甚至還來不及捲起我們原本應該走在上頭的紅地毯。我正在流血，流著血而且正被人推進醫務室，所通過的紅地毯看起來根本沒有我那麼紅……

「……我在貝賽斯達待了兩年。他們給了我榮譽勳章和一大筆錢，以及這張輪椅。隔年我就來到這裡。我喜歡看著火箭升空。」

「我明白，」理查說。他停頓一下。「讓我看看你的手。」

「不。」回答非常迅速、尖銳地脫口而出。「我不能讓他們看見。我告訴過你了。」

「已經五年了，」理查說：「為什麼是現在呢，亞瑟？你能告訴我原因嗎？」

「我不曉得。我不知道！也許管它是什麼鬼東西的有很長的醞釀期。或者誰說我是在外太空得到的呢？不管它是什麼鬼有可能是在羅德岱堡進入我體內。或者就在這個門廊上，天曉得。」

理查嘆口氣瞭望著海水，此刻在黃昏後的夕陽映照下呈現淡紅色。「亞瑟，我在努力。我不希望去想你快要發瘋了。」

「必要的話，我會給你看我的手，」我說。我費了一番工夫才說出口。「不過只有在非必要不可的時候。」

理查站起身拿了他的手杖，他顯得蒼老而脆弱。「我會把沙灘車弄來。我們去找那個男孩。」

「理查，謝謝你。」

他走向通往他的小屋那條轍痕累累的泥土路——我只能看到小屋的屋頂凸出在大沙丘之上，這座沙丘幾乎綿延到整座卡洛琳小島的長度。越過海面朝甘迺迪角看去，天空已變成醜陋的深紫色，轟隆的雷鳴聲隱約傳到我耳中。

我不知道那男孩的名字，但我偶爾會看到他，在日落時分沿著沙灘走，胳臂下夾著一個篩網。他被太陽曬得幾乎黝黑，他身上唯一穿著的衣物是一條磨損的牛仔短褲。在卡洛琳小島的另一邊有個公共海灘，情況好的時候一個積極進取的年輕人大概可以賺到五塊錢之多，耐心地篩出埋在沙子裡的兩角五分或十分的硬幣。我時常朝他揮揮手，他也會揮手回應我，我們兩人沒有明確的交情，是陌生人卻又像兄弟，長年定居的居民相對於一大堆揮霍金錢、開著凱迪拉克、吵吵鬧鬧的觀光客。我猜想他住在聚集在郵局周圍的小村莊裡，大約再過去半哩處。

那天傍晚他經過時，我已經在門廊上待了一個鐘頭，靜止不動地，觀看。稍早我拆掉繃帶，因為手指癢到無法忍受，通常它們能透過它們的眼睛向外看時搔癢就會好一些。

那種感覺無可比擬，彷彿我是個僅微微半敞的門，它們透過這扇門窺視一個它們既恨又怕的世界。但最糟的是我也看得見，在某種程度上。想像你的心靈移到一隻家蠅的體內，這隻家蠅以成千隻眼睛直視你自己的臉。那麼或許你能開始明白為什麼我即使在四下無人的時候，也始終將雙手用繃帶包紮起來。

最初是在邁阿密開始的，我有事到那兒找一個名叫克雷斯威爾的男人，他是海軍部派來的調查員。他一年查核我一次──有一陣子我和接觸到我們太空計畫的機密資料的任何人一樣守口如瓶。我不知道他究竟想找什麼；或許是眼神詭詐的一閃，或者也許是我前額上的紅字。天知道為什麼。我的撫恤金多到幾乎令人尷尬的程度。

克雷斯威爾和我坐在他的旅館房間的陽台上，啜飲著飲料討論美國太空計畫的未來。時間大約是三點十五分。我的手指開始發癢，不是一點一點逐漸癢起來，而是像電流那樣突然啟動。我向克雷斯威爾提起這件事。

「你在那個道德敗壞的小島上撿到什麼毒常春藤吧。」他咧開嘴笑著說。

「卡洛琳小島上唯一的綠葉是小棕櫚灌木叢，」我說：「或許這是七年之癢。」我低頭看著雙手，十分正常的手，卻很癢。

那天下午稍後我簽了相同的老套文件（「我竭誠發誓我既沒有收到也沒有公開、洩漏將會……的資訊」）然後自己駕車回小島。我有一輛老福特，配備有用手操作的煞車和油門。我非常喜歡這輛車，它讓我覺得自給自足。

回程從一號公路南下的路途漫長，等到我離開高速公路，開上往卡洛琳小島的出口匝道時，我已幾近發狂。我的兩手癢到令人受不了。你如果曾經歷過很深的割傷或手術切口的復元，你或許就能多少體會我所說的那種搔癢，彷彿有活生生的東西在我的肌肉裡爬行鑽動。

太陽幾乎已西沉，我在儀表板燈的光線下仔細查看雙手。如今手指尖發紅，出現許多極微小的完美紅圈，恰好在指紋所在的肉墊上方，就是彈吉他時會長繭的位置。同時在每根拇指和手指的第一和第二關節之間的間隔，以及第二關節與指關節間的皮膚也有感染的紅圈。我將右手手指壓到嘴唇上，隨即迅速縮回，因為突然覺得厭惡。一股說不出來的恐懼在喉嚨裡升起，像團毛呢似的讓我透不過氣來。出現紅點的肌肉灼熱、發燙，而且柔軟如膠凍，宛如腐爛掉的蘋果肉。

剩下的路程我邊開車邊試著說服自己，我確實不知怎麼搞的碰到了毒常春藤。然而在我內心深處有另一個不祥的想法。我有個阿姨，在我孩提時代，她的人生最後十年住在樓上房間與世隔絕。我母親端她的餐食上樓，她的名字是嚴禁的話題。我後來發現她得了漢生病，也就是痲瘋病。

我到家後打電話給本土的法蘭德斯醫生，然而我只得到留言服務。法蘭德斯醫生乘船釣魚去了，但是假如情況緊急，鮑倫哲醫生——

「法蘭德斯醫生什麼時候回來？」

「最晚明天下午。那樣——」

「沒問題。」

我緩緩掛上電話，接著撥給理查。我讓電話響了十數次才掛斷。之後我猶豫不決地坐了一會兒。搔癢更深入了，似乎是發自肌肉本身。

我滾動輪椅到書架旁，取下我擁有多年的破舊醫學百科全書。書寫得曖昧不清得令人惱火。搔癢的原因可能是任何問題，或者什麼毛病也沒有。

我把身體向後傾閉上眼睛。我可以聽見老船鐘在房間另一頭的架子上滴答滴答的響聲。飛往邁阿密的噴射機高調、細微的嗡嗡聲，以及我自己輕柔、低沉的呼吸聲。

我仍看著那本書。

領悟悄悄地爬近我，然後以令人驚駭的突襲滲進屋子。我的雙眼閉著，但我依然看著書。我所看到的書沾滿油污、巨大無比，是扭曲變形的第四度空間的複製品，儘管如此卻絕對錯不了。

而且我不是唯一正在看的人。

我猛然睜開眼，覺得心臟緊縮。那感覺稍微消退一些，但並沒有完全平息。我正盯著書，用自己的一雙眼看著印刷字體和圖表，百分之百正常的每日體驗，但我也以其他的眼睛從截然不同、較低的角度觀看。看到的不是書，而是一個全然陌生的東西，某種形似怪物、含意不祥的東西。

我慢慢抬起雙手到臉上，捕捉到一個怪異的景象，我的客廳變成一間恐怖屋。

我放聲大叫。

有無數雙眼睛透過我手指肌肉上的裂縫往上窺視我。甚至在我看著的當下肌肉還在不斷地膨脹、凹陷，因為這些眼睛正不顧一切地往表面上擠。

但那不是令我尖叫的原因。我叫是因為我直視著自己的臉，看見一個怪物。

沙灘車小心探索著駛過沙丘，理查在門廊旁邊將沙灘車停了下來，馬達不穩地加大油門轟隆震響。我滾動輪椅滑下正常台階右邊的斜面，理查協助我上車。

「好啦，亞瑟，」他說：「這是你的派對。要去哪裡？」

我往下指向海邊，大沙丘終於開始漸漸消失的地方。理查點點頭。後輪在沙上旋轉，我們出發。我經常找時間嘲弄理查的駕駛方式，但是今晚我沒花那個心思。有太多別的事情要思考，以及去感受：它們不想要蒙在黑暗中，我可以感覺到它們拚命想透過繃帶往外瞧，希望我能拆掉繃帶。

沙灘車轟隆隆地駛向海邊，在沙灘上顛跳著前進，簡直像是從小沙丘頂端騰空飛起似的。左手邊太陽閃耀著血紅色的光芒逐漸下沉。正前方在海的另一邊，雷雨雲推推搡搡地朝我們前進。閃電在海面上形成叉狀。

「往你的右邊去，」我說：「在那間單坡屋頂小屋旁。」

理查將沙灘車急停在小屋腐朽的殘骸旁邊濺起一片沙，然後伸手到後面拿出一把鐵鍬。我看到的時候退縮了一下。「哪裡？」理查面無表情地問。

「就在那兒。」我指出位置。

他下車緩緩地走過沙地到達定點，遲疑了片刻，接著突然將鐵鍬插入沙中。感覺上他似乎挖了非常久。他拋到肩膀後頭的沙子看上去飽含濕氣。雷雨雲頭越來越暗，越來越高，在雷雨雲的陰影及日落反射的光輝下海面顯得兇猛無情。

在他停止挖掘之前我老早就知道他不會找到男孩的屍體。它們已經將他移位了。我昨晚沒有把雙手纏上繃帶，所以它們可以看見，並且行動。假如它們能利用我殺掉男孩，它們自然也能利用我去把他移走，即使是在我睡覺的時候。

「亞瑟，這裡沒有男孩。」他把弄髒的鐵鍬扔上沙灘車，疲憊不堪地坐在座位上。即將到來的暴風雨在沙灘上投下快步前進、呈新月形的影子。增強的海風吹得沙子拍打在沙灘車生鏽的車身上，發出嘎啦嘎啦的聲響。我的手指又癢了。

「它們利用我把他搬走了，」我情緒低落地說：「它們占了上風，理查。它們強迫它們的通道打開，一次一點點的。一天裡有上百次我發現自己站在某個十分熟悉的物體前面，比方說一把刮刀、一幅畫，甚至一罐豆子，卻完全不知道自己究竟是怎麼走到那裡的，我把兩手伸出去，讓它們看看那個東西，並像它們一樣地看著那個東西，把那東西看做是個令人憎惡的、扭曲怪異的東西——」

「亞瑟，」他說：「亞瑟，別說了。別這樣。」在逐漸減弱的光線下，他的臉龐因為同情而鬱鬱寡歡。「你說，站在某個東西前面。你說，搬走男孩的屍體。可是你根本不能走啊，亞瑟。你的腰部以下已經沒有知覺了。」

我撫摸沙灘車的儀表板。「這也沒有知覺。不過當你發動它，你就能讓它前進。你可以讓它殺人，即使它不想要也阻止不了你。」我能聽見自己的聲音歇斯底里地提高。「我是條通道啊，你不能理解嗎？理查，它們殺了那男孩！它們搬走了屍體！」

「我認為你最好去看醫生，」他輕聲說：「我們回去吧。我們——」

「那你查一查呀！查一下那個男孩！找出——」

「你說你甚至不曉得他的名字。」

「他一定是村子裡的人。那是個小村落。問——」

「我去拿沙灘車時跟茱德・哈靈頓通過電話。假如本州有任何人更愛打聽消息，我不會想到她。我問她是否聽說誰家的男孩昨晚沒回家。她說沒有。」

「可是他是本地人哪！他一定是的！」

他伸手去碰引擎點火開關，但我阻止了他。他轉頭看我，我開始解開手上的繃帶。

從海灣那邊傳來隆隆的雷聲。

我沒有去看醫生，也沒回理查電話。每次出門都把手纏上繃帶，就這樣過了三個禮拜。三個禮拜只一味盲目地希望症狀會消失。我承認，那不是理性之舉。假如我是個完整的人，不需要輪椅代步，或者有正常的工作過著正常的生活，我可能會去找法蘭德斯醫生或理查。我仍舊可能這麼做，要不是我回憶起我阿姨，遭人迴避，幾乎像是個囚犯，被她自己日益萎縮的肌肉給生吞活剝。因此我絕望地保持沉默，祈禱我會在某天早晨醒來發現這是場噩夢。

漸漸地，我感覺到它們的存在。它們，一種無名的智慧生物。我從未真正好奇過它們的長相或者它們來自何處，那是毫無實際意義的。我是它們的通道，它們了解世界的窗口。我從它們那兒得到足夠的反應，感受到它們的厭惡和恐懼，明白我們的世界與它們的差別極大，有足夠的反饋感覺得出它們盲目的憎恨。不過它們依然在觀察。它們的肌肉嵌入我自己的肌肉裡。我開始了解到它們在利用我，事實上是在操縱我。

那個男孩經過，舉起一隻手像平常那樣含糊地打招呼時，我正決定要與克雷斯威爾聯繫，撥打他在海軍部的電話號碼。理查猜對了一件事——我確信無論是什麼控制住我，都必定是在外太空或者環繞金星的古怪軌道上發生的。海軍會研究我，但他們不會把我變成怪物。我再也不必醒來面對嘎吱嘎吱作響的黑暗，壓抑住尖叫，感覺它們一直在觀看、觀察、監視。

我的兩手伸向男孩，我意識到我沒有纏上繃帶。在即將消逝的光線下，我能看見那些眼睛，安靜無聲地觀察。那些眼睛大而鼓脹，虹膜呈金黃色。我曾經用鉛筆尖戳其中一隻眼，立刻感覺到難以忍受的劇痛猛烈竄上我的手臂。那隻眼似乎帶著受束縛的恨意怒目瞪著我，那比肉體的疼痛還要嚴重。我再也不曾戳它們。

現在它們盯著男孩。我感覺我的注意力往側邊滑，過一會兒後我就失去了控制。門打開了，我蹣跚地走過沙地朝他而去，兩腿無力地交叉擺動，很像受到驅策的枯枝。我自己的眼睛似乎閉著，只用那些外星眼睛觀看——看見一個異常遼闊、如雪花石膏般的海景，其上方籠罩的天空宛如一條巨大的紫色道路，還看到一間傾斜頹圮的棚屋，可能是某個未知的、食肉生物的空殼，並看見一隻令人痛恨的生物走動、呼吸，胳臂底下夾帶著一個用木頭和鐵絲網製成的器具，這個器具以幾何學上不可能正確的角度所構成。

我好奇他在想什麼，那個可憐、無名的男孩，他的篩網夾在腋下，口袋裝滿零散混雜、沾著沙子的遊客硬幣而鼓起。當他看見我宛如失明的指揮朝瘋狂的管弦樂團伸出雙手、東倒西歪地走向他時，他心裡在想什麼；當最後一道光線落在我的雙手上，他看見發紅、裂開，因那些眼睛負累而閃亮的雙手時心裡怎麼想；當那雙手突如其來地在空中擺出連續揮打的姿勢，就在他的頭被砸破前一瞬間，他究竟在想什麼。

我知道我自己當時在想什麼。

我想著我從宇宙邊緣窺探，看見地獄之火的深處。

我解開繃帶時，風拉扯著繃帶使其成為不斷拍動的細小飄帶。雲層遮蔽了落日的紅色餘暉，沙丘籠罩著陰影變得昏暗，我們上方的雲朵疾走翻騰。

「理查，你必須答應我一件事，」我壓過逐漸增強的風大聲說：「如果我看起來好像可能想要……傷害你的話，你一定要趕快跑。你明白嗎？」

「明白。」他領口敞開的襯衫隨風飄動蕩漾。他的表情堅定，眼睛在薄暮中看來僅僅是兩個凹穴。

最後的繃帶掉落。

我注視著理查，它們也盯著理查。我看見一張我認識了五年開始喜歡的臉。它們看到的是一個變形、活生生的龐然巨物。

「你看見它們了，」我聲音嘶啞地說：「現在你看到它們了。」

他不自覺地往後退一步，他的臉因為突如其來不可置信的驚駭而變了色。閃電從天空猛烈劈下，雷在雲層中移動，海水變得一片墨黑有如冥河。

「亞瑟——」

他多麼的可怕！我怎能住在他附近，和他說話？他不是生物，而是不吠的鼠疫。他是——

「快跑！跑啊，理查！」

他的確拔腿就跑，他跨大步蹦跳著奔跑，他在逼近的天空襯托下變得像個絞刑架。我的雙手高舉過頭頂，擺出令人驚愕、滑稽的姿勢，手指伸向這個夢魘似的世界中唯一熟悉的東西，朝雲層伸去。

而雲層做出回應。

出現了一道彷彿是世界末日的巨大、藍白條紋的閃電。閃電擊中理查，包圍住他。我最後記得的是電擊後臭氧和燒焦肌肉的惡臭。

我醒來時平靜地坐在門廊上，向外眺望著大沙丘。暴風雨已過，空氣涼爽宜人。有一小彎細長的明月。沙子純潔無瑕，沒見到理查或沙灘車的蹤影。

我低頭端詳雙手，那些眼睛睜開但目光呆滯，它們搞得筋疲力盡，正在打瞌睡。

我非常清楚該怎麼做。在它們更進一步硬撬開門前，必須將門鎖上，永永遠遠。我已經能注意到兩手本身已出現組織變化的初步徵兆，手指漸漸開始變短……而且改變。

客廳裡有個小壁爐，我習慣生火對抗佛羅里達的濕冷。此刻我生起火，急急忙忙地行動。我不知道它們何時可能醒過來發現我正在做的事。

等火燃燒得正旺時，我走到外頭的煤油桶邊，將兩手浸泡其中。它們立即清醒過來，痛苦得大聲尖叫。我差點走不回客廳，回到爐火旁。

不過最後我確實辦到了。

那是在整整七年前發生的事。

我仍然在此地，依舊看著火箭升空。最近發射的火箭增多，因為行政當局對太空有興趣，甚至開始討論另一系列載人的金星探勘火箭。

我查明了男孩的名字，倒不是說這很重要。正如我所想的，他是村子裡的人。但是他母親認為那晚他和朋友在本土過夜，因此直到接下來的星期一警鐘才響起。而理查——嗯，反正人人都認為理查是個怪人——他們猜測他可能回到馬里蘭州或者和某個女人廝混。

至於我嘛，大家寬大地對待我，縱使我本人以怪癖博得相當的名聲。畢竟，有多少前太空人定期寫信給他們當選的華盛頓官員，主張太空探索的經費花在別處會比較好的意見呢？

我和這些鉤子相處得挺好。頭一年左右疼得厲害，不過人體幾乎能適應任何東西。我用鉤子刮鬍子，甚至繫鞋帶。而且如你所能看到的，我打字整齊平穩。我不認為要將獵槍放入嘴裡或扣扳機會有任何困難。你瞧，三個禮拜前又開始了。

現在在我胸前有十二隻正圓的金色眼睛。

燙衣機

亨頓警官到達洗衣廠時救護車正好離開——緩緩地，沒有鳴笛或閃燈。教人毛骨悚然。裡頭，辦公室內擠滿了漫無目的亂轉的沉默群眾，其中有些人在哭泣。工廠本身空盪盪的，遠端的大型自動洗衣機甚至沒停工。這令亨頓心生警惕。人群應該在意外現場，而不是辦公室裡。一般情況都是如此——人類這種動物天生有種強烈的欲望想要目睹遺骸。可見，這次情況非常嚴重。亨頓感覺他的胃繃緊，如同每次遇到非常嚴重的意外時一樣。十四年來清理公路、街道，和高樓大廈底部人行道上的人體垃圾的經驗，還是無法消除腹部的微小糾結，彷彿有什麼邪惡的東西凝結在那裡。

一個身穿白襯衫的男人看見亨頓，極不情願地走向他。他是個宛如野牛般的男人，頭從兩肩之間向前挺，鼻子和臉頰的血管破裂，要不是高血壓就是和褐色酒瓶交談過多。他努力想要說出話來，但試了兩次之後亨頓迅速地打斷他：

「你是老闆？蓋特利先生嗎？」

「不……不是。我叫史坦納。是領班。天哪，這——」

亨頓拿出筆記本。「請帶我去看意外現場，史坦納先生，告訴我事情發生的經過。」

史坦納似乎變得越發蒼白，鼻子和臉頰的紅斑顯眼得有如胎記。「我——我一定得去嗎？」

亨頓挑起眉毛。「恐怕你非去不可。我接到的電話說情況很嚴重。」

「嚴重——」史坦納似乎在和他的咽喉交戰；有一會兒他的喉結上上下下，好像童玩的攀棍猴似的。「芙羅莉太太死了。老天哪，我真希望比爾‧蓋特利在這裡。」

「發生了什麼事？」

史坦納說：「你最好過來這裡。」

他帶領亨頓走過一排手工熨燙機，一組摺襯衫的設備，然後在一台衣物標籤機旁停下來。他用顫抖的手抹過前額。「警官，你得自己一個人走過去了。我沒辦法再多看一眼。那讓我……我真的沒辦法。對不起。」

亨頓繞過標籤機，心裡微微輕視這個男人。他們管理一家鬆散的小工廠，走捷徑，透過家庭焊接的管子傳送高壓蒸汽，他們工作時使用危險的清潔化學藥劑，沒有妥善的保護措施，最後，有人受傷了，或者喪命。他們竟然不敢看。他們沒辦法——

亨頓看見了。

那台機器仍在運轉，沒人把機器關掉。這機器日後他會變得很熟悉：哈德雷－華生第六型號快速熨燙摺衣機。名字又長又蠢。在這蒸汽和濕氣中工作的人替它取了個更好的名字：燙衣機。

亨頓呆立不動地看了良久，然後做出當執法警官十四年來頭一遭的舉動：他轉身，用抽搐的手摀住嘴，吐了出來。

「你吃得不多。」傑克森說。

女人在裡頭，洗碗盤談論寶寶的事，強‧亨頓和馬克‧傑克森則坐在香味撲鼻的烤肉架旁邊的草坪躺椅上。聽到這含蓄的說法亨頓淡淡地一笑，他根本什麼也沒吃。

「今天有個很慘的案子，」他說：「最糟糕的。」

「車禍嗎？」

「不是。是工廠裡的。」

「很棘手嗎？」

亨頓沒有馬上回答，不過他的臉不由自主地扭曲露出痛苦的表情。他從兩人中間的冰桶拿出一罐啤酒打開，一口氣喝光半罐。「我想你們大學教授應該對工業洗衣廠完全不了解吧？」

傑克森咯咯一笑。「這邊這位可清楚。我在大學時代有一年暑假曾經在一間工廠工作過。」

「那你知道有種他們稱為快速熨燙機的機器嗎？」

傑克森點點頭。「當然。他們讓濕答答、不需手工熨燙的洗滌物，多半是床單和亞麻織品之類的，通過快速熨燙機。一台又大又長的機器。」

「就是那個，」亨頓說：「在市區另一頭的藍絲帶洗衣廠，有個名叫愛黛爾・芙羅莉的婦女被夾在裡面。機器把她整個人都吸進去。」

傑克森看上去突然不舒服了起來。「可是……強尼，那是不可能發生的啊！機器上有道安全柵欄。假如放衣物進機器的女工不小心把手放到底下去，柵欄就會啪地升起，中斷機器。至少我記得的是這樣子。」

亨頓點點頭。「那是州法規定的。不過意外就是發生了。」

亨頓閉上眼，在黑暗中他能再度看見哈德雷－華生快速熨燙機，一如今天下午的模樣。它的形狀是個極長的長方形箱子，長三十呎寬六呎。在送料端，有條活動的帆布製輸送帶在安全柵欄下移動，以些微的角度上升，然後再下降。輸送帶以不間斷的循環載運著半乾起縐的床單，經過構成機器主體的十六個巨大旋轉滾筒的上下。滾筒上面八個，下面八個，床單壓在滾筒之間宛如薄片火腿夾在兩層過熱的麵包中。為了烘乾，滾筒的蒸汽熱度最高可調整到三百度。為了除去每條縐摺，施加在活動帆布輸送帶所承載的床單上的壓力設定在每平方呎八百磅。

而芙羅莉女士，不知怎地，被機器夾住拖了進去。那套著石棉外罩、鋼製的熨燙滾筒紅得跟穀倉上的油漆一樣，從機器升起的蒸汽帶著溫熱鮮血令人作嘔的惡臭。她的白色罩衫和藍色寬鬆長褲的碎屑，甚至胸罩內褲撕下來的斷片都被扯開，從機器三十呎遠的另一端噴射出來，較大片的布塊則沾染著血污由自動摺衣機詭異地摺疊得整整齊齊的。但即使如此這還不是最糟糕的。

「那機器想要摺疊所有的東西，」他對傑克森說，喉頭嚐到膽汁的味道。「可是人不是床單哪，馬克。我看到的是……是她的殘骸……」如同史坦納，那個倒楣的領班，他無法說完。「他們把她拿出來裝在籃子裡。」他輕聲說。

傑克森吹了聲口哨。「誰會受到處分？洗衣廠還是州督察員？」

「還不知道，」亨頓說。那邪惡的影像仍停留在他的眼底，那台燙衣機喘息著重重敲擊邊發出嘶嘶聲響，鮮血從長匣的綠色側邊如小河般流淌下來的景象，還有她燒焦的臭味……「要看是誰在什麼情況下批准了那該死的安全柵欄。」

「如果是資方，他們能設法逃過嗎？」

亨頓沒有絲毫笑意地笑了。「那女人死了，馬克。要是蓋特利和史坦納在快速熨燙機的維修上偷工減料的話，他們鐵定會坐牢的。不論他們在市議會認識哪號人物。」

「你認為他們偷工減料？」

亨頓想起藍絲帶洗衣廠，光線昏暗，地板濕滑，有些機器老舊得難以置信發出吱吱嘎嘎的聲音。「我認為很有可能，」他輕聲說。

他們起身一同走進屋內。「強尼，告訴我結果如何吧，」傑克森說：「我有興趣。」

關於燙衣機亨頓猜錯了：機器清白無罪。

六位州督察員在調查死因的陪審團面前檢查了一遍，一點一點地仔細查看。最終的結果是完全無缺失，陪審團裁決是意外事故致死。

亨頓極為驚訝，他在聽證會後攔住其中一位督察員羅傑．馬丁。馬丁身材高大，戴著和烈酒杯底的玻璃一樣厚的眼鏡片。他在亨頓的質問下心煩意亂地撥弄著原子筆。

「什麼問題都沒有？跟那台機器完全沒有關係？」

「完全沒問題，」馬丁說：「當然，那個安全柵欄是事件的核心。它的運轉狀態百分之百正常。你聽見吉莉安太太的證詞了。芙羅莉太太肯定是把手伸得太進去。沒有人看見，大家都注意自己手邊的工作。她開始尖叫起來。她的手已經不見了，機器正在捲她的胳臂。她們試圖把她拉出來，卻沒想到要把機器停掉——單純的驚慌。另一名婦女，姬恩太太，說她的確想要關掉機器，但是合理的推測是她在混亂中按到了啟動按鈕而不是停止。到那時一切都太遲了。」

「那就是安全柵欄發生故障了，」亨頓斷然說：「除非她把手放到安全柵欄上面而不是底下？」

「那是不可能的，安全柵欄上方有個不鏽鋼的保護層，另外柵欄本身並沒有故障，它的線路是連接到機器主體裡面的。假如安全柵欄停止運轉，機器就會停下。」

「天哪！那麼意外到底是怎麼發生的？」

「我們也不知道。我同事和我的看法是，這台快速熨燙機能殺害芙羅莉太太的唯一方法是她從上方跌進去。不過意外發生時她的兩腳都踩在地板上。有一打目擊者可以作證。」

「你在講一件不可能發生的意外。」亨頓說。

「不。只是一件我們不了解的意外。」他停頓片刻，遲疑了一下，然後說：「亨頓，因為你似乎把這件案子放在心上，所以我要告訴你一件事。如果你跟別人提起，我會否認我說過。但是我不喜歡那台機器。它好像……幾乎像是在嘲弄我們。過去五年間我定期檢查超過一打的快速熨燙機，有的狀況糟到我不會放任沒繫皮帶的狗在這些機器旁邊打轉——州法寬鬆得可悲。但儘管如此它們只是單純的機器。可是這一台……是個鬼怪。我不知道原因，不過它的確是。我想如果我能找到一點，就算是技術細節，有毛病，我都會勒令讓它停工。很瘋狂吧，哈？」

「我跟你有同感。」亨頓說。

「再告訴你一件兩年前發生在米爾頓的事，」督察員說。他摘下眼鏡開始在背心上緩緩地擦。「某個傢伙在後院裡擺了一台老舊的冰箱。有個女人打電話告訴我們說她的狗困在冰箱裡窒息了。我們找那個地區的州警去通知他，冰箱必須扔到鎮上的垃圾場。那傢伙挺和善的，對於狗的不幸覺得抱歉。隔天早上他就把冰箱裝進他的貨卡，載到垃圾場。那天下午鄰居的婦人就報案說她兒子失蹤了。」

「天啊！」亨頓說。

「冰箱在垃圾場，孩子就在裡面，死了。根據他母親的說法，是個聰明的孩子。她說他絕對不會在空冰箱裡玩耍，就像他不會搭陌生人的便車一樣。嗯，不過，他的確跑進去了。我們認為這不是什麼重要的案件。案子了結了嗎？」

「我想是吧，」亨頓說。

「不。隔天垃圾場管理員去拆掉那東西的門。按照城市法令第五十八條對於公共垃圾堆積場的規定。」馬丁面無表情地看著他。「他在裡頭發現了六隻死鳥。鷗鳥、麻雀，和一隻知更鳥。然後他說在他把死鳥清出來的時候，那門突然關住他的手臂，把他嚇了一大跳。藍絲帶的那台燙衣機給我的印象就是像那樣，亨頓。我不喜歡它。」

他們在空盪盪的審訊室裡無言地對視，而在大約六個城市街區外，哈德雷－華生第六型號快速熨燙摺衣機在忙碌的洗衣廠裡，冒著蒸騰的水汽壓過床單。

隔了一個禮拜的時間，由於更多平淡無奇的警察工作繁忙，這件案子就被他拋諸腦後。直到有天晚上他和他太太到馬克・傑克森家玩，叫牌惠斯特喝啤酒，才又想起這件事。

傑克森迎接他時劈頭就問：「強尼，你有沒有懷疑過你告訴我的那台洗衣廠的機器是鬧了鬼呢？」

亨頓眨眨眼，一頭霧水。「什麼？」

「藍絲帶洗衣廠的快速熨燙機啊，我猜你這回沒趕上尖叫聲。」

「什麼尖叫聲？」亨頓感興趣地問。

傑克森將晚報遞給他，指向第二頁最底下的一則新聞。報導中說藍絲帶洗衣廠的大型快速熨燙機上的一條蒸汽管線斷裂，六名在送料端工作的女性有三人遭到灼傷。意外發生在下午三點四十五分，原因歸咎在洗衣廠鍋爐的蒸汽壓力上升。其中一名婦女，安奈特・吉莉安太太，因二級灼傷留在市立接收醫院⑩。

「有趣的巧合，」他說，但是他突然重新想起馬丁督察員在空盪盪的審訊室中所說的話：那是個鬼怪……以及那個狗和男孩、小鳥困在廢棄冰箱裡的故事。

那天晚上他玩牌玩得非常差。

亨頓走進四人病房時，吉莉安太太正撐坐在床上讀著《銀幕秘辛》雜誌。一條大繃帶裹住她的一隻手臂和頸側。病房裡的其他病人，一位臉色蒼白的年輕女性，正在睡覺。

吉莉安太太訝異地看著這位穿藍制服的警官，然後猶豫地笑了。「如果是來找切爾尼可夫太太的話，你得晚點再來。他們才剛給她吃了藥。」

「不，我是來找妳的，吉莉安太太。」她的笑容隱去了一點。「我不是官方派來的，意思是我個人對洗衣廠的事故感到好奇。我是強・亨頓。」他伸出手。

這是正確的舉動。吉莉安太太的笑容變得燦爛，她用沒灼傷的那隻手笨拙地握握他的手。「亨頓先生，任何我能告訴你的事都行。天啊，我以為是我家安迪又在學校惹了麻煩。」

「當時出了什麼事？」

「我們正在把床單送進機器，那台熨燙機就突然爆炸了——或者說看起來是那樣。我正想著回家要幫狗清理時，就傳來巨大一聲砰，像炸彈一樣。蒸汽噴得到處都是，還有嘈雜的嘶嘶聲……嚇死人了。」她的笑容顫抖著即將消失。「就好像熨燙機在呼吸一樣。它好像一條龍，簡直就是。然後艾爾貝塔，就是艾爾貝塔・姬恩，她大叫說什麼東西爆炸了，每個人都尖叫著逃跑，金妮・傑生開始嚷著說她燒傷了。我開始逃跑，結果跌倒了。一直到那時候我才曉得自己傷得很嚴重，多虧了上帝保佑傷勢沒有更嚴重，那個高壓蒸汽是三百度啊。」

「報紙說一條蒸汽管線斷裂了，那是什麼意思？」

「頭頂上的管子下來接到一條有點彈性的管線，這條管線把蒸汽送進機器。喬治，就是史坦納先生，說一定是鍋爐或什麼東西突然急遽上升，管線就完全斷開了。」

亨頓想不出有什麼別的事情要問。他正準備離開時，她若有所思地說：

「我們過去在那台機器上從來沒發生過這種事，直到最近。蒸汽管線破裂；芙羅莉太太發生

⑩接收醫院（Receiving Hospital）：此種醫院的政策是不限制收某類特殊的病人。

那件非常、非常可怕的意外，上帝保佑她安息。還有一些小事，像是那天艾希的衣服被傳動鍊給勾住，要是她沒馬上把衣服扯出來，那可是相當危險的。另外像是螺栓和零件脫落啦，噢，還有賀伯・戴門特——他是洗衣廠的修理工——被它整死了。床單卡在摺衣機裡。喬治說那是因為他們在洗衣機裡放了太多漂白劑，不過以前從來沒發生過啊！現在女孩子們都討厭在那台機器工作。艾希甚至說愛黛爾・芙羅莉仍然有一點點卡在裡面，說那是褻瀆神聖還什麼的，好像那台機器受到詛咒，自從雪莉被夾鉗割傷手之後就一直這樣子。」

「雪莉？」亨頓問。

「雪莉・歐維勒特。漂亮的小姑娘，才剛從高中畢業。很勤快的工人，不過有時候笨手笨腳的。你知道年輕女孩總是那樣子的。」

「她被什麼割傷手？」

「那沒什麼奇怪的。那台機器上有些用來繃緊送料輸送帶的夾鉗，明白吧？雪莉正在調整夾鉗好讓我們可以放比較重的洗滌物，大概在想著哪個男孩吧。她割傷手指，流的血灑得到處都是。」吉莉安太太一臉困惑。「在那之後螺栓就開始鬆脫。愛黛爾就……你知道的……大概在一個禮拜後吧。好像那機器嚐到了血，發現它喜歡血。女人有時候就是有些奇怪的想法，不是嗎，辛頓警官？」

「亨頓，」他心不在焉地說，視線越過她的頭頂茫然望著虛空。

巧合的是，他遇見了馬克・傑克森，就在分隔他們兩家那個街區中的自助洗衣店，在那兒這名警察和英文系教授依舊談論他們最關注的話題。

此刻他們並肩坐在毫無特色的塑膠椅上，他們的衣物在投幣式洗衣機的玻璃窺視窗後頭不停地旋轉。傑克森的平裝米爾頓文選被忽略地擱置在旁邊，他正在傾聽亨頓講述吉莉安太太的說法。

亨頓講完時，傑克森說：「我曾經問你，你覺不覺得那台燙衣機可能鬧鬼，當時我只是半開玩笑，現在我再問你一次。」

「不，」亨頓不自在地說：「別傻了。」

傑克森沉思地看著轉動的衣服。「鬧鬼這個詞不好，我們就用著魔吧。世上召魔的咒語幾乎和驅魔的一樣多，弗雷澤的《金枝》一書裡就寫滿了各種咒語，德魯伊和阿茲特克的傳說包含了其他的。甚至是古老的文化，回溯到埃及。幾乎所有的都令人吃驚地能歸類出普遍的共同特性。而最普遍的，毫無疑問地，就是處女血。」他注視著亨頓。「吉莉安太太說麻煩是從這位雪莉・歐維勒特意外割傷自己之後開始的。」

「噢，拜託。」亨頓說。

「你必須承認她聽起來就像是典型的例子，」傑克森說。

「我馬上跑去她家，」亨頓微微一笑說：「我可以想見那個情況。『歐維勒特小姐，我是強・亨頓警官。我正在調查一台有惡魔附身的不幸案例的熨燙機，所以想要知道妳是不是處女。』你覺得在他們把我架走送去精神病院前，我有機會和珊德拉跟孩子們道別嗎？」

「我很樂意打賭你最後會說出類似這樣的話，」傑克森毫無笑容地說：「我是認真的，強尼。那台機器把我嚇得魂不守舍，我從來沒見過這種事。」

「純粹為了閒聊，」亨頓說：「其他所謂的普遍的共同特性還有哪些？」

傑克森聳一聳肩。「沒研究過很難說。大多數盎格魯－薩克遜的巫婆配方中指定要墓地的泥土或蟾蜍眼。歐洲的咒語經常提到光榮之手，那個可以解讀為真實的死人手或是在和巫魔會相關的場合中所使用的迷幻藥——通常是顛茄或者西洛西賓⓫的衍生物。可能還有些其他的。」

「你認為這些全都跑進藍絲帶的熨燙機裡嗎？天啊，馬克，我敢打賭在方圓五百哩以內沒有任何顛茄。或者你認為有人砍下他們弗瑞德叔叔的手，丟進摺衣機裡面嗎？」

「假如七百隻猴子打字打了七百年——」

「那其中一隻將會產出莎士比亞的作品，」亨頓鬱悶地說：「見鬼去吧！該你去對面藥局換些一角硬幣投烘乾機了。」

喬治・史坦納在燙衣機裡失去手臂的過程非常離奇。

星期一早上七點洗衣廠空無一人，只有史坦納和賀伯・戴門特，那個維修工人。他們要在七點半洗衣廠正常的一天開始前給燙衣機的軸承上油，這是一年兩次的例行工作。戴門特在最遠端，替四個輔助的軸承上油，心裡想著最近這機器搞得他多麼不愉快，就在這時燙衣機忽然轟隆隆地動了起來。

他抬起四條出口處的帆布輸送帶準備要處理底下的馬達，突然間輸送帶在他手中轉動起來，扯下他手掌的肉，拖著他前進。

他在輸送帶將他的兩手送進摺衣機的幾秒鐘前，憑著猛然急拉掙脫開來。

「老天哪，喬治！」他大聲叫：「快把這該死的東西關掉！」

喬治・史坦納開始高聲尖叫。

那拔高、哀號、見血抓狂的聲音響徹洗衣廠，迴盪在洗衣機的鋼製表面、蒸汽熨燙機齜牙咧開的大嘴，和工業用烘乾機茫然的眼睛之間。史坦納哮喘著深吸一大口氣，再度放聲尖叫：「噢我的天啊我被夾住了**我被夾**——」

滾筒開始冒出騰騰蒸汽，摺衣機上下相撞發出砰然巨響，軸承和馬達似乎拚了它們自己隱藏的生命在吶喊。

戴門特狂奔到機器的另一端。

第一個滾筒已經染成一片不祥的血紅，戴門特的喉嚨發出呻吟、吞嚥的聲音，燙衣機砰砰地撞擊並且嘶嘶地怒吼。

耳聾的旁觀者起先可能會以為史坦納只是以奇怪的角度俯身在機器上，接著就連聾人也會看到他的臉色慘白、眼睛暴凸並且齜牙咧嘴，嘴巴扭曲張大持續不斷地尖叫。他的手臂逐漸消失在安全柵欄底下第一個滾筒下面，肩膀接縫處的襯衫布料已被撕開，上臂由於血液不斷倒流而詭異地鼓起。

「把它關掉！」史坦納大喊。他的手肘斷裂時喀噠了一聲。

戴門特用拇指笨拙地按關的按鈕。

燙衣機繼續嗡嗡地轟鳴、轉動。

不敢相信地，他一遍又一遍地用勁猛敲按鈕——但毫無反應。史坦納手臂的皮膚已緊繃得出現光澤，不久就會隨著圓筒施加的壓力而裂開，但他意識依然清醒，不停地尖叫。戴門特腦中浮現噩夢般的卡通影像，一個男人被蒸汽滾筒壓扁，只殘留下影子。

「保險絲——」史坦納痛苦地叫喊道。他的頭被拉得逐漸往下，再往下，他整個人被拖向前。

戴門特急忙轉身跑到鍋爐室，史坦納的尖叫聲如發狂的鬼魂追逐著他，鮮血和蒸汽混雜的臭

⓫西洛西賓：一種中樞神經迷幻劑，俗名為魔菇。

味飄散在空中。

在左邊牆上有三個沉重的灰色箱子，裝著洗衣廠內所有配電的保險絲。戴門特猛地將箱子打開，開始像個瘋子似的拉出長長、圓柱形的保險絲，一一往肩膀後頭扔。頭頂上的燈光熄滅，接著空氣壓縮機、再來是鍋爐本身，伴隨著一聲巨大的垂死哀鳴。

然而燙衣機依舊在轉，史坦納的尖叫已減弱成冒泡似的嗚咽。

戴門特的眼睛偶然瞧見了玻璃箱中的消防斧。他發出微弱、壓抑的抽噎聲一把抓起消防斧往回跑。史坦納的胳臂已幾乎連肩膀都快要消失了。再過幾秒鐘，他彎曲、扯緊的脖子就會撞到安全柵欄喀嚏一聲斷掉。

「我沒辦法，」戴門特拿著斧頭抽泣著說：「天啊，喬治，我辦不到，我沒辦法，我——」

那台機器如今是個屠宰場。摺衣機吐出襯衫袖子的碎片、肌肉的殘塊，一根手指。在洗衣廠鬼影幢幢的黑暗中，史坦納大聲嘶吼狂叫，戴門特揮起斧頭，使勁擊落。兩次。再一次。

史坦納摔了下去，失去知覺，臉色發青，血從肩膀下面僅存一點的殘肢噴濺出來，燙衣機將剩餘的吞沒到本體裡……然後停下來。

戴門特流著淚，將皮帶從皮帶環中抽出，動手做一條止血帶。

亨頓在和羅傑・馬丁，那位督察員，講電話。傑克森看著他，同時耐心地來回滾球，給三歲大的佩蒂・亨頓追。

「他拉了全部的保險絲？」亨頓問：「還有那個關的按鈕就是不起作用，啊？……熨燙機已經停掉了嗎？……很好。非常好。啊？……不，不是正式的。」亨頓皺眉，然後瞄向旁邊的傑克森。「羅傑，這件事還是讓你聯想到那台冰箱嗎？……嗯，我也是。再見。」

他掛斷電話看著傑克森。「我們去見那個女孩吧，馬克。」

她擁有自己的公寓（亨頓亮出警徽後，她領他們進去的態度遲疑卻以所有者自居，因此亨頓懷疑她擁有這間公寓並不久），進了精心裝潢、格局極小的客廳後，她不自在地坐在他們對面。

「我是亨頓警官，這位是我的同事，傑克森先生。我們來是為了洗衣廠的事故。」面對這個憂愁、羞怯的漂亮女孩，他覺得非常不自在。

「太可怕了，」雪莉・歐維勒特喃喃地說：「那是我唯一工作過的地方。蓋特利先生是我舅舅。我喜歡那裡是因為它讓我擁有了這個地方和我自己的朋友。可是現在……實在太令人毛骨悚然了。」

「州安全局已經勒令熨燙機暫時停工等待徹底調查，」亨頓說：「妳聽說了嗎？」

「當然，」她不安地嘆口氣。「我不曉得我該怎麼辦——」

「歐維勒特小姐，」傑克森插嘴說：「妳在熨燙機上出過意外，對不對？我想，是被夾鉗割傷手？」

「對，我割傷了手指，」驀地她的臉色陰沉下來。「那是頭一件意外。」她苦惱地看著他們。「有的時候我覺得好像其他女孩子不再那麼喜歡我了……好像我是罪魁禍首一樣。」

「我必須問妳一個難以啟齒的問題，」傑克森緩緩地說：「一個妳不會喜歡的問題。聽起來好像涉及隱私非常不合理而且離題，不過我只能告訴妳並非如此。我們不會把妳的答案寫在檔案中，或留下紀錄。」

她看起來嚇壞了。「我——我做了什麼事嗎？」

傑克森笑著搖搖頭。她的心軟化了。幸虧有馬克在場，亨頓心想。

「不過，我會補充一點：這答案也許能幫妳守住這間舒適的小公寓，拿回妳的工作，讓洗衣廠恢復以前的模樣。」

「為了換回這些，我願意回答任何問題。」她說。

「雪莉，妳是處女嗎？」

她顯得十分震驚，完全愣住了，彷彿神父發了聖餐後甩她一耳光。接著她仰起頭，比出手勢指向她廚衛齊備的整潔小套房，好似在問他們怎麼會相信這可能是幽會的地點。

「我把自己保留給我的丈夫。」她簡略地說。

亨頓和傑克森平靜地相視一眼，在那一剎那間，亨頓明白一切都是真的：魔鬼佔領了燙衣機無生命的鋼鐵、輪齒和齒輪，將機器變成擁有自主生命的怪物。

「謝謝妳。」傑克森輕聲說。

「現在該怎麼做？」他們開車回去時，亨頓陰鬱地問：「找個神父來驅魔嗎？」

傑克森用鼻子哼了一聲。「你會跑大老遠找到一個不肯給你一些宣傳手冊研究，同時還打電話通知精神病院的神父。強尼，我們得自己上場。」

「我們辦得到嗎？」

「也許。問題是：我們知道有東西在燙衣機裡。我們卻不知道是什麼。」亨頓感覺一股寒意，彷彿有隻無形的手指撫摸他似的。「世上有很多種魔鬼。我們要對付的東西是屬於布巴斯提斯⑫或是潘⑬這一圈子的呢？還是巴力⑭？或者基督教中我們稱為撒旦的神呢？我們並不知道。假如魔鬼是有人蓄意安排的，那我們成功的機會就比較大。可是這件案子似乎是隨機的附身。」

傑克森用手指爬梳過頭髮。「處女血，沒錯。但這幾乎沒有縮小範圍。我們必須確定，非常確定才行。」

「為什麼？」亨頓直率地問：「為什麼不能乾脆把一堆驅魔的方法湊在一起，試試看呢？」

傑克森的表情變冷淡。「強尼，這不是官兵捉強盜。天哪！別把這想成是那一回事。驅魔的儀式是非常危險的，以程度上來說，簡直就像是控制核分裂，我們可能犯個錯就毀掉自己。魔鬼現在是困在那台機器裡面，但是給它機會的話——」

「它可能出來？」

「它很想出來，」傑克森陰沉地說：「而且它喜歡殺戮。」

隔天晚上傑克森過來亨頓家時，亨頓已經支開他妻女去看電影。他們獨佔了客廳，這樣的安排讓亨頓覺得稍微安心。他仍舊不大能相信自己竟然捲入此種事件中。

「我取消了我的課，」傑克森說：「花一整天的時間研究一些你所能想像最恐怖的書。今天下午我輸入三十多種召喚魔鬼的秘方進科技電腦，得到了幾種共同要素。少得令人驚訝。」

他給亨頓看清單：處女血、墓地泥土、光榮之手、蝙蝠血、夜苔、馬蹄、蟾蜍眼。

還有些其他項目，全都標示為次要的。

「馬蹄，」亨頓沉思地說：「真奇怪——」

「非常普通。事實上——」

「這些東西——任何一樣——可以寬鬆地解釋嗎？」亨頓打岔。

⑫布巴斯提斯（Bubastis）：古埃及城市，為信奉貓首人身的女神貝斯特的中心，亦有人以此城市名稱呼貝斯特女神。
⑬潘（Pan）：希臘神話中半人半獸的牧神，頭和軀幹為人，但長著山羊的角和耳朵，下半身則為山羊腿。
⑭巴力（Baal）：原為古代腓尼基人信奉的太陽神，但在舊約聖經中成為邪神的代表。

「例如，夜晚摘的地衣是否可以取代夜苔嗎？」

「對。」

「非常有可能，」傑克森說：「巫術配方經常有多重解釋、可以變通。黑魔法總是容許很多發揮創意的空間。」

「用果凍代替馬蹄，」亨頓說：「果凍在自備午餐中非常普遍。芙羅莉女士死亡的那天，我注意到有一小盒午餐擱在熨燙機的床單平台底下。明膠就是用馬蹄做成的。」

傑克森點頭。「還有其他的嗎？」

「蝙蝠血……嗯，那是間很大的工廠，有許多沒有光線的角落和裂縫，蝙蝠似乎很有可能存在。不過，我懷疑資方會承認。其中一隻陷在燙衣機裡是可以想像的。」

傑克森把頭往後傾，用指關節按壓充血的眼睛。「這樣說得通……全都符合。」

「是嗎？」

「是的。我想，我們可以先安心地排除光榮之手。在芙羅莉太太死亡之前肯定沒有人把手掉進熨燙機裡，本地絕對沒有顛茄。」

「那墓地的泥土呢？」

「你認為呢？」

「那必須是非常的巧合，」亨頓說：「最靠近的公墓是在歡樂丘，距離藍絲帶五哩。」

「好，」傑克森說：「我請電腦操作員確實分析了清單上所有主要和次要的元素，以及每種可能的組合，他還以為我在為萬聖節準備呢！我否決掉大約兩打完全無意義的，其餘的歸入相當明確的類別，我們隔離出來的元素就屬於這些類別的其中一個。」

「是哪一個呢？」

傑克森咧嘴一笑。「很簡單的一個。在加勒比海有分支的南美洲神話中心，與巫毒教有關。我所得到的文獻把這種神靈看作是完全二流的貨色，和真正的重量級壞蛋，像是沙達斯或不可呼其名的人比較起來的話，那個機器裡的鬼東西將會像鄰居的惡霸一樣潛逃的。」

「我們要怎麼做呢？」

「聖水和少許的聖餐應該就辦得到了，另外我們可以對它讀些《利末記》，純粹基督教的白魔法。」

「你確定情況不會變糟嗎？」

「看不出來怎麼可能會變糟，」傑克森沉思了半晌說：「我不介意告訴你我擔心光榮之手，那是非常黑暗的魔力，強大的魔法。」

「聖水阻擋不了嗎？」

「被喚醒的惡魔與光榮之手聯合可以把一疊《聖經》當成早餐吃掉，真要惹上那種東西我們的麻煩可就嚴重了。最好拆掉那該死的東西。」

「好吧，你百分之百確定——」

「不，但是有相當的把握，一切都非常符合。」

「那什麼時候動手？」

「越快越好，」傑克森說：「我們要怎麼進去呢？打破窗子？」

亨頓微笑，伸進口袋，拿出一把鑰匙在傑克森的鼻子前面晃動。

「你從哪裡弄來的？蓋特利那兒嗎？」

「不是，」亨頓說：「從一個名叫馬丁的州督察員那裡。」

「他知道我們要幹什麼嗎？」

「我想他有所懷疑。他幾個禮拜前告訴我一個離奇的故事。」
「有關燙衣機的嗎？」
「不是，」亨頓說：「是一台冰箱。我們走吧。」

愛黛爾・芙羅莉死了，一位很有耐性的殯葬業者將她縫合，如今她躺在棺材裡。然而她的靈魂或許有幾分仍留在機器裡，倘若如此，她的靈魂會大聲叫喊。她早該知道，本來可以警告他們的。她很容易消化不良，對付這普通的小病痛，她服用一種叫做逸胃膠的常見胃藥，只要七角九分就可在任何一家藥局櫃檯買到。包裝側面印著一行警告：青光眼患者不得服用逸胃膠，因為其有效成分會導致青光眼的症狀惡化。不幸的是，愛黛爾・芙羅莉沒有青光眼的毛病。她或許記得那天，就在雪莉・歐維勒特割傷手前不久，她不小心把整盒逸胃膠掉進燙衣機裡。不過她死了，並不知道那個緩解胃灼熱的有效成分是顛茄的化學衍生物，在某些歐洲國家奇怪地被認為是光榮之手。

在藍絲帶洗衣廠鬼魅似的寂靜中突然傳來一聲恐怖的打嗝聲——一隻蝙蝠狂亂地振翅飛向烘乾機上方牠棲息的隔離小洞，用雙翼掩住牠眼盲的臉。

那聲響嗝幾乎像是竊笑。

忽然間燙衣機猛地傾斜開始軋軋地運轉——輸送帶在幽黑中匆忙前進，輪齒碰撞、嚙合、摩擦，壓碎一切的沉重滾筒不停地旋轉。

它已準備好迎接他們了。

亨頓把車開進停車場時，時間剛過午夜，月亮隱藏在一大堆飄動的雲層後。他猛踩下煞車，並以同樣的動作關掉燈，傑克森的前額差點砰的撞上加裝了襯墊的儀表板。

他熄了火，那持續不間斷的砰砰——嘶——砰砰的聲音變得更加響亮。「是燙衣機，」他緩緩地說：「是那台燙衣機，它自己在運轉，在深更半夜裡。」

他們沉默地坐了片刻，感到恐懼緩緩爬上他們的腿。

亨頓說：「好了。我們動手吧。」

他們下車走向廠房，燙衣機的聲音越來越響。亨頓將鑰匙插入後門的門鎖時，他心想那台機器確實聽起來像是活生生的——彷彿它劇烈地喘著灼熱的粗氣，以嘲諷、嘶嘶的低喃自言自語。

「突然間我慶幸我是跟個警察在一起。」傑克森說。他將手上拿著的棕色袋子換到另一隻手去。袋子裡是個裝滿聖水以蠟紙包著的小果醬罐，及一本基甸聖經。

他們踏進工廠內，亨頓啪的打開門邊的電燈開關。日光燈閃爍著投射出冷冰冰的光，在同一瞬間燙衣機停了下來。

蒸汽的薄膜籠罩在燙衣機的滾筒上，它在新降臨的不祥闃靜中等待著他們。

「天啊，它真是個邪惡的東西。」傑克森低聲說。

「來吧，」亨頓說：「趁我們喪失勇氣之前。」

他們走過去燙衣機旁。安全柵欄在送料進機器的輸送帶上方，並沒有升起。

亨頓伸出一手。「夠近了，馬克。把東西給我，告訴我該怎麼做。」

「可是——」

「沒什麼好爭論的。」

傑克森遞給他袋子，亨頓將袋子放在機器前面的床單工作台上。他把聖經交給傑克森。

「我要唸了，」傑克森說：「等我指向你，你就用手指把聖水灑在機器上。然後說：以聖父、聖子、聖靈之名，令汝離開此地，汝這不潔之物。懂了嗎？」

「懂。」

「我第二次指向你的時候，就把聖餅弄碎，再重複一次咒語。」

「我們怎麼知道是否有效？」

「你會知道的。那東西要逃出去很可能會打破這裡的每一扇窗戶。假如第一次沒效，我們就繼續重複這儀式到有效為止。」

「我已經嚇得臉色發青了。」亨頓說。

「其實，我也是。」

「萬一光榮之手的事我們猜錯了——」

「我們不會錯的，」傑克森說：「我們開始吧。」

他開始了。他的聲音如幽靈般迴盪在空無一人的整間洗衣廠裡。「汝等不得離棄我去崇拜偶像，亦不得為自己鑄造偶像。我是上主——汝等的上帝……」這些經文有如石塊投入一片寂靜之中，廠內倏地彌漫著令人毛骨悚然、宛如墳墓的冰冷寒意。燙衣機在日光燈下保持靜止和沉默，在亨頓看來，它似乎仍咧著嘴笑。

「……你們玷污了那地，地就會排斥你們，如同排斥在你們之前的民族一般。」傑克森抬起頭來，他的神色緊張，用手一指。

亨頓將聖水遍灑在送料輸送帶上。

痛苦的金屬猛然發出咬牙切齒的吶喊，聖水接觸到帆布輸送帶的地方冒出煙來，現出扭動、微帶紅色的形狀，燙衣機猝然活躍起來。

「我們逮到它了！」傑克森壓過逐漸升高的噪音大聲喊道：「它要逃了！」

他開始再讀一遍經文，聲量提高蓋過機器的聲音。他再次指示亨頓，亨頓撒了一些聖餅。他在照做的時候，突然感到一股凍入骨子裡的恐懼襲來，忽然強烈地感覺到出了差錯，那燙衣機認為他們是在虛張聲勢，它才是強大的一方。

傑克森的聲量仍然在提高，接近最高點。

火花開始在主馬達和輔助馬達之間循著弧線跳躍；臭氧的味道充斥在空氣中，好像新鮮熱血的銅味。現在主馬達在冒煙，燙衣機以瘋狂、令人看不清楚的速度在轉動：只要一根手指碰到中央輸送帶，整個身體就會被強拖進去，在五秒鐘內變成一張血淋淋的破布。他們腳下的混凝土在顫抖、單調地喀喀作響。

接著主軸承爆炸，發出熾熱的紫色閃光，寒冷的空氣中充塞著大雷雨的味道，而燙衣機依然在轉，越來越快、越來越快，輸送帶和滾筒、輪齒移動的速度，讓它們看起來好像攪拌融和在一起，改變，融化，變形——

幾乎是被催眠似的站著的亨頓，忽然往後退了一步。「離開！」他蓋過刺耳響亮的嘈雜聲大聲喊。

「我們就快要逮住它了！」傑克森嚷著回答。「為什麼——」

突然一聲難以形容的崩裂巨響傳來，混凝土地板上有道裂隙猛地奔向他們、經過他們，變得越來越寬，老舊的水泥碎片飛散四射。

傑克森盯著燙衣機放聲大叫。

它想要從混凝土中奮力脫身，宛如恐龍想逃脫瀝青坑。它再也不全然是熨燙機了，它仍在改變、融化。五百五十伏特的電纜脫落，噴著藍色火焰，掉進滾筒中被嚼得一乾二淨。有一瞬間兩團火球瞪視著他們宛如閃爍的眼睛，眼裡盡是強烈、冷酷的飢渴。

另一條斷層線裂開。燙衣機傾向他們，只差一點就能擺脫束縛住它的混凝土繫泊裝置。它含著敵意地斜睨他們，安全柵欄砰地向上升起，亨頓所看到的是飢餓得張大、充滿了蒸汽的嘴巴。

他們轉身就跑，另一道縫隙在他們腳下裂開。而在他們背後，那東西掙脫開來了，發出一聲尖銳刺耳的怒吼。亨頓跳過裂隙，然而傑克森絆倒了，四肢張開地跌在地上。

亨頓轉身想救他，一個龐大、無定形的影子籠罩在他上頭，遮住了日光燈。

它站在傑克森旁邊，他仰臥在地，恐懼得張口、無聲地往上看——完美的祭品。亨頓僅有混亂的印象，看見一團不斷在動的黑色東西，膨脹到驚人的高度，站在他們兩人上方，它的一雙炯炯發光的電眼大如足球，張大的嘴裡有條活動的帆布舌頭。

他拔腿狂奔，傑克森臨死的吶喊緊追著他。

羅傑・馬丁終於起床應門鈴時，他只清醒了三分之一，但是當亨頓蹣跚地走進來，驚愕粗暴地將他一巴掌完全打醒。

亨頓的眼睛異常凸起，兩手如爪子般緊抓住馬丁的睡袍前襟。他的臉頰上有道滲血的小傷口，骯髒、灰色的粉末狀水泥顆粒噴濺得滿臉都是。

他的頭髮變成死白色。

「救救我……看在老天的份上，救救我。馬克已經死了。傑克森死了。」

「慢慢說，」馬丁說：「先進來客廳吧。」

亨頓跟隨著他，喉嚨發出低沉、嗚咽的聲音，像隻小狗。

馬丁倒了一杯兩盎司的金賓威士忌給他，亨頓雙手捧著玻璃杯，一大口灌下純的烈酒而嗆到。玻璃杯被忽略地掉到地毯上，他的兩手，有如遊魂，再度探尋馬丁的翻領。

「燙衣機殺了馬克・傑克森。它……它……噢天啊，它可能跑出來！我們不能讓它跑出來！我們不行……我們……噢——」他開始大叫，瘋狂的吼叫聲以不規則的週期起起伏伏。

馬丁想要遞給他另一杯酒，但亨頓把酒杯揮到一旁。「我們必須燒掉它，」他說：「趁它跑出來前把它燒掉。噢，萬一它出來了怎麼辦？噢天哪，如果——」他的眼睛忽然閃爍，變得呆滯無神，然後往上一翻露出眼白，他像塊石頭般昏倒在地毯上。

馬丁太太走到門邊，緊揪住睡袍的領口。「羅傑，他是誰？他瘋了嗎？我以為——」她打了個寒顫。

「我不認為他發瘋了。」一陡然間她丈夫臉上可怖的恐懼陰影把她嚇壞了。「天哪，我希望他來得夠快。」

他急忙準備打電話，拿起話筒，卻僵住了。

從房子的東邊，亨頓過來的那個方向，傳來模糊、逐漸增強的嘈雜聲。一種連續不斷、碾磨的喀噠聲，越來越響亮。客廳的窗戶半敞，此時馬丁捕捉到風中有股深濃的味道，像是臭氧的氣味……或是血。

他手裡拿著無用的電話站著，聽著那聲音變得越來越大，越來越響，不斷地互相叩擊、冒煙，街上有什東西滾燙地冒著蒸汽，血液的惡臭彌漫整個房間。

他的手從電話上落下。

它已經出來了。

*本篇於一九九五年改編拍成電影《猛鬼工廠》，其後並拍攝了二部續集。

櫃魔

「我來找你是因為我想講講我的經歷，」坐在哈博醫生的長椅上的男人說。這人名叫萊斯特・畢林斯，來自康乃狄克州的沃特伯里。根據從薇克絲護士那兒得知的履歷，他二十八歲，受僱於紐約一家工業公司，離了婚，有三個孩子。孩子全都死了。

「我不能去找神父，因為我不是天主教徒。也不能去找律師，因為我沒做任何需要找律師商議的事。我所做的只不過是殺掉我的孩子，一次一個，殺了他們全部。」

哈博醫生打開錄音機。

畢林斯像把尺似的直挺挺地躺在長椅上，一動也不動。他的雙腳僵硬地突出長椅末端，像是禁起必要的恥辱的男人。他的兩手如屍體般交疊在胸膛上，表情認真呆板。他盯著單調的白色組合天花板，彷彿在看上頭播放的風景和照片。

「你是指你真的殺了他們，還是——」

「不。」他焦躁地急速搖頭。「可是我有責任。丹尼是在一九六七年，雪兒是一九七一年，安迪則是今年。我想要告訴你一切。」

哈博醫生保持沉默。他心想畢林斯看上去憔悴蒼老。他的頭髮逐漸稀疏，面色灰黃，眼睛裡藏著威士忌所有令人痛苦的秘密。

「他們是被謀殺的，明白嗎？只是沒有人相信。假如他們肯相信，情況就會好轉了。」

「為什麼呢？」

「因為……」

畢林斯突然住口，用手肘猛然撐起身體，凝視房間的另一頭。「那是什麼？」他厲聲問，他的兩眼瞇成黑色的狹縫。

「什麼是什麼？」

「那扇門。」

「是衣櫃，」哈博醫生說：「我掛大衣放套鞋的地方。」

「打開來。我想要看一下。」

哈博醫生不發一言地站起來，穿過房間，打開衣櫃。裡面有四、五個衣架，掛著一件棕黃色的雨衣，雨衣下方有一雙磨損而發亮的橡膠套鞋，其中一隻鞋裡仔細地塞著《紐約時報》。全部就這樣而已。

「沒問題吧？」哈博醫生說。

「沒問題了。」畢林斯挪開支撐的手肘，回到先前的姿勢。

「你剛才說，」哈博醫生坐回他的椅子後說：「如果能證明你三個孩子是遭到謀殺的，那你所有的苦惱就會結束。為什麼呢？」

「我會因此坐牢，」畢林斯立刻說：「終身。在監獄裡你可以看透所有的牢房。全部的牢房。」他不為什麼地笑了。

「你的孩子是怎麼被謀殺的呢？」

「別急著要我說出來！」

畢林斯猛轉過身，兇惡地盯著哈博。

「我告訴你，別擔心。我不是你那些神氣十足地走來走去假裝自己是拿破崙，或者解釋說我會上了海洛因的癮是因為我媽不愛我的怪人。我曉得你不相信我，我不在乎，那無所謂，只要說出來就夠了。」

「好吧。」哈博醫生拿出菸斗。

「我在一九六五年和莉塔結了婚——我二十一歲，她十八歲。她懷了孩子。就是丹尼。」他的嘴唇如橡膠似的扭曲出駭人的笑容，但眨眼間就消失。「我不得不離開大學找份工作，但是我不介意。我愛他們兩個。我們非常的幸福。

「莉塔在丹尼出生後才沒多久又懷孕了，雪兒在一九六六年十二月出世。安迪則是在一九六九年的冬天誕生的，那時丹尼已經死了。安迪是意外懷上的，那是莉塔的說詞，她說有時候避孕藥沒效。我想那不是意外。你要知道，孩子能拴住男人。女人喜歡這一套，尤其是當男人比她們聰明的時候。你不覺得這是真的嗎？」

哈博不置可否地咕噥一聲。

「不過，那不重要。反正我愛他。」他幾乎是報復性地說，彷彿他愛那個孩子是為了向妻子洩憤。

「是誰殺了孩子呢？」哈博問。

「是妖怪，」萊斯特・畢林斯馬上回答道。「妖怪把他們全殺了。就從衣櫃出來殺掉他們。」他扭轉身子咧嘴微笑。「你認為我是瘋子，對吧！全寫在你臉上了，不過我不在乎，我只是想要告訴你然後離開。」

「我正在聽。」哈博說。

「一開始是在丹尼快要兩歲，雪兒還只是嬰兒的時候。每當莉塔把他放到床上他就開始哭。你要知道，我們住的是兩房的公寓，雪兒睡在我們房間的嬰兒床。起先我以為他哭是因為他不能再帶著奶瓶上床。莉塔說別小題大作，就順其自然，讓他拿著奶瓶，他自己以後會改掉這個習慣。但小孩子就是那樣子開始變壞的，你縱容他們，把他們寵壞，以後他們就會傷你的心。你知道的，像搞大女孩子的肚子啦，或者開始注射毒品，要不然就是變得膽小沒用。你能想像有天早上起床發現你的孩子——你兒子——是個膽小鬼嗎？

「可是，過了一陣子，他還是沒有停止哭鬧，我就開始自己送他上床。要是他不停止哭鬧，我就會重重地打他。莉塔說他反覆不斷地說『燈燈』。嗯，我不確定。那麼小的孩子，你怎麼聽得出來他們在說什麼。只有母親才聽得懂。

「莉塔想要放盞夜燈。那種插在牆壁上有米老鼠或哈克狗或什麼圖案的玩意兒。我不許她放。如果孩子在小時候沒辦法克服怕黑，他一輩子都無法克服。

「總之，他在雪兒出生後的那年夏天死了。那天晚上我一把他放到床上，他立刻就大哭起來。那次我聽清楚他說什麼。他說的時候就指著衣櫃。『妖怪，』孩子說：『妖怪，爸爸。』

「我關掉燈走進我們房間，質問莉塔為什麼要教孩子那樣的字彙。我忍不住想打她幾巴掌，不過我沒有動手。她說她從來沒教過他說那個詞，我罵她是個該死的騙子。

「那對我來說是個難過的夏天，明白吧。我唯一能找到的工作是在倉庫把百事可樂裝上卡車，老是累得要死。雪兒每晚都醒來哭鬧，莉塔會抱她起來抽抽噎噎的。我告訴你，有時候我恨不得把她們兩個丟出窗外。天哪，小孩子有時候真會把你給逼瘋。你簡直想殺了他們。

「接著，那孩子在凌晨三點，準時，把我吵醒。我走進浴室，根本還沒清醒，你懂吧，莉塔問我有沒有去查看一下丹尼。我叫她自己去看然後就回到床上，她開始尖叫時我都幾乎睡著了。

「我起來走進另一間房。那孩子仰躺著死了，渾身白得跟麵粉一樣，只除了血……滲出來的地方，兩條腿後面、頭部，還有呃——屁股。他的眼睛張著。你要知道，那是最慘的。眼睛睜得大大的，呆滯無神，好像你看見有些人擺在壁爐架上的麋鹿頭的眼睛一樣，好像你看到照片上的那些越南小鬼一樣，可是美國小孩看起來不應該像那樣。仰臥在床上死掉，穿著尿布和橡膠短褲，因為過去幾個禮拜他又開始尿褲子。真是可怕，我愛那個孩子啊！」

畢林斯緩緩地搖頭，隨即又咧嘴露出那橡膠似的、駭人的微笑。「莉塔拚命地尖叫，她想要把丹尼抱起來搖一搖，不過我不許她去抱。警察不喜歡你碰任何證據，我知道這一點——」

「那時候你就知道是妖怪幹的嗎？」哈博輕聲問。

「噢，不，那時候不曉得，可是我的確注意到一件事。當時對我來說沒有任何意義，不過我的腦子記下這件事。」

「什麼事？」

「衣櫃門開著。開得不大，只有一條縫而已。不過我確定我把衣櫃門關上了，你明白吧，那裡面有乾洗衣物的袋子。小孩子亂動袋子就完了，窒息，你知道嗎？」

「知道。後來怎麼樣了？」

畢林斯聳了一下肩。「我們葬了他。」他憂鬱地凝視自己的手，那曾經把泥土扔在三具小棺材上的雙手。

「當時有驗屍嗎？」

「當然有。」畢林斯的眼睛閃著嘲弄的光芒。「一個從偏遠鄉下來的蠢蛋，帶著聽診器和一個裝滿巧克力薄荷糖的黑袋子，還有一張某農村大學的畢業證書。嬰兒猝死，他居然這麼說！你曾經聽過這麼一堆屁話嗎？那孩子三歲了啊！」

「嬰兒猝死最常發生在第一年，」哈博謹慎地說：「不過這個診斷出現在兒童的死亡證明書上，一直到五歲大，因為缺乏更好的——」

「胡說八道！」畢林斯激烈憤恨地說。

哈博重新點燃菸斗。

「葬禮過後一個月我們把雪兒搬進丹尼以前的房間。莉塔死命地反對，不過我說了算。當然，我也很痛苦。天哪，我喜歡孩子跟我們同一間房，可是你不能過度保護，那樣子會讓孩子沒辦法獨立。在我小時候，我媽常帶我去海灘，然後叫喊到她自己喉嚨沙啞。『別跑到那麼遠！別去那裡！那邊有下層逆流！你一個鐘頭前才剛吃飽！別到淹過你頭的深水裡！』甚至要當心鯊魚，在上帝面前哪。結果呢？現在我甚至連靠近水邊都不敢。這是實話。如果我接近海灘，我就會起痙攣。丹尼還活著的時候，莉塔有一次說動我帶她和孩子們到薩文岩，我難受得吐了。所以我很清楚，你懂嗎？你不能過度保護孩子，你也不能姑息自己。日子繼續過下去，雪兒就睡在丹尼的嬰兒床上。不過，我們把舊床墊丟到垃圾場。我不希望我女兒傳染到任何病菌。

「就這樣過了一年。有天晚上我把雪兒放進嬰兒床時，她開始哭喊嚎叫。『妖怪，爸爸，妖怪，妖怪！』

「把我突然嚇了一大跳。就跟丹尼一模一樣。我開始回想起那扇衣櫃門，在我們發現他的時候開了一條細縫。我想要把她帶回我們房間過夜。」

「你做了嗎？」

「沒有。」畢林斯凝視自己的雙手，臉抽搐了一下。「我怎麼能走到莉塔身邊承認我錯了？我必須是堅定強硬的。她向來軟弱沒有骨氣……瞧我們還沒結婚前，她多麼輕易就跟我上床了。」

哈博說：「另一方面，看你自己多麼輕易就跟她上床。」

畢林斯正重新擺放雙手，頓時愣住，慢慢轉過頭去看哈博。「你是自以為聰明嗎？」

「不，當然不是，」哈博說。

「那麼就讓我用我的方法來說，」畢林斯惡狠狠地說：「我來這裡是為了一吐為快。講我的故事。不打算討論我的性生活，假如你以為主題是那個的話。莉塔和我的性生活很正常，沒有半點下流的事。我知道有些人談論這個會有快感，不過我不是那種人。」

「很好。」哈博說。

「很好。」畢林斯以不自在的傲慢態度重複一遍。他似乎亂了頭緒，眼睛焦慮地飄向緊閉的衣櫃門。

「你希望那門打開嗎？」哈博說。

「不！」畢林斯飛快地說。他緊張不安地微微笑了一下。「我幹嘛想看你的套鞋啊？」

「那妖怪也殺了她，」畢林斯說。他擦抹前額，彷彿在素描記憶。「一個月後。不過在那之前發生了一件事。有天夜裡我聽見房間有聲響，接著她大聲尖叫。我非常迅速地打開門——走廊的燈亮著——然後……她在嬰兒床上坐起來哭……有東西在動。在後面的陰影中，衣櫃旁，有個東西在滑動。」

「衣櫃門開著嗎？」

「開了一點。只有一條縫。」畢林斯舔一下嘴唇。「雪兒在尖叫著妖怪。還有別的聽起來像是『爪子』（claws），只不過她說成『冑』（craws），你知道的，小孩子不大會發『l』的音。莉塔跑上樓問出了什麼事，我說她被天花板上移動的樹枝影子嚇到了。」

「Crawset？」哈博說。

「啊？」

「Crawset…closet（衣櫃），或許她想要說的是『衣櫃。』」

「也許吧，」畢林斯說：「或許就是那個字，但是我不這麼認為，我認為是『爪子』。」他的目光又開始搜索衣櫃門。「爪子，長長的爪子。」他的聲音減弱到只剩耳語。

「你看了衣櫃裡面嗎？」

「看——看了。」畢林斯的兩手牢牢地交握在胸前，緊得每個指節都發白，有如一彎白月。

「裡頭有什麼東西嗎？你看到——」

「我什麼東西都沒看見！」畢林斯突然尖聲大吼。這些話傾洩而出，彷彿他靈魂深處的黑色軟木塞被拔開。「她死的時候是我發現她的。她皮膚發黑，全身都黑了。她吞下自己的舌頭，黑得像是白人扮黑人的滑稽說唱表演中的黑鬼一樣，而且她目不轉睛地盯著我。她的眼睛看起來就像你在填充動物玩偶身上看到的那種眼睛，非常閃耀、令人害怕，好像活生生的彈珠，那雙眼睛在說它抓到我了，爸爸，你讓它抓到我，你殺了我，你幫助它殺了我……」他的話語逐漸消失。一滴非常大的眼淚無聲地滑下他的臉頰側面。

「那是腦痙攣，你知道嗎？小孩子有時候會得這種病。大腦發出了錯誤信號。他們在哈特佛接收醫院驗屍，他們告訴我們她是因為痙攣所以被自己的舌頭給噎死。我不得不單獨回家，因為他們給莉塔服了鎮靜劑。她發瘋了。我不得不獨白一個人回到那間屋子，我知道小孩子不會因為大腦神經錯亂就痙攣發作。你可以把孩子嚇到痙攣。而我得回到它待的那間屋子。」

他低聲說：「我睡在長沙發上。把燈開著。」

「有沒有發生什麼事？」

「我作了夢，」畢林斯說：「我在一個黑漆漆的房間裡，有個東西我看……看不太清楚，在衣櫃裡。那東西發出聲響……嘎吱嘎吱的怪聲。讓我想起小時候看過的一本漫畫書。《魔界奇譚》，你記得嗎？天啊！裡頭有個叫葛拉漢・英格爾斯的傢伙；他可以畫出世界上所有恐怖透頂的東西——有的甚至是世上沒有的。總之，在其中一篇故事裡有個女人淹死她丈夫，懂嗎？在他雙腳放上水泥塊，丟進採石場。只不過他回來了。他全身腐爛，變成墨綠色，一隻眼睛被魚吃掉，頭髮裡有海藻。他回來殺了她。當我在半夜醒來時，我以為那個東西會彎下身子靠近我，伸出爪子……長長的爪子……」

哈博醫生看著嵌入他辦公桌的數字顯示時鐘，萊斯特‧畢林斯已經講了將近半個鐘頭。他說：「你太太回家以後，她對你的態度怎麼樣呢？」

「她依然愛我，」畢林斯自豪地說：「她依舊想要照我吩咐的做。那是妻子的本分，對嗎？婦女解放運動只會製造出不正常的人。生命中最重要的就是一個人要懂得自己的本分。他的……他的……呃……」

「身分地位？」

「就是這個！」畢林斯彈了一下手指。「正是這個。做妻子的就應該聽從她的丈夫。噢，事情發生後的頭四、五個月她是有點無精打采——拖著腳步在屋子裡走來走去，不唱歌，不看電視，也不笑。我曉得她會熬過來的。他們還那麼小，你對他們的感情沒那麼深，再過一陣子你甚至得翻五斗櫃的抽屜，看著照片才記得他們究竟長什麼樣子。

「她想再生一個寶寶，」他陰沉地又說：「我告訴她這個主意不好。喔，不是永遠，不過暫時先不要。我告訴她這是我們忘掉過去，開始享受兩人世界的時機。我們以前從沒機會這麼做。如果你想去看場電影，你必須辛苦地到處找臨時保母。你不能進城去看紐約大都會隊比賽，除非她爸媽肯帶孩子，因為我媽不願意跟我們有什麼瓜葛。我們結婚後沒多久丹尼就出生了，明白吧？她說莉塔只是個妓女，下賤卑鄙的『站街角的』。我媽向來都叫她們站街角的。這樣不是非常清楚簡要嗎？她有一次要我坐下，告訴我如果去街……去嫖妓，可能染上什麼病。你的老……

你的陰莖有一天只不過是出現了一些小潰瘍，隔天就完全爛掉了。她甚至沒來參加婚禮。」

畢林斯用手指篤篤地敲擊胸膛。

「莉塔的婦科醫生勸她用一種叫做ＩＵＤ的東西——就是子宮內避孕器。醫生說，簡單無比。他只要把那東西放入女人的……她的那部位，就這樣而已。假如子宮裡有東西，卵子就不能受精。你甚至不知道避孕器在裡面。」他神秘、溫柔地對著天花板微笑。「沒人知道那東西到底是不是在裡面。隔年她又懷孕了。好個簡單無比。」

「沒有一種避孕方法是完美無缺的，」哈博說：「藥丸的避孕效果只有百分之九十八。ＩＵＤ有可能因為痙攣、大量的月經，還有，少數例外的情況，因為排泄而從體內排出。」

「對。或者你可以拿出來。」

「那是一種可能。」

「所以接下來呢？她織著小衣服，在淋浴間裡唱歌，發瘋似的拚命吃酸黃瓜，坐在我大腿上說什麼這一定是天意之類的話。呸！」

「寶寶是在雪兒死後隔年的年尾出世的？」

「對。一個男孩。她替他取名為安德魯•萊斯特•畢林斯。我一點也不想理他，至少一開始的時候。我的座右銘是她搞砸了，就讓她自己去收拾。我知道這話聽起來怎樣，不過你得記住我經歷過很多事情。

「可是我漸漸地喜歡上他，你知道嗎？首先，他是三個孩子裡頭唯一長得像我的。丹尼長得像他母親，雪兒長得不像我們任何一個人，只除了也許像我奶奶安，然而安迪和我長得幾乎一模一樣。

「我開始在下班回家時陪護欄裡的他玩耍，他會抓住我的一根手指笑得咯咯出聲。才九個星期大，這孩子就會對他老爸咧開嘴笑呢！你相信嗎？

「然後有天晚上，我從藥店出來帶了一串掛在孩子嬰兒床上的活動吊飾。是我耶！我的座右銘向來是，孩子要年紀大到會說謝謝才懂得珍惜禮物，可是我卻買了，買給他無聊的垃圾玩意兒，突然間我了解到他是我的最愛。當時我有另一份工作，相當不錯的工作，替克魯特父子銷售鑽頭。我幹得非常好，所以在安迪一歲時，我們搬到沃特伯里。以前的住處有太多不幸的回憶了。

「還有太多衣櫃。

「接下來那年是我們過得最棒的一年，我願意用我右手全部的手指重新換回那段日子。喔，越戰還在持續，嬉皮依然沒穿衣服到處跑，黑鬼經常大吼大叫，但是這些都沒有影響到我們。我們住在寧靜的街上，有親切的鄰居。我們很幸福，」他簡單地總結。「我問過莉塔她擔不擔心。你知道，厄運接二連三之類的。她說我們不會那麼倒楣，她說安迪是特別的，她說上帝已經在他四周畫了保護圈。」

畢林斯憂鬱地望著天花板。

「去年狀況不大好。房子有些改變。我開始把靴子放在門廳，因為我再也不想打開櫃子的門。我不斷地在想：唔，萬一它在裡頭怎麼辦？整個蹲伏在下面，準備在我打開門的那一刻跳出來？而且我開始覺得我能聽見嘎吱嘎吱的雜音，好像有個又黑又綠、濕答答的東西在裡頭微微地動來動去。

「莉塔問我是不是工作得太辛苦，我開始兇巴巴地對她說話，就像從前一樣。丟下他們自己去工作讓我覺得胃不舒服，可是我又很高興能出門。上帝保佑我，我真的很高興能出門。我開始在想，我們搬家的時候它有一陣子找不到我們。它只好到處找，夜裡鬼鬼祟祟地走遍所有的街道，或許在下水道裡慢慢爬，嗅聞我們的味道。花了一年的時間，不過它終究找到我們了，它回來了。它想要安迪，也想要我。我開始想，或許如果你想一件事想得夠久，並且真心相信，那件事就會變成真的。也許我們小時候害怕的所有怪物，像是科學怪人、狼人和木乃伊，說不定全都是真的，真實得足以殺掉小孩子，那些掉進砂石坑或溺死在湖裡，或者只是再也找不到的孩子，或許……」

「畢林斯先生，你在躲什麼嗎？」

畢林斯沉默了好半晌——數字顯示的時鐘滴滴答答地走了兩分鐘。然後他唐突地說：「安迪在二月時死了。莉塔不在場。她接到她父親的電話，她母親在新年第二天出了車禍，醫生預計活不成了，她當天晚上就搭巴士回去。

「她母親沒死，不過列在病危名單上好長一段時間——兩個月。我請了一位非常好的婦人白天陪著安迪。我們晚上打理家務時，櫃子門老是打開來。」

畢林斯舔舔嘴唇。「孩子和我睡同一間。這件事也很不可思議。他兩歲的時候，莉塔問過我是否想要把他移到另一間房去。史巴克還是其他哪個庸醫主張小孩和父母親睡不好，你知道嗎？據說會在性方面對他們造成心理創傷之類的。不過我們總是等孩子睡著了才做，而且我不想把他搬走。我不敢，在經歷過丹尼和雪兒的事之後。」

「不過你還是移走他了，不是嗎？」哈博醫生問。

「對，」畢林斯說。他露出懊惱、怯懦的微笑。「我的確那麼做了。」

再度沉默下來。畢林斯在努力掙扎。

「我不得不啊！」他終於怒吼道：「我是不得已的啊！莉塔在場的時候沒問題，但是她一離開，它就開始越來越放肆。它開始……」他朝哈博轉動一下眼珠，齜牙咧嘴地露出兇惡的笑容。

「噢，你不會相信的。我知道你在想什麼，只不過是你的病例紀錄上的另一個瘋子，我很清楚，但是你不在場，你這個討厭、自以為是、偷窺人家腦袋想法的傢伙。

「有天晚上屋子裡的每扇門突然被吹得大開。另外有天早上，我起床後發現衣帽櫃和前門間的走廊上有條泥巴和髒污的痕跡。它是要出去嗎？還是進來？我不知道！老天在上，我就是不知道！唱片全都刮壞，沾滿爛泥，鏡子破掉……還有聲音……怪聲……」

他用一手梳過頭髮。「你會在凌晨三點醒來看著黑暗，起初你會說：『只是時鐘。』但是在時鐘的聲音底下你能聽見有東西偷偷摸摸地在動。不過又不是太鬼鬼祟祟，因為它想要你聽到。一種令人作嘔的滑行聲音，好像是廚房排水管發出的聲響。或者是一種喀噠喀噠的聲音，好像爪子從樓梯欄杆上輕輕拖過去。於是你閉上眼睛，心知聽見它的聲響不妙，但如果看到的話……

「你總是害怕那些怪聲可能會暫停一下子，然後大笑聲突然出現在你臉的正上方，一股有如腐壞高麗菜的氣味呼到你臉上，接著一雙手掐住你的喉嚨。」

畢林斯臉色蒼白，渾身顫抖。

「所以我把他搬走了。我曉得它會去找他，懂吧，因為他比較弱。結果它真的去找他。就在第一天晚上他在深更半夜尖叫起來，等我好不容易鼓足勇氣走進去，他就站在床上大聲尖叫。『妖怪，爸爸……妖怪……想要跟爸爸一起走，跟爸爸走。』」畢林斯的聲音變成尖銳的高音，好像小孩子的。他的眼睛似乎佔滿整張臉，他幾乎像是蜷縮在長沙發上。

「可是我不能，」孩子般的破碎高音繼續說：「我辦不到。一個鐘頭後傳來一聲尖叫。駭人、咯咯的尖叫。我明白了我多麼愛他，因為我跑進去，甚至沒有開燈，我一直跑啊，跑啊，跑，噢！老天，它抓到他了。它正在搖晃他，不停地搖就好像小獵犬在甩一塊布，我可以看見有個肩膀異常下垂，頭像稻草人的鬼東西，聞到像是汽水瓶裡的死老鼠的怪味，還有聽見……」他

的聲音逐漸減弱，隨後又突然轉回到成人的音域。「我聽到安迪的脖子斷掉時的聲音。」畢林斯的語調冷淡、毫無生氣。「像是冬天你在鄉下池塘上溜冰時冰爆裂的聲音。」

「接下來怎麼了？」

「喔，我逃跑了，」畢林斯以同樣冷漠、死氣沉沉的聲音說：「我跑去一家通宵營業的快餐店。這麼徹底的膽小怎樣？跑到通宵營業的快餐店喝了六杯咖啡。等到我回家時，已經天亮。我甚至還沒走上樓就打電話報警了。他躺在地板上目不轉睛地瞪著我，譴責我，一小滴血從一邊耳朵流出來。只有一滴，真的。而衣櫃門開著——但只有一條細縫。」

聲音停住。哈博看一眼數字時鐘。過了五十分鐘。

「跟護士預約個時間，」他說：「事實上，需要好幾個時段。星期二和星期四？」

「我只是來講講我的經歷，」畢林斯說：「吐出心中的話。我對警察說了謊，你知道嗎？告訴他們孩子那天晚上一定是想要離開嬰兒床……他們輕易地相信了。當然他們會相信，情況看起來就像那回事。意外事故，跟其他兩個一樣。但是莉塔知情，莉塔……終於……知道了……」

他用右手臂遮住雙眼開始哭泣。

「畢林斯先生，有很多事情需要談談，」哈博醫生停頓片刻後說：「我相信我們可以去除一些你背負的罪惡感，不過首先你必須自己想要擺脫內疚。」

「你難道不相信我真的想嗎？」畢林斯哭喊著說，把手臂從眼睛上挪開。他的一雙眼充血、通紅、受傷。

「還不夠，」哈博輕聲說：「星期二和星期四？」

沉默許久後，畢林斯咕噥著說：「該死的精神科醫師。好吧、好吧。」

「跟護士預約時間，畢林斯先生。祝你今天愉快。」

畢林斯空洞地大笑，頭也不回地迅速走出辦公室。

護理站空無一人。桌面的紀錄簿上有個小牌子寫著：馬上回來。

畢林斯轉身走回辦公室。「醫生，你的護士——」

辦公室空盪盪的。

但是衣櫃門開著，只開了一條細縫。

「真好，」衣櫃裡傳出聲音說：「太好了。」那些話聽來好像可能是從滿嘴的腐爛海藻中吐出來。

畢林斯像生了根似的站在原地不動，衣櫃門突然打開了。他隱約感覺到胯下一股暖意，他尿濕了褲子。

「太好了。」妖怪邊說邊搖搖晃晃地走出來。

它的一隻爪子形似鐵鏟的腐爛手中仍抓著哈博醫生的面具。

灰色菌

他們一整個星期以來都預測強烈北風將至，大約在星期四，終於來了，真正呼嘯的寒風在下午四點前就堆積起八吋的雪，而且沒有任何減緩的跡象。和平常一樣五、六個人聚集在亨利的夜貓子店裡的吧台旁，這家小店是班戈這一側唯一全天候營業的店。

亨利不做大生意，這指的主要是賣給大學生含酒精的飲料，不過他還過得去，這裡是我們幾個靠社會福利的笨老頭聚在一起，閒聊最近誰死了以及世界如何快要毀滅的地方。

今天下午亨利在櫃檯，比爾．佩勒姆、柏帝．康納斯、卡爾．立特菲德，和我東倒西歪地坐在火爐邊。外頭，俄亥俄街上沒有車輛在走動，鏟雪車的進展困難。風狠狠地吹颳著看上去像是恐龍脊骨的雪堆。

整個下午亨利只有三個客人——那是說，如果你想把瞎眼的艾迪計算在內的話。艾迪年約七十，他並非全盲，經常撞到東西。他一星期進來一、兩次，把一條麵包塞在外套底下，走出去時臉上表情一副：瞧，你們這些笨蛋狗崽子，又騙到你們了吧！

柏帝曾經問亨利為何他從來不阻止。

「我告訴你，」亨利說：「幾年前空軍需要兩千萬美金裝配一台他們籌劃的飛機的飛行模型。結果，他們花了七千五百萬美金，那該死的東西卻不會飛。那是十年前發生的事，當時瞎眼艾迪和我自己都還滿年輕的，我投票給支持那個法案的女人。瞎眼艾迪則投票反對她。打從那時起我就一直付他的麵包錢。」

柏帝看上去好像聽得不太懂，不過他往後坐著沉思了一下。

此刻門又開了，讓外頭一陣寒冷灰白的空氣跑進店裡，一個年幼的孩子走進來，跺腳抖去靴子上的雪。我過了片刻後認出他是誰。他是李奇・葛雷納汀的孩子，他一臉好像剛才親到嬰兒的屁股似的。他的喉結上下移動，臉色宛如舊的油地氈。

「帕馬里先生，」他對亨利說，他的眼珠轉來轉去好像鋼珠軸承。「你得來一趟，你得帶著他的啤酒來一趟。我沒法忍受再回去那裡了，我好害怕。」

「好，先慢慢來，」亨利說，脫下白色的屠夫圍裙，繞過櫃檯走出來。「出了什麼事？你爸最近都喝得爛醉嗎？」

他這麼一說我才意識到李奇好一陣子沒來了。通常他一天會經過一次，買一箱當時最便宜的啤酒。他是個臉頰有如豬屁股、胳臂好似蹄膀的大胖子，對啤酒總是貪得無厭，不過他在克里夫頓鋸木廠工作時應付得還算好。然而意外發生，一台碎漿機裝了劣質的貨，或者也許是李奇假裝是那麼一回事，總之李奇不再上班，靠著鋸木廠公司付給他的賠償金，過得輕鬆自在。他的背有些毛病。總之，他變得非常肥胖。他最近沒來，不過我偶爾會看到他兒子進來買李奇每晚的一箱啤酒。非常乖巧的男孩。亨利賣啤酒給他，因為他知道那只是男孩照他父親的吩咐來買的。

「他一直醉醺醺的，」男孩現在正說著：「可是問題不在這裡。問題是……是……噢天啊，太可怕了！」

亨利看出他快要放聲痛哭，因此他馬上說：「卡爾，你可以看一下店嗎？」

「沒問題。」

「好吧，堤米，你到後面儲藏室來，告訴我究竟是怎麼回事。」

他把男孩帶開，卡爾繞到櫃檯後面，坐在亨利的凳子上。好一會兒沒人吭聲。我們可以聽見他們在後頭，亨利的聲音低沉、緩慢，而堤米．葛雷納汀的音調很高，說得非常快。最後男孩開始哭泣，比爾．佩勒姆清一清喉嚨，開始裝填他的菸斗。

「我兩個月沒看到李奇了，」我說。

比爾咕噥著說：「又沒有損失。」

「他在……哦，接近十月底的時候，」卡爾說：「靠近萬聖節，買了一箱施麗茲啤酒。他變得胖得嚇人。」

此外沒什麼可說的。男孩仍然在哭，不過嘴裡同時說著話。外頭的風持續呼嘯嚎叫，廣播中說到早晨大約會再下六吋的雪。現在是一月中，我懷疑從十月以後是否有人見過李奇，更確切地說是，除了他兒子以外。

談話繼續了好一陣子，但是終於亨利和男孩回到外面。男孩脫掉了外套，亨利卻穿上了。男孩的胸口有點一抽一抽的，就像你大哭過後那樣，不過他的眼睛通紅，只瞄人一眼，就低頭直盯著地板。

亨利顯得十分擔憂。「我想我會讓堤米到樓上去，請我老婆馬上幫他弄個烤乳酪或什麼的。也許你們有兩個人願意跟我一起去一趟李奇的家。堤米說他想要些啤酒。他付錢給我了。」他想要擠出笑容，不過笑得有氣無力，很快就放棄了。

「沒問題，」柏帝說：「哪種啤酒？我去拿來。」

「拿哈洛金牌來，」亨利說：「我們後面有些縮小的箱子。」

我也站起來。這差事一定是由柏帝和我來做。卡爾的關節炎在像這樣的日子裡會更加嚴重，而比爾．佩勒姆的右手已不大派得上用場。

柏帝拿了四盒六罐裝的哈洛，我全裝進一箱，亨利帶男孩到樓上的公寓，就在頭頂上。

他向他老婆說明原委後回到樓下，再回頭看一眼確認樓上的門關著。比利口氣相當衝地大聲說：「出什麼事了？李奇揍了那孩子嗎？」

「不是，」亨利說：「我寧可暫時先不說。這事情聽起來很古怪。不過，我先給你們看樣東西。就是堤米拿來付啤酒的錢。」他從口袋掏出四張一美元的紙鈔，只捏著鈔票的一角，我不怪他。那些紙鈔上蓋滿灰色、黏糊糊的物質，看起來像是壞掉的醃製水果上的浮渣。他將鈔票放到櫃檯上，露出奇怪的笑容對卡爾說：「別讓任何人碰這些鈔票。就算是那孩子說的只對了一半也不行！」

說完他走到鮮肉櫃旁邊的水槽洗手。

我起身，穿上厚呢短大衣，圍上圍巾，把釦子扣好。去李奇家不方便開車；李奇住在克佛街尾的公寓大樓裡，那條街的上下起伏是法律許可範圍下最陡的，並且是鏟雪車不到的角落。

我們出門時，比爾·佩勒姆在後面追喊我們，「小心點哪！」

亨利只點一下頭，把那箱哈洛搬到他收在門邊的小手推車上，我們推著車走出去。

風有如鋸片颳在身上，我立刻將圍巾拉上來蓋住耳朵。我們在門邊稍停片刻等柏帝戴上手套。他的臉痛苦得皺了起來，我了解他的感受。年輕小伙子出門滑雪一整天，騎那些該死的像黃蜂翅膀的雪上摩托車半個晚上都完全沒事，可是當你年過七十沒有換油，你就會覺得東北風纏繞住心臟。

「我不想嚇你們兩個，」亨利說，嘴上仍掛著那略微令人反感的詭異笑容。「不過我還是要給你們看一下這個。而且我們走到那裡的路上我要跟你們說那孩子告訴我的事……因為我希望你們知道，你們看！」

他從外套口袋拿出一把點四五口徑的左輪手槍，自從他在一九五八年開始一天二十四小時營業後，那把槍就一直裝好子彈準備妥當收在櫃檯下面。我不曉得他是從哪裡弄來的，不過我確實知道有一次他向一名搶匪亮槍，那傢伙立即轉身直接衝出門外。毫無疑問地，亨利是個冷靜的人。我看過他有一回把進來的大學生攆出去，教訓他拿支票來兌現。那年輕人走開時一副屁股側一邊得拉屎的樣子。

咳，我告訴你這些只是想表達亨利希望柏帝和我知道他是認真的，我們也嚴肅以對。

就這樣我們出發了，彎腰走進風中好像洗衣婦一般，亨利邊推著手推車邊告訴我們男孩說的內容。聲音還沒傳到我們耳中，風就努力地把話給颳跑，不過我們仍然聽見大多數的內容——超出我們所想聽到的。我他媽的慶幸亨利把他的手槍塞進大衣口袋裡。

那孩子說一定是因為啤酒的緣故，你知道的，偶爾總是會喝到一罐劣質的啤酒。走氣的或有怪味的，或是綠得像愛爾蘭人內褲裡的尿漬一樣的。有個傢伙曾經告訴我只需要一個小洞讓細菌鑽進去，細菌就會在裡頭作怪。那個洞可以小到啤酒幾乎不會滴出來，但細菌可以進去，而啤酒是那些細菌的美味食物。

不管怎樣，男孩說李奇在十月某天晚上和往常一樣買回一箱金黃淡啤酒，坐下來迅速解決，堤米則在一旁寫功課。

正當堤米準備上床睡覺的時候，他聽見李奇說：「我的老天，這不對勁啊！」

堤米問說：「爸爸，你在說什麼？」

「啤酒，」李奇說：「天哪，這是我嘴裡嚐過最糟的味道了。」

大多數人會奇怪既然味道這麼糟，那看在老天的份上他幹嘛還喝下去？不過，大多數人從沒見過李奇．葛雷納汀喝啤酒的樣子。我有天下午到沃利的冷飲小賣部，看見他贏了該死的賭注。他和一個傢伙打賭他能在一分鐘內喝完二十杯兩毛五的啤酒。沒有一個本地人敢和他賭，不過有個來自蒙佩列的推銷員押下一張二十元的鈔票，李奇跟進。他喝光全部二十杯後還剩餘七秒鐘，雖然他走出去時已經醉得東倒西歪。所以我猜想在李奇的大腦發出警告之前，那罐壞掉的啤酒早已大半進他肚子裡了。

「我要吐了，」李奇說：「小心！」

然而等他到廁所的時候，噁心的感覺卻停止了，這事就到此為止。男孩說他聞過那啤酒罐，聞起來好像什麼東西爬進去死在裡頭，罐子頂端有少許灰色的水滴。

兩天後男孩放學回家，李奇坐在電視機前面看午後的催淚電視劇，房間內每一扇該死的窗簾都拉下。

「怎麼了？」堤米問，因為李奇幾乎不曾在九點以前待在家。

「我在看電視，」李奇說：「我今天覺得不想出門。」

堤米打開水槽上方的電燈，李奇對他大吼說：「把那他媽的燈給關上！」

堤米照做，沒問他在黑暗中如何做功課。當李奇心情那麼糟時，你不能問他任何事。

「出去幫我買一箱，」李奇說：「錢在桌上。」

男孩回家時，他爸仍坐在黑暗中，只不過現在外頭天色也暗了。電視關著。孩子開始覺得緊張害怕——嗯，誰不會呢？只有黑漆漆的公寓和你爸爸坐在角落像一大團隆起。

於是他把啤酒放到桌上，心知李奇不喜歡冰得讓腦門刺痛的啤酒，等他走近他老爸時，他開始注意到有種腐臭的味道，好像有人擱置在櫃檯上整個週末的變質乳酪。然而，他並沒有不知所措，因為他老爸從來也不是大家認為的那種愛乾淨的傢伙。相反的，他走進自己房間，關上門做功課，過一會兒他聽見電視開始在響，李奇啵的打開那晚第一瓶酒的瓶蓋。

連續兩週左右，家中的情況都是如此。孩子早上起床去學校，等回到家時李奇就已坐在電視機前，啤酒錢放在桌上。

公寓的氣味也越來越臭。李奇完全不肯將窗簾拉起，到大約十一月中，他開始禁止堤米在房裡讀書。說他受不了從門底下透過來的光。因此堤米開始在買了啤酒給爸爸後，到街區盡頭的朋友家。

然後有一天堤米放學回家，時間是下午四點，天色已差不多暗了，李奇突然說：「開燈。」孩子把水槽上方的燈打開，要不是李奇全身包裹在毛毯裡，那就真是見鬼了。

「看，」李奇說，一手從毛毯底下緩緩伸出來。只不過那根本不是手，而是某種灰色的物體，那孩子只能這樣告訴亨利。看起來一點也不像手，只是一團灰色的腫塊。

咳，堤米・葛雷納汀嚇壞了。他說：「爸，你怎麼了？」

李奇回答說：「我不曉得，但是不痛，感覺……挺好的。」

於是，堤米說：「我要打電話給威斯特菲爾醫生。」

毛毯開始整個顫抖起來，好像底下有什麼可怕的東西在發抖——渾身在抖。然後李奇說：「你敢！你要是敢打我就碰你，最後你就會變成像這樣。」他讓毛毯往下滑到臉上一會兒。

到這時我們已爬到哈羅和克佛街的轉角，我甚至比我們剛出來時亨利的鮮榨橙汁溫度計上的氣溫還要冷。人也許不想相信這種事，然而世界上怪事依舊存在。

我曾經認識一個名叫喬治・凱爾索的傢伙，他在班戈公共工程局工作。十五年來他負責修理主輸水管、修補供電電纜之類的工作，但有一天他突然莫名其妙地辭職不幹，離退休只剩不到兩年。認識他的法蘭基・霍爾德曼說，喬治在艾塞克斯邊談笑著邊爬進下水管裡，就如往常一般，卻在十五分鐘後衝上來，頭髮白得像雪，雙眼直瞪，彷彿他剛才隔著窗戶看見地獄。他逕自走到ＢＰＷ停車場，打了卡，然後就到沃利的冷飲小賣部開始狂飲。兩年後就因酗酒喪命。法蘭基說他試過找他談談，有一回喬治幾乎爛醉如泥的時候說了一件事。喬治在凳子上轉過身問法蘭基・霍爾德曼，他可曾見過巨大如大型犬的蜘蛛坐鎮在滿是小貓的蜘蛛網中，所有的小貓都被絲線團團包裹住。嗯，他能回答什麼呢？我不是要說他所陳述的是事實，而是想說世上的角落裡，有些東西出現在眼前能把一個大男人給逼瘋。

我們就這樣站在轉角片刻，儘管街上的風呼嘯地吹著。

「他看到什麼？」柏帝問。

「他說他還是看得出他爸爸，」亨利回答：「不過他說看上去他爸爸好像埋在灰色的果凍中……整個有點糊成一團。他說他爸的衣服和皮膚全部黏在一起，好像融進他的身體裡。」

「我的天哪！」柏帝說。

「然後他又馬上遮蓋起來，開始對孩子大叫要他把燈關掉。」

「好像他是真菌似的。」我說。

「對，」亨利說：「有點像那樣。」

「你的手槍要隨時準備好。」柏帝說。

「嗯，我想我會的。」說完，我們邁步推著推車走上克佛街。

李奇・葛雷納汀的公寓所在的大樓幾乎是在山丘的頂端，是在世紀交替之際由造紙業大亨建蓋而成，眾多維多利亞風格的龐然怪物之一。如今差不多全都轉變成公寓大樓。柏帝喘過氣來後告訴我們李奇住在三樓，就在如眉毛般凸出的頂端山形牆下面。我乘機詢問亨利孩子在那之後發生了什麼事。

大約在十一月的第三個星期，孩子有天下午回家，發現李奇除了將窗簾拉下外又更進一步，他拿了毯子釘在每扇窗戶上。屋子裡的惡臭也變得更加嚴重，有點黏糊的臭味，好像水果加了酵母開始發酵的味道。

之後又過了一星期左右，李奇開始叫孩子把啤酒放到爐子上加熱。你能想像嗎？孩子獨自和他爸在那間公寓裡，而他爸漸漸變成……嗯，某種東西……幫他熱啤酒，然後還得聽他——它——用混濁、可怕的聲音咕嚕咕嚕地喝啤酒，就像老頭子喝海鮮濃湯那樣。你可以想像嗎？

這種情形一直持續到今天，孩子的學校因為暴風雪提早放學。

「那孩子說他直接回家了，」亨利告訴我。「樓上的走廊完全沒有燈光——孩子斷定他爸肯定是某天晚上偷溜出去打壞了燈——所以他必須稍微蹲下慢慢爬向他家的門。

「結果，他聽見裡頭有東西動來動去，他突然想到他不知道李奇一個禮拜整天在幹什麼。他已將近一個月沒看過他爸離開那張椅子，而人總得睡覺上廁所吧！

「在門中間有個窺視窗，內側照理說應當有根插銷把窺視窗鎖上，不過打從他們住在那兒起插銷就壞了。所以孩子就非常輕易地悄悄爬到門上，用拇指將窺視窗推開一點點把眼睛湊上去。」

這時我們到了台階底部，屋子赫然聳立在我們之上如張高大、醜惡的臉，三樓的窗戶就像是眼睛。我抬頭仰望三樓，那兩扇窗果真是一片漆黑，好似有人在窗上蓋了毯子，或是油漆起來。

「他花了一會兒工夫眼睛才適應黑暗。他看見一團龐大的灰色隆起物，半點也不像人，在地板上滑行，後面拖著一條灰色、黏滑的痕跡。然後它可以說是迅速地伸出一隻手臂，或者像手臂的東西，撬開牆上的一塊板子。拿出一隻貓。」亨利停頓片刻。柏帝搓著兩隻手，這外面街上冷得要命，但我們每個人都還沒準備好上樓。「死貓，」亨利再度開口說：「已經腐爛的。孩子說看起來整個都浮腫僵硬了……而且身上爬滿了白色的小東西……」

「別說了，」柏帝說：「看在上帝的份上。」

「然後他爸爸吃了牠。」

我費力地吞嚥口水，喉嚨裡有東西嚐起來油膩膩的。

「堤米就在這時關上窺視孔，」亨利輕輕地說完。「拔腿就跑。」

「我覺得我沒法上去了。」柏帝說。

亨利沒說話，只是看看柏帝再看著我，然後回到柏帝身上。

「我想我們最好上去，」我說：「我們帶了李奇的啤酒。」

柏帝沒有回話，於是我們走上階梯，穿過前廳的門。我立刻嗅到味道。

你知道蘋果酒屋在夏天是什麼味道嗎？你永遠擺脫不掉蘋果的氣味，在秋天倒無所謂，因為那味道刺鼻強烈，聞久你的鼻子就失靈了。但在夏天，那味道就很討厭，眼下這氣味就像那一樣，不過比那更糟一些。

在較低樓層的走廊上有盞燈，一盞毛玻璃裡的簡陋黃燈投射出稀薄得有如脫脂牛奶般的光芒，而樓梯往上伸入暗影中。

亨利砰的一聲停下手推車，他正要扛起那箱啤酒時，我用拇指壓一下樓梯底部控制二樓樓梯平台燈泡的按鈕。但是正如男孩所言，燈壞了。

柏帝聲音顫抖地說：「我來扛啤酒。你只要負責那把槍就夠了。」

亨利沒有爭論。他將啤酒遞過去，我們開始往上爬，亨利領頭，再來是我，最後是兩手捧著箱子的柏帝。等我們到達二樓樓梯平台，那惡臭只變得更嚴重。爛掉的蘋果，整個發酵了，而在發酵味底下還有種更加令人厭惡的臭味。

我住在黎凡特時一度曾養隻狗，名字叫雷克斯，牠是隻很乖的雜種狗，但是不太了解車子。有天下午我在工作時牠被撞了一下，自己爬到屋子底下死在那兒。我的天哪，真是臭死了，最後

我不得不鑽到下面用根竿子使勁把牠拖出來。另一種臭味就像那個味道：生了蛆的腐臭味，如排泄出的玉米粒屎般骯髒。

在此之前我一直在想這或許是某種玩笑，但我心裡明白並不是。「天哪，為什麼沒有鄰居向李奇抱怨？」

「什麼鄰居？」亨利問，他又浮現那詭異的笑容。

我環顧四周看見走廊的灰塵積得有點厚、看似沒人使用，二樓三間公寓的門全都關上鎖著。

「不知道房東是誰？」柏帝問，將啤酒箱擱在端柱上喘口氣。「蓋濤嗎？真驚訝他居然沒把他們趕出去。」

「誰會上去趕他？」亨利問：「你嗎？」

柏帝沒吭聲。

目前我們開始爬上下一段的樓梯，這段甚至比前一段更窄更陡，也變得更熱了。聽起來好似此地的每台散熱器都在鏗鏘、嘶嘶作響。氣味糟得嚇人，我開始覺得好像有人在用棍子攪拌我的五臟六腑。

樓梯頂端是條短廊，有一扇中間有個窺視窗的門。

柏帝輕輕微弱地驚呼一聲，然後低聲說：「看我們走進什麼地方了！」

我低頭一看，只見走廊地板上淨是黏滑的東西，形成一個個小泥淖。看起來好像鋪過地毯，可是灰色物質已將地毯侵蝕殆盡。

亨利走到門前，我們跟在他後頭。我不知道柏帝如何，不過我怕得直發抖。然而亨利沒有絲毫猶豫，他舉起那把槍用槍托敲門。

「李奇？」他喊，他的聲音聽起來一點也不害怕，雖然他的臉色像死了一般的蒼白。「我是夜貓子的亨利・帕馬里。我幫你送啤酒過來。」

大概整整一分鐘沒有回應，然後有個聲音說：「堤米在哪裡？我兒子在哪兒？」我差點當場拔腿就跑。那聲音一點也不像人。詭異、低沉，並且冒泡，彷彿有人含著滿嘴的板油在說話。

「他在我店裡，」亨利說：「吃一頓像樣的飯。他瘦得簡直像隻用木板條做的貓啊，李奇。」

半晌沒有任何回音，接著傳來某種可怕的咯吱聲，好像男人穿著橡膠靴走過泥地的聲音。然後那衰敗的聲音直接在另一側隔著門說話。

「打開門把啤酒推進來，」它說：「不過你得先拉開所有的拉環。我沒辦法拉。」

「馬上就好，」亨利說：「李奇，你的身體狀況怎樣？」

「別管那個，」那聲音說，顯得十分急切。「把啤酒推進來就滾！」

「光是死貓再也不夠了，是吧？」亨利說，他聽起來很痛心。他不再握著槍托，而是把槍頭朝前。

突然，靈光一閃，我心裡有個聯想，或許早在堤米講述他的故事時，亨利就已經聯想到了。當我想起的時候，鼻孔裡那股腐敗、腐爛的臭味似乎更加倍了。過去三個禮拜左右，鎮上有兩名少女和某個救世軍的老酒鬼失蹤了——全都是在入夜以後。

「把啤酒送進來，否則我就出去拿。」那聲音說。

亨利打手勢示意我們後退，我們照著做。

「我想你最好出來，李奇。」他扣上扳機。

裡頭沒有任何反應，好半晌都沒有聲響。說實話，我都開始以為好像一切已結束了。但接著門猛地打開，非常的突然、猛烈，事實上在砰的撞到牆壁之前門就凸出來了。緊跟著出來的是李奇。

在那一瞬間，只有一秒鐘的時間，柏帝和我就像學童似的飛奔下樓，一次跨四、五階，衝出門外跑到雪地裡，跌跌撞撞地滑行。

下樓時我們聽見亨利開了三次槍，爆裂聲在那間邪惡的空屋裡封閉的走廊上響亮得有如手榴彈。

我們在那一、兩秒鐘內見到的景象——或者說它所剩下的一切——將會跟著我一輩子。它就像是一團起伏不定的巨大灰色果凍，形狀像人的果凍，後面拖著一條黏糊糊的痕跡。

然而那並不是最糟糕的，它的眼睛發黃呆滯野蠻，其中沒有絲毫人類的靈魂，而且不只兩隻，而是四隻眼睛。此外就在那怪物的正中央，兩雙眼睛之間，有一道纖維狀的白線，從白線間隱約露出一種不斷跳動的粉紅色肌肉，宛如公豬腹部的裂縫。

你明白吧，它正在分裂，分裂成兩個！

柏帝和我在跑回店裡的路上彼此沒有交談。我不曉得他心裡的想法，但我非常清楚自己在想什麼：乘法表。二二得四，四二得八，八二一十六，十六乘二是——

我們回到店內。卡爾和比爾・佩勒姆立刻跳起來問問題。我們沒有回答，兩人都不願回答。我們只是轉身等著看亨利是否會從雪中走進來。我算到三萬兩千七百六十八乘二是人類的終結，因此我們坐在這兒靠啤酒來慰藉，等著看最終將是誰回來。此刻我們只能安靜不動地坐著。

我希望回來的是亨利。我當然希望如此。

戰場

「藍蕭先生？」

櫃檯職員的聲音在他走到電梯的半途中攔截他，藍蕭不耐煩地轉回去，將一手提的航空旅行包換到另一隻手。他大衣口袋裡的信封，裝滿了二十和五十的鈔票，發出極大的窸窣聲響。這份工作順利，酬勞優渥，即便從中扣除掉給組織的百分之十五的仲介費後仍是不少。現在他只想沖個熱水澡，喝杯琴湯尼，然後睡覺。

「什麼事？」

「先生，有包裹。您可不可以簽收一下？」

藍蕭簽了名，沉思地注視著長方形的包裹。他的姓名和大樓的地址寫在塗膠標籤上，那向左傾斜的尖長筆跡似乎很熟悉。他在櫃檯仿大理石的桌面上搖晃一下包裹，裡頭有東西隱約地哐噹作響。

「需要我把東西送上去嗎，藍蕭先生？」

「不用了，我自己來。」包裹的邊長大約十八吋，勉勉強強塞進他的胳臂下。他將包裹放在覆蓋電梯地板的長絨毛地毯上，把鑰匙插入整齊排列的按鈕頂端的閣樓插孔內轉動。電梯車廂平穩無聲地上升。他閉上雙眼讓那份工作在他腦海的黑色螢幕上重新自動播放。

起先，如同往常，接到來自卡爾・貝茲的電話：「強尼，你有空嗎？」

他一年撥空兩次，最低收費是一萬美元。他非常優秀，非常可靠，不過顧客真正付錢買的是絕不失手的掠奪者天賦。強・藍蕭是人中之鷹，遺傳和環境造成他極為擅長兩件事：殺戮和存活。

貝茲來電之後，一個牛皮色的信封出現在藍蕭的信箱裡。內含姓名、地址，和一張照片。全都銘記在心，然後隨信封和內容的灰燼扔到垃圾處理機。

這次的臉孔是個面色蠟黃的邁阿密生意人，名叫漢司・莫里斯，為莫里斯玩具公司的創辦人及老闆。有人想要莫里斯消失於是找上組織。組織以卡爾文・貝茲為代表，與強・藍蕭商談。兵。哀悼者請不必送花。

電梯門滑開，他拿起包裹跨步出去。他打開套房門走了進去。在一天的這個時刻，剛過下午三點，寬敞的客廳閃爍著四月的陽光。他停頓了半晌，欣賞這景象，然後將包裹擱在門邊的茶几上，鬆開領帶。他把信封放在包裹上頭走向陽台。

他推開玻璃拉門走出去。外頭很冷，風如刀割般穿過他單薄的輕便大衣。然而他停留了一會兒，俯瞰著城市，猶如將軍審視著攻陷的國家。車陣像甲蟲似的在街道上緩緩爬行。遠方，幾乎湮沒在午後金黃色霧靄中的是光輝燦爛的海灣大橋，有如瘋子幻想的海市蜃樓。往東邊去，幾乎完全掩藏在市中心的高樓大廈之後的是擁擠、骯髒的住宅及其電視天線所構成的不鏽鋼森林。這上頭好多了。比起貧民窟要好太多了。

他回到屋內，拉上門，進入浴室花很長的時間沖了個熱水澡。

四十分鐘後他坐下來端詳包裹，一手拿著飲料，此時陰影已行進到酒紅色地毯的一半，午後最棒的時光過去了。

這是個炸彈！

當然並不是，不過他將包裹視為炸彈般的對待。這就是為何在其他許多人前往天上的偉大失業管理處報到時，仍有人能保持腰桿挺直吸收營養了。

倘若這是顆炸彈，也沒裝計時器。完全無聲無息，平淡而高深莫測。無論如何，眼前最有可能的是塑膠炸彈。不像威斯特鐘錶大笨鐘⑮所製造的鐘錶彈簧那樣的不穩定。

藍蕭仔細查看郵戳。邁阿密，四月十五日。五天前。所以這炸彈並沒有設定時間。假如定了時，應當會在旅館的保險箱內爆炸。

邁阿密，沒錯，那向左傾斜的尖長筆跡。在那個一臉病容的生意人辦公桌上有張鑲框的照片，照片裡是個裹著頭巾、臉色甚至比他更蠟黃的乾癟老太婆。歪斜地橫過底部的字跡寫著：「你的理想女子第一名——媽所贈的最佳禮物。」

這是哪門的理想第一名，媽？自己動手的滅絕工具？

他全神貫注、動也不動地打量著包裹，兩手交握。他並沒有想到枝微末節的問題，例如莫斯理想第一名的女子怎麼會找到他的地址。這些可以晚點再說，交給卡爾・貝茲去想。目前無足輕重。

突然、幾乎心不在焉地行動，他從皮夾拿出一小張賽璐珞的日曆，靈巧地插入在牛皮紙上打交叉的繩子底下，接著滑到固定一端封口的透明膠帶下面。封口鬆開，鬆鬆地靠在繩子上。他停頓了一段時間，仔細觀察，然後傾身靠近嗅聞。硬紙板、紙張、細繩。別無其他。他繞著箱子走，從容不迫地蹲坐在屁股上，重複上述的步驟。薄暮灰暗、影子似的觸手漸漸侵入他的公寓。

其中一個封口啪的掙脫束縛的細繩，露出底下暗綠色的箱子。金屬，有鉸鍊的。他掏出一把小摺刀割斷繩子。細繩掉落，刀尖再輔助地戳幾下，箱子就顯露出來。

箱子是綠色的、有黑色的條紋，正面以白色字體印著：越南收納箱玩具兵。在這下面寫著：

步兵二十名、直升機十架、配備白朗寧自動步槍的人員兩名、扛火箭筒的人員兩名、軍醫兩名、吉普車四輛。再下面：一張國旗印花。在那底下，角落裡：莫里斯玩具公司，邁阿密，佛州。

他伸出手想摸一下，但立即縮回手。收納箱裡有東西動了。

藍蕭站起來，不慌不忙地，後退到房間另一頭，朝廚房和走廊走去。他啪的打開燈。

越南收納箱在搖晃，下面的牛皮紙隨之沙沙作響。忽然間箱子失去平衡掉到地毯上，發出輕輕的砰一聲，一端著地，有鉸鍊的蓋子打開了約莫兩吋的裂縫。

大概一吋半高的小小步兵開始向外爬。藍蕭直盯著他們，眼睛眨也不眨。他的腦袋毫不費工夫去思考眼睛所見的是真實或非真實，只忙著推論他倖存的可能性。

士兵們穿戴著極小的迷彩服、鋼盔，和野戰背包，肩膀上掛著小型的卡賓槍。其中兩人短暫地朝房間另一頭的藍蕭看了一眼。他們的眼睛不比鉛筆尖大，閃爍著光芒。

五、十、十二，總共二十個。其中一個打著手勢，指揮其他的士兵。他們自己沿著掉落地面所產生的裂縫排成一行，開始用力推，裂縫逐漸變寬。

藍蕭從長沙發上拿起一個大靠墊，開始走向他們。正在指揮的軍官轉身比手勢，其餘的士兵猛然轉向取下他們的卡賓槍。幾聲微小、幾乎難以分辨的砰砰槍響，藍蕭忽然感覺彷彿遭蜜蜂叮咬。

他扔出靠墊，擊中了他們，撞得他們人仰馬翻，然後打中盒子，使得盒子大大敞開。一大群好像昆蟲的迷你直升機，漆成墨綠色，發出微弱、高而尖的呼呼聲宛如恙蟎，從盒子裡升起。

極微小的砰！砰！聲傳到藍蕭耳中，他看見針孔大小的砲口閃著火花，從打開的直升機門伸

⑮這裡所說的大笨鐘為威斯特鐘錶公司所生產的著名鬧鐘。

出來。針刺痛他的腹部、右臂，及頸側。他伸出五爪一把抓到一架——手指頓時感到一陣疼痛；血液湧出。旋轉的螺旋槳葉砍入他的手指骨，留下一條條鮮紅色的斜紋。其他的直升機在他攻擊範圍外旋轉，如馬蠅似的環繞著他飛，遭襲擊的那架直升機砰的墜落在小地毯上動也不動。

忽然間他腳上爆發劇痛使他嚎叫出聲。一名步兵站在他鞋子上用刺刀刺他的腳踝，小臉抬起來看，邊喘著氣邊咧嘴笑。

藍蕭踢中他，細小的身軀飛過房間潑濺到牆壁上，沒留下血跡只有一抹黏質的紫色污點。

緊接著一陣規模極小、發出咔咔聲響的爆炸，劇烈的痛楚撕裂他的大腿。一名扛火箭筒的士兵爬出收納箱。一小縷煙從他的武器懶洋洋地升起。藍蕭低頭看他的腿，看見褲子上有個變黑、冒煙的洞，約莫兩角五分硬幣的大小，底下的肌肉燒焦了。

小混蛋居然轟我！

他轉身跑到走廊，進入臥室。一架直升機嗡嗡飛過他的臉頰，螺旋槳葉忙碌地旋轉。白朗寧自動步槍發出微弱的突突響聲，然後飛快地離開。

他枕頭下有一把點四四口徑的大型連發槍，使用裝填了高劑量火藥的麥格農子彈，威力強大到足以在擊中的任何東西上轟出兩個拳頭大的洞。藍蕭轉過身，兩手抓著槍。他冷靜地了解到他將要射擊的活靶可不比迅速移動的燈泡大多少。

兩架直升機呼呼作聲地飛進來。藍蕭坐在床上，開了一次槍。一架直升機爆炸化為烏有。打掉兩架了，他心想。他小心瞄準第二架……扣下扳機……

它上下亂跳！該死的，它亂跳！

直升機突然循著弧線殊死地俯衝向他，頂上縱貫全長的螺旋槳以令人目眩的速度呼呼地轉著。藍蕭瞥見一名手持白朗寧自動步槍的士兵蹲伏在敞開的艙門邊，以急速、精準的爆發開火，他立即迅速趴到地板上打滾。

我的眼睛，那個混蛋要射擊我的眼睛！

他背靠在遠端牆上坐起來，槍拿在胸口的位置。然而直升機開始撤退。它似乎停頓了片刻，深切地認知到藍蕭的火力較強，然後就離開了，回到客廳去。

藍蕭起身，當體重壓在受傷的腿上時皺了一下眉。傷口大量出血。怎麼不會呢？他陰鬱地想。不是每個人被火箭筒的砲彈近距離擊中還能活著告訴人。

所以媽是他第一名的理想女孩，是嗎？她的確是而且不僅如此。

他搖晃枕頭套抖掉褥罩，撕成繃帶包紮腿，接著拿起五斗櫃上的刮鬍鏡走到走廊的門邊。他跪下去，將鏡子推到外面的地毯上斜放著，窺視鏡中的影像。

他們在收納箱邊紮營，要是他們沒這麼做才奇怪。迷你士兵四處跑來跑去，搭起帳篷，兩吋高的吉普車自命不凡地來回奔走。一名軍醫正在治療藍蕭踢倒的士兵。剩下的八架直升機防護地密集飛在上空，在咖啡桌的高度。

驀地他們注意到了鏡子，三名步兵單膝下跪開始射擊。幾秒鐘後鏡子就粉碎了四個地方。*好吧，好吧，那麼就用那招吧。*

藍蕭回到五斗櫃旁，拿起琳達耶誕節送給他裝零碎物品的沉重桃花心木盒。他舉起盒子掂一下重量，點點頭，再走到門口猛衝過去。他振臂一揮拋擲出去，宛如投手在扔快速球。盒子勾畫出一條迅速、準確的彈道，擊潰了大批的小士兵。其中一輛吉普車翻滾了兩次。藍蕭前進到客廳門邊，發現一名四肢攤開躺臥地上的士兵，立刻讓他嘗嘗厲害。

其餘有幾個恢復了原狀，一些跪下來正式開火，其他的則找好掩護，還有幾名退回到收納箱裡。

如蜜蜂螫的針刺開始佈滿他的兩腿和軀幹，不過沒有一個高過他的胸腔。或許射程太遠了。無所謂，他無意被他們打發走。他受夠了。

他下一發沒擊中——他們該死的太小了——但接下來的那一發將另一名士兵打得骨折癱倒在地。

直升機兇猛地嗡嗡逼近他，小子彈開始啪啦啪啦地噴濺到他臉上，射在他的眼睛上下。他射擊領頭的直升機，再接著射第二架。一連串的刺痛使他的視野變成銀白色。

剩餘的六架分散成兩列撤退的聯隊。他滿臉鮮血淋漓，他抬起前臂擦拭。當他準備好再度開火時突然停頓下來。退回收納箱裡的士兵推了一樣東西出來，看起來像是……

耀眼的黃色火焰發出滋滋聲，突然一團木頭和灰泥從他左邊的牆壁炸開。

……火箭發射器！

他扣扳機朝火箭發射器射擊一發，沒打中，立刻轉身飛奔向走廊遠端的浴室。他猛力關門上鎖。浴室鏡子裡一個印第安人以惶惑、焦慮不安的眼神回瞪著他，因交戰陷入瘋狂的印第安人臉上淨是一條條紅漆的細長彩帶，從不比胡椒顆粒大的洞孔拖曳下來，單邊臉頰垂著一塊參差不齊的皮膚，頸子上有道鑿出的溝槽。

我快要輸了！

他用顫抖的手爬梳過頭髮。前門被阻斷，電話及廚房的分機也是。他們有該死的火箭發射器，直接的一擊就可能會扯掉他的頭。

他媽的，這項武器甚至沒列在箱子上！

他深吸長長的一口氣，再哼一聲猛然吐出氣，這時一片拳頭大小的門向內爆破，夾帶著燒焦的木頭碎片。洞口參差不齊的邊緣四周短暫燃起微小的火焰，緊接著他看見炫目的閃光，他們又發射了另一枚火箭。更多的木片往內飛，燃燒的裂片四散在浴室小地毯上。他跺腳將火踩熄，兩架直升機憤怒地嗡嗡飛過小洞，超小的白朗寧自動步槍的子彈連續擊打他的胸膛。

他盛怒得抱怨呻吟一聲，赤手空拳用力將一架從空中擊落，忍受尖樁柵欄深深劈過他的手掌。他在危急中突發奇想，將沉重的浴巾投擲到另一架上面。直升機墜落，翻滾，摔到地板上，他卯足勁踩毀直升機。他聲音嘶啞地喘著氣。鮮血跑進一隻眼睛裡，灼熱而刺痛，他伸手一把抹去。

瞧吧，天殺的！看著吧！這會讓他們用點腦筋思考。

的確，他們似乎因此在思考對策。十五分鐘左右沒有絲毫動靜。藍蕭坐在浴缸邊緣，焦躁不安地思索。一定有方法可以脫離這個死胡同，一定有的，只要有一招可以攻擊他們的側翼……

他猛地轉身盯著浴缸上方的小窗戶看。有方法了。當然有。

他的視線落到醫藥櫃頂端那罐打火機油。他正要伸手去拿的時候，一陣窸窣的聲響傳來。

他急忙回身，將大型連發槍舉起來……然而僅是一小張紙片塞在門縫下面。藍蕭陰沉地留意到，那條縫狹窄到就連他們也無法通過。

紙上只寫了兩個小字：

投降

藍蕭陰沉地微微一笑，將打火機油放進胸前口袋。旁邊有一截咬過的鉛筆頭。他在紙上潦草地寫了一個字再塞回門下。那個字是：

呸

驀地火箭彈令人眼花撩亂地接二連三齊射，藍蕭往後退。他們跨越門上的洞，炸裂毛巾架上淡藍色的磁磚，把雅致的牆面炸成袖珍的月球表面景觀。灰泥在猛烈的槍林彈雨中飛散四處，藍蕭急忙用一手遮住雙眼。燃燒的洞撕開他的襯衫，他的背後斑斑點點。

當砲火猛攻停止後，藍蕭行動了。他爬到浴缸之上，悄悄打開窗戶。寒星望著屋內的他。這窗子十分窄小，在另一側的窗台也很狹窄，但是沒時間考慮了。

他努力撐起身體擠過去，凜冽的空氣有如張開的手掌摑他傷痕累累的臉和頸部。他靠著兩手的平衡點向前傾身，直盯著底下。往下有四十層樓，從這個高度街道看上去不比孩童的玩具火車鐵軌來得寬。城市明亮、閃爍的燈火在他下面燦爛奪目地閃閃發光，好像撒了一地的珠寶。

以訓練有素的體操選手蒙蔽人的從容態度，藍蕭將兩膝抬高架在窗子的下緣。倘若此時有一架黃蜂大小的直升機從門上的破洞飛進來，在他的屁股上射一發，他就會一路尖叫著直直落下。

沒有直升機進來。

他扭轉身體，伸出一條腿，然後一手伸出去抓住頭頂上的飛簷牢牢握著。一會兒後他站在窗外的窗台上。

刻意不去想腳跟下令人膽戰心驚的落差，也不去想萬一直升機嗡嗡飛出來追他將會發生什麼事，藍蕭緩緩朝大樓的一隅移動。

十五呎……十……到了。他停頓一下，胸膛緊貼著牆壁，雙手在粗糙的牆面上張開。他可以感覺到胸前口袋裡的打火機油，以及塞在腰帶中的大型連發槍教人安心的重量。

現在繞過該死的轉角。

輕輕地，他慢慢將一腳跨過去，再把重心放到那隻腳上。現在建築的直角像把剃刀似的嵌入他的胸腹。他眼前粗糙的石頭上有一坨鳥糞的污跡。天啊，他發瘋地想，我從不知道牠們能飛這麼高。

他的左腳一滑。

在超越時間、奇異的一瞬，他在邊緣搖搖欲墜，右手拚命往後划以求平衡，最後他如戀人相擁般緊抱住大樓的兩側，臉貼靠在堅硬的轉角上，呼吸顫動著進出他的肺。

一次一點的，他把另一隻腳也挪過來。

三十呎外，他自己的客廳陽台凸出。

他設法走到陽台，呼吸力道淺弱地進出肺部。有兩次他被迫停下腳步，因為猛烈的狂風試圖將他從窗台拔除。

半晌後他到了，牢抓著花紋裝飾的鐵欄杆。

他悄無聲息地攀爬過去。玻璃拉門上的窗簾只拉了一半，現在他小心翼翼地窺視屋內。他們正如他所希望的——一副蠢樣。

四名士兵和一架直升機留下來守衛收納箱，其餘的應該是帶著火箭發射器守在浴室門外。好。非常有魄力地從開口進去，做掉收納箱旁邊的那幾個，然後衝出門外。再招一輛快速的計程車到機場，出發到邁阿密找尋莫里斯理想第一名的女子。他想他可能只會用火焰噴射器燒掉她的臉吧！那將會是公正的理想懲罰。

他脫掉襯衫，從一邊袖子撕下一長條，剩餘的扔到地上，在他腳邊柔軟無力地拍打，接著他咬掉打火機油罐的塑膠噴嘴。他把破布的一端塞進罐子，收回，再將另一端塞進去，僅留六吋浸透的棉布條自由地垂下。

他掏出打火機，深吸一口氣，以拇指撥動滾輪。然後用打火機輕觸布條，布條瞬間點亮，他迅速打開玻璃隔門縱身闖進去。

直升機立即反應，神風特攻隊般地俯衝向他，他正衝過小地毯，滴下點點噴濺的液態燃燒劑。藍蕭伸直手臂以防直升機近身，幾乎沒注意到竄上他手臂的疼痛一擊，轉動的螺旋槳葉劈開了他的肌肉。

小步兵如鳥獸散跑進收納箱。

藍蕭拋擲打火機油。油罐著火，迅速增長成吞噬的火球。下一瞬間，他往後退，奔向門口。

之後，一切發生得非常快速。

他永遠不知道是什麼擊中他。

感覺像是保險箱從相當的高度落下時造成的重擊。只不過這下重擊貫穿整棟超高層的公寓大廈，敲得大樓的鋼骨架構有如音叉般嗡嗡響。

閣樓公寓的門被炸得脫離鉸鍊，撞到遠處的牆壁上裂成碎片。

底下一對手牽手散步的情侶抬起頭來，及時目擊非常巨大的白色閃光，彷彿上百支閃光燈同時一閃。

「有人燒斷了保險絲，」男人說：「我猜——」

「那是什麼？」他的女朋友問。

某個東西朝他們懶洋洋地飄落下來，他伸長手一把抓住。「天哪，是某個人的襯衫，上面全是小洞，而且沾滿了血。」

「我不喜歡，」她緊張不安地說：「叫計程車吧，啊，雷夫？要是上面出了什麼事我們得跟警察談，我可是不該和你出來的。」

「當然，對啊。」

他張望四周，看見一輛計程車，吹聲口哨。計程車的煞車燈閃爍，他們跑過對街去搭。

在他們身後，無人察覺，一張小紙片飄下來，掉落在強・藍蕭襯衫的殘骸旁。尖長向左傾斜的筆跡寫著：

嘿，孩子們！這個越南收納箱裡有特別贈品喔！

（期間限定的特惠）

火箭發射器一架

地對空「旋風」飛彈二十顆

縮尺模型的熱核武器一顆

＊本篇於二〇〇六年改編拍成影集《惡夢工廠》的第一集。

卡車

那傢伙的名字叫史諾葛拉斯，我看得出來他準備要做件瘋狂的事。他的眼睛睜得更大，露出許多眼白，好像狗準備打架似的。方才開著破舊的普利茅斯復仇女神側滑進停車場的兩個年輕人正努力跟他說話，但是他的頭歪向一邊彷彿在聆聽別的聲音。他微凸的啤酒肚緊繃，包裹在上好的西裝裡，西裝褲的臀部如今磨得有點光澤。他是個推銷員，始終將展示用的手提箱緊抱在身邊，好像一隻睡著的寵物犬。

「再試試收音機，」在櫃檯的卡車司機說。

快餐的廚師聳聳肩轉開收音機。他急速地轉過各個頻道，但除了靜電干擾外一無所獲。

「你轉太快了，」卡車司機抗議道。「你有可能錯過了什麼。」

「見鬼的。」快餐廚師說。他是個上了年紀的黑人，笑的時候會露出金牙，他沒看著卡車司機。他正透過與快餐店等長的大面觀景窗看著停車場。

七、八輛重型卡車停在外面，引擎空轉發出低沉的轟鳴隆隆作響，聽起來像是大貓滿足地咕嚕咕嚕叫。其中有兩輛馬克、一輛海明威，和四、五輛里奧。拖車，州際運輸車，背後有許多車牌和民用頻段無線電的伸縮天線。

停車場被壓碎的鬆散石頭中有幾道長長的環狀煞車痕，年輕人的復仇女神就倒在煞車痕的盡頭，車頂向下。它已經被撞毀成毫無意義的廢鐵。在卡車休息站迴車道的入口處，有一輛毀壞的凱迪拉克。車主從碎裂成星狀的擋風玻璃向外瞪著，宛如內臟被掏空的死魚。牛角框的眼鏡從一邊耳朵垂下來。

由凱迪拉克橫越過半個停車場躺著一具穿著粉紅色洋裝的女孩屍體。她發覺那輛凱迪過不了的時候，就從車上跳下來。她拚死命地奔跑，但是根本沒有機會。儘管她臉朝下臥倒，但她是死狀最慘的，一大群蒼蠅圍繞著她。

馬路對面一輛老舊的福特旅行車被猛撞過護欄。這發生在一個鐘頭前。自那以後無人經過。你從窗戶看不見收費高速公路，電話又壞了。

「你轉太快了，」卡車司機在抗議。「你該──」

史諾葛拉斯就是在這時候突然跳起。他起來時撞翻桌子，砸碎了咖啡杯，糖亂七八糟地撒了一地。他的眼神比之前更加狂亂，嘴巴鬆垮下來，他胡言亂語地說：「我們得離開這裡我們得離開這裡我們得離開這裡──」

小伙子高聲叫喊，他女朋友發出尖叫。

我坐在離門最近的凳子上，我一把抓住他的襯衫，但是他扯了開來。他一路加速，簡直可以通過銀行保險庫的門。

他砰的衝出門外，在碎石子地上全速衝刺，奔向左邊的排水溝。兩輛卡車猛追在他後面，卡車的煙囪對著天空排出深褐色的柴油廢氣，巨大的後輪如機關槍掃射似的濺起碎石子。

他跑到距離平坦的停車場邊緣不超過五、六步時，轉回頭看，臉上寫滿了恐懼。他的兩腳互相纏結，步履蹣跚差點跌倒。他好不容易找回平衡，卻為時已晚。

其中一輛卡車讓道，另一輛向前衝，前頭巨大的護柵在太陽下兇惡地閃閃發亮。史諾葛拉斯大聲尖叫，聲音高而細，幾乎淹沒在里奧沉重有力的柴油引擎怒吼之下。

它並沒有將他拖到車下。最後事實證明，它要是那麼做應該會好一點。然而它卻把他往上往外推，就像棄踢員踢足球一樣。有一會兒他的身影襯映著午後炎熱的天空宛如跛腳的稻草人，然後他掉入排水溝。

大卡車的煞車嘶嘶作響宛如龍的呼吸聲，它的前輪煞住，在停車場的碎石表層挖出凹槽，停了下來，只差幾吋就彎成V字形掉進去。這個混帳。

坐在雅座的女孩高聲尖叫。兩手緊夾住臉頰，硬拉下肌肉，把她的臉變成女巫的面具。玻璃破裂。我轉過頭去看見卡車司機緊握住玻璃杯，力道猛得將玻璃捏破。我認為他自己還沒發現。牛奶和幾滴血落到櫃檯上。

收音機旁的黑人櫃檯服務生當場僵住，手中拿著抹布，一臉驚愕，他的牙齒閃閃發光。一時間沒有聲響，只有威斯特鐘走動的聲音和里奧回到同伴身邊時引擎的隆隆聲。之後女孩開始哭泣，這沒關係，或者說至少好一些。

我自己的車子在側面，也撞成了廢鐵。那是輛一九七一年出廠的卡瑪洛，我還在付車貸，不過我想現在這已無關緊要了。

卡車裡沒有半個人。

太陽閃耀、反射在空無一人的駕駛室上。輪子自行轉動。你不能考慮太多，你如果想太多就會發瘋，像史諾葛拉斯一樣。

兩個小時過去，太陽開始西下。外頭，卡車緩慢地繞著圓圈和八字形巡邏。它們的停車燈和行駛燈亮起。

我沿著櫃檯從頭到尾走了兩次，鬆鬆兩腿的筋骨，然後坐進長長的前窗旁的雅座。這是間標準的卡車休息站，靠近主要高速公路，後面有完整的服務設施，同時供應汽油和柴油兩種燃料，卡車司機來這裡喝咖啡吃餡餅。

「先生？」一個遲疑不決的聲音說。

我環顧四周。是那兩個開復仇女神的年輕人。男孩看上去大約十九歲。他留著長髮，蓄了一口才剛開始生根的鬍子。他的女朋友看起來更年輕些。

「怎樣？」

「你是出了什麼事？」

我聳聳肩。「我正要上州際公路到佩爾森去，」我說：「一輛卡車從後面跟上來——我大老遠就可以從後照鏡裡看見它——以相當快的速度前進。還差一哩遠你就能聽見它的聲音。它突然衝出來繞過一輛福斯的金龜車，以拖車的甩尾將金龜車甩出馬路，就像你用手指啪的一聲把桌上的紙團彈出去一樣。我以為那輛卡車也會衝出馬路，沒有司機可以控制住像那樣子甩尾的拖車，但是它並沒有衝出去。福斯翻轉了六、七次後爆炸。卡車用同樣的方式追上下一輛車，然後逐漸接近我，我立刻匆匆忙忙地從出口匝道離開。」我哈哈大笑卻不是真心想笑。「直接進入卡車休息站，偏偏挑中這裡。才剛逃出油鍋又跳進火坑。」

女孩嚥了下口水。「我們看見一輛灰狗在南向車道上往北開，它……在車陣中……困難地前進，最後爆炸起火燃燒，但是在那之前它已經……造成一堆死亡。」

灰狗巴士。這是第一次聽到，而且情況慘烈。

外頭，所有的車頭燈突然一致亮起，讓停車場籠罩在詭異、深不可測的刺眼光芒中。它們邊發出轟鳴，邊來回巡行。大燈似乎賦予了它們眼睛，在越來越昏暗的暮色中，深色的拖車車廂看起來好像是史前巨人弓著背、擺好進攻架式的肩膀。

櫃檯服務生說：「開燈安全嗎？」

「開吧，」我說：「看看情況。」

他匆匆打開開關，頭頂上一連串髒污的燈泡亮了。同時外頭正面的霓虹招牌也突地亮了起來：

柯南特卡車休息站兼快餐店——美味佳餚。什麼事都沒發生。卡車繼續巡邏。

「我不懂，」卡車司機說。他下了凳子，四處走來走去，一手裹著火車司機的紅色印花大領巾。「我和我的大卡車一點問題也沒有。它是個聽話的老大姐。我在剛過一點沒多久開進這裡吃個義大利麵當午餐，就發生這種事。」他揮舞兩隻手臂，印花大領巾跟著飄動。「我自己的卡車現在在外頭，就是左尾燈不大亮的那一輛。我開它開了六年。可是如果我踏出這扇門——」

「才剛開始，」櫃檯服務生說。他的眼睛宛如黑曜石，半開半闔著。「要是收音機壞了，那鐵定很嚴重。現在才剛開始而已。」

女孩的血色盡失，蒼白得像牛奶。「不用擔心，」我對櫃檯服務生說：「還不到時候。」

「是什麼造成的呢？」卡車司機煩惱地說：「大氣裡的雷暴？核子試驗？到底是什麼？」

「也許它們發瘋了，」我說。

七點左右我走過去櫃檯服務生旁邊。「我們這裡的情況怎樣？我的意思是，如果我們得待上一陣子的話？」

他的眉頭皺了起來。「不是太糟糕。昨天是交貨日。我們有兩三百份的漢堡肉、罐頭的水果和蔬菜、即食穀類麥片，蛋……牛奶只剩冰箱裡的，不過水是井水。萬一我們不得不留在這裡，我們五個人可以撐上一個月或更久。」

卡車司機走過來朝我們眨眨眼。「我沒有香菸就死定了。現在那台香菸販賣機……」

「那不是我的機器，」櫃檯服務生說：「沒辦法，先生。」

卡車司機從後面補給室拿了一根鋼製的橇桿。他走去修理販賣機。

年輕人走到自動點唱機閃爍著光芒的地方，投進一枚兩角五分的硬幣。約翰‧福格帝開始演唱出生在南方灣流的故事。

我坐下來看出窗外，我馬上看見某個我不喜歡的東西。一輛雪佛蘭輕貨卡加入巡邏，好比雪特蘭種小馬混在佩爾什馬之中。我凝視著那輛貨卡直到它不偏不倚地輾過從凱迪跳下來的女孩屍體，我便挪開視線。

「是我們製造它們的！」女孩突然以過高的聲量大喊。「它們不可能！」

她男友叫她安靜點。卡車司機橇開了香菸販賣機，自取了六或八包的威瑟羅依牌香菸。他把菸放入不同的口袋，然後撕開一包。從他臉上渴望的表情，我不確定他是打算吸菸還是把菸吃掉。

點唱機播放另一張唱片。時間是八點。

八點半時電停了。

燈熄滅時女孩尖叫起來，叫聲唐突地止住，似乎她男友用手遮住她的嘴。自動點唱機聲音逐漸低沉、鬆弛，最後停了。

「怎麼搞的！」卡車司機說。

「櫃檯的！」我喊道：「你有蠟燭嗎？」

「我想應該有吧。等等……有。這裡有一些。」

我站起來拿蠟燭。我們點燃蠟燭後開始放到四周。「小心點，」我說：「要是我們燒掉這個地方，麻煩可就大了。」

他憂鬱地低聲苦笑。「你很清楚。」

我們放完蠟燭後，男孩和他女朋友依偎在一起，卡車司機在後門邊，看著另外六台重型卡車穿梭在混凝土的加油島之間。「這改變了情勢，對吧？」我說。

「你說得對，假如電力永遠斷掉的話。」

「情況有多糟？」

「漢堡肉三天內就會變質，其餘的肉類和蛋也差不多一樣快壞。罐頭還好，乾貨也沒問題。但這不是最糟糕的，沒有幫浦的話我們就會沒有水了。」

「還有多久？」

「沒水嗎？一個禮拜。」

「把你所有的空水罐都裝滿，裝到你除了空氣抽不出任何東西為止。廁所在哪裡？儲水槽裡面有乾淨的水。」

「員工的洗手間在後面，不過你得走到外面才能去女廁和男廁。」

「到對面服務中心大樓？」我沒準備好做到那一步。還沒準備好。

「不。就在側門外，再上去一段路。」

「給我兩個水桶。」

他找到兩個鍍鋅的提桶。男孩閒晃過來。

「你們在幹什麼？」

「我們得去裝水，能多少就裝多少。」

「那給我一個水桶吧。」

我遞給他一個。

「傑瑞！」女孩喊道。「你——」

他望向她，她沒說別的，只是拿起一張餐巾紙開始撕扯紙角。卡車司機抽另一根菸，對著地板咧嘴笑。他沒有吭聲。

我們走到側門邊，我下午進來的地方，站在那裡片刻，看著卡車來來回回時影子的明暗變化。

「現在呢？」男孩說。他的手臂擦碰到我的，肌肉猛然跳動，像金屬線一樣緊繃。假如有人撞到他，他會直接上天堂去了。

「放輕鬆。」我說。

他稍微笑了一下。那是個病懨懨的笑容，不過聊勝於無。

「好吧。」

我們溜了出去。

夜晚的空氣微冷。蟋蟀在草叢裡唧唧叫，青蛙在排水溝裡蹦跳呱呱叫。在這外頭卡車的轟鳴更加響亮，更為險惡，如猛獸的聲音。從屋內像場電影，但在外頭卻是真實的，你可能因此喪命。

我們沿著貼磁磚的外牆悄悄地走，微微凸出的屋簷給了我們一些遮蔽。我的卡瑪洛被擠壓成一團，堆在我們對面的鐵絲網圍欄旁，路邊招牌微弱的光線反射在殘破的金屬和汽油、燃料的油坑上。

「你去拿女廁的，」我低聲說：「從馬桶儲水槽取水裝滿水桶後等著。」

柴油引擎的轟隆聲響毫不間斷。這很微妙；你以為它們過來了，但其實只是從建築物偏僻的角落反彈的回聲。距離只有二十呎，可是感覺似乎遠多了。

他打開女廁的門走了進去。我經過後進入男廁。我可以感覺到肌肉放鬆，一口氣呼地吐出來。我瞥見鏡中的自己，緊張得發白的臉孔、陰鬱的雙眼。

我搬開陶瓷的儲水槽蓋，把水桶浸到滿。再倒一點回去以免濺出來，然後走到門口。

「喂？」

「嗯，」他輕聲回應。

「你好了嗎？」

「好了。」

我們再度出去。我們走了大概六步後，燈光耀眼地照在我們臉上。它從背後接近，巨大的輪子幾乎沒在碎石子上轉動。它一直埋伏著等待，現在撲向我們，車頭燈發出兇狠的圓形光芒，龐大的鍍鉻護柵像是在咆哮。

小伙子僵住了，臉上刻印著恐懼，他的眼神茫然失措，瞳孔放大。我用力猛推他一把，他一半的水灑出來。

「跑啊！」

柴油引擎的轟隆聲升高成尖嘯。我越過小伙子的肩膀使勁把門拉開，不過在我拉開前，門就從裡面推開了。小伙子衝進去，我跟在他後面閃了進去。我回頭看那輛卡車，是輛大型的平頭式彼得比爾特，它擦過貼了磁磚的外牆，剝掉參差不齊的大塊磁磚。接著傳來長而尖銳的刺耳雜音，好像巨大的手指在刮擦黑板。隨後右邊的擋泥板和護柵的角撞進仍敞開的門，把玻璃撞得四處飛濺如水晶一般，並且將門的鋼鉸鍊輕鬆扯斷像面紙一樣。門飛進夜色中好似從達利的畫作跑出來的東西，而卡車加速衝向前面的停車場，它的排氣管喀噠喀噠響有如機關槍在掃射。它的聲音聽來沮喪、憤怒。

男孩放下水桶，癱倒在女孩的臂彎中，渾身發抖。

我的心臟在胸口猛烈地怦怦直跳，小腿發軟感覺像水一樣。說到水，我們兩人帶回了大約一又四分之一桶水，似乎不十分值得。

「我想要封住那個門口，」我對櫃檯服務生說：「什麼東西可以辦到呢？」

「嗯——」

卡車司機插嘴說：「為什麼？那些大卡車不可能從那裡闖進來。」

「我擔心的不是大卡車。」

卡車司機開始找菸。

「我們補給室裡有些大片的壁板，」櫃檯服務生說：「老闆準備搭個棚屋儲存丁烷氣。」

「我們把壁板拿過去用兩個雅座頂住。」

「這樣應該會有用。」卡車司機說。

我們花了一個鐘頭左右，到末了我們全都動手參與，就連女孩也插一手。做出的成果非常牢固。當然，非常牢固並不夠好，如果有東西全速撞上就不行了。我想他們全都心裡有數。

另外還有三個雅座排列在大玻璃景觀窗邊，我在其中一張坐了下來。櫃檯後方的時鐘停在八點三十二分，但感覺好像已經十點了。外頭卡車不斷地徘徊咆哮。有的離開了，匆匆去出不明的任務，另外有其他的加入。現在有三輛小貨卡，趾高氣昂地在它們大塊頭兄弟之中繞行。

我開始打瞌睡，沒數羊卻數卡車：本州裡有多少輛，全美國有多少？成千上萬的拖車、貨卡、平板車、日運輸車、四分之三噸貨卡、軍隊護航卡車，以及巴士。噩夢般地想像到一輛市區巴士，兩輪在排水溝裡，兩輪在鋪過的路面上隆隆地前進，把尖叫的行人撞得橫七豎八。

我甩開這個想像畫面，陷入不安的淺眠中。

史諾葛拉斯開始叫喊時肯定是清晨。一輪細細的新月已升起，從高空疾飛的雲層間放射出冰冷的光芒。一個新的喀噠聲響加入了，與大拖車低沉洪亮、空轉的轟鳴形成有趣的對比。我找尋聲音的來源，看見一輛乾草捆包機正在沒亮燈的招牌旁邊繞圈子，月光掠過捆包機鋒利、轉動的輻條。

叫聲再度傳來，明白無誤地是發自排水溝。「救……我我我我我……」

「那是什麼？」是那個女孩在問。在陰影中她的眼睛睜大，看起來極為害怕。

「沒什麼，」我說。

「救……我我我我我……」

「他還活著，」她喃喃地說：「噢，天哪。還活著。」

我不必看他，就能一清二楚地想見。史諾葛拉斯身體一半在排水溝一半在外面，背和兩腿都折斷，仔細熨燙過的西裝黏滿了泥巴，喘著氣的蒼白臉孔仰望著冷漠的月亮……

「我沒聽見任何聲音，」我說：「妳呢？」

她盯著我。「你怎麼可以這樣？怎麼可以？」

「現在假如妳叫醒他，」我說，用大拇指猛地朝男孩一比。「他可能會聽見什麼聲音。他很可能會到外頭去。妳願意那樣嗎？」

她的臉龐開始抽搐並且拉下來，彷彿被無形的針縫了似的。「沒什麼，」她喃喃說：「外面什麼也沒有。」

她走回男朋友身邊，把頭貼靠在他胸膛上。他在睡夢中抬起手臂環抱住她。

其他沒人醒來。史諾葛拉斯呼喊、哭泣、叫喊了許久，最後停了。

拂曉。

另一輛卡車到來，這輛是平板車，後面拖著運送汽車的巨大架子，一輛推土機陪同它一起來。這把我嚇壞了。

卡車司機走過來急扯我的胳臂。「到後面來，」他興奮地低聲說。其他人還在睡。「來看看這個。」

我跟著他到後面補給室，大約有十輛卡車在那外邊巡邏，起先我沒看到什麼新鮮的景象。

「看到沒？」他說著指出來。「就在那裡。」

接著我看到了。一輛貨卡突然停住了，像一團腫塊停在那兒，所有的威脅都消失了。

「沒油了？」

「沒錯，老兄。而且它們沒辦法自己加油。我們找到弱點了，我們只需要等待就可以了。」他微笑著摸找香菸。

大約九點我正在吃一片昨天的餡餅當早餐時，汽笛響了，一聲聲轟隆隆、拉長的吼嗚震撼頭蓋骨。我們跑到窗邊往外看。卡車動也不動地停在那裡，空轉。一輛拖車，有著紅色駕駛室的龐大里奧，停到幾乎快接近餐廳和停車場間的狹窄的草坪邊界，在這個距離那正方形的護柵顯得巨大無比而且殺氣騰騰，輪胎就站到人的胸腔的位置。

汽笛又開始發出刺耳的響聲，震耳欲聾、飢渴的吼嗚以平直的線傳送出來再反響回去。響的時候有個模式，短短長長形成某種節奏。

「那是摩斯電碼！」小伙子傑瑞，突然驚呼。

卡車司機看著他。「你怎麼知道？」

男孩有點臉紅。「我在童子軍裡學過。」

「你？」卡車司機說：「你？哇噢。」他搖搖頭。

「別管了，」我說：「你記得的足夠——」

「當然。讓我聽聽。有筆嗎？」

櫃檯服務生給他一支筆，男孩開始在餐巾紙上記錄。過一會兒後他停筆。「只是一遍又一遍地重複著『注意』。等一下。」

我們等著。汽笛將長長短短的響聲敲入寂靜的早晨空氣中。接著模式改變了，小伙子又開始記下來。我們俯身在他肩膀上看著訊息的形式。「必須有人來加油。那人不會受到傷害。所有的車都必須加油。這個要馬上做。現在必須有人來加油。」

汽笛的吼鳴繼續，不過男孩停止記錄。「只是又再繼續重複『注意』。」他說。

卡車一再一再地重複它的訊息。我不喜歡這些字的模樣，以印刷字體寫在餐巾紙上。看起來好像機器、冷酷無情。和這些字沒有折衷方案，只有做或不做。

「嗯，」男孩說：「我們要怎麼做呢？」

「什麼都不做，」卡車司機說。他的臉部抽搐表情興奮。「我們只要等著就可以了。它們全部的油一定都快用完了，後頭有輛小的就已經停下來了。我們只要——」

汽笛停了。卡車倒退加入它的夥伴。它們排成半圓形等著，車頭燈指向我們。

傑瑞看向我。「你認為它們會拆毀這個地方嗎？」

「對。」

他看著櫃檯服務生。「它們辦不到的，對吧？」

櫃檯服務生聳一下肩。

「我們應該投票，」卡車司機說：「絕不接受勒索，去它的。我們只需要等待就行了。」他已經重複三次了，好像是個咒語似的。

「好吧，」我說：「投票。」

「等等。」卡車司機立刻說。

「我認為我們應該替它們加油，」我說：「我們可以等待更好的逃脫機會。櫃檯的你呢？」

「待在這裡，」他說：「你想當它們的奴隸嗎？到最後就會變成那樣。你想要下半輩子都在幫它們換濾油器，每次只要其中一台……東西響它的汽笛？我可不幹。」他陰沉地看出窗外。「讓它們餓死吧！」

我注視男孩和女孩。

「我認為他說得對，」他說：「那是阻止它們的唯一方法。假如有人要來拯救我們，他們早就來了。天知道其他地方的狀況怎麼樣？」女孩眼中仍有史諾葛拉斯，她點點頭向他更靠近一些。

「那麼就這樣決定了。」我說。

我走過去香菸販賣機那兒，沒看牌子隨便拿了一包。我一年前戒了菸，不過這似乎是再開始抽的絕佳時機。菸苦澀地刺激著我的肺。

二十分鐘緩慢爬過。前面的卡車等著。後頭，它們在加油幫浦那裡排一長隊。

「我認為這全是虛張聲勢，」卡車司機說：「只要——」

突然更響亮、更刺耳、更起伏不定的聲音傳來，是引擎加快轉速再下降，然後又再加速的聲音，是推土機。

它在陽光下閃亮得像隻大黃蜂，由開拓重工生產的履帶式推土機（Caterpillar，簡稱ＣＡＴ），它的鋼製履帶哐噹作響，黑煙從短煙囪噴出，它旋轉過來面向我們。

「它要衝了，」卡車司機說。他臉上浮現十足驚訝的神色。「它要衝過來了！」

「退後，」我說：「退到櫃檯後面。」

推土機仍在加速。排檔桿自己移動。熱氣懸浮在冒煙的煙囪上方閃著微光。突然間推土機的鋼鏟抬起，沉重的弧形鋼板凝結了乾燥的土塊。接著，動力系統發出尖聲呼嘯，它轟隆隆地直衝向我們。

「櫃檯！」我用力推卡車司機一把，讓大家開始行動。

在停車場和草坪間有條狹小的混凝土邊界。推土機衝上混凝土地，鋼鏟舉了一會兒，然後迎頭猛撞正面的牆。玻璃伴隨著劇烈、嘎嘎的轟鳴聲往內爆炸，木框被撞成碎片。頭頂上一盞燈泡掉落，濺起更多的玻璃。陶器從架子上掉下來。女孩不斷地尖叫，但是聲音幾乎消失在CAT引擎毫不間斷的咚咚巨響下。

它向後退，哐啷哐啷的駛過彷彿被啃咬過的帶狀草坪，再一次往前衝，撞得剩餘的雅座粉碎、旋轉。餡餅櫃從櫃檯上掉落，一片片楔形的餡餅滑過地板。

櫃檯服務生蹲伏著雙眼緊閉，男孩抱著他女朋友，卡車司機害怕得瞪大眼睛。

「我們得阻止它，」他急促、口齒不清地說：「告訴他們我們會照辦，我們會做任何事——」

「有點晚了，不是嗎？」

CAT倒退準備再來一次衝刺。鋼鏟的新缺口在陽光下閃閃發亮，彷彿反射日光發送著信號。它大聲咆哮著顛簸前進，這回它拆掉了在原本窗戶左邊的主要支柱，那一區塊的屋頂刺耳地轟隆一聲倒塌了，灰泥塵土翻騰起來。

推土機掙脫開來。在它另一邊我能看見卡車群，在等待。

我抓住櫃檯服務生。「油桶在哪裡？」烹飪爐用的是丁烷氣，不過我看到供暖氣爐使用的通風孔。

「在儲藏室後面，」他說。

我抓住男孩。「來吧。」

我們起身跑進儲藏室。推土機再次撞擊，建築物振動。再撞個兩、三次，它就能直接到櫃檯喝杯咖啡了。

我們找到兩個五十加侖的大油桶，附有給爐子添油的進料器和彎嘴龍頭。另外靠近後門有一紙箱的空番茄醬瓶。「傑瑞，去把那些拿來。」

他去拿的時候，我脫掉襯衫，用勁撕成破布。推土機一次又一次地撞擊，每次撞擊都伴隨著更多毀損的聲音。

我用龍頭裝滿四個番茄醬瓶，他把破布塞進去。「你踢足球嗎？」我問他。

「高中的時候踢過。」

「很好。假裝你要從五碼處進攻。」

我們走進餐廳，整堵正面牆朝天空敞開，玻璃噴霧如鑽石般閃閃發亮，一支沉重的橫樑歪斜地倒在空地上。推土機正倒退回去準備再出發，我想這一次它會繼續前進，在凳子間橫衝直闖，最後拆毀櫃檯主體。

我們跪下來伸出瓶子。「點火吧！」我對卡車司機說。

他拿出火柴，但他的兩手顫抖得太厲害，火柴掉下去。櫃檯服務生撿起來，擦了一根，沾滿油脂的大片襯衫破布迅即熊熊點燃。

「快。」我說。

我們拔腿飛奔，男孩稍微領先。玻璃在腳下嘎吱嘎吱的發出刺耳的響聲，空氣中有股灼熱的油味，一切都非常刺眼、非常鮮明。

推土機向前衝刺。

小伙子從橫樑下閃了出去，站立的身影顯現在沉重的精鍊鋼鏟前面。我跑到右側。小伙子投擲的第一發不夠遠。他的第二發擊中鋼鏟，火焰四濺，推土機卻毫髮無傷。

他想要轉身，不過它在他之上，滾動的重型卡車，四噸重的鋼鐵。他的兩手向上飛起，不久他就消失了，被輾碎在車下。

我猛然轉身把一個瓶子高拋到敞開的駕駛室裡，第二個直接投進轉動的機件中。兩個瓶子同時爆炸，迸發出迅速竄升的火焰。

一瞬間推土機的引擎聲音提高到幾乎像是人類憤怒、痛苦時的尖叫，它抓狂地轉個半圈，扯掉快餐店的左邊角落，然後東倒西歪地滾向排水溝。

鋼製履帶上沾著條紋和斑點的凝血，男孩方才站的位置有個看起來像縐成一團的毛巾的東西。

推土機到達接近排水溝的地方，火焰從它引擎罩底下及駕駛艙冒出，最後如間歇噴泉般地炸開。

我踉踉蹌蹌地往後退，差點絆倒在一堆瓦礫上。空氣中有股汽油以外的刺鼻氣味，是頭髮燒焦的味道，我著火了。

我抓起一條桌巾往頭上猛壓，一邊跑到櫃檯後把頭栽進水槽，用力過猛，頭砰的撞到水槽底部。女孩一遍又一遍地叫喊傑瑞的名字，精神錯亂地尖聲連連。

我轉過身看見龐大的汽車運輸車緩緩地滾向毫無防備的快餐店正面。

卡車司機大叫一聲突然衝向側門。

「不行！」櫃檯服務生大喊。「千萬不要——」

可是他已經出去了，全速奔向排水溝及再過去的曠野。

那輛側面印著「王氏現購自運洗衣店」的廂型載重小車肯定是看守在離側門視線範圍外不遠處。你幾乎還來不及看見事情發生，它就已經把他撞倒。然後迅速開走，只留下卡車司機被輾進碎石子中，身體扭曲變形，他被撞得兩隻鞋子都掉了。

汽車運輸車緩慢地駛向水泥邊界，滾上草坪，壓過小伙子的殘骸，一直到車頭伸進快餐店才停住。

它的汽笛突然響起令人震撼的鳴聲，緊接著一聲又一聲。

「停！」女孩嗚咽著說：「停，噢，停，拜託——」

然而汽笛聲響了很長一段時間。它只花了半晌就重新開始那套模式，跟之前相同的模式，它要人替它和其他卡車加油。

「我去，」我說：「加油幫浦沒上鎖吧？」

櫃檯服務生點頭。他一下子老了五十歲。

「不！」女孩尖喊。她猛撲向我。「你必須阻止它們！打敗它們，燒掉它們，弄壞它們——」悲傷和失落使她的聲音顫抖，破碎成刺耳難聽的叫聲。

櫃檯服務生抱住她。我繞過櫃檯的一角，小心翼翼地走在瓦礫間，從補給室走出去。當我走到外頭溫暖的陽光下時，我的心臟猛烈地怦怦跳。我想再抽一根菸，但是在加油島附近不能抽菸。

卡車仍然排成一列。洗衣店送貨車蹲伏在我對面的碎石子地上，宛如一隻獵犬，以粗嘎的聲音咆哮著，稍有不慎它就會把我輾成糊狀。太陽在它木然的擋風玻璃上閃耀著，我不禁打個哆嗦，感覺好像直視一張白痴的臉。

我把加油幫浦的開關切換成「開」，拉出噴嘴，旋開第一個油箱蓋開始加油。

我加油半個小時後第一個油槽乾枯了，我再移到第二個加油島。我交替地加著汽油和柴油，卡車無窮無盡地通過。如今我開始明白了，我看出來了。全國各地的人都在做這件事，要不就是像卡車司機一樣躺在地上死去，靴子都被撞飛，五臟六腑被橫過腹部的沉重胎痕給壓碎。

接著第二個油槽也空了，我換到第三個。陽光有如一把鐵鎚，難聞的廢氣讓我的頭開始疼痛。大拇指和食指間柔軟的虎口起了水泡。但是它們不會懂的，它們只知道有漏洞的分歧管、不良的墊圈，和凍結的萬向接頭，卻不懂得水泡或中暑或想要吶喊的衝動。它們只需要知道前任主人的一件事，而且它們清楚得很。我們會流血。

最後一個油槽枯竭了，我將噴嘴扔到地上。依然有越來越多的卡車，排隊排到繞過轉角。我扭轉一下頭減輕僵直頸部的疼痛，然後定睛看。隊伍排出前面的停車場，到馬路上，視線之外，有兩、三條車道寬，看上去好像尖峰時段的洛杉磯高速公路的噩夢。地平線因它們的廢氣而微微閃光、晃動，空氣中彌漫著燃料汽化的惡臭。

「沒了，」我說：「汽油沒了。全部用光了，夥伴們。」

一聲更為沉重有力的轟隆響音傳來，讓牙齒為之一顫的低音音符。一輛巨大的銀白色卡車移近來，是一輛油罐車。側面印著：「加滿菲利浦六六——噴射機機場用燃料」！

一條沉重的軟管從後面掉落。

我走過去，拿起軟管，掀起第一個油槽的給油蓋，再接上軟管。油罐車開始送油。石油的臭氣滲透進我體內，鐵定就像恐龍掉入瀝青坑裡聞著死去的那種惡臭。我裝滿另外兩個油槽後又回去工作。

意識忽隱忽現到最後我忘記了時間，也數不清多少輛卡車。我旋開油箱蓋，將噴嘴塞入加油孔，加油加到灼熱、濃稠的液體湧出，再把蓋子放回原處。我的水泡破了，膿水順著我的手腕滴下。我的頭像爛牙似的陣陣作痛，胃因為碳氫化合物的臭氣而無助地翻滾。

我快要昏倒了。我即將暈過去，一切就會結束了。我會加油加到我倒下為止。

然後一雙手拍在我的肩膀上，櫃檯服務生深色的手。「進去吧，」他說：「休息一下，到天黑前由我來接手，想辦法睡個覺吧。」

我把加油幫浦交給他。

然而我睡不著。

女孩在睡覺。她四肢伸開躺在角落裡，頭靠在桌巾上，即使在睡眠中她的臉依舊揪在一起。那是戰時女巫不受時間影響、不會變老的臉。我很快就要喚醒她。天色暗了，櫃檯服務生已在外面五個小時。

它們依舊繼續前來。我隔著毀損的窗戶看出去，它們的車頭燈延伸了一哩或者更長，在逐漸昏暗的夜色中有如黃寶石般地閃爍。它們鐵定一路堵塞到高速公路上去，或許還更遠。

女孩必須輪流，我可以向她示範該如何做。她會說她辦不到，但是她會做的，她想要活下去。

你想當它們的奴隸嗎？櫃檯服務生曾說。到最後就會變成那樣。你想要下半輩子全都在幫它們換濾油器，每次只要其中一台東西響它的汽笛？

也許，我們可以逃跑。照它們排隊的情況看來，現在要跑到排水溝很容易。跑過曠野，越過沼澤地，在那裡卡車將會像古生物乳齒象那樣陷入泥淖，走——

——回到洞穴去。

用木炭畫圖。這是月神，那是棵樹，這是壓垮獵人的馬克半拖車。

即使如此也無法逃離，現今世界上有如此多的土地都鋪了起來，就連運動場都是鋪設過的。至於曠野、沼澤和樹林深處，有配備雷射、微波激射、熱追蹤雷達的坦克車、半履帶車，及平板車。一點一點的，它們可以改造成它們想要的世界。

我可以看見龐大的卡車車隊用砂石填滿奧克弗諾基沼澤，推土機劈過國家公園和荒地，將所有的陸地剷平，壓成一片廣大的平坦平原，緊跟著頂上載著熱燙瀝青的卡車就會來到。

然而它們終究是機器！無論它們發生了什麼變化，我們給了它們多少的知覺，它們無法繁殖！在五十或六十年內，它們將會變成生鏽的廢鐵，失去所有的威脅性，成為靜止不動的殘骸，任自由的人丟石頭、吐口水。

假使我閉上眼睛，我能看見底特律、迪爾本、青年城和馬基納克的生產線上，藍領工人在組裝新的卡車，他們甚至不再打卡，只是倒下再由別人取代。

櫃檯服務生現在有點搖搖晃晃，他也是個老傢伙了。我得叫醒女孩。

兩架飛機留下銀色的凝結尾跡，鮮明地劃過漸暗的東方地平線。

但願我能相信在飛機裡頭的是人。

＊本篇曾兩度改編，第一次是一九八六年作者自編自導《驚心動魄撞死你》，第二次則為一九九七年電視電影《猛鬼上路：致命卡車》。

有時候，他們會回來

吉姆．諾曼的妻子從兩點就一直等著他，當她看見車子在他們公寓大樓前停下來，立刻奔出去迎接他。她去了一趟店鋪，買了慶祝的大餐——兩塊牛排，一瓶蘭瑟斯氣泡酒，一顆萵苣，和千島醬。此時，看著他下車，她發覺自己有點不顧一切地希望（這並非是今天第一次）將有值得慶祝的事。

他走上人行道，一手提著新的公事包，另一手拿了四本教科書。她能看到最上面那本的標題——《文法入門》。她把兩手放到他肩上問：「怎麼樣啊？」

他露出笑容。

然而當晚，長久以來他頭一回夢到過去的夢，醒來時一身大汗，嘴唇後面隱藏著尖叫。

他的面試是由哈洛德戴維斯高中的校長和英文科主任所主持。面談中提及他精神崩潰的話題。他早已預料會提到。

校長名叫芬頓，是個禿頭、瘦削蒼白的男人，他身體往後靠盯著天花板。英文科主任，西蒙斯，點燃他的菸斗。

「我當時承受了非常大的壓力，」吉姆．諾曼說。他擱在膝上的手指想要扭來扭去，但他不容許。

「我想我們了解，」芬頓說著微微一笑。「我們無意刺探，我敢肯定我們全都同意教書是個壓力很大的職業，尤其是在高中階段。七節裡頭你要上台五堂課，對著世界上最難搞的觀眾表演。那就是為什麼，」他有點自豪地說完：「除了飛航管制員以外，老師中有潰瘍的人比其他任何職業團體都要來得多。」

吉姆說：「導致我崩潰的壓力是……很大的。」

芬頓和西蒙斯點頭，不置可否地鼓勵他，西蒙斯喀的打開打火機重新點燃菸斗。忽然間辦公室顯得非常擁擠、非常悶熱。吉姆有種奇怪的感覺好像有人剛打開他頸後上方的加熱燈。他的手指在膝上扭動，他壓抑下來。

「我那時唸大四，正在實習教書。我母親在前一年夏天死於癌症，我最後一次跟她談話的時候，她要我繼續唸完。我哥哥在我們兩人還相當小的時候就死了。他一直計畫將來能教書，她認為……」

他能從他們眼中看出他離題了，心想：天哪，我差點搞砸了！

「我照她要求的做，」他說，拋開他母親和他哥哥偉恩——可憐、慘遭殺害的偉恩——以及他自己錯綜複雜的關係。「在我實習教書的第二個禮拜，我的未婚妻捲入肇事逃逸的車禍中。她是被撞的那一方。肇事的是個開改裝跑車的小子……他們始終沒抓到他。」

西蒙斯輕輕出聲表示鼓勵。

「我繼續實習，因為似乎也沒有別的路。她疼痛不堪——一條腿嚴重骨折，四根肋骨斷裂——不過沒有生命危險。我認為我不是非常清楚自己承受了多大的壓力。」

現在要小心點。這裡是一切走滑的開端。

「我當時在中央街高商實習。」吉姆說。

「城裡最肥沃的花園啊，」芬頓說：「彈簧小刀、機車靴、置物櫃裡有土製手槍、勒索午餐錢當保護費，每三個孩子就有一個賣毒品給其他兩個。我太了解高商了。」

「其中有個孩子叫做馬克・齊瑪曼，」吉姆說：「非常敏感的男孩，玩吉他，上我的作文課，很有才華。有天早上我進教室，兩個男孩正抓住他，第三個拿他的山葉吉他往暖氣裝置上砸。齊瑪曼高聲尖叫。我大喊叫他們住手，把吉他給我。我走向他們，然後有個傢伙揍了我。」吉姆聳一下肩。「就這樣。我崩潰了。沒有歇斯底里地尖叫，或是蜷縮在角落裡。我只是沒辦法回去。每當我走近高商，我的胸口就會繃緊。我沒法正常呼吸，開始冒冷汗——」

「我也有同樣的症狀，」芬頓親切地說。

「我去做心理分析，社區的心理治療。我負擔不起看精神科醫師。治療對我很有幫助。莎莉和我結了婚。她有點輕微的跛腳和傷疤，不過其他方面，好得跟新的一樣。」他直率地看著他們。

「我想你們也可以用同樣的話來形容我。」

芬頓說：「我相信，你確實完成了在科爾特斯高中教學實習的要求。」

「那也不是件輕鬆愉快的工作，」西蒙斯說。

「我想找間難應付的學校，」吉姆說：「我和另一個人交換以便進入科爾特斯。」

「你的監督和實習指導老師給你打了A。」芬頓評論道。

「對。」

「四年平均成績三點八八。幾乎是每一科都拿A了。」

「我很喜歡大學的課業。」

芬頓和西蒙斯互相看了一眼，接著站起來。吉姆也站起身。

「諾曼先生，我們會再聯絡，」芬頓說：「我們還有幾位求職者要面試——」

「喔，那當然。」

「——不過就我個人來說，我對你的學業成績和坦誠的個性印象深刻。」

「很高興聽你這麼說。」

「西蒙，或許在諾曼先生走之前願意喝杯咖啡。」

他們握個手。

在走廊上，西蒙斯說：「我想如果你想要的話，你已經得到這份工作了。當然，這只是私底下先說。」

吉姆點點頭。他自己也保留了許多不宜公開的話。

戴維斯高中像個令人生畏的柱石堆，收納了相當現代化的設施——光側翼的科學大樓就從去年預算中拿了一百五十萬美元的經費。教室內仍留下建造這棟大樓的公共事業振興署⑯所僱用的工人，及戰後首批使用教室的孩童的鬼魂，如今裝配了現代化的課桌椅和閃耀柔和光線的黑板。學生們乾乾淨淨、穿著入時、活潑有朝氣，並且都出身自富裕的家庭。十個高年級學生有六個擁有自己的車。總而言之，這是所好學校。在道德敗壞的七〇年代是良好的任教環境。相形之下中央街高商簡直像是最黑暗的非洲大陸。

不過在學生離開後，似乎有個古老、陰森的東西盤據在走廊上，在空無一人的教室裡低喃。某個邪惡、有害的野獸，從來沒人看見。有的時候，當吉姆•諾曼一手提著新的公事包，順著四號大樓的走廊往停車場走去時，他以為自己幾乎能聽見它在呼吸。

在接近十月底時他又作了那個夢，這回他真的失聲尖叫。他奮力爬回到清醒的現實世界，發現莎莉在他身旁的床上坐起身來，抓住他的肩膀。他的心臟猛烈地怦怦直跳。

「天啊！」他說著用力抹一把臉。

「你還好嗎？」

「嗯當然。我大叫了，是不是？」

「對呀，你叫得好大聲。作了噩夢嗎？」

「對。」

「是夢到那些男孩砸壞那孩子的吉他嗎？」

「不，」他說：「比那個更早以前的事。有的時候會再想起來，就這樣而已。別擔心。」

「你確定嗎？」

「確定。」

「你想喝杯牛奶嗎？」她的眼神擔心得陰鬱起來。

他親一下她的肩。「不用了。睡覺吧。」

她關掉電燈，他躺在那兒，直盯著黑暗。

對在職的新進教師而言，他的課表排得很好。第一節是空堂。二、三節是高一作文，一班沉悶，一班頗為有趣。第四節是他最棒的一堂課：教導準備升大學的高四生美國文學，這些學生每天從批評早期的大師作品一整堂課中找到樂趣。第五節是「諮詢課」，在這堂課的時間他應當要約談有私人或學業問題的學生。但似乎有其中任一種問題（或者想和他討論）的學生非常少，因

⑯公共事業振興署（WPA）：一九三〇年代美國大蕭條時期，當時的羅斯福總統為解決大規模的失業問題所建立的政府機構。

此這堂課他大多用一本精采的小說來打發時間。第六節是文法課，和粉筆灰一樣的枯燥乏味。

第七節是他唯一的挫折。那堂課的名稱是文學與生活，上課地點是在三樓一小隔間的教室裡。那間教室初秋時炎熱，到冬天將近時又很冷。課程本身是選修課，專門開給學校名冊上含糊其辭地稱為「學習較慢的學生」。

吉姆班上有二十七個「學習較慢的學生」，大多數是學校的運動員。你能指責他們最無害的問題是不感興趣，他們之中有些人有滿懷惡意的傾向。某天他走進教室，發現黑板上有張非常精確描繪他的下流漫畫，底下多此一舉地用粉筆寫著「諾曼先生」。他不管學生的竊笑，不予置評地把畫擦掉開始上課。

他精心設計了有趣的教學計畫，包含視聽教材，訂購幾本非常有趣、需要高理解力的課本——全都徒勞無功。教室氣氛擺盪在無法無天的嬉鬧和沉悶的安靜之間。十一月上旬，兩個男孩在討論《人鼠之間》時突然打起架來。吉姆拉開兩人後叫他們到辦公室去。當他打開書到方才中斷的地方時，「去死吧」三個字朝上瞪著他。

他拿這個問題去找西蒙斯，西蒙斯聳個肩點燃菸斗。「吉姆，我沒有實際的解決方法。最後一堂課向來棘手。對他們某些人來說，在你課堂上拿到D的成績就代表不能再踢足球或打籃球。況且他們已經有其他基本的英文課了，所以他們是不得不上那堂課的。」

「我也是啊。」吉姆怏怏不樂地說。

西蒙斯點點頭。「表現給他們看你是當真的，他們就會認真起來，哪怕只是為了要保留他們的運動資格。」

不過第七節課依舊經常是他的肉中刺。

文學與生活課中最大的麻煩是一個身材魁梧、動作緩慢得像麋鹿的傢伙，名叫奇普・歐士威。在十二月初足球和籃球間短暫的空檔（歐士威兩種球都打），吉姆逮到他夾帶小抄，把他趕出教室。

「你要是當掉我，我們就會整你，你這狗娘養的！」歐士威在昏暗的三樓走廊上大吼大叫。「你聽見我說的嗎？」

「來啊，」吉姆說：「別白費口舌了。」

「我們會整死你的，討厭鬼！」

吉姆回到教室裡。他們一臉漠不關心地仰望著他，臉上沒有洩漏任何情緒。他突然湧起一股不真實感，好像過去曾經席捲過他的那種感覺……從前……

我們會整死你的，討厭鬼！

他從桌子裡拿出成績簿，翻開到標題寫著「文學與生活」的那一頁，然後小心翼翼地在奇普・歐士威名字旁邊的考試空格裡寫上F。

那晚他又作了那個夢。

那夢總是非常的緩慢，有時間可以看和感覺一切。再次體驗逐漸朝已知結局發展的事件感覺更加恐怖，就像被綁在即將翻覆懸崖的汽車上的人一樣無助。

在夢裡他九歲，他哥哥偉恩十二歲。他們走在康乃狄克州史特拉福的布羅德街上，前往史特拉福圖書館。吉姆的書過期兩天了，他從碗櫥的碗裡偷了四分錢準備付罰款。那時是暑假，你可以嗅到剛割過的青草味，可以聽見從某間二樓公寓窗戶飄出的球賽聲音，洋基在第八局上半以六比零領先紅襪，輪到泰德・威廉斯打擊。你也可以看到布瑞茲建設公司的影子慢慢增長延伸到街對面去，黃昏慢慢地轉為黑暗。

越過泰迪市場和布瑞茲，有條跨越鐵路的天橋，在另一邊，幾個當地的小混混在已關閉的加油站附近閒晃——五、六個男孩穿著皮夾克和褲管縫窄收緊的牛仔褲。吉姆討厭經過他們。他們大聲吆喝著「嘿四眼田雞！」、「嘿白痴！」和「嘿你有多的兩毛五嗎？」，還有一次他們追他們兄弟倆追了半條街。不過偉恩不願意繞遠路，那是膽小鬼的行為。

在夢裡，天橋陰森森地逼得越來越近，你開始覺得恐懼在喉嚨裡掙扎，宛如一隻大黑鳥。你看清所有的東西：布瑞茲的霓虹燈招牌，才剛開始忽明忽滅地閃爍；綠色天橋上一片片剝落的鐵鏽；破碎玻璃在鐵路路基的煤渣中閃耀的光亮；排水溝裡壞掉的腳踏車輪圈。

你想要告訴偉恩你以前經歷過這一切，上百次了。當地的小混混這回不是在加油站附近閒蕩，他們躲在高架橋下的陰影中。但是聲音出不來，你無能為力。

陡地你跌了下去，幾個影子脫離牆壁，一個金髮平頭、鼻子斷掉的高個子男孩將偉恩用力推到靠在燻黑的煤渣磚上說：給我們一點錢。

別纏著我。

你試圖逃跑，但一個黑髮油膩的胖子抓住你，把你甩到牆上你哥哥身旁。他的左眼皮緊張地上下跳動，他說：快點，小鬼，你有多少錢？

四——四分錢。

你他媽的騙人。

偉恩想扭動身子逃脫，一個留著奇怪橘色頭髮的傢伙協助金髮的抓住偉恩。而那個眼皮直跳的傢伙突然痛毆你嘴巴一拳。你感覺鼠蹊部驀地一股沉重，牛仔褲上出現深色的斑塊。

看，文尼，他尿濕褲子了！

偉恩的掙扎變得狂亂，他差一點——但是並沒有完全——掙脫開來。另一個穿著黑色卡其褲和白色T恤的傢伙把他扔回原位。那人的下巴有個小小的草莓胎記。天橋的石砌狹道開始顫抖，金屬樑也逐漸嗡嗡地顫動起來。火車要來了。

有人打掉你手中的書，下巴有胎記的男孩將書踢進排水溝。偉恩突然踢出右腳，踢中臉皮抖動的傢伙的胯部，他高聲尖叫。

文尼，他要逃走了！

臉皮抖動的傢伙大叫著他的睪丸，不過就連他的怒吼也消失在即將到來的火車抖動不止、越來越響的轟隆聲中。不久火車出現在他們上方，噪音響遍整個世界。光線在彈簧小刀上閃爍。金髮平頭的小伙子拿了一把，胎記男也有一把。你聽不見偉恩的聲音，但他的話以唇形說出：

快跑，吉米，快跑。

你往下一滑跪到地上，抓住你的雙手暫時離開了，你好像青蛙似的在一雙腿之間蹦跳。一隻手拍擊你的背，摸索著想緊抓住你，卻撲了個空。你朝來時的方向跑回去，動作一如夢中陷入泥淖那般遲緩得令人害怕。你回頭往身後看，看見——

他在黑暗中醒來，莎莉平靜地睡在他旁邊。他急忙壓抑下尖叫，等尖叫的衝動克制住後，他往後躺下。

他再回想過去，重回到天橋宛如咧開大口的陰暗，他看見金髮小子和胎記男把刀猛刺進他哥哥體內——金髮的刀刺入胸骨下面，胎記的刀直接沒入哥哥的鼠蹊部。

他躺在黑暗中，粗喘地呼吸，等待九歲的鬼魂離去，等著純正的睡眠將噩夢全都抹去。不知過了多久以後，睡眠終於驅走陰魂。

耶誕節假期和學校寒假在城裡的學區是合併在一起的，因此假期幾乎長達一個月。前不久，噩夢出現了兩次，後來就沒再出現。他和莎莉去拜訪她住在佛蒙特州的姐姐，滑了很多次雪。他們過得很開心。

在開闊、清澈的空氣中，吉姆的文學與生活課的問題顯得微不足道，而且有點愚蠢。他返校時帶著冬季曬黑的膚色，覺得從容而鎮定。

西蒙斯在他去上第二堂課的途中攔住他，交給他一個資料夾。「新的學生，第七堂課的。名字叫羅伯特．勞森。轉學生。」

「嘿，我那一班現在已經有二十七個學生了，西蒙。這超過我的負荷了。」

「你還是只有二十七個。比爾．史登耶誕節過後的星期二死了。車禍，肇事逃逸。」

「比利？」

他腦海中形成的照片是黑白的，好像畢業生相片。威廉．史登，高一同青社，高一高二足球隊，高二筆矛社。他是文學與生活課堂上少數幾個好學生之一。安靜，考試成績一貫都是A和B。不常自願回答問題，但是被點到名通常可說出正確答案（並且一本正經地夾雜些逗人開心的玩笑話）。死了？才十五歲！他自身的死亡率突然有如門下的一股冷風沙沙地吹過他的骨頭。

「天啊，太可怕了。他們知道事情發生的經過嗎？」

「警察正在調查。他到市中心交換耶誕禮物，正要跨越蘭帕特街時一輛老舊的福特轎車撞上他。沒有人抄下車牌號碼，不過側邊門上寫著『蛇眼』……像年輕人會做的事。」

「天啊！」吉姆再說一次。

「鐘聲響了。」西蒙斯說。

他匆忙走開，停下腳步驅散一群圍著飲水機的孩子。吉姆走向他的班級，覺得很空虛。

他在空堂時快速翻開羅伯特‧勞森的資料夾。第一頁是米佛高中的綠表，吉姆從未聽過這所學校。第二頁是學生的人格特徵描述。調整後的智商是七十八。有些手部操作的技能，但並不多。巴奈特－哈德森人格測驗中出現反社會的答案。性向測驗分數差。吉姆心裡尖酸地想他完全就是文學與生活課的學生。

下一頁是訓導的紀錄，黃表。米佛的紙張是白底黑邊，上頭令人沮喪地填寫得滿滿的。勞森惹了上百種麻煩。

他翻到下一頁，往下瞄一眼羅伯特‧勞森的學校照片，馬上再定睛看。驚駭驀地爬進他腹部的凹陷處並盤繞在那裡，危險地發出嘶嘶聲。

勞森以敵對的眼光瞪著照相機，彷彿是在為警方的存檔照片而不是學校的攝影師擺姿勢。他的下巴上有個小小的草莓胎記。

到第七堂課之前，他盡所有的理性將事情合理化。他告訴自己天底下肯定有成千上百的孩子下巴上有紅色的胎記。他告訴自己在漫長、毫無生氣的十六年前那天，刺死他哥的流氓到現在起碼三十二歲了。

然而，在爬上三樓時，疑懼依然在。而伴隨這層疑懼而來的是另一種害怕：這就是你快要精神崩潰時的感覺。他清楚地嚐到嘴裡驚慌的冷硬味。

平常的那群學生正聚在三十三號教室門口嬉鬧，有些人一看見吉姆走過來就進教室去。少數幾個還在磨蹭，低聲地聊天嘻笑。他看見新來的男孩站在奇普‧歐士威旁邊。羅伯特‧勞森身穿藍色牛仔褲和厚重的黃色牽引機靴——全是今年最新流行。

「奇普，進去吧。」

「那是命令嗎？」他帶著吉姆無法理解的空洞笑容問。

「當然。」

「你當掉我那次的考試嗎？」

「當然。」

「是喔，那……」剩下的話是壓低聲量的咕噥。

吉姆轉向羅伯特・勞森。「你是新來的，」他說：「我只想告訴你我們這裡的行事風格。」

「沒問題，諾曼先生。」一道小疤痕劃開他的右眉，吉姆認得那道疤痕。不可能搞錯。這真是瘋狂，精神錯亂，不過同時是事實。十六年前，就是這個傢伙把刀刺進他哥哥體內。

麻木地，彷彿從很遠的地方，他聽見自己開始扼要地說明課堂上的規矩和規定。羅伯特・勞森將兩根拇指勾在耐用的厚皮帶上，笑著聆聽，開始點頭，彷彿他們是老朋友。

「吉姆？」

「嗯——？」

「有什麼不對勁嗎？」

「沒有。」

「文學與生活課堂上的那些男生還在找你麻煩嗎？」

沒回答。

「吉姆？」

「沒。」

「你今天晚上乾脆早點上床睡覺吧？」

可是他並沒有。

那晚的夢境非常不祥。那個草莓胎記的男孩用刀子捅他哥哥時，在吉姆的身後高喊著：「下個就輪到你了，小鬼。一刀刺穿你的蛋蛋。」

他尖聲吶喊著醒來。

那星期他教《蒼蠅王》，談到象徵主義時勞森舉起手。

「羅伯特？」他沉穩地說。

「你幹嘛一直盯著我看？」吉姆眨眨眼，感覺嘴唇變乾。

「你看見什麼新鮮的東西嗎？還是我的拉鍊沒拉好？」

班上發出一陣神經質的竊笑。

吉姆鎮定地回答：「勞森先生，我沒有盯著你看。你能告訴我們為什麼拉爾夫和傑克爭執——」

「你剛才明明盯著我看。」

「你想要和芬頓先生談一談嗎？」

勞森看來好像仔細考慮了一下。「不。」

「很好。那你現在可以告訴我們為什麼拉爾夫和傑克——」

「我沒看。我覺得這是本愚蠢的書。」

吉姆緊繃地微笑。「喔，你這麼覺得嗎？你要記住你在批評書的時候，書也在評判你。現在有其他人可以告訴我他們為什麼爭執野獸是否存在呢？」

凱西・史萊文膽怯地舉手，勞森玩世不恭地打量她一下，然後對奇普・歐士威說了不知什麼話。離開他嘴唇的字眼看上去像是「胸部不賴」。奇普點點頭。

「凱西？」

「是不是因為傑克想要獵捕野獸？」

「很好。」他轉身開始在黑板上寫字。就在他背轉過去的一瞬間，一顆葡萄柚砸在他頭旁邊的黑板上。

他急忙往後退轉過身來。班上有的成員哈哈大笑，但歐士威和勞森只是無辜地看著吉姆。吉姆彎腰撿起葡萄柚。「有人，」他說著看向教室後方：「應該把這個塞進他該死的喉嚨。」

凱西・史萊文倒抽了一口氣。

他將葡萄柚扔進字紙簍，再度轉向黑板。

他打開早報，邊啜飲著咖啡，邊看著頭條，大約看到一半時，「天哪！」他驚呼，截斷他妻子早晨隨意滔滔不絕的絮叨。他的腹部突然感覺好像扎滿了碎片——

「青少女摔死：凱薩琳・史萊文，十七歲，就讀哈洛德戴維斯高中三年級，昨天傍晚摔下或是被推落她家位在市中心公寓房子的屋頂。據她母親說，女孩在屋頂養了一籠鴿子，昨天帶著一袋飼料上去。

「警方說附近新建住宅區一名不願透露姓名的婦人在下午六點四十五分，看到三個年輕男孩跑過屋頂，幾分鐘後女孩的屍體（下接第三頁——）」

「吉姆，她是你班上的學生嗎？」

但他只能無言地看著她。

兩星期後，西蒙斯在午休時間的鐘響後在走廊上碰到他，手中拿著一個資料夾，吉姆覺得腹部有種可怕的虛脫感。

「新學生，」他平淡地對西蒙斯說：「文學與生活。」

西蒙的眉毛揚起。「你怎麼知道？」

吉姆聳聳肩，伸出手去拿資料夾。

「得走了，」西蒙斯說：「各科主任要開課程評鑑會。你看起來有點疲累。感覺還好嗎？」

沒錯，有點疲累。就像比利．史登一樣。

「沒問題。」他說。

「這就對了。」西蒙斯說完輕拍一下他的背。

他走了以後，吉姆打開資料夾翻到照片，預先皺起臉來，好像正準備受到毆打的人。

但那張臉孔並沒有一見就覺得熟悉。只是張青少年的臉。也許他以前見過，也許沒有。這個孩子，大衛．賈西亞，是個深色頭髮的大塊頭男孩，嘴唇有幾分像黑人，眼睛深色，一副愛睡的樣子。黃表說明他也是轉自米佛高中，另外他在格蘭威爾少年感化院待過兩年。竊車。

吉姆用微微顫抖的兩手闔上資料夾。

「莎莉？」

她正在燙衣服，抬起頭來。他目不轉睛地看著電視轉播的棒球賽，但並沒有真正看進去。

「沒事，」他說：「忘記我要說什麼了。」

「鐵定是在說謊。」

他呆板地微微一笑，再度盯著電視。想要吐露一切的衝動已到了舌尖。但是他怎麼能說呢？那比發瘋還要更糟。你要從何說起？噩夢？崩潰？羅伯特‧勞森的長相？

不。從偉恩，你哥哥，開始說起。

可是他不曾告訴任何人他哥的事，就連心理分析時也沒說。他的思緒轉向大衛‧賈西亞，當他們在走廊上看著彼此時，如在夢中的恐懼淹沒過他。那是當然，他在相片裡看起來只是依稀有點眼熟。相片不會動……或抽搐。

賈西亞和勞森、奇普‧歐士威站在一起，他抬起頭來看見吉姆‧諾曼時，微微一笑，眼皮開始上下抖動，聲音在吉姆的腦海裡異常清晰地說：

快點，小鬼，你有多少錢？

四——四分錢。

你他媽的騙人……看，文尼，他尿濕褲子了！

「吉姆？你說了什麼？」

「沒有。」但他不確定自己到底說了沒有。他的恐懼漸漸加深。

二月初某天放學後，有人敲教師辦公室的門，吉姆打開門時，奇普‧歐士威站在那裡。他看上去嚇壞了。吉姆單獨一人，已經四點十分，最後一個老師早在一小時前就回家了。他正在改一批美國文學課的作文。

「奇普？」他鎮靜地問。

奇普的兩腳不停地動來動去。「諾曼先生，我可以跟你談一下嗎？」

「當然可以。不過如果是關於那次考試，那你是浪費你的——」

「不是那件事。呃，我可以在這裡面抽菸嗎？」

「抽吧。」

他用微微發抖的手點燃菸。他悶聲不吭了大約一分鐘之久。看來好像是說不出口。他的嘴唇抽搐，兩手合攏，眼睛瞇著，彷彿內心的自我在掙扎著找尋表達方式。

忽然間他大聲喊出來：「如果他們做了，我希望你知道我沒有參與！我不喜歡那些傢伙！他們是教人發毛的怪人！」

「什麼傢伙，奇普？」

「勞森和賈西亞那個怪咖。」

「他們計畫要整我嗎？」由來已久的噩夢般恐懼湧現，他知道答案。

「起先我喜歡他們，」奇普說：「我們出去喝些啤酒。我開始抱怨你和那次考試的事。說我打算整你。但那只是說說而已！我發誓！」

「發生了什麼事？」

「他們馬上接受了我的話。問我你什麼時間離開學校，你開什麼樣的車，全部的細節。我說你們跟他有什麼仇，賈西亞說他們很久以前就認識你……嘿，你還好嗎？」

「菸，」他聲音沙啞地說：「我從來都不習慣菸味。」

奇普把菸捻熄。「我問他們什麼時候認識你的，鮑伯•勞森說是我還在包尿布的時候。可是他們才十七歲，跟我同年啊。」

「然後呢？」

「嗯，賈西亞彎下身子靠在桌子上說，你連他什麼時候離開他媽的學校都不知道，不可能是真心想把他整得非常慘。你打算怎麼做？所以我就說我要刺你的輪胎，留下四個扁平的輪胎給你。」他以懇求的眼神注視吉姆。「我甚至沒打算做。我那麼說是因為……」

「你當時嚇壞了？」吉姆輕聲問。

「對，我到現在還是很害怕。」

「他們對你的計畫有什麼看法？」

奇普顫抖著。「鮑伯・勞森說，你的計畫就那樣而已嗎？你這低級的蠢貨。我努力裝得強悍地說，那不然你們打算怎麼做？殺了他？賈西亞——他的眼皮開始上下抖動——他從口袋掏出一樣東西，喀噠一聲打開，是把彈簧小刀。我就在那時候離開了。」

「奇普，這是什麼時候的事？」

「昨天，我現在很怕跟那些傢伙坐在一起，諾曼先生。」

「好，」吉姆說：「好吧。」他低頭看他剛才在批改的作文，一個字也沒看進去。

「你打算怎麼辦？」

「我不知道，」吉姆說：「我真的不知道。」

星期一早上他仍然不知如何是好。他的第一個念頭是告訴莎莉一切，從十六年前他哥哥的兇殺案開始講起。然而那是不可能的。她會表示同情，但是同時受到驚嚇而且不相信。

西蒙斯呢？同樣不可能。西蒙斯會認為他發瘋了，也許他真的是。在他之前參加的小組感受交流會上有個男人說過，得了精神崩潰就像是打破花瓶再把它重新黏合。你再也沒辦法相信自己能穩當地使用那花瓶。你不能在裡頭插花，因為花需要水，水有可能使黏膠溶解。

那麼，我發瘋了嗎？

假如他瘋了，那奇普・歐士威也是。他正要上車時這個想法突然浮現，一道興奮的電流通過他全身。

當然！勞森和賈西亞在奇普・歐士威面前威脅他，那或許在法庭上站不住腳，但如果他能讓奇普在芬頓的辦公室重複一遍他的故事，他們兩個應該會被勒令停學。他幾乎確信他有辦法讓奇普照做。奇普有他自己的理由想要他們離遠一點。

他開車進入停車場時，想起比利・史登和凱西・史萊文的下場。

在空堂時，他上去辦公室，俯身靠在負責登記人數的秘書的辦公桌上。她正在整理缺席名單。

「奇普・歐士威今天在學校嗎？」他漫不經心地問。

「奇普……？」她懷疑地看著他。

「查爾斯・歐士威，」吉姆修正說：「奇普是綽號。」

她翻過一疊單子，瞥見一張，抽了出來。「他缺席喔，諾曼先生。」

「妳能給我他的電話號碼嗎？」

她將鉛筆插進頭髮裡說：「當然。」她從歐的檔案裡查出電話號碼交給他。吉姆利用辦公室電話撥了那個號碼。

電話響了十數次，他正要掛斷時，一個睡得迷迷糊糊的粗嘎聲音說：「喂？」

「歐士威先生嗎？」

「巴瑞・歐士威已經過世六年了。我是蓋瑞・丹金格。」

「你是奇普・歐士威的繼父嗎？」

「他做了什麼事？」

「什麼？」

「他逃跑了。我想知道他闖了什麼禍。」

「據我所知，什麼事也沒有。我只是想和他談談。你知道他可能會去哪裡嗎？」

「不知，我上夜班。我完全不認識他的朋友。」

「知道在——」

「不。他拿了舊的手提箱，和他從偷汽車零件、賣毒品，或用任何這些孩子賺錢的方法攢的十五塊錢，到舊金山當嬉皮去了，誰知道呢。」

「如果你聽到他的消息，你能不能打電話到學校給我呢？吉姆·諾曼，英文科。」

「沒問題，我會的。」

吉姆放下電話。負責登記人數的秘書抬頭看，朝他毫無意義地迅速一笑。吉姆沒有回以笑容。

兩天後，在晨間的出席點名單上，「退學」的字眼出現在奇普·歐士威的名字後面。吉姆開始等待西蒙斯帶著新資料夾露面。一個星期後他果然來了。

他陰鬱地低頭看那張照片。這一個毫無疑問。雖然小平頭由長髮取代，但仍是金色。而且面貌依舊，文森·柯瑞。朋友至交叫他文尼。他從照片往上瞪著吉姆，唇邊掛著傲慢的微笑。

當他接近第七堂課的教室時，他的心臟在胸口沉重地怦怦跳著。勞森、賈西亞和文尼·柯瑞站在門外的佈告欄旁。他走向他們時，他們全都把身體挺直起來。

文尼露出那傲慢的笑容，不過他的眼神冷淡而死氣沉沉有如浮冰。「你一定是諾曼先生。

嗨，諾姆。」

勞森和賈西亞竊笑。

「叫我諾曼先生，」吉姆說，不理會文尼伸出的手。「你會記住吧？」

「當然，我會記得的。你的哥哥怎麼樣？」

吉姆僵住。他感覺他的膀胱鬆弛，而且彷彿從遙遠的地方，從他頭顱裡長長的走廊盡頭某處，他聽見幽靈般的聲音說：看，文尼，他尿濕褲子了！

「你對我哥哥的事情知道些什麼？」他聲音沙啞地問。

「沒什麼，」文尼說：「非常少。」他們用虛假、充滿危險的笑容對他微笑。

鐘聲響起，他們從容地步入教室。

當晚十點，雜貨店的電話亭。

「接線生，我想要打到康乃狄克州史特拉福的警察局。不，我不曉得號碼。」

電話線傳來微小的靜電干擾聲。會面。

那名警察是尼爾先生。當時他就已經有白頭髮，也許是五十多歲。當你只是個孩子時很難分辨。他們的父親過世了，不知怎地尼爾先生曉得這件事。

孩子們，叫我尼爾先生。

吉姆和他哥哥每天在午餐時間碰面後就到史特拉福快餐店吃自備的午餐。媽媽給他們一人五分錢買牛奶——那時校園乳品計畫還沒展開。有時候尼爾先生會進來，肚子的重量和點三八的左輪槍壓得他皮帶嘎吱作響，他會買給他們一人一個加了冰淇淋的派。

尼爾先生，他們刺殺我哥哥的時候你在哪裡呢？

接通了。電話響了一聲。

「史特拉福警察局。」

「你好。警官，我叫詹姆斯・諾曼。我打的是長途電話。」他說了城市名。「我想知道你是否能告訴我一位先生的近況，他在一九五七年左右應該在這警局服務過。」

「諾曼先生，請稍候。」

短暫停頓後，出現新的聲音。

「諾曼先生，我是摩頓・李文斯頓警佐。你想要找誰？」

「呃，」吉姆說：「我們小孩子都只是叫他尼爾先生。那——」

「哎呀，有！唐・尼爾現在退休了。他已經七十三或七十四歲了。」

「他還住在史特拉福嗎？」

「是的，在巴南大道。你要地址嗎？」

「還有電話號碼，如果你有的話。」

「好吧。你認識唐？」

「他以前時常在史特拉福快餐店買蘋果派加冰淇淋給我哥哥和我。」

「天哪，那家店已經關了十年了。你等一下。」他回來接電話時唸了地址和電話號碼。吉姆草草記下，謝過李文斯頓，然後掛上電話。

他再撥一次零，給了電話號碼後等待。電話開始響的時候，驀地一股激動、緊張的情緒盈滿他的心，他往前傾身，本能地遠離雜貨店的冷飲櫃檯，儘管那裡沒人，只有一個體型豐滿的少女在看雜誌。

有人接起電話，一個渾厚有力、聽起來一點也不老的男性聲音說：「喂？」單單這一個字引

發了塵封的記憶和情緒的連鎖反應，如同聆聽收音機播的老唱片可以引起帕伐洛夫的制約反應一般令人驚訝。

「尼爾先生嗎？唐諾・尼爾？」

「我是。」

「尼爾先生，我叫詹姆斯・諾曼。你或許還記得我？」

「記得啊，」那聲音立刻回答。「派加冰淇淋。你哥哥被殺……被人刺殺了。實在遺憾。他是個可愛的男孩。」

吉姆身體一垮靠在電話亭的玻璃牆面上。緊繃的情緒突然離開使他疲軟得有如填充玩具。他發現自己瀕臨透露一切的邊緣，他死命地抑制那股衝動。

「尼爾先生，警方始終沒逮到那幾個男孩。」

「沒有，」尼爾說：「我們確實掌握了嫌疑犯。就我所記得的，我們在布里奇波特警局安排了成列指認。」

「我指認那些嫌犯是用名字嗎？」

「不。警方讓目擊證人指認嫌犯的程序是以號碼稱呼那些參與者。諾曼先生，事到如今你為什麼對這件事感興趣？」

「我唸幾個名字給你聽，」吉姆說：「我想知道這些名字是否能讓你想起來和那案子有關。」

「孩子，我不——」

「你能的，」吉姆說，開始覺得有一點點急切。「羅伯特・勞森、大衛・賈西亞、文森・柯瑞。這些名字有——」

「柯瑞，」尼爾先生斷然地說：「我記得他。蝮蛇文尼。沒錯，我們為了那個案子傳喚過他。他母親為他提供不在場證明。我對羅伯特•勞森沒有任何印象。那可能是任何人的名字。不過賈西亞……聽起來很耳熟。我不確定為什麼。該死。我老了。」他聽起來十分氣憤。

「尼爾先生，你有什麼方法可以查一下這些男孩嗎？」

「喔，當然，他們應該不再是男孩了。」

哦，是嗎？

「聽著，吉米。這些男孩中是不是有人突然出現開始騷擾你？」

「我不清楚。發生了一些奇怪的事。和我哥哥被刺殺有關的事。」

「什麼事？」

「尼爾先生，我沒辦法跟你說。你會認為我瘋了。」

他的回答，迅速、堅定、關心：「你是嗎？」

吉姆略微停頓。「不。」他說。

「好，我會透過史特拉福的紀錄與鑑定單位去查這些名字。我要怎麼跟你聯繫？」

吉米給了他家電話號碼。「禮拜二晚上你最有可能找到我。」他差不多每晚都在家，不過星期二晚上莎莉要上陶藝課。

「吉米，你目前在做什麼？」

「在學校教書。」

「很好啊。這可能要花個幾天，你知道吧。我現在退休了。」

「你的聲音跟以前完全一樣。」

「啊，不過要是你看得到我的話！」他咯咯輕笑。「你還喜歡美味的派加冰淇淋嗎，吉米？」

「當然。」吉米說。這是謊言。他討厭派加冰淇淋。

「我很高興聽到你這麼說。嗯，如果沒別的事，我就要——」

「還有一件事。史特拉福有一所米佛高中嗎？」

「據我所知是沒有。」

「那就是我——」

「這一帶叫米佛的只有灰高地路那兒的米佛公墓。沒有人曾經從那裡畢業。」他乾巴巴地輕聲笑，在吉姆耳裡聽來好像墓穴中的骨頭突然嘎嘎響。

「謝謝你，」他聽見自己說：「再見。」

尼爾先生掛了電話。接線生要求他投進六十分，他無意識地放入。隨後他轉身，正對著一張緊貼在玻璃上壓扁了的可怕臉孔，框在展開的兩隻手裡面，平貼在玻璃上張開的手指都發白了，同鼻尖一樣。

是文尼，正咧嘴對他微笑。

吉姆放聲尖叫。

又在課堂上。

文學與生活課正在寫作文，大多數學生汗流浹背地俯身寫作，陰鬱地將他們的想法寫到紙上，彷彿正在伐木。除了三個學生以外。羅伯特・勞森，坐在比爾・史登的位子上，大衛・賈西亞在凱西・史萊文的座位上，文尼・柯瑞則坐奇普・歐士威的位子。他們面前擺著空白的作文卷坐在那兒，注視著他。

就在鐘聲響前不久，吉姆溫和地說：「柯瑞先生，下課後我想跟你談一下。」

「沒問題，諾姆。」

勞森和賈西亞吵鬧地嗤笑，但班上其餘學生並沒有。鐘聲響起，他們交了作文卷後簡直是急忙衝出教室門外。勞森和賈西亞慢慢磨蹭，吉姆覺得腹部緊繃起來。

時候到了嗎？

接著勞森對文尼點個頭。「待會見。」

「嗯。」

他們離開了。勞森關上門，從結霜的玻璃外面，大衛・賈西亞陡地大喊：「諾姆嗤下去！」

他說：「我還在想你會不會開始認真處理呢？」

文尼看向門口，隨即轉回來盯著吉姆。他露出笑容。

「真的嗎？」吉姆問。

「前兩天的夜裡在電話亭那兒嚇到你了吧，老頭子？」

「沒有人再叫老頭子了，文尼。那不酷了。就像酷已經不流行了。和巴迪・霍利⑰一樣死了。」

「我愛用什麼詞是隨我高興，」文尼說。

「還有一個在哪裡？一頭奇怪紅髮的那個傢伙。」

「分開了，老兄。」然而在他刻意表現出的漠不關心底下，吉姆察覺到警惕。

「他還活著，對不對？那就是為什麼他不在這裡。他還活著，而且已經三十二或三十三歲了，就是你們原本應有的歲數，假使——」

「漂白劑向來是個累贅。他根本無關緊要。」文尼在桌子後面坐直起來，將兩手平放在年代已久的塗鴉上。他的眼睛閃閃發亮。「老兄，我站在指認的行列裡記得你。你看起來一副快要尿濕你那條舊的燈芯絨小褲子的樣子。我看見你盯著我和大衛，我就在你身上施了魔法。」

「我想你的確施了法，」吉姆說：「你讓我作了十六年的噩夢。那還不夠嗎？為什麼現在又出現？為什麼找上我？」

文尼一臉困惑，然後又露出笑容。「老兄，因為你是未完成的任務啊！我們必須把你清除掉。」

「你們在那裡？」吉姆問：「在這之前。」

文尼的嘴唇一抿。「我們不談那個。懂嗎？」

「他們給你挖了一個洞，對吧，文尼？六呎深。就在米佛公墓裡。六呎的——」

「你閉嘴！」

他站了起來。桌子翻倒在走道上。

「沒那麼簡單，」吉姆說：「我不會讓你們輕鬆好過的。」

「我們要殺了你，老頭子。你可以自己搞清楚那個洞的情形。」

「滾開這裡。」

「或許還有你那個小巧可愛的老婆。」

「你這個該死的阿飛，你敢碰她的話——」他突然盲目地向前衝，提到莎莉讓他感覺受到侮辱又害怕。

⑰巴迪・霍利（Buddy Holly）：美國搖滾樂先驅，一九五九年不幸因飛機失事而英年早逝。

文尼咧嘴一笑邁步往門口走去。「盡量耍酷吧，酷得像個傻瓜。」他吃吃地笑。

「你要是碰我太太，我就殺了你。」

文尼笑得更開了。「殺了我？老兄，我想你知道吧，我早就已經死了啊！」

他離開了。他的腳步聲在走廊上迴盪了很長一段時間。

「寶貝，你在看什麼？」

吉姆將《召喚惡魔》一書的封面伸出去給她看。

「好噁。」她轉回去對著鏡子檢查頭髮。

「妳會搭計程車回家嗎？」他問。

「只有四條街而已。況且，走路對身材有好處。」

「有人在薩默爾街抓住我班上的一個女學生，」他撒謊。「她想對方目的是強暴。」

「真的？誰啊？」

「黛安娜・史諾，」他說，隨便編了一個名字。「她是個頭腦冷靜的女孩。就善待妳自己搭個計程車吧，好嗎？」

「好吧，」她說。她在他椅子旁駐足，跪下來，把兩手放在他臉頰上，直視他的眼睛。「吉姆，出了什麼事？」

「沒事。」

「不。肯定有事。」

「沒什麼我不能應付的事。」

「是跟……你哥有關的事嗎？」

一陣驚駭的風吹過他，彷彿內心的門被打開。「妳為什麼這麼說？」

「你昨晚睡夢中在呻吟他的名字。偉恩，偉恩，你一直在喊，快跑，偉恩。」

「那沒什麼。」

但是並非如此，他們兩人都心知肚明。他目送她離開。

尼爾先生八點十五分打電話過來。「你不必擔心那些傢伙，」他說：「他們全都死了。」

「是嗎？」他在講話的時候以食指夾住《召喚惡魔》中他看到的地方。

「撞車。就在你哥遭殺害六個月後。一名警察追逐他們。事實上，那名警察叫法蘭克‧賽門，目前在西科斯基飛機公司工作，八成賺更多錢。」

「然後他們撞車了。」

「他們的車子以超過一百哩的時速衝出道路，撞上一根主要的電線杆。等他們終於切斷電力把他們挖出來的時候，他們已經被電得四分熟了。」

吉姆閉上眼。「你看到報告了嗎？」

「親眼看到的。」

「有提到車子任何事嗎？」

「是輛改裝跑車。」

「有任何描述嗎？」

「一九五四年出廠的黑色福特轎車，側面寫著『蛇眼』。夠吻合了。他們真的退出了。」

「尼爾先生，他們有個共犯。我不清楚他的名字，不過他的綽號是漂白劑。」

「那應該是查理‧史邦德，」尼爾先生毫不猶豫地說：「他曾經用高樂氏漂白頭髮。我記得這回事。他的頭髮變成一條條的斑白，他想要染回原來的顏色。結果白色條紋變成橘紅色。」

「你知道他現在在幹什麼嗎？」

「職業軍人。在一九五八年或是五九年入伍的，在他搞大一個本地女孩的肚子以後。」

「我能聯繫到他嗎？」

「他母親住在史特拉福。她應該會知道。」

「你可以給我她的住址嗎？」

「我不會給你的，吉米。除非你告訴我你有什麼煩惱。」

「我不能說，尼爾先生。你會以為我發瘋了。」

「試試看啊。」

「我不能。」

「好吧，孩子。」

「你可不可以——」然而電話沒聲音了。

「你這混帳。」吉姆說，將電話掛到聽筒架上。電話在他手底下響起，他猛然跳離電話，彷彿電話突然燙到他。他凝視電話，沉重地呼吸。電話響了三聲、四聲。他拿了起來。細聽。闔上眼睛。

一名警察在他前往醫院的途中將他攔下，然後走在他前面，警笛尖聲呼嘯。急診室有位留著牙刷般鬍子的年輕醫生，他以不帶感情的深色眼睛看著吉姆。

「打擾一下，我是詹姆斯・諾曼——」

「諾曼先生，我很遺憾。她在晚間九點零四分過世了。」

他快要昏倒了。世界變得遙遠而模糊，他耳裡出現尖銳的嗡嗡聲。他的視線漫無目的的遊走，看見貼著綠色磁磚的牆壁，一張急診推床在頭頂的日光燈下閃閃發光，一名戴護士帽的護士彎著身子。親愛的，該梳洗囉。一名護理員倚靠在一號急診室外頭的牆壁上，身穿的白袍髒兮兮的，前面噴濺了幾滴漸漸乾涸的血。他正用一把刀子清理指甲，護理員抬起頭來直視著吉姆的眼睛咧嘴一笑，那名護理員竟是大衛・賈西亞。

吉姆暈厥過去。

喪禮，有如三幕的舞劇。屋子、殯儀館、墓地。不知從何處冒出來的面孔，飛奔靠近，又疾馳到黑暗中。黑色面紗後，莎莉的母親雙眼流淌著淚水。她父親，顯得震驚而蒼老。西蒙斯。其他人。他們自我介紹後握握他的手。他點頭，絲毫不記得他們的名字。有的女人帶食物來，一位女士帶蘋果派，有人吃了一片，當他走進廚房，看見蘋果派擺在流理台上，切開一個大缺口，醬汁滴淌到派盤上宛如琥珀色的血。他心想：上頭應該來一大勺香草冰淇淋。

他感覺自己四肢在顫抖，想要走到流理台那頭，將派砸到牆上。

之後他們逐一離去，他看著自己，就像你在家庭電影中看見自己一樣，看他握手點頭說：謝謝……嗯，我會的……謝謝……我確定她……謝謝……

等他們全走光了，屋子又屬於他自己一個人。他走到壁爐架邊。架上凌亂地堆著他們婚姻生活的紀念品。一隻眼睛鑲珠子的填充玩具狗，是他們蜜月旅行時她在康尼島贏得的獎品。兩個皮製的資料夾，裝著他的波士頓大學文憑和她的麻州大學文憑。一對保麗龍做的巨大骰子，是大約一年前他在賓奇・席佛斯坦的撲克牌遊戲中丟了十六塊錢後，她送給他的惡作劇禮物。一個細緻的瓷杯，是她去年在克里夫蘭的舊貨店買的。在壁爐架中間，是他們的結婚照。他把照片翻過來，然後在他的椅子坐下來，注視一片空白的電視機。一個計畫開始在他的腦袋裡成形。

一個鐘頭後電話響了，把他從輕微的打盹中驚醒。他摸找著電話。
「下一個就是你了，諾姆。」
「文尼？」
「老兄，她就像是射擊場的泥鴿一樣。砰一聲血花四濺。」
「文尼，我今晚會到學校。三十三號教室。我會把燈關掉。就跟那天在天橋一樣。我想我甚至可以提供火車。」
「只想要結束一切，對吧？」
「沒錯，」吉姆說：「你會到場吧。」
「或許。」
「你會去的，」吉姆說完掛上電話。
他抵達學校時幾乎一片漆黑。他停在慣常的停車格裡，用萬能鑰匙打開後門，先到二樓的英文科辦公室。他進去後，打開唱片櫃，開始匆匆翻閱唱片。他翻到那疊唱片的一半左右停了下來，抽出一張名為《高傳真音效》的唱片。他將唱片翻過來。A面第三首是〈貨運列車：三分零四秒〉他把唱片放到英文科的手提立體聲音響上面，再從外套口袋拿出《召喚惡魔》。他翻到做了記號的段落，唸了些東西，點點頭。然後關燈。
三十三號教室。
他設置好立體聲音響系統，將喇叭延伸到最寬的距離，接著播放那首貨運列車。聲音從無逐漸擴張，直到整個教室內充斥著柴油引擎和鋼鐵碰撞的刺耳鏗鏘聲。

他把眼睛閉上，幾乎能相信自己置身在布羅德街的高架橋下，被逼著跪下，眼睜睜地看著殘酷的小戲碼緩慢地朝無可避免的結局發展……

他睜眼，丟開唱片，又重新放回去。他坐到桌子後面，翻開《召喚惡魔》到標題為〈惡靈及其召喚方法〉的篇章。他在閱讀的時候嘴唇蠕動，並且不時停頓，從口袋裡拿出物品放到桌面上。

第一樣，是他和他哥哥的一張有摺痕的老柯達相片，他們站在以前居住的布羅德街公寓房子前面的草坪上。兩人理著一模一樣的平頭，兩人都羞怯地對著相機微笑。第二樣，是一小瓶血液。他抓了一隻流浪的野貓，用隨身小刀割開牠的喉嚨。第三樣，是那把小刀本身。最後一樣，是從舊的少棒聯盟棒球帽的襯裡撕下來的止汗帶。那是偉恩的棒球帽。吉姆一直收藏著，暗自希望有一天他和莎莉的兒子能戴上。

他站起來，走到窗邊，看出窗外。停車場空空盪盪的。

他開始將課桌推向牆壁，在教室中央空出一個粗略的圓圈。等一切準備就緒，他從桌子抽屜拿出粉筆，完全按照書中的圖解並利用直尺，在地板上畫了一個五芒星。

他的呼吸現在變得越來越困難。他關掉電燈，把所有的物品聚集在一隻手中，開始吟誦。

「黑暗之父啊，看在我靈魂的份上請聽我說。我允諾供上祭品。我以犧牲乞求黑暗的恩賜。我尋求左手的復仇。我帶來鮮血以保證獻祭。」

他旋開原本裝花生醬的廣口瓶蓋子，將血液潑灑在五芒星中間。

變暗的教室內發生了某種變化，無法確切說出究竟是什麼，但空氣變得較為沉重。有種濃稠的感覺似乎讓喉嚨和腹部填滿了灰暗的鋼，那深沉的寂靜因為某種看不見的東西而擴大、膨脹。

他依照古老儀式指導的做了。

現在空氣中有種感覺令吉姆想起他曾帶過一個班級去參觀規模龐大的發電廠——感到空氣中擠滿了電位能而振動。接著一個異常低沉、令人不快的聲音對他說話。

「你請求什麼？」

他無法判別他是真的聽見，或只是想像自己聽到。他說了兩個句子。

「是個微不足道的恩賜。你要獻祭什麼？」

吉姆說了兩個詞。

「兩個，」那聲音低語。「右邊和左邊。同意嗎？」

「同意。」

「那麼把屬於我的給我。」

他打開隨身小刀，轉身向桌子，將右手向下平放，然後用力剁四下砍斷他右手的食指。鮮血流過吸墨紙形成深色的圖樣。一點也不痛。他將斷指拂至一旁，再將小刀換到右手上。切斷左手指比較困難。缺了手指的右手感覺笨拙陌生，刀子不斷地滑開。最後，他不耐煩地咕噥一聲，丟開刀子，直接啪的折斷骨頭，硬將手指扯斷。他撿起兩根斷指宛如那是麵包棒，扔進五芒星內。一道明亮的光線閃過，有如老派照相師所用的閃光粉。沒有煙，他注意到了，也沒有硫磺味。

「你帶了什麼物品？」

「一張照片。一條浸過他汗水的布料。」

「汗水很珍貴，」那聲音評論道，語氣中有股輕微的貪婪令吉姆不寒而慄。「把東西給我。」

吉姆將兩樣東西扔進五芒星。光又閃了一下。

「很好。」那聲音說。

「要是他們來的話。」吉姆說。

沒有回應。那聲音走了——假如它曾經在那兒的話。他傾身更靠近五芒星一些。照片仍在，但變得焦黑。止汗帶不見了。

街道上傳來嘈雜的聲音，起先很微弱，接著越來越大聲。一輛配備了玻璃棉消音器的改裝跑車，先轉入戴維斯街，然後逐漸接近。吉姆坐下來，仔細傾聽車聲是否會經過或轉進來。

車子轉進來了。

腳步聲出現在樓梯上，產生回響。

羅伯特・勞森高而尖銳的咯咯笑聲，接著某人發出「噓——！」然後又是勞森的咯咯笑聲。腳步越來越接近，不再有回聲，隨後樓梯頂端的玻璃門砰的一聲打開。

「呦——呼，諾米！」大衛・賈西亞用假音呼喊道。

「你在嗎，諾米？」勞森低聲說，然後又咯咯發笑。「泥在納裡嗎，柯理？」

文尼沒有回話，不過他們前進到走廊上，吉姆能看見他們的影子。文尼個子最高，他手裡拿著一個長形的物體。隨著輕微的喀噠聲，那長形物體變得更長了。

他們站在門邊，文尼在中間。他們全都拿著刀子。

「我們來囉，老兄，」文尼輕聲說：「我們來找你這個蠢蛋了。」

吉姆打開唱機。

「天哪！」賈西亞大聲叫嚷，跳了起來。「那是什麼？」

貨運列車越來越接近，你幾乎能感覺到牆壁隨著火車聲輕輕敲動。

那聲音不再像是從喇叭出來，而是發自走廊盡頭，軌道盡頭、遙遠時空中的某處。

「喂，我可不喜歡這個，」勞森說。

「太遲了，」文尼說。他跨步向前用刀子比畫。「老頭子，把你的錢給我們。」

……讓我們去吧……

賈西亞畏縮了一下。「這是什麼鬼——」

不過文尼絕不遲疑。他示意其他人散開，他眼神中的情緒或許是寬慰。

「來吧，小鬼，你有多少錢？」賈西亞突然問道。

「四分錢。」吉姆說。這是實話。他從臥室的零錢罐裡挖出來的。最近的日期是一九五六年。

「你他媽的騙子。」

……別煩他……

勞森回頭瞥一眼，眼睛頓時睜大。牆壁變得模糊不清，沒有實體。貨運列車呼嘯。停車場上路燈的光線變紅，好像布瑞茲建設公司的霓虹招牌，在薄暮的天空下忽明忽滅地閃爍。一個東西從五芒星走出來，有著或許是十二歲小男孩的臉龐，蓄著小平頭的男孩。

賈西亞猛衝向前大力揍吉姆的嘴巴一拳。吉姆聞得到他呼吸裡混雜著大蒜和義大利臘腸的氣味。一切都是慢動作，而且毫無痛楚。

吉姆忽然感到一股沉重，如鉛一般，在腹股溝附近，他的膀胱釋放了。他低頭看見深色的斑塊在褲子上出現、擴散。

「看，文尼，他尿濕褲子了！」勞森大聲嚷著。聲調正常，但他臉上的表情卻是驚恐，就像活過來的木偶卻發現自己懸在絲線上的那種表情。

「別煩他，」那個形似偉恩的東西說，但不是偉恩的聲音，而是來自五芒星的東西冷酷、貪婪的聲音。「快跑，吉米！快跑！跑啊！跑！」

吉姆往下一滑跪到地上，一隻手拍擊他的背，摸索著想牢牢抓住他，卻撲了個空。

他抬起頭來看見文尼的臉拉長變成充滿恨意的諷刺畫，他把刀子刺入形似偉恩的東西的胸骨下方……接著突然發出慘叫，他的臉自己向內塌陷，逐漸炭化、焦黑，變得慘不忍睹。

最後他消失了。

片刻後賈西亞和勞森攻擊，扭曲、炭化、消失。

吉姆躺在地板上，哮喘地呼吸。貨運列車的聲音漸漸消逝。

他哥哥正低頭看他。

「偉恩？」他輕聲喚。

那臉孔改變了，似乎融化混合在一起。眼睛變成黃色，帶著恐怖、齜牙咧嘴的惡意注視著他。

「我會回來的，吉姆。」冰冷的聲音低聲道。

然後它離開了。

他緩緩起身，用殘缺不全的手關掉唱機。他摸了一下嘴巴。賈西亞的那拳讓他的嘴巴流血。他走過去打開燈。教室內空無一人。他望向窗外的停車場，那兒也空盪盪的，只除了一個車輪蓋在愚蠢的啞劇中反映著月光。教室的空氣聞起來古老陳腐，像是墳墓的空氣。他擦掉地板上的五芒星，開始為隔天的代課整理桌子。他的手指傷得非常嚴重——什麼手指？他得去看醫生。他關上門慢慢走下樓，把兩手抱在胸前。往下走到一半時，有個東西——一個影子，或者也許只是直覺——讓他急忙轉身。

看不見的東西似乎飛躍回來了。

吉姆記得《召喚惡魔》書中的警告——可能涉及的危險。你或許可以召喚惡魔，也許可讓它們為你工作。甚至可以除掉它們。

但是有時候它們會陰魂不散。

他再度走下樓梯，懷疑噩夢究竟是否結束。

*本篇於一九九六年改編拍成電影《第七幻象》，其後並拍攝了二部續集。

草莓之春

彈簧腿傑克……

今天早上我在報紙上看到這五個字，我的天啊，讓我回憶起往事。一切發生在八年前，幾乎是一天不差。在事件發生當時，有一次，我看見自己在全國性的電視上——華特・克朗凱報導。只是在記者身後的普通背景中一張匆匆走過的臉，但我家人立刻認出我來。他們打了長途電話。我爸希望我分析一下情況；他非常的直率、衷心、真誠。我母親則只希望我回家。但我不想回家。我著了魔。

著迷於薄霧彌漫、神秘的草莓春天，及八年前那些個夜晚走在霧中的橫死陰影。彈簧腿傑克的影子。

在新英格蘭，他們稱之為草莓春天。沒人知道來由，只是老一輩的人慣用的說法。他們說這種天候每隔八或十年就會出現。那個不尋常的草莓春天，在新雪倫師範學院發生的事件……可能也有週期，但是倘若有人估算出來，他們也從來沒說。

在新雪倫，草莓春天是在一九六八年三月十六日開始的。二十年來最冷的冬天在那天乍然中止。天空下著雨，在沙灘西邊二十哩處你都能聞到海洋的味道。雪，在某些地方甚至積到三十五吋深，開始融化，校園的步道上滿是半融的雪泥。冬季嘉年華的雪雕，在零下的氣溫中維持線條分明、輪廓清晰了兩個月，終於開始歪斜下垂。豎立在ＴＥＰ兄弟會⑱會所前面的林登・詹森總統的諷刺雕像流下融化的淚水。普拉什納館前面的鴿子失去了結凍的羽毛，夾板做的骨架可悲地處處暴露出來。

夜晚降臨時霧也跟著來，無聲、潔白地沿著狹窄的學院林蔭道和大街飄動。林蔭道路的松樹從霧中探出宛如計數的手指，而霧緩緩地飄蕩在內戰大砲旁的小橋底下，緩慢得像香菸的煙。霧讓一切似乎脫了序、奇特而有魔力。毫無防備的旅人從葛蘭德餐廳自動點唱機的砰然聲響和燈火通明的騷亂中走出來，預期冬季刺目、清晰的滿天星斗會攫住他……卻突然發現自己置身在飄浮的白霧所構成的寂靜、沉悶的世界裡，唯一的聲響是他自己的腳步聲和古老排水溝傳來的輕柔水滴聲。你有點期待能看見咕嚕或佛羅多和山姆⑲匆匆經過，或者轉身看見葛蘭德餐廳不見了，消失了，取而代之的是沼澤和紫杉籠罩在濃霧中的全景，也可能是德魯伊石環或是閃閃發亮的仙女環。

那年自動點唱機播放著〈愛是憂鬱〉，無窮、無盡地播放〈嘿，裘德〉，還播放〈史卡博羅市集〉。

當晚十一點十分，一個名叫約翰・丹希的大三生在回宿舍的路上，忽然對著濃霧放聲尖叫，書本掉落在一個死去女孩伸開的腿上和兩腿間。女孩躺在動物科學系館停車場幽暗的角落裡，她的喉嚨從左耳到右耳整個被割開，但眼睛張著，幾乎像是閃閃發亮，彷彿她剛成功地講完她年輕生命中最滑稽的笑話。而丹希，主修教育、副修演講，卻只不斷地尖叫、尖叫、尖叫。

翌日愁雲慘霧籠罩，我們去上課時嘴裡迫不及待地發問——誰？為什麼？你覺得他們什麼時候會抓到他？而末了總是極度興奮地問道：你認識她嗎？你認識她嗎？

認識，我和她一起上美術課。

認識，我室友的朋友上學期和她約過會。

認識，她有一次在葛蘭德向我借火。她就坐在隔壁桌。

認識，

認識，我

認識……認識啊……喔，認識啊，我

我們全都認識她。她的名字是蓋兒・喀爾曼（唸成克爾-曼），她主修藝術。戴金框眼鏡、身材姣好。她很受歡迎，但她的室友討厭她。雖然她是校園裡最淫亂的女孩之一，但她向來不常外出。她長得不好看但很有魅力。她是個很少談笑的活潑女孩。她懷了孕，有白血病。她是個女同性戀，慘遭她男朋友給謀殺。那是草莓春天，在三月十七日早上我們全都認識了蓋兒・喀爾曼。

六輛州警車緩緩駛進校園，大多停在茱迪絲富蘭克林館，那是女孩喀爾曼住的地方。我在去上十點鐘那堂課的途中經過那裡，警察要求我出示學生證。我很聰明，我拿給他看那張沒露出尖牙的。

「你身上帶著刀嗎？」警察狡猾地問。

「是跟蓋兒・喀爾曼有關嗎？」我告訴他我隨身最致命的東西就是一個幸運兔腳的鑰匙圈後發問。

「你問這個幹嘛？」他攻擊我。

我上課遲到了五分鐘。

由於是草莓春天，那晚沒人獨自走過半學術、半虛幻的校園。大霧再度來臨，夾帶著海的氣

⑱美國大學兄弟會多以希臘字母取名，TEP為Tau Epsilon Phi的縮寫，是活躍在美國東岸大學和學院的兄弟會。

⑲此三人皆是小說《魔戒》裡的人物。

味，安靜而深沉。

九點左右我的室友衝進我們房間，我從七點起就在寢室裡絞盡腦汁地寫有關彌爾頓的短文。

「他們逮到他了，」他說：「我在葛蘭德聽到消息。」

「誰說的？」

「我不認識。某個傢伙。她男朋友幹的，他叫做卡爾‧艾瑪拉羅。」

我往後靠著坐，既放心又失望。既然有名字那肯定是真的了。出於激情而犯的致命、卑鄙的小小罪行。

「好，」我說：「那太好了。」

他離開房間到走廊上散佈消息。我重讀我的彌爾頓短文，搞不懂自己到底想要表達什麼，於是撕掉文章重新開始寫。

隔天消息登在報紙上。報導中有一張艾瑪拉羅規矩得非常突兀的照片，八成是高中的畢業紀念照，顯示出一個表情相當哀傷的男孩，他擁有橄欖的膚色和深色的眼睛，鼻子上有痘疤。男孩尚未認罪，但是不利他的證據非常有說服力。他和蓋兒‧喀爾曼大約在上個月時常爭吵，並且在前一個禮拜分手了。艾瑪拉羅的室友說他一直「意志消沉」。在他床下的收納箱裡，警方找到一把L.L.Bean的七吋長獵刀和一張顯然是用大剪刀剪碎的女孩相片。

艾瑪拉羅相片旁是蓋兒‧喀爾曼的照片。上頭模模糊糊地照出一隻狗，一個外皮剝落的紅鶴草坪擺飾，及一個戴著眼鏡、相當像老鼠的金髮女孩。她的嘴角彎起一抹不自在的微笑，眼睛瞇瞇的，一隻手擱在狗的頭上。那麼是真的了。一定是真的。

當晚霧又來了，不是踮著小貓的細步，而是不正常的靜默伸展。我那晚去散步。因為頭痛，我出去走走呼吸新鮮空氣，嗅聞春天潮濕、霧氣氤氳的味道，慢慢揩淨頑抗的雪，裸露出一塊塊

死氣沉沉的去年枯草，有如嘆氣老奶奶的頭部。

對我而言，那是我所記得最美好的夜晚之一。我在環著光暈的街燈下所經過的人是喃喃低語的影子，所有的人似乎都是情侶，手挽著手、視線相連地漫步。漸融的雪滴落流動，滴落流動，從每條陰暗的暴雨排水溝飄上來海潮聲，黑暗的冬海如今洶湧地退潮。

我一直走到將近午夜，直到我徹底發霉，我經過許多身影，聽見許多朦朧的腳步聲喀噠喀噠地順著蜿蜒的小路遠去。誰能說這些影子中沒有眾人稱為彈簧腿傑克的那個人或東西呢？我不能，因為我經過許多影子，但在濃霧中我沒看見半張臉。

隔天早晨走廊上的喧鬧聲把我吵醒。我跌跌撞撞地走出去看是誰被徵召，一邊用雙手梳理頭髮，轉動狡猾地取代我舌頭的毛絨絨毛蟲，舔過嘴巴內乾渴的上顎。

「他又殺了一個，」有人對我說，他的臉龐興奮得發白。「他們不得不放他走。」

「誰走？」

「艾瑪拉羅啊！」別人興高采烈地說：「事情發生時他蹲在監牢裡呢！」

「什麼時候發生了什麼事？」我耐心地問。遲早我會弄明白。我十分確定。

「那傢伙昨晚殺了另一個人。現在他們到處在搜找。」

「找什麼？」

那張蒼白的臉又在我面前搖晃。「她的頭。殺害她的人把她的頭帶走了。」

現在新雪倫不算是間大學校，當時甚至更小，是公關人員客氣地稱做「社區大學」的那種機構。而新雪倫也真的就像是個小型社區，至少在那時候是如此；在你和你朋友之間，你大概和其他每個人及他們的朋友都至少有點頭的交情。蓋兒・喀爾曼就是你僅僅向她點過頭的那種女孩，依稀記得你曾經見過她。

我們全都認識安・布蕾。她是前一年新英格蘭選美會的亞軍，她的才藝表演是配合〈嘿，看看我〉的曲調舞弄點火的指揮棒。她的腦筋也很好，到死亡之前她一直是校刊（一星期發行一次的破報紙，上頭刊了大量的政治漫畫和言過其實的文章）的編輯、學生演劇協會的成員，同時是全美服務姊妹會，新雪倫分會的會長。在我大一青春年少熱情、熱烈的幻想中，我曾經向社刊提出一篇專欄的構想並請求跟她約會，結果兩方面都遭到拒絕。

如今她死了……比死還悽慘。

我像其他每個人一樣走去上下午的課，對認識的人點頭打招呼，用上比平常多一點的力氣，彷彿那樣做就能彌補我太過仔細地端詳他們的臉。他們也同樣仔細地審視我的。我們之中有個邪惡的人，陰暗得像曲曲折折穿過林蔭路，或是蜿蜒在體育館後面四方院內的百年橡樹之間的小徑。黑得像是在飄移不定、如薄膜般的霧中所見到的笨重內戰大砲。我們直視彼此的臉龐，想要讀出背後的黑暗邪惡。

這一回警方沒逮捕任何人。藍色金龜車在十八、十九、二十日大霧彌漫的春天夜裡不停地巡邏校園，聚光燈以偏執的熱切直入幽暗的角落和縫隙。校方行政單位下令九點強制宵禁。一對有勇無謀的情侶被發現在泰特校友大樓北側的景觀灌木叢中卿卿我我，結果被帶到新雪倫警察局毫不留情地拷問了三小時。

二十日那天有個極其可笑的假警報，就在蓋兒・喀爾曼的屍體被發現的同一處停車場發現了一個不省人事的男孩。一名語無倫次的校警將他搬到巡邏車的後座，放張郡的地圖蓋住他的臉，甚至沒費事摸找他的脈搏就直奔本地醫院，警笛呼嘯著穿過空無人煙的校園，有如報喪女妖在開研討會。

開到半途後座的屍體突然起來空洞地問：「我在什麼鬼地方啊？」警察大聲尖叫衝出路面。那具屍體結果是個大學部的學生，名叫唐諾・莫里斯，他因為相當嚴重的流感過去兩天都一直躺在床上——那年是亞洲型流感嗎？我不記得了。總之，他在前往葛蘭德想喝碗湯吃點吐司的途中在停車場昏了過去。

日子持續溫暖陰霾。眾人一小群一小群地聚集，並且有以驚人的速度解散、重組的趨勢。注視同一組面孔太久會讓你對某些人產生奇怪的想法。而謠言從校園的一端傳播到另一端的速度開始接近光速；一位受人愛戴的歷史教授被聽到在小橋旁又哭又笑；蓋兒・喀爾曼留下含義模糊的二字訊息，以她自己的血寫在動物科學系停車場的瀝青路面上；兩起謀殺案事實上都是政治犯罪，如儀式般的謀殺是由SDS（民主社會學生聯盟）的分支執行的，目的是為了抗議戰爭。這真的是很可笑。新雪倫SDS有七名成員。一個規模相當的分支就會讓整個組織垮掉。這個事實從校園右派份子那兒引出甚至更不祥的虛構細節：外來的煽動者。因此在這些詭異、溫暖的日子裡，我們全都睜大眼睛觀察尋找他們的存在。

向來易變的新聞界，忽略我們的殺人兇手與開膛手傑克的神似，挖掘出更從前的往事——一路回溯到一八一九年。安・布蕾被發現在濕透的地面上，距離最近的人行道大約十二呎，然而附近沒有腳印，就連她本身的都沒有。一名事業心勃勃、熱中神秘事件的新罕布夏新聞記者，替兇手取名為彈簧腿傑克，紀念布里斯托惡名昭彰的約翰・霍金斯博士，他用古怪的藥物玩意兒致他五位妻子於死地。從此這名字，大概是出於那濕透卻毫無痕跡的地面，就保留下來。

在二十一日又下起雨來，林蔭路及四方院變成一片泥濘。警方宣佈他們會如撒鹽般地部署便衣密探，男男女女，到處都是，並撤離半數的警車。

校刊發表了一篇強烈憤慨，儘管些微沒有條理的社論來抗議。爭論的要點似乎是有各種各樣的警察偽裝成學生，將會無法分辨真、假的外來煽動者。

薄暮降臨，霧也隨之而來，緩緩地飄浮在綠樹成行的大道上，近乎仔細周到地，遮蔽了一棟接一棟的建築。霧是柔和、沒有實體的物質，不知怎地卻毫不寬容、令人害怕。彈簧腿傑克是個男人，似乎沒人懷疑這一點，但濃霧是他的共犯，是女性……或者說我覺得似乎是如此。彷彿我們小小的學校被夾在他們之間，擠壓在某對瘋狂情侶的擁抱中，雙方的密切結合有一部分是經由鮮血而得以圓滿。我坐著抽菸，看著燈在漸暗的夜色中亮起，懷疑一切是否結束。我室友走進來，悄聲關上背後的門。

「快要下雪了，」他說。

我轉過身去注視他。「收音機說的嗎？」

「不，」他說：「誰需要氣象預報員？你聽說過草莓春天嗎？」

「或許有吧，」我說：「很久以前。祖母閒聊的那種話題，對不對？」

他站到我旁邊，看著外面令人毛骨悚然的闃黑。

「草莓春天就像是印第安夏天⑳，」他說：「只不過罕見多了。你在國內這一帶每隔兩、三年就會碰到一次真正的小陽春，但是像我們最近這種氣候的發作時期應當是只有每八年或十年才來一次。這是假的春天，騙人的春天，就像印第安夏天是假的夏天一樣。我祖母常常說草莓春天代表的是冬天最強烈的風暴還沒到——草莓春天持續得越久，風暴就會越猛烈。」

「民間故事，」我說：「從來不相信半個字，」我看著他。「不過我很不安。你呢？」

他善意地笑了，從窗台上打開的那包菸裡偷走我一根菸。「我懷疑除了我跟你以外的每個人，」他說，笑容消失了一點點。「有的時候我也疑心你。想去學生會打場八號球嗎？我讓你十

桿。」

「下個禮拜有三角函數預考，我打算用奇異筆和一疊詳盡的筆記來專心準備。」

他走了許久以後，我只能望著窗外。即使在我打開書本開始讀，仍有些心思在外頭，走在如今由黑暗之物掌管的陰影中。

那晚愛黛兒・帕金斯遭到殺害。六輛警車和十七名大學生長相的便衣（之中有八名是遠從波士頓引進的女性）巡邏校園，但彈簧腿傑克依舊殺了她，準確無誤地襲擊我們其中之一。虛假的春天，騙人的春天，協助並教唆他——他殺害她後讓她撐靠在她自己的一九六四年份道奇汽車的輪子後面，直到隔天早晨被人發現，他們在後座及行李箱分別找到局部的她。擋風玻璃上以血液寫著——這回是事實而非謠言——兩個字：哈！哈！

在那之後校園變得有點失去理智。我們全部的人沒有一個認識愛黛兒・帕金斯。她是在葛蘭德工作的不知名女士，每晚六點到十一點最忙亂的時段，面對一大群喜愛漢堡、趁唸書休息時間從圖書館到街對面的學生，飽受煩擾。過去這三個起霧的夜晚她肯定過著相對輕鬆的生活；學生嚴格地遵守宵禁，九點以後葛蘭德僅有的主顧是飢餓的警察和心情愉快的工友——空無一人的建築顯著地改善他們慣常的壞脾氣。

其餘沒太多可說的。警方和我們任何人一樣有歇斯底里的傾向，被逼得走投無路，逮捕了一個無害的同性戀社會學研究生，名叫韓森・格雷，他宣稱他「記不得」幾個致命的夜晚他人在何處。他們指控他、提訊他，最後放他匆匆忙忙地飛奔回他土生土長的新罕布夏小鎮，因為在草莓春天最後一個不可言喻的夜晚，瑪莎・庫倫在林蔭路慘遭殺害。

⑳印第安夏天（Indian Summer）：指進入秋天突然天氣回暖宛如夏天的氣候，類似中國所說的「秋老虎」。

她為何獨自一人外出大家永遠不得而知——她是個豐滿、漂亮得令人惋惜的女孩，和另外三個女孩住在鎮上的公寓裡。她和彈簧腿傑克本身一樣安靜、輕易地溜進校園。是什麼引她到校園呢？也許她的需要如同殺她的兇手一般強烈、難以駕馭，並且同樣遠超出世人的理解能力。或許是需要跟暖和的夜晚、溫暖的濃霧、海洋的氣味，及冰冷的刀鋒來一場膽大妄為、充滿熱情的浪漫冒險。

那是發生在二十三日。二十四日學院校長就宣佈春假將會提前一週，我們成鳥獸散，沒有絲毫喜悅而是像暴風雨前受驚嚇的羊群，留下空盪盪的校園任由警察和邪惡的怪物出沒。

我在學校有自己的車子，因此我載了六個人往州的南部開，他們的行李雜亂無章地擠得滿滿的。這不是趟愉快的車程。因為我們所有人都知道，彈簧腿傑克有可能和我們一起在車上。

當晚氣溫下降了十五度，整個新英格蘭北方一帶遭呼嘯的強烈北風襲擊，起先是雨夾帶雪，最後下了一呎的積雪。照常有些老笨蛋在剷雪時心臟病發——然後，如魔法般，進入了四月，潔淨的陣雨和星光燦爛的夜晚。

他們稱之為草莓春天。天知道是為什麼，那是邪惡、欺騙人的時期，每八年或十年才來一次。彈簧腿傑克隨著濃霧離開，到六月初，校園的交談轉為一系列的抗議徵兵，和在知名的汽油彈製造商舉行招募面試的大樓前靜坐抗議。等到六月，幾乎全體一致避開彈簧腿傑克的話題——至少避免高聲談論。我懷疑有許多人在私底下一遍又一遍地反覆思考，在瘋狂的無縫雞蛋中找尋能夠說明一切的裂痕。

我在那年畢業，第二年結婚。在當地的出版社找到一份不錯的工作。一九七一年我們有了小孩，如今他已將近就學年齡，是個健康、愛問問題的男孩，遺傳了我的眼睛和她的嘴。

然後是，今天的報紙。

當然我知道草莓春天在這兒。昨天早晨我起床聽見融雪流下排水溝的神秘聲音，聞到離最近的海灘九哩的前門廊飄來海水含鹽的強烈氣味時，我就知道了。昨晚我下班回家時不得不打開車頭燈對抗薄霧，我就曉得草莓春天又來了，因為霧已經開始從田野和溪谷緩緩爬出，使得建築的輪廓模糊不清，街燈的四周蒙上精靈的光暈。

今晨的報紙說一個女孩在新雪倫校園靠近內戰大砲的地方遭人殺害，她昨晚被殺之後在逐漸融化的雪堆被發現，她並非……她並非全身都在那裡。

我太太心煩意亂，她想知道我昨晚人在哪裡。我無法告訴她，因為我不記得了。我記得下班後回家，也記得開了車頭燈在迷人、毛骨悚然的濃霧中找路，但我只記得這些。

我一直回想那個多霧的夜晚，我頭痛出去散步呼吸空氣，經過所有無形或無實質的迷人暗影。我一直想著我的後車箱——多麼令人厭惡的詞彙，後車箱——懷疑我到底為什麼應該害怕把後車箱打開。

我在寫這篇文章時能聽見我太太的聲音，在隔壁房間，哭泣。她認為我昨晚跟別的女人在一起。

噢，我的天啊，我也這麼認為。

窗台

「快啊，」克萊斯納再說一次。「看看袋子裡面。」

我們在他的閣樓公寓，四十三層樓高。地毯是鮮橙色的長割絨織品。在中央，克萊斯納所坐的巴斯克摺疊躺椅和完全沒人坐的真皮長沙發之間，有個棕色的購物袋。

「假如是分手費，那就算了吧，」我說：「我愛她。」

「是錢沒錯，不過不是分手費。趕快，看一下。」他正用縞瑪瑙菸斗抽著土耳其菸。空氣循環系統只容許我乾吸一口菸草味就迅速將菸給帶走。他身穿繡了龍的絲質晨衣，戴著眼鏡，眼神沉著而聰明。他的外貌正像他的身分：一個頂尖、五百克拉、徹頭徹尾的惡棍。我愛他的妻子，她也愛我。我早預期他會找麻煩，我曉得時候到了，我只是不確定這是哪一招。

我走到購物袋旁把袋子翻倒，一捆一捆綁好的現金滾出來到小地毯上，全是二十美元的鈔票。我撿起一捆數算一下，一捆有十張，這裡有非常多捆。

「兩萬元，」他說著抽一口菸。

我站起來。「很好。」

「那是給你的。」

「我不想要。」

「我太太跟著錢一起喔。」

我沒有答腔。瑪西婭事先警告過我情況將會如何。她說過，他像隻貓，一隻充滿惡意的老雄

貓，他會想辦法把你變成老鼠。

「所以你是個職業網球選手，」他說：「我想我以前不曾真的見過職業網球選手。」

「你的意思是你的偵探沒拍到任何照片嗎？」

「噢，有啊。」他漫不經心地揮舞著菸斗。「甚至有你們兩個在那間海濱汽車旅館的影片。攝影機藏在鏡子後面。不過照片幾乎是兩回事，對吧？」

「如果你說是的話，那就是吧。」

瑪西婭說，他會不斷地改變行徑。那是他逼人採取守勢的方法，很快地他會逼得你猛烈攻擊你以為他將會在的位置，然後他會引導你到別的地方去。史丹，儘可能說得越少越好。並且記住我愛你。

「我邀請你上來是因為我想我們應該來點男人之間坦承的對談，諾里斯先生。只不過是兩個文明人愉快的交談，其中一個拐走了另一個的老婆。」

我張口想回答但決定還是不要。

「你喜歡聖昆丁監獄嗎？」克萊斯納說，慵懶地噴一口菸。

「沒特別喜歡。」

「我相信你在那兒待過三年。罪名是非法入侵，如果我沒記錯的話。」

「瑪西婭知道這回事，」我說，立刻希望自己沒說。我在玩他的遊戲，正是瑪西婭警告我千萬別做的事。吊一個軟弱無力的高球讓他扣殺回來。

「我擅自移動了你的車，」他說，往房間遠端的窗子外瞄一眼。那實際上根本不是窗戶：整面牆都是玻璃。中央是扇玻璃拉門。門的另一側是個極小的陽台，越過陽台，就是非常長的下降距離。那扇門有些古怪，我無法明確地指出是哪裡怪。

「這是棟非常舒適的大樓，」克萊斯納說：「令人滿意的保全，閉路電視和所有這一類的設備。我一知道你人在大廳，就撥了通電話。一名雇員立刻讓你車子的點火裝置短路，發動後把車子從這裡的停車場移到幾條街外的公共停車場。」他抬頭看一眼長沙發上方現代風格的太陽光芒掛鐘，時間是八點零五分。「八點二十分的時候同一個雇員就會從公共電話亭打電話向警察密告你車子的事。最遲，到八點三十分，執法的員警就會發現超過六盎司的海洛因藏在你後車箱的備胎裡面。警察將會急切地找你，諾里斯先生。」

他陷害了我。我已經努力盡我所能地保護自己，但是到末了他對付我就像場兒戲般輕而易舉。

「這一切將會發生，除非我打給我的雇員吩咐他別打那通電話。」

「而我只需要告訴你瑪西婭在哪裡吧，」我說：「不可能，克萊斯納，我不知道。我們就是為了你才這樣安排的。」

「我的手下跟蹤了她。」

「我可不認為，我想我們在機場甩掉他們了。」

克萊斯納嘆口氣，拿開悶燒的菸斗，扔進有滑蓋的鉻製菸灰缸。乾淨俐落。處理抽過的菸和史丹•諾里斯同樣的毫不費力。

「的確，」他說：「你說得對。在女廁消失的老套。我的偵探非常懊惱居然中了這麼古老的詭計，我想這招老到他們壓根兒沒預料到吧。」

我沒回話。瑪西婭在機場擺脫克萊斯納的偵探後，就搭了機場往返巴士回到城裡再去巴士站。那是我們的計畫。她手頭有兩百美元，我存款帳戶裡全部的錢。兩百元和一輛灰狗巴士可以帶你到國內任何地方。

「你向來都這麼沉默寡言嗎？」克萊斯納問，他聽起來真心感興趣。

「瑪西婭建議的。」

略微尖刻地，他說：「那麼我想警察拘留你的時候你會堅持你的權利。下一次你看見我老婆的時候可能她都變成坐在搖椅上的小老太婆了。你想清楚了嗎？據我了解私藏六盎司的海洛因可以讓你坐四十年的牢。」

「就算那樣瑪西婭也不會回到你身邊。」

他淡淡地笑了。「那是要點，對吧？我應該溫習一下我們的處境嗎？你和我老婆墜入情網。你們有段婚外情……假如你想把在廉價汽車旅館一連串的一夜情稱為婚外情的話。我老婆離開我。不過，我抓到你，你現在身陷所謂的困境。這樣概述足夠嗎？」

「我能理解她為什麼厭倦你了。」我說。

令我驚訝的是，他把頭往後一仰大笑起來。「你知道嗎？我滿喜歡你的，諾里斯先生。你這人粗俗又是個吝嗇鬼，不過你似乎挺有勇氣。瑪西婭說你有，我相當懷疑，她對人的性格判斷馬馬虎虎的，不過你的確有一些……氣魄，這就是為什麼我會這樣子安排，想必瑪西婭告訴過你我喜歡賭博。」

「是的。」現在我明白玻璃牆面中央的那扇門有什麼不對勁。此時正值隆冬，沒人會想在四十三層樓高的陽台上喝茶，陽台上的家具都清空了，門上的簾子也拆掉。克萊斯納為什麼要那麼做呢？

「我不是非常喜歡我老婆，」克萊斯納說，小心翼翼地把另一根香菸再裝進菸斗。「這不是秘密。我確定她也告訴過你，而且我確信以你這種……經驗的男人應該知道滿足的妻子才不會立刻和本地網球俱樂部的職業選手上床。在我看來，瑪西婭是個神經質，動不動就大驚失色的小假正經，愛發牢騷，愛哭，又愛說長道短，而且——」

「差不多夠了吧。」我說。

他冷冷地笑了一下。「請原諒我，我老是忘記我們在討論的是你心愛的人。現在八點十六分了。你緊張嗎？」

我聳聳肩。

「強硬到底啊，」他說著點燃菸。「不管怎樣，你可能會好奇，假如我那麼討厭瑪西婭，我幹嘛不乾脆放她自由——」

「不，我一點也不好奇。」

他對我皺起眉頭。

「你是個自私自利、貪得無厭，以自我為中心的王八蛋。這就是為什麼。沒人可以拿走屬於你的東西，就算你再也不想要了也不行。」

他的臉脹紅然後哈哈大笑。「算你得一分，諾里斯先生。非常好。」

我再次聳肩。

「我要跟你下個賭注。如果你贏了，你可以帶著錢、女人和自由離開。另一方面，你要是輸了，就會喪失性命。」

我看一眼時鐘。我沒辦法。已經八點十九分了。

「好吧。」我說。還能怎樣？至少，打賭可以爭取點時間，給我時間想出逃離這裡的方法，無論帶不帶走那筆錢。

克萊斯納拿起身旁的電話，撥了一個號碼。

「東尼？計畫二。對。」他掛斷電話。

「計畫二是什麼？」我問。

「十五分鐘內我再打電話給東尼，他會拿走……你後車箱裡的違法東西，再把車開回這裡。假如我沒打電話，他就會聯絡警方。」

「你不是非常信任人，是吧？」

「諾里斯先生，明白點事理吧。我們之間的地毯上有兩萬元的現金。在這個城市裡有人為了二十分錢就犯下謀殺案了。」

「打賭的條件是什麼？」

他一臉真心受到傷害的樣子。「賭博，諾里斯先生，賭博。紳士賭博，俗人才打賭。」

「隨便你怎麼說。」

「非常好。我看見你盯著我的陽台。」

「門上的簾子拆掉了。」

「沒錯，我今天下午拆掉的。我提議的是：你繞著我這棟建築閣樓層下面一點的凸出窗台走一圈。要是你成功地繞行大樓，頭獎就是你的。」

「你瘋了。」

「正好相反。我在這間公寓住的十二年間，向六個不同的人提出這個賭注六次。六個裡頭有三個是職業運動員，跟你一樣——其中一個是聲名狼藉的四分衛，拍的電視廣告比他的傳球進攻還要出名，一個是棒球選手，還有一個是相當有名的賽馬騎師，他的年薪驚人，但同時為驚人的贍養費問題而苦惱。其餘三個是比較普通的市井小民，他們的職業不同，但有兩個共同的特點：對錢的需求，以及一定程度的肉體魅力。」他沉思地抽一口菸接著繼續說：「賭注有五次馬上被拒絕。在另一個場合，被接受了。條件是兩萬元交換服侍我六個月。我贏了。那傢伙才從陽台邊緣往下看一眼就差點昏倒了。」克萊斯納顯得很開心並且一副鄙視人的樣子。「他說那下頭的每樣東西都看起來好小，就這樣他的勇氣頓時全消。」

「你憑什麼認為——」

他惱怒地揮揮手截斷我。「別讓我厭煩，諾里斯先生，我想你終究會做的，因為你別無選擇。一邊是和我賭博，另一邊是在聖昆丁待四十年。錢和我老婆只是附加的刺激，說明了我善良的本性。」

「我有什麼保障你不會跟我耍花招？也許我做了以後發現你打電話給東尼吩咐他不管怎樣都繼續行動。」

他嘆口氣。「諾里斯先生，你真是個活生生的偏執狂病例啊！我不愛我老婆，留她在身邊對我歷史輝煌的自我一點好處也沒有。兩萬元對我來說只是零頭，我每個禮拜都付四倍的價錢給警方的白手套。至於賭博嘛，不管怎樣……」他的眼睛閃爍。「那是無價的。」

我仔細考慮，他沒管我。我想他很清楚真正容易受騙的人總是自我說服。我是個三十六歲的差勁網球選手，俱樂部一直考慮要解僱我，瑪西婭施加了一點輕微的壓力。網球是我唯一懂的職業，沒了網球，就連找份工友的工作都很困難——尤其是我有前科。那是年輕不懂事的行為，不過雇主才不管原因。

另外不可思議的是我真心愛瑪西婭•克萊斯納。我在上了兩堂九點的網球課後就愛上她，她同樣堅定地愛上我。毫無疑問地，這就是史丹•諾里斯的運氣。在過了三十六年快樂的單身生活後，我無法自拔地迷戀上組織巨頭的妻子。

毫無疑問地，坐在那兒抽著進口土耳其菸的老雄貓知道這一切。此外，還有別的。我沒有得到保證如果我接受他的賭博並且贏了，他不會向警方告發我，但是我深知假如我不接受，不到十

點我就會進監獄，下次重獲自由將會是在世紀之交。

「我想知道一件事。」我說。

「什麼事呢，諾里斯先生？」

「正視我的臉，告訴我你是不是個賴帳的人。」

他率直地注視我。「諾里斯先生，」他輕聲說：「我從來不賴帳。」

「很好，」我說。還有什麼別的選擇呢？

他滿臉笑容站了起來。「好極了！真是好極了！諾里斯先生，跟我一起走近通往陽台的門吧。」

我們一起走過去。他的表情是一副夢想過這一幕幾百次的樣子，此時全心全意地享受夢想成為現實。

「窗台是五吋寬，」他神情恍惚地說：「我親自量過。事實上，我站在上面過，當然是緊抓住陽台。你只需要把身體放低爬過鍛鐵欄杆。地板應該會在你胸部的高度。不過，當然囉，欄杆另一邊是沒有把手的。你得慢慢地移動，要非常小心別失去平衡。」

我一眼緊盯住窗外的另一個東西……讓我的血液溫度瞬間降低好幾度的東西，那是個風速計。克萊斯納的公寓相當靠近湖，而且夠高所以沒有更高的大樓可擋風。風應該很冷，猶如刀割般的刺骨。指針相當穩定地指在十，但一陣狂風會讓指針幾乎跳上二十五，持續幾秒鐘後才掉下來。

「啊，我看見你注意到我的風速計，」克萊斯納快活地說：「實際上，恆風是往大樓的另一側颳，所以那一側的風可能稍微強一點。不過其實今晚算相當平靜。我見過風強勁地飆到八十五的夜晚……你真的可以感覺到大樓微微晃動。有點像在船上桅杆的瞭望台裡，而且以一年中的這時節來說今天晚上算是非常暖和。」

他指向外頭，我看見左邊銀行的摩天大樓頂端點亮的數字。顯示為華氏四十四度。可是由於颳著風，風寒指數應該會到二十幾度左右。

「你有外套嗎？」我問。我身上穿的是輕薄的夾克。

「唉，沒有。」銀行上頭亮著的數字轉換成顯示時間。八點三十二分。「我想你最好開始了，諾里斯先生，這樣我才能打給東尼叫他執行計畫三。他是個聽話的孩子，不過常常會衝動行事。你了解吧？」

我了解，確實，太了解了。

不過能和瑪西婭在一起，擺脫克萊斯納的魔爪，還有足夠的錢開創事業的念頭，驅使我推開玻璃拉門，走到陽台上。外面又冷又濕，風吹亂我的頭髮扎進眼睛裡。

「晚安。」克萊斯納在我身後說，不過我沒費事回頭看。我走近欄杆，但沒有往下看，還不到時候。我開始深呼吸。

這實際上根本不是訓練而是一種自我催眠。隨著每一次吸氣吐氣，你拋開心中的雜念，直到只剩下眼前的比賽。我深呼吸一次拋開那筆錢，第二次擺脫克萊斯納本身。瑪西婭花的時間比較久——她的臉龐不斷浮現在我腦海，告訴我別幹蠢事，別陪他玩遊戲，也許克萊斯納從不賴帳，但他總是兩邊下注。我沒聽從，我負擔不起。要是我輸了這場比賽，我不必買啤酒接受人家取笑，我會完全變成深紅色的爛泥往迪克曼街的兩個方向飛濺。

等我覺得我控制住了以後，我往下俯瞰。

大樓如平滑的白堊懸崖傾斜到遠在底下的街道上，停在那兒的車輛看上去好像你可以在廉價商店買到的那些火柴盒汽車模型，那些行經大樓旁的車子只是極微小的光點。如果你墜落那麼深，你肯定有很多時間領悟到發生了什麼事，看著風吹動你的衣服，地球拉你回去的速度越來越快，你會有時間尖叫出很長、很長的吶喊，你撞擊人行道所發出的聲響會像過熟西瓜的聲音。

我可以理解為什麼另一個傢伙臨陣退縮，不過他只需要擔心六個月，我卻得正視四十年漫長、灰暗、沒有瑪西婭的日子。

我仔細審視窗台。看起來很窄小，我從沒見過五吋看起來如此像兩吋。起碼這棟大樓非常新，應該不會在我腳下粉碎。

我希望如此！

我擺盪到欄杆外，小心翼翼地放低身子直到站在窗台上。我的腳後跟露出在深淵之上。陽台的地板大約在胸部的高度，我從裝飾的鍛鐵欄杆間看進克萊斯納的閣樓。他站在門裡，抽著菸，盯著我的眼神就像科學家觀察天竺鼠，想看最近一次注射會帶來什麼反應。

「打電話。」我緊抓著欄杆說。

「什麼？」

「打給東尼。等你打了以後我才動。」

他走回客廳——裡頭看起來溫暖、安全、舒適得不得了——拿起電話。事實上，這是毫無意義的動作。由於風聲，我根本聽不見他在說什麼。他放下話筒走回來。「已經關照過了，諾里斯先生。」

「最好是。」

「再見了，諾里斯先生。我很快會再見到你……可能的話。」

時候到了！談話已結束。我任思緒再想瑪西婭最後一次，她淺棕色的秀髮，灰色的大眼睛，迷人的胴體，然後將她永遠拋諸腦後。也不再往下看，俯視那個空間，太容易癱軟無力了，太容易就那樣呆住直到失去平衡或是害怕得昏倒。這時候該讓視野狹窄，該將全副注意力只集中在左腳、右腳上。

我開始往右邊移動，儘可能抓著陽台的欄杆。沒多久就發覺我需要腳踝上所有打網球練出的肌肉。由於腳跟在邊緣外，那些肌腱將會承受我全身的重量。

我抵達陽台的盡頭，有一會兒我認為自己沒法放開那個安全設施。我強迫自己鬆手。見鬼，五吋是相當寬敞的。假使窗台只離地一呎而不是四百呎，你可以在短短四分鐘內輕快地走完這棟建築一圈，我如此告訴自己，所以就假裝是這樣吧。

對，如果你從離地一呎的窗台跌落，你只會說聲倒楣，然後再試一次。但在這上頭你只有一次機會。

我把右腳滑得更遠一點，接著把左腳拉到右腳旁邊。我放開欄杆，把張開的雙手向上舉，讓手掌靠在公寓大廈粗糙的石頭上。我擁抱石牆，簡直可以親吻它。

一陣狂風襲來，吹得夾克的衣領猛拍打我的臉，我的身體在窗台上搖擺。心臟好像蹦到喉嚨裡，停留在那兒直到風逐漸平息。一陣夠強的疾風將會直接把我從高處吹落，讓我往下飛入夜空中，而另一側的風會比這裡更為強勁。

我轉頭向左邊，把臉頰緊貼在石牆上。克萊斯納在陽台上傾身，看著我。

「玩得開心嗎？」他殷勤地問。

他穿著褐色的駝毛大衣。

「我以為你沒有外套。」我說。

「我騙你的，」他平靜地說：「我說了很多謊。」

「那是什麼意思？」

「沒什麼意思……沒有任何意思，或者也許的確意味著什麼。一點心理戰吧，呃，諾里斯先生？我該告訴你別磨蹭太久，腳踝會累，要是腳站不住……」他從口袋拿出一顆蘋果，咬下去，然後拋過陽台邊緣。有好長一段時間沒有聲響，然後，模糊、可怖的撲通一聲。克萊斯納咯咯笑了。

他分散了我的注意力，我感覺得到驚慌用鋼牙一點一點地啃咬我的理智邊緣，恐懼的急流想要湧入淹沒我。我轉頭不看他然後深呼吸，沖走驚慌。我看著點亮的銀行招牌，現在顯示八點四十六分，該是利用共同基金儲蓄的時候了！

等到亮著的數字顯示八點四十九分，我覺得又控制住自己的情緒。我想克萊斯納必然判定我嚇到僵住，因此當我又開始笨拙地挪向大樓的轉角時，聽見一陣急促的嘲諷掌聲。

我漸漸感受到寒冷，湖磨利了風的刀刃，冷黏的濕氣有如螺旋鑽刺痛我的皮膚，我笨拙地移動時薄夾克在我背後鼓起。無論寒冷與否，我緩緩地挪動。如果我要做這件事，就必須緩慢、慎重地做，要是一急，就會摔下去。

我到達轉角時銀行的鐘顯示八點五十二分。表面上似乎不成問題——窗台徑自繞過去，形成直角——然而我的右手告訴我有側風。倘若側風颳得我往錯誤的方向傾斜，我很快就會下去長程兜風了。

我等待風停，可是等了好久風始終拒絕停歇，幾乎好像它自願當克萊斯納的幫手。它用兇猛、隱形的手指拍打我，並且又撬又戳又輕搔我。最後，一陣特別強勁的狂風吹得我腳尖晃動之後，我明白我可以等上一輩子，風永遠都不會完全減弱。

因此下一次風稍微變弱時，我把右腳繞過去，兩手緊抓住兩邊的牆壁，再轉彎。側風立刻雙向推我，我踉蹌了一下。有一瞬間我毛骨悚然地確定克萊斯納贏了賭博。隨後我再往前滑一步，把身體緊緊貼著牆壁，屏住的呼吸從乾渴的喉嚨逸出。

就在這時突然傳來咂舌聲，幾乎就在我耳邊。

受到驚嚇，我猛然往後抽動，瀕臨平衡的邊緣。我的兩手沒抓住牆壁，瘋狂地快速轉動尋求平衡。我想如果其中一手撞到大樓的石頭牆面，而不是把我送往四十三樓底下的人行道。我就死定了。不過在感覺似乎是永恆的時間之後，引力決定讓我重回牆壁，而不是把我送往四十三樓底下的人行道。

我的呼吸抽噎著從肺部出來發出痛苦的嘯聲，兩條腿好似橡膠一樣，腳踝的肌腱如高壓電線般嗡嗡作響。我從不曾感覺如此臨近死亡，拿著鐮刀的死神近到足以從我的肩膀上窺視。

我扭動脖子，抬頭看，克萊斯納就在那兒，從我上方四呎處的寢室窗戶探出身來。他在微笑，右手拿著一個除夕夜的紙捲笛。

「只是要你保持警覺，」他說。

我沒有浪費口舌，反正我也只能發出低沉沙啞的聲音。我胸口的心臟瘋狂地怦怦直跳。我側身滑行了五、六呎，以防萬一他想要探出身體來狠狠推我一把。然後我停下來閉上眼睛深呼吸，直到我重新恢復鎮定為止。

我現在在大樓的短邊，右邊只有城裡最高的塔聳現在我之上，左邊只有一圈深暗的湖，少許光點飄浮在湖上，狂風怒吼呻吟。

第二個轉角的側風沒那麼棘手，我毫無困難地繞了過去。緊接著卻有個東西咬我。

我倒抽口氣猝然一動。平衡狀態的改變把我給嚇壞，我緊緊地貼住大樓。我又被咬了一次。不……不是咬而是啄。我低下頭看。

有隻鴿子站在窗台上，用一對發亮、憎惡的眼睛向上看。

你習慣了城市裡的鴿子，牠們就跟找不開十元鈔票的計程車司機一樣常見。牠們不喜歡飛，

總是不情願讓路，彷彿憑藉佔地者權利，人行道是屬於牠們的。喔，對，你還常常會在車子的引擎蓋上發現牠們的標幟。不過你從來不太在意。牠們或許偶爾惱人，但牠們在我們的世界是闖入者。

然而現在是我在牠的地盤，而且我幾乎完全無助，牠似乎清楚這一點，再度啄我疲累的右腳踝，一陣鮮明的刺痛傳上我的腿。

「滾，」我對牠咆哮。「滾開。」

鴿子只是再次啄我。我顯而易見地是在牠視為家的地方，這一區的窗台蓋滿了鳥糞，新舊都有。

上方傳來柔和的小鳥唧唧聲。

我儘可能將脖子向後仰往上看。一張鳥嘴撲向我的臉，我差點就後退。要是我退了，可能就成為城裡第一個因鴿子導致的傷亡。那是母鴿，保護在屋頂微微凸出的屋簷下的一窩小鴿子。謝天謝地，牠太遠了所以啄不到我的頭。

牠丈夫又再啄我，這會兒流血了。我能感覺到。我再度開始慢慢移動，希望能嚇得鴿子離開窗台。一點也不。鴿子不怕，起碼，城市鴿子不為所動。假使行駛中的箱型車只能逼得牠們漫步的速度稍微快些，那釘在高處窗台上的人絲毫不能動搖牠們。

我笨手笨腳地向前進時，鴿子往後退，牠發亮的眼睛始終沒離開我的臉，只除了尖銳的鳥喙沉下去啄我腳踝的時候。如今痛楚越來越強烈，那隻鳥在啄裸露的肉……而且就我所知，牠在吃我的肉。

我用右腳踢牠。那一腳踢得軟弱無力，是我唯一禁得起的那種。鴿子僅拍動一下翅膀就回來繼續攻擊。另一方面，我卻差點從側面跌落。

鴿子一而再、再而三地啄我。一陣凜冽的疾風襲擊我，搖得我到達平衡的極限；我的指腹抓著平淡無奇的石牆，我把左臉頰貼靠在牆面上休息，粗重地喘氣。

即使克萊斯納計畫了十年也構想不出更嚴厲的折磨。啄一次不怎麼痛，兩次、三次稍微有點疼，但是在我抵達克萊斯納公寓對面的閣樓的鍛鐵欄杆之前，那該死的鳥肯定啄了我六十次。

搆到那欄杆簡直像到達天堂之門。我的兩手愜意地握著冰冷的立柱，牢牢抓住彷彿永不鬆開。

啄。

鴿子幾乎是自命不凡地用那雙明亮的眼睛向上瞪著我，深信我的無能和牠自己的無懈可擊，讓我想起在大樓另一側克萊斯納引領我到陽台時的表情。

我更加緊握住鐵欄杆，猛然狠狠踢出強勁的一腳，結結實實地踢中鴿子。牠發出完全令我滿足的粗嘎尖叫，振翅升上空中。幾根鴿灰色的羽毛，飄落到窗台，或是在空中如天鵝船似的來回擺盪，緩緩往下消失在黑暗中。

氣喘吁吁地，我爬上陽台癱倒在那裡。儘管寒冷，我仍滿身大汗。我不知道我躺在那裡恢復體力躺了多久。大樓遮蔽了銀行時鐘，我也沒戴錶。

我在肌肉變僵硬前坐起身，輕手輕腳地褪下襪子。右腳踝受傷淌著血，不過看起來僅是皮肉傷。不過，要是我脫離這裡，我還是得去處理傷口。天知道鴿子究竟隨身帶了什麼細菌。我考慮包紮擦破的皮，不過決定算了，綁的繃帶有可能害我絆倒。稍後有足夠的時間，到時我可以買價值兩萬元的繃帶。

我站起來渴望地看著克萊斯納公寓對面沒有燈光的閣樓，空空盪盪的，空無一物，從來沒人住過，厚重的防暴風雨遮板覆蓋在這扇門上。我或許能夠破門而入，但那是主動放棄打賭，到時我輸的可比錢還珍貴。

等我不能再拖延下去，我悄悄地翻過欄杆重回窗台。那隻鴿子，折損了幾根羽毛，停在牠配偶的巢底下，鳥糞積得最厚的地方，兇惡地密切注意我。不過我不認為牠會糾纏我，等牠看見我要離開時就不會了。

挪動腳步非常困難──比離開克萊斯納的陽台要艱難多了。我的理智明白我一定得走，然而我的身體，尤其是腳踝，尖叫著抗議離開如此安全的避風港是件蠢事。但是我仍離開了，瑪西婭的臉在黑暗中激勵我前進。

我到達第二個短邊，繞過轉角，緩慢笨拙地跨越大樓的寬度。由於越來越接近，我有種幾乎難以控制的衝動想要加快，了結一切。但是如果我一急，就會喪命，因此我強迫自己慢慢走。

在第四個轉角側風再次差點害我失足，多虧了運氣而非技巧我避開了。我倚靠著建築，喘口氣。但是我頭一次確信我會達成，我將會贏。我的兩手感覺好像半冷凍的牛排，腳踝疼得好像著火（尤其是鴿子啄過的右腳踝），汗水不停地滴進眼睛，但我知道我會成功。在大樓全長的一半處，溫暖的黃色燈光傾洩到克萊斯納的陽台上。遠處我能看到銀行招牌閃耀著光芒，宛如歡迎歸來的橫幅。此刻是十點四十八分，不過感覺似乎我在這五吋寬的窗台上待了一輩子。

要是克萊斯納想賴帳的話就願上帝保佑他吧！想要趕緊加快的衝動消失了。我幾乎是慢慢磨蹭。等我先用右手抓住陽台的鍛鐵欄杆再放上左手時，已經十一點零九分。我費力爬上去，扭動身體翻過頂端，滿懷感激地癱倒在地板上……忽然察覺一把點四五冷冰冰的鋼製槍口抵住我的太陽穴。

我抬起頭來看見一個醜惡得足以讓大笨鐘的發條裝置突然停住的打手，他咧嘴笑著。

「了不起！」裡頭克萊斯納的聲音說：「諾里斯先生，我要為你鼓掌！」他真的開始拍手。

「東尼，帶他進來！」

東尼把我拖起來讓我站著，動作非常粗魯，使得我脆弱的腳踝差點扭到。走進去時，我搖搖晃晃地撞到陽台門。

克萊斯納站在客廳的壁爐旁，端著一杯金魚缸大小的高腳杯啜飲白蘭地。那筆錢已經放回購物袋裡，仍舊擱在鮮橙色的小地毯中央。

我在客廳另一頭的小鏡子中瞥見自己：頭髮凌亂，面色蒼白只除了臉頰上兩團鮮明的色塊，眼神看起來像瘋子。

我只瞥了一眼，因為下一刻我就飛過房間，撞到巴斯克椅絆了一跤，椅子跌下來壓在我上面，害我喘不過氣來。

等我稍微喘口氣，我坐起身勉強說出：「你這卑鄙的賴帳騙子，你早就計畫好了。」

「我確實計畫好了，」克萊斯納說，小心翼翼地把白蘭地放到壁爐架上。「不過諾里斯先生，我可不是賴帳的騙子，真的不是，只不過是個非常可憐的輸家。東尼在這裡只是為了確保你不會做什麼……有欠考慮的事。」他把手指放在下巴底下微微嗤笑，他看起來不像可憐的輸家，比較像是嘴邊沾著金絲雀羽毛的貓。我起身，忽然覺得比在窗台上時更害怕。

「你動了手腳，」我緩慢地說：「你用某種方法，動了手腳。」

「一點也沒有，你車裡的海洛因已經拿走，車子回到停車場，錢在那邊，你可以拿錢走人。」

「很好。」我說。

東尼站在通往陽台的玻璃門旁，仍然看起來像萬聖節的殘餘，點四五在他手裡。我走過去購物袋邊，撿起袋子，靠著抖動不已的腳踝走向門口，滿心猜測會被當場槍殺。不過當我打開門，我開始和在窗台上拐過第四個轉角時有同樣的感覺：我將會成功。

克萊斯納的聲音，慵懶而愉快的，阻止了我。

「你不是真的認為女廁遁逃的老套騙得過任何人吧，是嗎？」

我緩緩地折回去，臂彎裡抱著購物袋。「你是什麼意思？」

「我告訴過你我從來不賴帳，我絕對不做這種事。諾里斯先生，你贏了三樣東西：錢、自由，和我老婆。你有了前兩樣東西，你可以在郡立停屍間拿到第三樣。」

我目不轉睛地瞪著他，無法動彈，無聲的青天霹靂讓我震驚到僵立當場。

「你不是真的以為我會讓你擁有她吧？」他憐憫地問我。「噢，不。錢，沒問題。你的自由，可以。但是瑪西婭不行。雖然這樣，我還是沒賴帳。在你埋葬她以後——」

我沒走近他，還不到時候，他要留待後面。我走向東尼，他顯得有點驚訝，直到克萊斯納以厭煩的聲音說：「開槍殺了他，拜託。」

我丟出那袋錢。袋子正中他持槍的那隻手，猛烈地撞到他。我在外頭始終沒用到手臂和手腕，那是每個網球選手最強健的部位。他的子彈打進鮮橙色的小地毯，下一秒我就抓住他。

他的臉是他最兇悍的地方。我使勁奪走他手裡的槍，用槍管敲擊他的鼻梁。他非常委靡地哼了一聲倒下，看起來很像朗多・哈頓㉑。

克萊斯納快要走出門外時，我迅速朝他的肩膀上方開了一槍並且說：「停在那裡，否則你就死定了。」

他想了一下停住腳步。當他轉過來時，他那一副見多識廣、厭世的裝腔作勢稍微收斂了。等他看見東尼躺在地板上被自己的血噎住時，態度收斂得更多一些。

㉑朗多・哈頓（Rondo Hatton）：美國演員，在許多好萊塢二流電影中常扮演兇狠的角色。

「她沒死，」他迅速地說：「我總得保留些東西，對吧？」他咧嘴朝我露出令人作嘔的燦爛笑容。

「我是個容易受騙的笨蛋，不過我可沒那麼笨。」我說。我的聲音聽起來毫無生氣，像死了一樣。為什麼不？瑪西婭曾經是我的生命，眼前這個男人卻把她放到停屍台上。

伸出一根微微顫抖的手指，克萊斯納指著滾落在東尼腳邊的錢。「那個，」他說：「那是零頭小錢而已，我可以給你十萬，或者五十萬，或者一百萬，全部放進瑞士銀行的帳戶？如何？還是說——」

「我要和你打個賭。」我慢條斯理地說。

他的視線從槍管移到我的臉上。「打個——」

「打個賭，」我重複一次。「不是賭博，只是簡單的老式打賭，我打賭你沒辦法走在外頭窗台上繞這棟大樓一圈。」

他的臉瞬間刷得死白，有一瞬間我以為他會暈厥。「你……」他低聲說。

「賭注是，」我以死氣沉沉的聲音說：「假如你辦到了，我就放你走。怎樣？」

「不。」他喃喃地說。他的眼睛睜大，目不轉睛地瞪著我。

「好吧，」我說，扣下手槍的扳機。

「不！」他說，伸出兩手。「不！不要！我……好吧。」他舔舔嘴唇。

我以槍示意，他走在我前面到外頭陽台上。「你在發抖，」我告訴他。「那樣會更困難喔。」

「兩百萬，」他說，他無法發出比嘶啞的哀鳴更大的聲音。「兩百萬無記號的現鈔。」

「不，」我說：「一千萬也不成。但是如果你成功了，你就可以獲得自由。我是認真的。」

一分鐘後他站在窗台上。他個頭比我矮，你只能看見他的眼睛露出在邊緣上，睜得大大的寫滿哀求，指節發白的雙手緊抓住有如監獄柵欄的鐵欄杆。

「求求你，」他低聲說：「任何事我都答應你。」

「你在浪費時間，」我說：「腳踝可是會疲乏的。」

可是他不肯移動，直到我把槍口抵住他的前額，然後他開始笨手笨腳地移向右邊，一面呻吟。我抬頭瞄一眼銀行時鐘。十一點二十九分。

我不認為他能成功地走到第一個轉角。他一點也不想挪動，而當他開始動時，他的動作極不平穩，以重心鋌而走險，他的晨衣飄揚在夜色中。

他拐過轉角消失在視線之外的時候是十二點零一分，差不多四十分鐘前。我仔細聆聽側風害他失足時漸趨微弱的尖叫聲，然而並沒有傳來。或許風停了。我確實記得我在外頭時，心裡想過風是站在他那邊的盟友，或者也許他純粹是運氣好。或許他現在到了另一側的陽台上，縮成一團地發抖，害怕再繼續走下去。

不過他八成清楚假如我闖進另一間閣樓逮到他在那裡，我會把他當成狗一樣開槍射殺。而且提到大樓的另一側，我好奇他是否喜歡那隻鴿子。

那是尖叫聲嗎？我不知道，有可能是風聲，那不重要。銀行時鐘顯示十二點四十四分。不久我會闖入另一間公寓查看陽台，不過現在我只是坐在克萊斯納的陽台這兒，手裡拿著東尼的點四五，只是預防萬一他背後晨衣飄揚地繞過最後一個轉角回來。

克萊斯納說他打賭從來不曾賴帳。

不過我可是以賴帳出名的啊！

＊本篇於一九八五年改編拍成電影《貓眼看人》三段中的其中一段。

割草人

往年，哈洛德‧帕克特總是以他的草坪自豪。他擁有一台大型銀色的草坪男孩割草機，以除一次五塊錢的價格請住在街尾的男孩來推。那時哈洛德‧帕克特密切聽著收音機裡的波士頓紅襪隊球賽，一手拿著啤酒，心裡明白上帝在天堂，世界上一切平安，包括他的草坪。然而去年十月中時，命運對哈洛德‧帕克特開了一個惡毒的玩笑。鄰家男孩在當季最後一次除草的時候，凱斯頓麥爾家的狗把史密斯家的貓追到割草機底下。

哈洛德的女兒嘔吐了半夸脫的櫻桃酷愛飲料在新買的背心裙裙兜上，他老婆則在之後作了一個禮拜的噩夢。雖然她是事後才到家，不過她及時看見哈洛德和臉色發青的男孩在清理割草機的刀片。他們的女兒和史密斯太太站在一旁哭泣，不過艾莉西亞抽出足夠的時間把背心裙換成藍色牛仔褲和薄到令人無法接受的針織衫。她在暗戀除草坪的男孩。

聽他老婆在隔壁床上呻吟、囉嗦了一個星期後，哈洛德決定處理掉那台割草機。他認為，反正他不是非常需要割草機。他今年僱用男孩，明年他就僱用男孩再加一台割草機，那麼或許卡拉會停止在睡夢中呻吟，他甚至可能再跟她上床。

因此他把銀色的草坪男孩帶去菲爾的太陽加油站，他和菲爾討價還價了一番。哈洛德離開時帶了一條全新的凱利黑壁輪胎和滿箱的高級汽油，菲爾將銀色草坪男孩放到外頭的加油島上，上頭附一張手寫的待售招牌。

今年，哈洛德只是一味地拖延必不可少的僱人除草。等他終於抽空打電話給去年的男孩，男孩的母親告訴他法蘭克已經去上州立大學了。哈洛德驚訝得猛搖頭，走去冰箱拿啤酒。時光確實飛逝，不是嗎？我的天啊，的確是！

他遲遲沒僱用新的割草男孩，先是五月、再來六月悄悄地過去，紅襪隊繼續停滯在第四名。週末時他坐在後門廊上，悶悶不樂地看著他以前從未見過的年輕小伙子，一個接一個沒完沒了地冒出來，迅速、含糊地打聲招呼後，將他體型豐滿的女兒帶出去本地的露天汽車電影院親熱。而青草以令人驚異的速度茁壯成長。今年夏天非常適合青草生長：三天的陽光接著一天的柔和細雨，簡直像上了發條一樣。

到了七月中，草坪看起來更像是牧場而不像郊區居民的後院，傑克•凱斯頓麥爾開始說各式各樣非常不好笑的玩笑話，大多與乾草和苜蓿的價格有關。而唐•史密斯的四歲女兒珍妮在早餐吃燕麥片或晚餐吃菠菜時，總喜歡躲進草坪裡。

七月下旬的某一天，哈洛德在第七局舒展筋骨時間到外面露台上，看見一隻土撥鼠快活地坐在後頭雜草叢生的小徑上。時候到了，他暗自決定。他迅速關掉收音機，拿起報紙，翻到分類廣告欄。在兼職一欄中間，他發現了這個：割草。價格公道。776-2390

哈洛德撥了那個號碼，預期會有個正在吸塵的家庭主婦向外大聲呼喊她的兒子。然而，一個精神飽滿、專業的聲音說：「田園溫室及戶外服務……有什麼我們可以為您服務的呢？」

慎重地，哈洛德告訴那個聲音田園溫室公司能幫他什麼忙。所以，現在已經發展到這個地步了？割草人開創自己的事業，僱用辦公室助理？他向那個聲音詢問價格，那聲音報給他一個合理的數字。

哈洛德掛上電話，帶著揮之不去的不安感覺回到門廊。他坐下來，打開收音機，視線越過天然草坪的上方，凝望著星期六的雲朵緩緩通過星期六的天空。卡拉和艾莉西亞在他岳母家，房子只有他一人。如果在她們回來前男孩過來把草坪修剪完畢，她們應當會相當驚喜。

他打開一罐啤酒嘆口氣，迪克・德拉戈被擊中一支二壘安打，接著又投了一記觸身球。陣陣微風拂過紗窗圍著的門廊，蟋蟀在長草叢中輕柔地鳴叫。哈洛德嘟囔了幾句刻薄地批評迪克・德拉戈後打起瞌睡。

半個鐘頭後門鈴刺耳的聲音將他驚醒，他打翻了啤酒起身應門。

一個吊帶牛仔褲上沾著青草髒污的男人站在前門台階上，咬著一根牙籤。他身材肥胖，肚子的曲線將褪色的藍色吊帶褲撐到一個地步，讓哈洛德有些懷疑他吞了一顆籃球。

「有什麼事嗎？」哈洛德・帕克特問，仍然睡眼惺忪。

那人咧嘴一笑，將牙籤從一邊嘴角滾到另一邊去，用力拉扯吊帶褲的臀部，然後將前額的綠色棒球帽往上推一點。他的帽簷上有一抹新的機油污漬。他就站在那兒，滿身青草、泥土和機油的味道，咧開嘴對著哈洛德・帕克特微笑。

「田園公司派我來的，老兄，」他快活地說，一面搔抓著褲襠。「你打了電話，對嗎？對吧，老兄？」他繼續沒完沒了地微笑。

「喔，草坪啊。你？」哈洛德傻傻地瞪著。

「對，就是我。」割草的男人對著哈洛德睡得浮腫的臉發出精神抖擻的大笑聲。

哈洛德不由自主地站到一旁，割草人大踏步地走在他前面往走廊盡頭去，穿過客廳和廚房，走到後門廊。這下哈洛德安置好割草人，一切都順利。他以前見過這一類型的人，受僱於衛生局和收費高速公路上的公路維修組，總是趁空靠在鐵鏟上抽鴻運或駱駝牌香菸，盯著你看彷彿他們是社會中堅份子，只要他們想要，隨時可以向你借五塊錢或是和你老婆上床。哈洛德向來有點畏懼像這樣的人；他們總是曬得黝黑，眼睛四周總是密佈網狀的皺紋，而且他們總是清楚該做什麼。

「後草坪非常累人喔，」他告訴那人，下意識地壓低聲音。「正方形，沒有障礙物，不過草長得非常茂盛。」他的聲音顫抖著回到正常的音域，他發覺自己在道歉：「我恐怕放任不管太久了。」

「不費事，老兄，甭緊張，棒棒棒極了。」割草人對他咧嘴笑，眼神裡彷彿帶著成千個旅行推銷員的笑話。「長得越高，越好。表示你那裡的土壤健康，託瑟西㉒的福。我向來這麼說。」

託瑟西的福？

割草人側頭聽收音機。亞澤姆斯基剛三振出局。「紅襪隊迷？我自己是洋基隊的。」他踏著沉重的腳步回到屋內，走下前廳。哈洛德憤憤不平地望著他。

他坐回原位，責難地盯了桌下的那攤啤酒好一會兒，翻倒的酷爾斯罐子在水窪的中央。他想著要到廚房拿拖把，最後決定放著。

不費事。甭緊張。

他打開報紙翻到財經版，以精明的眼光看著收盤股價。身為一名忠誠的共和黨黨員，他認為專欄印刷字背後的華爾街主管至少都是級別較低的半人半神。

（託瑟西的福？？）

——他多次希望他能夠更了解神的話，不是從石碑的底座留傳下來的，而是些非常莫測高深的縮寫，例如：pct.（百分比）、ＫＤＫ，和三．二八上漲三分之二。他有一次審慎地買了三股某家名為中西部野牛漢堡公司的股票，結果這家公司在一九六八年破產了。他損失了全部七十五

㉒瑟西（Circe）：希臘神話中的美麗女巫，曾將奧德賽麾下的士兵變成豬。

美元的投資。現在，他懂了，野牛漢堡是相當有前途的東西，是未來的潮流。他經常和金魚缸的酒保桑尼討論這個，桑尼告訴哈洛德他的問題出在他超前了五年，他應該……

突如其來的吵鬧轟鳴把他從剛陷入的瞌睡中驚醒。

哈洛德嚇得跳起來，撞翻了椅子，慌亂地四處張望。

「那是割草機嗎？」哈洛德·帕克特往廚房問：「我的天啊，那是割草機嗎？」

他飛奔過屋子從前門望出去。那裡只有一台破舊的綠色箱型車，側面漆著田園溫室股份有限公司。轟隆隆的聲音現在到後面去了。哈洛德再度匆忙跑過屋子，衝到後門廊，僵立在那兒。

那景象真是離譜。

像齣荒謬的鬧劇。

胖男人用箱型車載來的那台老舊的紅色動力割草機正在自行運轉，沒人推著；事實上，在割草機附近五呎內完全沒人。割草機極度狂熱地奔跑，撕裂哈洛德·帕克特家後草坪的倒楣青草，宛如直接從地獄來復仇的紅色惡魔。它尖嘯、怒吼，排放出油膩的藍煙，像是機械失控地發狂，嚇得哈洛德感覺想嘔吐，空氣中懸浮著割過熟透青草的氣味，有如酸臭的葡萄酒。

不過割草人才是真正的變態。

割草人脫掉了衣服，一絲不掛，脫下的衣物整齊地疊好，放在後草坪中央空著的鳥浴盆。他身上光溜溜的沾滿青草，跟在割草機後頭五呎左右的地方爬，吃著割下來的草。綠色的汁液順著他的下巴流下來，滴到懸垂的肚子上。每當割草機轉一個彎，他就站起來以古怪的姿勢輕快地跳躍一下，然後再趴臥到地上。

「停！」哈洛德·帕克特大喊。「停下來！」

然而割草人置之不理，他那發出尖銳刺耳聲響的深紅色夥伴也絲毫沒減慢速度。甚至正相反，割草機似乎加快了速度，它呼嘯而過時，帶著缺口的鋼鐵護柵似乎大汗淋漓地對著哈洛德咧開嘴笑。

隨後哈洛德看見一隻鼴鼠。在割草機到來之前，牠肯定是嚇得不知所措，躲在即將遭到殺戮的一排草叢中，牠突然衝過割好的那片草坪，逃向門廊底下的安全地帶，猶如一道驚惶的褐色閃電。

割草機陡地轉向。

發出粗嘎的聲音咆哮，它轟隆隆地壓過鼴鼠，吐出一串毛皮和內臟，讓哈洛德想起史密斯的貓。消滅了鼴鼠後，割草機又匆忙趕回去做主要的工作。

割草人飛快地爬過去，吃草。哈洛德驚駭到四肢動彈不得地站著，股票、債券，和野牛漢堡都忘得一乾二淨。他能確實看到那巨大、下垂的腹部在膨脹。割草人突然轉向把鼴鼠吃掉。

哈洛德・帕克特就在這時彎身探出紗門外，嘔吐到百日草叢中。世界變得灰暗，忽然間他意識到自己正在昏倒，已經昏倒，他向後癱倒在門廊上閉起眼睛……

——

有人在搖他，卡拉在搖他。他還沒洗碗或清垃圾，卡拉一定會非常生氣，不過沒關係，只要她正在喚醒他，帶他離開這個可怕的噩夢，回到正常世界，可愛正常的卡拉，穿著倍樂適居家束腹緊身衣，有一口齙牙——

齙牙，沒錯，但不是卡拉的齙牙。卡拉的齙牙看起來沒有威脅性，像花栗鼠。可是這些牙齒是——

毛茸茸的。

綠色的毛長在齙牙上，看起來簡直像是——

草？

「噢，我的老天啊！」哈洛德說。

「你昏倒了，老兄，對吧，啊？」割草人俯身在他上方，露出長毛的牙齒微笑。他的嘴唇和下巴也毛茸茸的，身上所有部位全都長滿了毛，而且是綠的。院子裡散發著青草、汽油的臭味，突然之間一片寂靜。

哈洛德急忙坐起來，目不轉睛地看著靜止不動的割草機。所有的草都修剪得整整齊齊，而且不需要耙草，哈洛德觀察到這一點覺得噁心。假使割草人遺漏了一根割下來的草葉，他也看不見。他從側面瞟向割草人，畏縮了一下。割草人依舊光著身子、依舊肥胖、依舊教人恐懼，綠色的細流從他嘴角流淌下來。

「這是怎麼回事？」哈洛德哀聲問。

那人和藹地揮動手臂指向草坪。「這個？嗯，這是老闆想要嘗試的新方法。實行的效果相當好。非常好，老兄。我們這是一石二鳥，我們不斷朝向最終階段前進，我們賺錢來開展其他的事業。明白我的意思嗎？當然偶爾我們會遇到不了解的客人——有些人不重視效率，對吧？——不過老闆總是樂意接受祭品。算是幫輪子上油吧，如果你聽明白的話。」

哈洛德沒說半句話。在他心中有個字彙如喪鐘般反覆敲著，那個詞就是「祭品」。在他想像中，他看見那隻鼴鼠從破舊的紅色割草機底下噴出來。

他緩緩起身，彷彿是個癱瘓的老人。「當然，」他說，只能想出艾莉西亞搖滾民謠唱片裡的一句歌詞：「神佑青草」。

割草人猛拍一下顏色如夏天蘋果的大腿。「非常好，老兄。事實上，太好了。我看得出來你明白了正確的真諦。我回辦公室時可以把那句話寫下來嗎？可能會讓我升官喔。」

「當然可以，」哈洛德說，一面朝後門撤退，努力保持漸漸消失的笑容。「你繼續做完。我想我要小睡一下——」

「沒問題，老兄，」割草人說，行動緩慢地站起來。哈洛德注意到他第一根腳趾和第二根之間的裂口異乎尋常的深，幾乎像是他的腳是……嗯，偶蹄。

「每個人一開始都有點震驚，」割草人說：「你會習慣的。」他精明地打量哈洛德肥胖的體型。「事實上，你甚至可能想要自己試一試。老闆向來留心注意新的人才。」

「老闆。」哈洛德虛弱地重複。

割草人在台階底部停頓下來，寬容地抬頭注視哈洛德・帕克特。「嗯，哎呀，老兄，我想你一定猜到了……神佑青草之類的。」

哈洛德謹慎地搖搖頭，割草人大笑起來。

「牧神潘啊！潘是老闆。」他半跳躍，半拖著腳步地走在剛割好的草地上，割草機發出尖銳刺耳的聲音活躍起來，開始在房子四周滾動。

「鄰居——」哈洛德開口，不過割草人只是興高采烈地揮揮手消失了。

割草機在屋子前頭粗嘎地咆哮。哈洛德・帕克特不願去看，彷彿拒絕去看就能否認那幅怪誕的景象，凱斯頓麥爾一家和史密斯一家——兩邊都是討厭的民主黨黨員——八成用受到驚嚇卻無疑地自以為公正的「我早告訴過你」的眼神看得入迷。

沒盯著割草機看，哈洛德走到電話旁，一把拿起電話，撥打貼在話筒上的緊急電話貼紙上的警察局號碼。

「霍爾警佐。」電話另一頭的聲音說。

哈洛德把一根指頭塞進沒聽電話的耳朵裡說：「我叫哈洛德・帕克特。我的地址是安迪科特東街一四二一號。我想要檢……」什麼？他想要檢舉什麼？一個男人正在蹂躪、謀殺我的草坪，他有雙偶蹄的腳，替一個名叫潘的傢伙工作？

「帕克特先生，有什麼事嗎？」

靈機一動。「我想要檢舉一起不雅暴露的案件。」

「不雅暴露。」霍爾警佐重述一遍。

「對。有個男人在除我家的草坪。他，呃，光溜溜的。」

「你是指他光著身體？」霍爾警佐問，委婉地表示懷疑。

「就是光著身體！」哈洛德同意，牢牢抓住他煩躁不安的殘餘理智。「裸體。沒穿衣服。光著屁股。在我家前面的草坪。現在你們到底可不可以派個人過來這裡？」

「地址是安迪科特西街一四二一號？」霍爾警佐糊裡糊塗地問。

「東！」哈洛德大吼。「天哪——」

「你說他百分之百光著身子？你能夠看到他的，呃，生殖器等等？」

哈洛德想要說話卻只能發出咕嚕聲。發狂的割草機聲音似乎越來越響亮，淹沒了宇宙中的一切事物。他覺得自己快要吐了。

「你能不能大聲點？」霍爾警佐呼叫著。「你那一頭的線路非常吵雜——」

前門砰的撞開了。

哈洛德張望四周，看見割草人的機械夥伴通過前門，跟在後頭進來的是割草人自己，仍然完全不著寸縷。精神瀕臨真正錯亂的哈洛德，看見那人濃密的陰毛是綠色的，他正用一根指頭轉動著棒球帽。

「老兄，那是失策啊，」割草人譴責道：「你應該堅持神佑青草的。」

話筒從哈洛德無力的手指掉落，割草機開始向他推進，割過卡拉的新摩和克地毯的絨毛，過來時吐出一大片一大片褐色的纖維。

「喂？喂，帕克特先生——」

哈洛德宛如鳥遇到蛇那般的著迷，目不轉睛地瞪著機器，直到割草機碰到茶几，將茶几推到一旁，並把一支腳切成木屑和碎片，他才爬過椅背，開始朝廚房撤退，順便拖著椅子擋在他前面。

「老兄，那樣做沒什麼用的，」割草人懇切地說：「也容易搞得亂七八糟。喏，如果你告訴我你把最鋒利的切肉刀收在哪裡，我們就可以毫無痛苦地解決祭品的這件麻煩事……我想鳥浴盆應該可以……然後——」

在裸體的男人吸引他的注意力時，割草機狡猾地從側面攻擊他，哈洛德使勁把椅子推向割草機，然後火速衝出門口。割草機轟隆隆地繞過椅子，噴出廢氣，當哈洛德奮力撞開門廊的紗門跳下台階時，他聽見割草機的聲響——聞到，感覺到——割草機緊跟在他後面。

割草機怒吼著衝下頂端的台階，宛如滑雪的人一躍而下。哈洛德全速衝過剛修剪好的後草坪，但是他喝了太多啤酒，睡了太多午覺。他可以察覺到割草機逐漸逼近，緊跟著他，他回頭一看，被自己的腳絆倒。

哈洛德·帕克特眼中最後一樣東西是衝鋒的割草機猶如咧開大嘴的護柵，它往後擺動露出沾滿青草的閃亮葉片，另外還有在割草機上方出現的割草人的肥臉，他搖搖頭一副好脾氣地譴責的模樣。

「真是悲慘的狀況，」拍最後一張照片時古德溫副中隊長說。他對兩名穿白衣的男人點點頭，他們推著籃子橫過草坪。「他在不到兩個小時前才報警說他草坪上有個光身子的傢伙。」

「是嗎？」庫利巡警問。

「是啊。還有一個鄰居也打了電話。一個叫凱斯頓麥爾的傢伙。他認為那是帕克特自己。也許是吧，庫利，也許是。」

「長官？」

「熱瘋了，」古德溫副中隊長認真地說，輕拍自己的太陽穴。「他媽的精神分裂。」

「是的，長官。」庫利恭敬地說。

「他其餘的部位在哪裡？」一名穿白袍的發問。

「鳥浴盆，」古德溫說。他意味深長地仰頭看天空。

「你說鳥浴盆嗎？」白袍的再問。

「我是那麼說的，」古德溫副中隊長承認。庫利巡警注視鳥浴盆，曬黑的膚色突然褪了大半。

「性慾狂，」古德溫副中隊長說：「鐵定是。」

「指紋？」庫利聲音沙啞地問。

「你倒不如問腳印，」古德溫說。他打手勢比向剛割完的青草。

庫利巡警喉頭發出壓抑的怪聲。

古德溫副中隊長把兩手插進口袋，身體晃動將重心移到腳後跟。「世界上，」他嚴肅地說：「充滿了瘋子。庫利，永遠別忘記這一點。精神分裂症患者。鑑識實驗室的小子說有人和一輛割

草機追著帕克特穿過他自己的客廳。你能想像嗎？」

「不能，長官。」庫利說。

古德溫看著外頭哈洛德・帕克特修剪得整整齊齊的草坪。「嗯，就像有人說看到黑髮的瑞典人時，肯定是不同膚色的古挪威人。」

古德溫繞著屋子漫步，庫利跟隨著他。在他們身後，剛割下的青草芳香，令人愉快地飄蕩在空氣中。

＊本篇於一九九二年改編拍成電影《未來終結者》，但由於故事與作者的原著截然不同，基本上只有名字一樣而已，因此作者要求本片不得將他列為原著。

戒菸公司

墨里森等待著困在甘迺迪國際機場上空的交通堵塞中的某個人時，看見酒吧的盡頭有張熟悉的面孔便走了過去。

「吉米？吉米・麥肯？」

是吉米沒錯，比墨里森前一年在亞特蘭大展覽會上遇見他時稍微重了些，不過除此之外他看起來健美得令人刮目相看。大學時代他是個身材瘦削、面色蒼白的癮君子，一張臉埋在超大的角框眼鏡後面。他顯然改戴了隱形眼鏡。

「迪克・墨里森？」

「對。你看起來氣色很棒呢！」他伸出手去，兩人握個手。

「你也是啊，」麥肯說，但墨里森清楚那是謊言。他一直工作過量，吃得過多，並且抽太多菸。「你喝什麼？」

「波本加苦精，」墨里森說。他把兩腳勾在吧檯椅上點燃一根菸。「和人碰面嗎，吉米？」

「不，要去邁阿密開會。重量級的客戶，六百萬美元的案子。我應當要緊緊抓住他的手，因為我們錯失了明年春天的一個大專案。」

「你還在克拉杰和巴頓嗎？」

「現在是執行副總了。」

「了不起！恭喜！這是什麼時候的事？」他努力告訴自己肚子裡的嫉妒小蟲只是胃酸過多消

化不良。他拿出一罐制酸劑的藥丸，放一顆到嘴裡嚼得嘎吱響。

「去年八月。發生一件事改變了我的人生。」他帶著疑問地注視墨里森，啜飲一口酒。「你或許會感興趣。」

我的天哪，墨里森想著，內心畏縮了一下。吉米・麥肯信教了。

「當然。」他說，等他的酒來時大口地吞飲。

「我那時狀態不是非常好，」麥肯說：「和雪倫之間的私人問題，我爸爸心臟病發過世，我開始乾咳。鮑比・克拉杰有天到我辦公室，像父親一樣地跟我稍微聊聊打打氣。你記得他都說些什麼吧？」

「記得。」他在加入摩頓廣告公司之前曾在克拉杰和巴頓工作了十八個月。「快開始工作，否則就滾蛋。」

麥肯哈哈大笑。「你很清楚啊。嗯，雪上加霜的是，醫生告訴我我得了初期的潰瘍。他交代我要戒菸。」麥肯扮個苦臉。「倒不如叫我停止呼吸算了。」

墨里森點頭表示完全理解。不抽菸的人可以沾沾自喜。他厭惡地看著自己的菸然後捻熄，心知不到五分鐘他又會再點一根。

「你戒了嗎？」他問。

「對，我戒了。起先我不認為自己戒得掉——我拚命地逃避，後來我遇到一個人他告訴我在四十六街有間公司，戒菸專家。我估計反正我也不會損失什麼所以就去了，我從那之後就沒再抽過菸。」

墨里森的眼睛睜大。「他們做了什麼？把你塞滿某種藥物嗎？」

「不是。」他掏出皮夾翻找著。「找到了。我就記得我有一張隨便亂放的。」他在兩人間的吧檯上放了一張簡樸的白色名片。

預約治療
東四十六街二三七號
別再讓菸毀了一生！
戒菸公司

「想要的話，留著吧，」麥肯說：「他們會治好你的。保證。」
「用什麼方法？」
「我不能告訴你，」麥肯說。
「啊？為什麼不行？」
「這包括在他們讓你簽訂的合約中。不管怎樣，他們跟你面談時就會告訴你方法了。」
「你簽了合約？」
麥肯點頭。
「所以根據那個——」
「對。」他對墨里森微微一笑，墨里森心想：嗯，事情發生了。吉米‧麥肯加入了沾沾自喜的混蛋陣營。
「要是這家公司這麼棒的話幹嘛神秘兮兮的？我怎麼從來沒在電視、廣告看板、雜誌廣告上看過任何宣傳——」
「他們靠口耳相傳就招攬到他們應付得來的所有客戶了。」

「吉米，你是個廣告人。你不會相信這種事的。」

「我相信，」麥肯說：「他們的治癒率高達百分之九十八。」

「等一下，」墨里森說。他招手示意要另一杯酒後點根菸。「這些傢伙用皮帶把你綁起來逼你抽菸抽到吐嗎？」

「不是。」

「給你某樣東西，所以每次你點菸就不舒服——」

「不是，不是那麼回事。你自己去看看吧。」他指著墨里森的香菸。「你並不是真的喜歡，對吧？」

「是沒錯，不過——」

「戒菸真的改變我很多事，」麥肯說：「我想不是每個人的情況都一樣，但是以我來說那就像是推倒骨牌。我覺得身體比較好，和雪倫的關係改善了。我比較有活力，工作績效也提升。」

「聽著，你引起我的好奇心了，你能不能就——」

「抱歉，迪克，我真的不能多說。」他的口氣堅定。

「你的體重增加了嗎？」

有一剎那他覺得吉米・麥肯的表情近乎猙獰。「對，事實上，是有點過多。不過我又減重了，現在算適中，以前是皮包骨。」

「二〇六號班機在九號登機門開始登機。」擴音機通知。

「輪到我了，」麥肯說著站起來。他扔了一張五元在吧檯上。「喜歡的話，再喝一杯吧。考慮一下我說的，迪克，真的。」說完他就走了，擠過人群走向手扶梯。墨里森拿起名片，沉思地端詳著，然後收進皮夾忘了這回事。

一個月後那張名片從他皮夾掉出來，落在另一個吧檯上。他提早離開辦公室，來這裡喝酒打發下午的時間。在摩頓廣告公司的工作不是非常順利。事實上，是糟糕透了。

他給了亨利一張十元支付酒錢，然後拾起那張小名片再看一次——東四十六街二三七號，只隔了兩個街區。戶外是涼爽、和煦的十月天，也許，就當是為了暗自發笑吧——

等亨利拿給他找回的零錢後，他喝光飲料出去散散步。

戒菸公司位在一棟新大樓裡，那兒辦公空間的月租金大概接近墨里森的年薪。他從大廳的住戶指示牌看來，好像他們辦公室佔據了一整層樓，那意味著金錢，很多很多的錢。

他搭乘電梯上去，出了電梯踩進鋪著豪奢地毯的門廊，從那兒進入布置得很雅致的接待室，有面寬大的窗戶望出去可俯瞰底下疾駛而過的小汽車。三個男人和一個女人坐在靠牆的一排椅子上看著雜誌。他們全都像商務人士。墨里森走到辦公桌旁。

「有個朋友給了我這個，」他說，將那張名片遞給櫃檯接待人員。「我猜想妳會說他是之前的會員。」

她微微一笑把一張空白表格捲進打字機。「您的尊姓大名，先生？」

「理查‧墨里森。」

喀噠–喀喀噠–喀噠，卻是非常柔和的喀噠聲；打字機是ＩＢＭ的。

「您的地址？」

「紐約州克林頓鎮楓樹巷二十九號。」

「已婚？」

「對。」

「小孩?」

「一個。」他想起艾爾文微微皺起眉頭。「一個」是不當的用詞。「半個」或許比較恰當。他兒子智能障礙,住在紐澤西的特殊教育學校。

「墨里森先生,是誰向您推薦我們的?」

「一個老同學。詹姆斯・麥肯。」

「非常好。您可不可以先坐一下?今天非常的忙碌。」

「好的。」

他坐了下來,兩旁分別是那個身穿樸素的藍色套裝的女人,和穿著人字斜紋的西裝外套,留著時髦的鬢角,看起來像經理的年輕人。他拿出一包菸,環顧四周,發覺沒有菸灰缸。

他再度收起那包菸。無所謂。他會看穿這小把戲,然後一離開就點起菸來抽。假如他們讓他等太久,他甚至可能彈些菸灰在他們紫紅色的長絨毛地毯上。他拿起一本《時代雜誌》開始匆匆翻閱。

一刻鐘後他受到召喚,接在藍色套裝的女人後面。他的尼古丁中樞這時相當大聲地喧鬧。一個在他之後進來的男士拿出菸盒,啪的打開,發覺沒有菸灰缸,又收了起來——顯得有點罪惡感的樣子,墨里森心想。這讓他覺得心情愉快些。

最後櫃檯小姐朝他展露溫和親切的笑容說:「直接進去吧,墨里森先生。」

墨里森穿過她辦公桌另一邊的門,發現自己站在間接照明的走廊上。一個體格魁梧的男人頂著看似假的白髮和他握手,殷勤地笑著說:「墨里森先生,請跟我來。」

他帶領墨里森經過許多扇關閉、無標記的門,走到大約走廊的一半時用鑰匙打開其中一扇。

門後是一個簡樸的小房間，四面圍著鑽孔的白色軟木塞牆板。唯一的家具是一張桌子，兩邊各擺了一張椅子。桌子後頭的牆壁上有個看起來像長方形小窗的東西，不過上頭覆蓋著綠色的短簾。墨里森左邊的牆面上有張相片，是個頭髮鐵灰色的高大男人，他手中拿著一張紙。看上去有點面熟。

「我叫維克・唐納提，」那魁偉的男人說：「如果你決定進行我們的計畫，我就會負責你的案子。」

「很高興認識你。」墨里森說。他非常非常渴望來根菸。

「請坐。」

唐納提將櫃檯小姐打的表格放到桌面上，再從桌子抽屜取出另一張表格。他直視著墨里森的眼睛。「你想戒菸嗎？」

墨里森清清喉嚨，交叉起雙腿，努力想個含糊其辭的說法。他想不出來。「是的。」他說。

「你可以在這上面簽個名嗎？」他把表格交給墨里森，他迅速瀏覽了一下。簽名者同意不洩漏方法或技巧或其他，等等之類的。

「當然，」他說，唐納提將筆放入他手中。他潦草地寫下名字，唐納提在其下也簽了名。一會兒後那張紙就收回桌子抽屜裡。好吧，他嘲諷地想，我發誓戒菸了，他以前也發過誓，那次持續了整整兩天。

「很好，」唐納提說：「墨里森先生，我們這裡不花工夫宣傳方法，不管問題是健康、開銷或社交禮貌，我們沒興趣知道你為什麼想戒菸，我們是實用主義者。」

「很好。」墨里森茫然地說。

「我們不採用藥物，也不僱用戴爾・卡內基的人來訓誡你，我們不推薦特別的飲食，而且我們直到你戒菸滿一年為止才收費。」

「我的天啊！」墨里森說。

「麥肯先生沒告訴你嗎？」

「沒有。」

「順便問一下，麥肯先生最近怎樣？過得好嗎？」

「他很好。」

「好極了，非常棒。現在……只有幾個問題，墨里森先生，這些問題有點涉及到個人隱私，不過我向你保證你的答案我們會嚴守秘密的。」

「是嗎？」墨里森不置可否地問。

「你太太叫什麼名字？」

「露辛妲・墨里森，她娘家姓拉姆齊。」

「你愛她嗎？」

墨里森猛然抬起頭來，但唐納提態度溫和地注視著他。「是的，當然。」他說。

「你們曾出過婚姻問題嗎？或許像，分居？」

「這問題跟戒掉抽菸習慣有什麼關係？」墨里森問。他口氣比他想表達的還要更憤怒一些，因為他想要——見鬼的，他需要——一根菸。

「有很大的關係，」唐納提說：「就耐心點吧。」

「沒有。沒有像那樣的問題。」雖然最近兩人關係是有點緊繃。

「你只有一個孩子？」

「對。艾爾文。他在私立學校。」

「是哪所學校？」

「那個，」墨里森毫不妥協地說：「我不打算告訴你。」

「好吧，」唐納提愉快地說，他朝墨里森討好地微微一笑。「明天你第一次治療時再回答所有的問題好了。」

「真好啊。」墨里森說著，站起身。

「最後一個問題，」唐納提說：「你已經超過一個鐘頭沒抽菸了。你感覺怎麼樣？」

「很好啊，」墨里森說謊。「還不錯。」

「真是替你高興啊！」唐納提大聲說。他繞過桌子打開門。「今晚好好享受你的菸吧！明天以後，你就再也不會抽菸了。」

「是真的嗎？」

「墨里森先生，」唐納提嚴肅地說：「我們保證。」

隔天三點他準時坐在戒菸公司的外面辦公室裡。他那天大多時間都在猶豫是要蹺掉櫃檯小姐在他離開時替他安排的約診，還是要帶著執拗的合作態度去赴約——老傢伙，儘管放馬過來吧！到末了，吉米．麥肯說的一句話說服他去赴約——戒菸改變了我整個人生。天知道他自己的人生也需要改變。另外還有他本身的好奇心。在搭電梯上去前，他把一根菸抽到濾嘴處。他心想，假如這是最後一根就太悲慘了。這味道很可怕。

這回在外面辦公室等候的時間比較短。櫃檯小姐叫他進去時，唐納提已經在等著了。他微笑著伸出手來，那笑容在墨里森看來簡直像掠奪性動物。他開始感到有點緊張，因此想來根菸。

「跟我來吧。」唐納提說，領頭走到小房間。他再次坐到桌子後面，墨里森坐另一張椅子。

「我非常高興你來了，」唐納提說：「很多預期的客人在初次會談後就再也沒出現，他們發現他們並不如自己想的那麼想戒掉。很榮幸和你一起合作戒菸。」

「療程從什麼時候開始呢？」催眠，他心想，一定是用催眠術。

「喔，已經開始囉，從我們在走廊上握手後就開始了。你身上帶著香菸嗎，墨里森先生？」

「有。」

「可以請你交給我嗎？」

墨里森聳聳肩，將菸包遞給唐納提。反正，裡頭只剩下兩、三根而已。

唐納提把菸包放在桌面上。然後，笑著正視墨里森的眼睛，他把右手握成拳，開始捶打那包菸，菸被壓扁變形，破碎的菸頭飛出來，菸草屑散落。唐納提拳頭的響聲在封閉的房間內顯得非常響亮。儘管捶擊的力道很猛，他臉上始終維持著笑容，墨里森看得膽戰心寒。他想，這大概正是他們想要造成的效果。

終於唐納提停止敲擊。他撿起那包菸，扭曲殘破的遺骸。「你不會相信這帶給我多大的滿足，」他說著將菸包扔進垃圾桶。「即使在這一行做了三年，仍然讓我覺得很愉快。」

「做為治療法，還有需要改進的地方，」墨里森溫和平靜地說：「在這棟大樓的大廳裡就有書報攤，賣各種品牌的香菸。」

「就像你說的，」唐納提說。他交握雙手。「你兒子，艾爾文・道斯・墨里森，是在派特森殘障兒童專門學校，先天顱腦損傷，測試智商為四十六，不完全歸類在輕度智障的範圍內。你太太——」

「你怎麼查出來的？」墨里森大吼。他既震驚又憤怒。「你他媽的沒有權利四處探聽我的——」

「我們知道你很多事，」唐納提平心靜氣地說：「不過，就像我說過的，全都會嚴格保密。」

「我要出去。」墨里森細聲說。他站了起來。

「再待久一點。」

墨里森仔細地觀察他，唐納提並不生氣。事實上，他看起來有點高興。一副見過這種反應非常多次的表情，或許好幾百次。

「好吧。不過最好有點意思。」

「喔，很有意思。」唐納提身體往後靠。「我告訴過你我們這裡的人是實用主義者。身為實用主義者，我們必須從了解治療菸癮有多困難開始。復發的機率幾乎是百分之八十五，連海洛因成癮的人復發機率都比這還低。這是個驚人的問題，異常驚人！」

墨里森瞄一眼垃圾桶。其中一根菸，雖然變了形，看起來仍然可以抽。唐納提和善地大笑，伸進垃圾桶裡，將那根菸夾在手指間弄斷。

「州立法機構有時候審議監獄系統廢除每週香菸配給的要求，這樣的提案一律失敗，少數幾個通過的案例中，總是發生激烈的監獄暴動。暴動啊，墨里森先生，想像一下。」

「我，」墨里森說：「並不驚訝。」

「但是考慮一下這背後的含意。你把一個人關進牢裡，奪走任何正常的性生活，拿走他的酒，他的政治活動，他的行動自由。沒發生暴動——或者說與監獄數量相比之下非常非常少見的暴動。可是當你奪走他的香菸——砰！乓！」他用拳頭猛力敲擊桌面來強調。

「在第一次世界大戰，德國的大後方沒人能拿到香菸時，德國貴族從排水溝裡撿菸蒂的景象隨處可見。第二次世界大戰期間，許多美國婦女沒法取得香菸時轉抽雪茄。墨里森先生，對真正的實用主義者來說，這是個非常吸引人的問題。」

「我們能不能開始治療呢？」

「馬上，請過來這邊。」唐納提已經起身站在墨里森昨天留意到的綠色簾子旁。唐納提拉開簾子，揭露出矩形的窗戶，可望進一間空無一物的房間。不，並不完全是空的。地板上有隻兔子，正吃著盤子上的顆粒飼料。

「可愛的小兔子。」墨里森評論道。

「的確。注意看著。」唐納提按下窗沿旁邊的按鈕。兔子頓時停止吃草，開始瘋狂地四處亂跳。每次兔腳碰到地板似乎就蹦跳得更高，兔毛朝四面八方如尖釘般豎起，眼神狂亂。

「住手！你快要電死牠了！」

唐納提放開按鈕。「還差得遠呢，地板上有非常低量的電荷。墨里森先生，注意看兔子！」

兔子蹲伏在離飼料盤十呎左右的地方，牠的鼻頭扭動，忽然間跳到角落去。

「如果兔子在吃的時候受到驚嚇的次數夠頻繁，」唐納提說：「牠很快就會把兩件事情聯想在一起：吃飼料會導致疼痛。因此，牠就不再吃飼料。再多電幾次，兔子就會在食物前面活活餓死，這叫做厭惡訓練法。」

墨里森恍然大悟。

「不，謝了。」他邁步走向門。

「請等一下，墨里森先生。」

墨里森沒有停頓。他抓住球形門把，卻感覺門把從手中結實地滑脫。「把門鎖打開。」

「墨里森先生，只要你坐下——」

「打開這道門，否則在你說出萬寶路牛仔這幾個字以前，我就報警抓你了。」

「坐下。」聲音冷酷得有如刨冰。

墨里森盯著唐納提。他的褐色眼眸暗淡，令人恐懼。我的天，墨里森心想，我被鎖在這裡和一個神經病在一起。他舔一舔嘴唇。他比平時任何時候都還想要來根菸。

「讓我更詳細地說明這個療法吧，」唐納提說。

「你不了解，」墨里森假裝很有耐心地說：「我不想治療。我決定不做了。」

「不，墨里森先生。你才是不了解情況的人。你別無選擇。當我告訴你治療已經開始的時候，我說的是不折不扣的事實，我還以為你到現在應該已經明白了。」

「你是瘋子！」墨里森驚訝地說。

「不，只是個實用主義者。讓我向你說明這整個療法吧。」

「沒問題，」墨里森說：「只要你了解我一離開這裡馬上就會去買五包菸，在去警局的路上全部抽光。」他忽然意識到他在啃咬大拇指的指甲，立刻逼自己停住。

「請便。不過我想等你了解整個情況後，你會改變心意的。」

墨里森沒有回應，他再次坐下來把雙手交握。

「治療的第一個月，我們的密探會二十四小時監督你，」唐納提說：「你能夠發現其中一些，不是全部。但他們會一直跟著你，隨時隨地。假如他們看見你抽菸，我就會接到電話。」

「然後我猜想你就會帶我來這裡玩那套兔子的老把戲。」墨里森說。他努力讓口氣聽來冷淡諷刺，不過他突然覺得非常可怕。這是場噩夢。

「噢，不，」唐納提說：「是由你太太來接受兔子把戲，不是你。」

墨里森啞口無言地看著他。

唐納提露出微笑。「你，」他說：「得在旁邊看。」

唐納提放他出來後，墨里森全然不知所措地走了兩個多鐘頭。今天又是晴朗的好天氣，但他根本沒注意到，唐納提微笑的臉龐像怪物似的遮蔽掉所有其他的事物。

「你瞧，」他說：「實用主義的問題需要實用主義的解決方法，你必須明白我們把你的最大利益放在心上。」

根據唐納提的說法，戒菸公司是一種基金會，由牆上照片中的男人所創立的非營利組織。那位紳士經營好幾項家族企業都極為成功，包括吃角子老虎機、按摩院、彩券賭博，以及紐約和土耳其間繁茂的交易（雖然是見不得光的）。莫特「三指」•米內利是個菸癮很大的人，高到一天三包的程度。照片中他拿著的紙張是醫生的診斷書：肺癌。莫特於一九七〇年過世，生前用家族基金捐助了戒菸公司。

「我們試著儘可能達到收支平衡，」唐納提說：「不過我們對幫助同胞更感興趣。當然，這立場是重大的負擔。」

治療法簡單得令人不寒而慄。第一次違反規定，辛蒂會被帶到唐納提稱為「兔子室」的房間。第二次犯錯，墨里森得到懲罰。第三次違反，兩人會一起被帶進來。第四次犯顯示出嚴重的合作問題，需要更嚴厲的措施，將會派一名密探到艾爾文的學校去狠狠揍那男孩。

「想像一下，」唐納提笑著說：「那孩子會覺得多麼恐怖啊！就算有人解釋他也不會了解，他只知道有人傷害他是因為爸爸不乖，他一定會非常害怕。」

「你這混帳，」墨里森無助地說。他覺得眼淚快要掉出來了。「你這個卑鄙、下流的混帳。」

「別誤會了，」唐納提說。他憐憫地微笑。「我確定這件事情不會發生。我們的客戶有四成從來都不需要受到懲戒，只有一成的客人誤入歧途超過三次。這些數字讓人欣慰吧，對不對？」

墨里森絲毫不覺得欣慰，他只感覺到恐怖。

「當然，要是你違反第五次的話——」

「你什麼意思？」

唐納提臉上堆滿笑容。「你和你太太進兔子房，你兒子挨第二次揍，你太太挨揍一回。」

墨里森被逼到超越理性思考的極限，越過桌面撲向唐納提。唐納提看似完全鬆懈卻以驚人的速度行動，他用力把椅子往後一推，兩隻腳抬到桌上踢中墨里森的腹部。墨里森作嘔、咳嗽，搖搖晃晃地向後退。

「坐下，墨里森先生，」唐納提和藹地說：「讓我們像個理性的人好好討論吧。」

等呼吸恢復正常後，墨里森照著唐納提吩咐的去做。噩夢總有一天會結束的，對吧？

唐納提進一步說明，戒菸公司施行的懲罰分成十級。第六、七、八級包含更頻繁地進兔子室（並增加電壓）以及更猛烈的毆打，第九級將是折斷他兒子的手臂。

「那第十級呢？」墨里森問，他的嘴唇乾渴。

唐納提遺憾地搖頭。「到那階段我們就放棄了，墨里森先生。你會歸類為百分之二冥頑不靈的那群人。」

「你們會真的放棄嗎？」

「在某種意義上來說，」他拉開桌子抽屜，取出一把裝了消音器的點四五口徑手槍放到桌面上。他直視著墨里森的眼睛微微一笑。「不過就算是冥頑不靈的百分之二也永遠不再抽菸。我們保證。」

週五夜電影播的是《警網鐵金剛》，辛蒂最喜歡的一部片子，但是在墨里森喃喃自語、坐立不安了一個小時後，她的注意力被打亂了。

「你怎麼了？」她在電視台呼中間問。

「沒事……嗯很重要的事，」他咆哮著說：「我在戒菸。」

她哈哈大笑。「從什麼時候開始的？五分鐘前？」

「從今天下午三點開始。」

「你真的從那時候就沒抽半根菸了？」

「沒，」他說，開始咬拇指指甲。指甲已咬得邊緣參差不齊，直貼到肉。

「那真是太好了！是什麼讓你決定戒掉的？」

「妳，」他說：「還……還有艾爾文。」

她張大眼睛，影片又開始播放時，她也沒注意到。迪克鮮少提及他們智能障礙的兒子。她走過來，看著他右手邊空的菸灰缸，再正視他的眼。「迪克，你真的在努力戒菸嗎？」

「真的。」他在心中補充一句，假如我去報警，一隊本地的流氓打手就會團團圍住重整妳的臉，辛蒂。

「我很高興。就算如果你沒成功，我們兩人都會感謝你有這份心，迪克。」

「噢，我想我會辦到的，」他說，想起唐納提踢他肚子時眼中浮現的暗淡、殺氣騰騰的神色。

當晚他睡得很不安穩，時睡時醒。三點左右他完全清醒過來。他對香菸的渴望簡直像輕度發燒。他下樓到書房去，這間房在房子中央，沒有窗戶。他悄悄打開書桌的上層抽屜，入迷地看著裡面的菸盒。他張望四周舔了舔嘴唇。

唐納提說，第一個月是二十四小時的監督。接下來兩個月一天十八個小時，不過他絕對無法知道是哪十八個鐘頭。到第四個月，這個月是多數客人故態復萌的時期，因此「服務」又回復到一天二十四小時。接著在一年剩下的幾個月中每天十二個小時間斷的監視。在那之後呢？不定期地監視客人終生。

他的終生！

「我們也許會每隔一個月抽查你一次，」唐納提說：「或每隔一天。或者從現在起兩年後持續稽查一個禮拜。重點是，你不會知道。要是你抽菸，就是用灌鉛的骰子賭博。他們在監視嗎？他們現在正帶走我太太，或者派人去找我兒子嗎？很妙吧，是不是？如果你真的偷偷抽了，味道嚐起來肯定糟透了，那滋味會像你兒子的血。」

但是他們現在不可能在監看，深更半夜的，又在他自己家的書房，屋子裡有如墳墓般寂靜。

他注視盒中的香菸將近兩分鐘，無法挪開視線。接著他走到書房門邊，窺探空盪盪的走廊，再回來多看香菸片刻。一幅可怕的景象浮現：他的人生在他前面展開，找不到一根香菸。看在老天的份上，以後在他探討曲線圖和設計圖時，手指間沒有香菸燃燒讓他保持冷靜，他如何能對慎重的客戶做棘手的簡報？沒有菸他如何能忍受辛蒂沒完沒了的園藝展示？甚至早上他要如何起床面對在他喝咖啡看報紙的時候沒有菸可抽的一天？

他咒罵自己陷入這種狀況，他詛咒唐納提，他痛罵最兇的是吉米．麥肯。他怎麼能夠這樣做？那該死的王八蛋明明知道。他的雙手因為渴望抓住判徒吉米．麥肯而顫抖。

鬼鬼祟祟地，他再度環顧書房，把手伸進抽屜拿出一根菸。他輕輕摸著菸，撫弄著菸。那句老的廣告標語是什麼來著？如此圓滑、如此緊實、如此飽滿。再沒有比這更準確的形容了。他把菸放進嘴巴，然後停頓，把頭偏向一邊。

壁櫥是不是傳出極輕微的聲響？隱約的移動？肯定不是。不過——

另一個腦中的影像——那隻兔子在電流的控制下瘋狂地跳來跳去。想到辛蒂在那個房間——

他死命地豎起耳朵聽，沒聽見任何聲響。他告訴自己他只需要走到壁櫥門猛然拉開，但他太過害怕可能發現的東西，於是回到床上，良久無法入眠。

不管他早上感覺多糟，早餐仍十分美味。遲疑了片刻後，他在慣常的一碗玉米片後接著吃炒蛋。辛蒂穿著睡袍下樓來時，他正暴躁地清洗平底鍋。

「理查・墨里森！你打從赫克特還是個自負傻小子㉓的時候就不曾早餐吃蛋了啊！」

墨里森咕噥了一聲。他認為打從赫克特還是個自負傻小子是辛蒂的無聊俗話，和那我就笑著親一頭豬㉔同等的愚蠢。

「你還沒抽菸嗎？」她邊倒柳橙汁邊問。

「沒。」

「你到中午前就會又開始抽了。」她輕描淡寫地宣告。

「妳可真是該死的幫了大忙啊！」他粗聲粗氣地說，突然向她大發雷霆。「妳和其他不抽菸的人，你們全都以為……啊，算了。」

他預期她會生氣，然而她只是好似驚奇地盯著他看。「你真的是認真的啊，」她說：「你真

㉓打從赫克特還是個自負傻小子（Since Hector was a pup）：赫克特是希臘神話中的英雄人物，此句意思為「從很久以前」。

㉔那我就笑著親一頭豬（I should smile and kiss a pig）：通常是在與人打賭的場合，若對方辦得到，自己就甘願受上述懲罰的意思。

心想戒。」

「當然。」妳永遠不會知道多麼嚴重。我但願如此。

「可憐的寶貝，」她說著走到他身邊。「你看起來好像累壞了。不過我覺得非常驕傲。」

墨里森緊緊摟住她。

十月到十一月，理查・墨里森的生活片段：

墨里森和拉金工作室的老朋友一起到傑克丹普西酒吧。老友給他一根菸。墨里森握住玻璃杯的手稍微收緊一些說：我正在戒菸。老友大笑說：我給你一個星期的時間。

墨里森在等早班火車，從《紐約時報》上方注視著一名穿藍色西裝的年輕人。他現在差不多每天早晨都會看見這個年輕人，有的時候是在別的場所。在恩德餐廳，他和客戶在那兒會面。在山姆古迪唱片行看四十五轉的唱片，墨里森正在那裡找尋山姆・庫克的唱片。有一回是在本地高爾夫球場的四人對抗賽中，跟在墨里森的小組後面。

墨里森在派對上喝醉了，想抽根菸——不過還沒醉到真的抽。

墨里森去探望他兒子，帶了一個擠壓時會吱一聲的大球給他，他兒子淌著口水興高采烈地親吻他。不知怎地不像以前那麼讓人排斥，緊緊地擁抱兒子，明白唐納提和他同事早在他之前就憤世嫉俗地領悟到：愛是世上最致命的藥！就讓浪漫主義者去爭辯愛的存在吧，實用主義者接受愛並利用愛。

墨里森一點一點地失去了生理上抽菸的衝動，但從未完全失去心理上的渴望，或是想要含著什麼東西在嘴裡的需要，像是止咳糖、救生圈薄荷糖、牙籤，全部都是無聊至極的替代品。

終於有一天，墨里森困在中城隧道的大塞車中。黑暗、響亮刺耳的喇叭聲，惡臭的空氣、絕望怒吼的車陣。忽然間，他用拇指撥弄著打開置物箱，看見裡頭有一包半打開的菸。他凝視香菸半晌，然後抓起一根用儀表板上的點菸器點火。他不服氣地告訴自己，如果出了什麼事，都是辛蒂的錯，我吩咐過她要丟掉所有該死的香菸的。

猛吸的第一口菸害他劇烈咳嗽把菸給咳出來，第二口讓他的眼睛流淚，第三口使他感覺暈眩、頭昏眼花。他心想，這味道真糟糕。

緊接著的是：我的天啊，我在幹什麼？

他後面的喇叭不耐煩地叭叭響。前方，車陣再度開始移動。他將香菸捻熄在菸灰缸裡，拉下兩扇前窗，打開通風口，然後無助地搧著空氣，好像剛把第一根菸蒂沖到廁所裡的孩子。

他急促地加入車流開回家。

「辛蒂？」他喊道。「我回來了。」

沒有回答。

「辛蒂？寶貝，妳在哪裡？」

電話響了，他撲過去一把抓起。「喂？辛蒂？」

「喂，墨里森先生，」唐納提說。他聽起來精神飽滿、有條不紊，心情愉快的樣子。「看來我們似乎有點麻煩的小狀況要處理啊。五點方便嗎？」

「你們抓了我太太嗎？」

「是的，沒錯。」唐納提縱容地輕聲笑。

「聽著，放了她吧，」墨里森含糊不清地說：「同樣的事不會再發生了。那是不小心犯的，只是個小差錯而已。我只抽了三口，而且看在老天的份上，那味道甚至很糟啊！」

「那真是遺憾。我可以相信你五點會到吧，可以嗎？」

「拜託，」墨里森說，快要哭出來。「拜託——」

他對著斷線的電話說。

下午五點，接待室除了秘書外空無一人，她忽略墨里森青白的臉色和凌亂的外表，對他燦爛地微笑。「唐納提先生？」她朝對講機說：「墨里森先生來訪。」她對墨里森點個頭。「直接進去吧。」

唐納提在無標記的房間外頭等待，旁邊跟著一個身穿印著笑臉的長袖運動衫，帶著一把點三八手槍的男人，他的體格像隻大猩猩。

「聽著，」墨里森對唐納提說：「我們可以想點別的方法，對不對？我可以付你錢，我會——」

「閉嘴。」穿著笑臉運動衫的男人說。

「很高興見到你，」唐納提說：「抱歉，不得不處在對立的情況下。你可以跟我來嗎？我們會儘可能簡短一些。我可以向你保證你太太不會受到傷害……這一次。」

墨里森繃緊身體撲向唐納提。

「得了，得了，」唐納提說，一臉不高興的樣子。「你要是那麼做，這邊這位戎克就會用槍柄揍你，你太太還是得受罰。那到底有什麼好處呢？」

「我希望你在地獄裡腐爛！」他告訴唐納提。

唐納提嘆口氣。「要是每次有人表達類似的意見，我都能拿到五分錢，我就可以退休了。墨里森先生，就當做是個教訓吧！一個浪漫派的人想做件好事失敗了，他們會頒給他一塊獎牌。一個實用派的人成功了，他們會詛咒他下地獄。我們可以走了嗎？」

戎克用手槍示意。

墨里森走在他們前面進入房間。他感到麻木。綠色的小簾子已經拉開。戎克用槍戳他。他想，毒氣室的目擊者肯定就是這種感受吧。

他朝兔子室裡頭看。辛蒂在那兒，困惑不解地四處張望。

「辛蒂！」墨里森痛苦地大喊。「辛蒂，他們——」

「她聽不到你的聲音，也看不見你。」唐納提說：「單向玻璃。好了，我們趕快把事情結束吧。這真的是非常小的差錯。我相信三十秒應該夠了。戎克？」

戎克一手按下按鈕，另一手繼續拿槍堅定地捅著墨里森的背。

那是他一生中最漫長的三十秒。

等懲罰結束，唐納提一手擱在墨里森的肩膀上說：「你想吐嗎？」

「不，」墨里森無力地說。他的前額靠在玻璃上，他的兩腿發軟。「我不想。」他轉身發現戎克已經走了。

「跟我來吧。」唐納提說。

「去哪裡？」墨里森無動於衷地問。

「我想你有些事情得解釋一下，對吧？」

「我要怎麼面對她？我要怎麼告訴她我……我……」

「我想你會很驚訝的。」唐納提說。

房間裡空盪盪的只有一張沙發。辛蒂坐在上頭，無助地啜泣。

「辛蒂？」他輕聲喊。

她抬起頭來，淚水使她的雙眼顯得更大了。「迪克？」她低聲說：「迪克？噢……噢天啊……」他緊抱住她。「兩個男人，」她貼靠在他胸膛上說：「到家裡，起先我以為他們是小偷，後來我以為他們打算強暴我，之後他們用布蒙住我的眼睛把我帶到某個地方，然後……然後……噢好——好可怕——」

「噓，」他說：「噓。」

「可是為什麼呢？」她問，抬起頭來看他。「為什麼他們會——」

「都是因為我，」他說：「我必須告訴妳實情，辛蒂——」

當他說完，他沉默了半晌後說：「我想妳應當很恨我吧，我不會怪妳的。」

他盯著地板，她把他的臉捧在兩手裡轉向她自己的臉。「不，」她說：「我不恨你。」

他訝異得說不出話來凝視著她。

「這很值得，」她說：「上帝保佑這些人，他們把你從牢籠中解放出來。」

「妳真的這麼想嗎？」

「真的，」她說，並且吻他。「現在我們可以回家了嗎？我覺得舒服多了。好多了。」

一星期後的某天晚上電話響起，墨里森認出唐納提的聲音，他說：「你的人搞錯了，我甚至沒有靠近過一根菸。」

「我們知道，我們有最後一件事要討論。你明天下午能過來一趟嗎？」

「是——」

「不，不是什麼嚴重的事，真的是記錄而已。順便說一聲，恭喜你升遷。」

「你怎麼知道的？」

「我們一直在密切注意。」唐納提沒有明確解釋地說完，掛斷電話。

他們進入小房間後，唐納提說：「別那麼緊張，沒有人要咬你，請走過來這邊。」

墨里森看見一個普通的浴室體重計。「聽著，我增加了一點重量，不過——」

「對，我們百分之七十三的客人都增重。請站上去吧。」

墨里森照做了，秤出的體重是一百七十四磅。

「好，可以了，你可以下來了。墨里森先生，你身高多少？」

「五呎十一吋。」

「好，我們來看看。」他從胸前口袋掏出一張用塑膠薄膜包起來的小卡片。「嗯，還不太差。我會開處方給你去買一些嚴重違法的減肥藥，按照服藥指示節制點服用，另外我要把你的最高體重設在……我來瞧瞧……」他再度查閱那張卡片。「一百八十二磅，你覺得怎麼樣？既然今天是十二月一日，我希望你每個月的第一天來量一下體重。來不了的話沒關係，只要事先打個電話。」

「那如果我超過一百八十二會怎麼樣？」

唐納提微笑。「我們會派個人到你家去砍斷你太太的小指頭，」他說：「墨里森先生，你可以從這門離開。祝你今天過得愉快。」

八個月後。

墨里森在丹普西酒吧巧遇拉金工作室的老朋友。墨里森此時已降到辛蒂驕傲地稱之為臨賽體重的一百六十七磅。他一星期健身三次，看起來就像韁繩般精壯結實。相較之下，在拉金的老友看起來就像是貓拖回家的東西那樣邋遢。

老友：天哪，你是怎麼戒掉的？我陷進這該死的菸癮陷得比蒂莉還深。老友露出真正厭惡的表情捻熄香菸喝光威士忌。

墨里森帶著疑問地注視他，然後從皮夾拿出一小張白色的名片，放在兩人中間的吧檯上。你知道嗎？他說，這些人改變了我的人生。

十二個月後：

墨里森收到一張寄來的帳單。帳單上寫著：

戒菸公司
東四十六街二三七號
紐約市，紐約州 10017

療程一次	$2500.00
顧問費（維克多・唐納提）	$2500.00
電費	$ .50
總計（請付此金額）	$5000.50

這些王八蛋！他勃然大怒。他們居然向我收取電費，那是他們用來……來……

就付了吧，她說，然後親吻他。

二十個月後。

相當偶然地，墨里森和他妻子在海倫・海斯劇院遇到了吉米・麥肯，在場的每個人互相介紹。吉米看起來很健康，即使沒有比許久以前他在機場航站那天更好。墨里森從未見過他太太，她容光煥發，就像平凡女孩偶爾在非常、非常開心時會光彩照人那般的漂亮。

她伸出手來，墨里森和她握握手。她的手有些異樣，一直到第二幕中間，他才恍然大悟哪裡不對勁。她的右手缺了小指頭。

*本篇於一九八五改編拍成電影《貓眼看人》三段之一，二〇〇七年寶萊塢亦改編為電影《No Smoking》。

我了解妳的需要

「我了解妳的需要。」

埋首讀社會學課本的伊莉莎白嚇了一跳，抬起頭來，看見一個相當不起眼、身穿草綠色軍裝外套的年輕人。有一瞬間她覺得他看起來挺面熟，彷彿她以前見過他；那感覺近乎似曾相識。一會兒後那感覺消失。他身高和她差不多，瘦巴巴的，而且……神經緊張，正是這個詞。他沒有動，但似乎皮膚底下在抽搐，只是看不見。他的黑髮蓬亂，戴著厚厚的角框眼鏡放大了他深褐色的眼睛，鏡片看起來很骯髒。不，她非常確定以前從未見過他。

「你知道，」她說：「我很懷疑。」

「妳需要兩球的草莓冰淇淋甜筒。對吧？」

她對他眨眨眼，坦白說吃了一驚。在她內心深處確實想著要休息一下去吃個冰淇淋。她正在學生活動中心三樓的單人閱覽座唸書準備期末考，不幸的是仍然有很長的路要走。

「對吧？」他追問，然後微微笑了。笑容使他過分稜角分明、近乎醜陋的臉龐變得奇妙地吸引人。她突然想到「可愛」這個字眼，這不是用來形容男孩子的好詞，但是當他笑的時候這個詞很適合。她還來不及將笑容擋在嘴唇後就對他回以微笑。這可不是她需要的，浪費時間打發挑上一年中最糟糕的時機來給人留下印象的怪胎。她還有十六章的《社會學概論》要唸呢！

「不，謝了。」她說。

「別這樣嘛，妳要是再埋頭苦讀會搞得頭都痛起來的。妳已經連續兩個小時沒休息地唸書了。」

「你怎麼會知道？」

「我一直看著妳啊，」他馬上說，但這回他頑童似的笑顏對她不起作用。她已經頭痛了。

「呃，你可以停了，」她說，語氣比預期得還要更尖銳。「我不喜歡人家盯著我看。」

「對不起。」她有點替他感到難過，就像她有時會為流浪狗難過一樣。他看來好像飄浮在草綠色的軍裝外套裡而且……對了，他的襪子配錯了，一隻黑色，一隻棕色。她覺得自己又準備笑了，連忙控制住。

「我有期末考啊，」她輕聲說。

「當然，」他說：「好吧。」

她沉思地注視他半晌。然後低下視線回到書本上，然而這次偶遇後像仍殘留著：兩球的草莓冰淇淋甜筒。

等她回到宿舍時是晚上十一點十五分，艾莉絲四肢伸開躺在床上，一面聽著尼爾・戴蒙，一面看《O孃的故事》㉕。

「我不知道他們在英文史十七的課上指定那本書當作業呢，」伊莉莎白說。

艾莉絲坐起來。「親愛的，增廣我的眼界，展開我知識的雙翼，提升我的……莉茲？」

「唔？」

「妳聽見我說的嗎？」

「沒有，對不起，我——」

㉕《O孃的故事》（The Story of O）：一九五四年出版的情色小說。

「小妞，妳看起來好像有人敲了妳的頭一下。」

「我今天晚上碰到一個傢伙，有點奇怪的人，就這樣而已。」

「哦？他肯定是個了不起的傢伙，居然能拆散優秀的羅根和她心愛的教科書。」

「他叫小愛德華・傑克遜・漢納，可沒有比較小。個子矮矮的，很瘦，看起來好像最近一次洗頭髮是在華盛頓的生日左右。噢，還有襪子配錯了，一隻黑，一隻棕。」

「我沒想到妳那麼博愛。」

「不是那回事啦，艾莉絲。我在活動中心三樓唸書，就是智庫閱覽室那裡，他邀請我到樓下葛蘭德去吃冰淇淋甜筒。我跟他說不要，他就悄悄走掉了。不過他一讓我開始想冰淇淋，我就停不了。所以我決定放棄繼續看書，休息一下，結果他就在那兒，兩隻手各拿了一大支滴滴答答的兩球草莓冰淇淋甜筒。」

「我抖著聽結局。」

伊莉莎白哼了一聲。「嗯，我真的沒辦法拒絕。所以他坐了下來，原來他去年上過布倫納教授的社會學。」

「奇蹟層出不窮啊，上帝大發慈悲，從豐饒樂土到耶穌誕生——」

「聽好，這真的非常令人驚訝。妳很清楚我那堂課上得多麼辛苦吧？」

「是，妳幾乎連睡覺都在談那堂課的事。」

「我平均分數是七十八分。我得拿到八十才能保住獎學金，那表示我期末考最起碼需要拿八十四分。嗯，這個愛德・漢納說布倫納幾乎每年都出同樣的期末考題，而愛德記得清清楚楚。」

「妳的意思是他有那個什麼……過目不忘的記憶力？」

「對，看看這個。」她打開她的社會學課本拿出三張寫滿字的筆記本紙。

艾莉絲接過來。「這看起來像單選題。」

「是啊，愛德說這是布倫納去年的期末考題，一字不差。」

艾莉絲斷然地說：「我不相信。」

「可是裡面涵蓋了所有的資料！」

「還是不相信。」她把紙張還回去。「只不過因為這個怪胚——」

「他才不是怪胚。別那樣叫他。」

「好吧。這小個子的傢伙沒有騙妳只記這份資料，完全不用唸書吧，有嗎？」

「當然沒有，」她不自在地說。

「就算這份像考卷，妳覺得這是完全合乎道德的嗎？」

憤怒突然襲來，並且在她控制住之前就衝口而出。「當然囉，妳很棒。每學期都上院長榮譽榜，而且妳爸媽幫妳付學費。妳不……嘿，抱歉。我沒有理由責怪妳。」

艾莉絲聳聳肩，再度打開《O孃的故事》，她的表情謹慎地保持平淡。「不，妳說得對。不關我的事。不過妳何不也唸課本呢……為了保險起見？」

「我當然會這麼做。」

然而她主要還是唸小愛德華・傑克遜・漢納提供的考試筆記。

考試結束後她走出階梯教室，他坐在穿堂，罩著那件草綠色的軍用外套。他遲疑地對她微笑站了起來。「考得怎樣？」

一時衝動，她親了一下他的臉頰。她不記得有過如此欣喜的解脫感覺。「我想我可以拿到高分。」

「真的嗎？那太棒了。想吃漢堡嗎？」

「好啊，來吃一個。」她心不在焉地說。她的心思仍在考試上頭，那正是愛德給她的考題，幾乎一字不差，所以她順利通過了。

吃漢堡時，她問他他自己的期末考考得如何。

「我沒有期末考。我修的是榮譽課程，除非自己想要考試否則不需要。我的成績還好，所以我沒參加考試。」

「那你怎麼還在這裡？」

「我得看看妳考得怎樣啊，不是嗎？」

「愛德，你不需要。你很體貼，不過——」他眼神中赤裸裸的情感令她感到困擾。她以前見過這樣的神情，她是個漂亮的女孩。

「不，」他柔聲說：「不，我需要。」

「愛德，我很感激你，我想你挽救了我的獎學金，我真的這麼認為。但是你要知道，我有男朋友了。」

「認真的嗎？」他問，勉強努力裝出輕鬆的口吻。

「非常認真，」她說，配合他的語調。「快要訂婚了。」

「他曉得他是個幸運的男人嗎？他明白自己有多麼幸運嗎？」

「我也很幸運。」她說，想到了東尼・隆巴德。

「貝絲。」他突然說。

「什麼？」她問，嚇了一跳。

「沒人這樣叫妳，對吧？」

「什麼……沒、沒有，他們沒這樣叫過。」

「就連這個男人也沒有？」

「沒——」東尼叫她莉茲。有的時候叫莉琪，那個甚至更令她不滿。

他傾身向前。「不過貝絲是妳最喜歡的，對不對？」

她大笑以掩飾她的困惑。「不管哪一個都無——」

「沒關係，」他咧嘴露出頑童的笑容。「我會叫妳貝絲，那樣比較好。現在吃漢堡吧。」

不久她的大三學年結束，她向艾莉絲道別。她們之間的關係有點緊繃，伊莉莎白覺得很抱歉。她想這都是她自己的錯；社會學期末考成績公佈時她歡呼得有點太大聲了。她拿到九十七分，系上最高分。

反正，她在機場等廣播呼叫她的班機時告訴自己，那麼做不會比她在三樓單人閱覽座聽天由命地死背要來得更不道德。填鴨式的背誦根本不是真正的唸書，只是死記硬背，一等考試結束就逐漸消失化為烏有。

她用手指撫摸從手提包凸出的信封。她大四的獎助貸款通知單——兩千元。今年夏天她和東尼將在緬因州的布斯貝一起打工，在那裡所賺的錢將會讓她達成目標。多虧了愛德・漢納，這將是個美好的暑假。一帆風順。

然而那卻是她一生中最悲慘的夏天。

六月份多雨，汽油短缺使得旅遊業蕭條，她在布斯貝旅館的小費欠佳。更糟的是，東尼在結婚的議題上不斷地催逼她。他說，他可以在校內或靠近校園的地方找工作，再加上她的助學基金，她可以很成功地拿到學位。她意外地發現這計畫讓她感到害怕而不是高興。

有什麼不對勁！

她不清楚是什麼，不過好像缺少了某種東西，情況失常、不順遂。七月下旬有天晚上，她突然在公寓裡歇斯底里地哭泣把她自己給嚇到了。唯一值得慶幸的是她室友，名叫珊德拉·艾克曼的羞怯、嬌小的女孩，出去約會了。

噩夢在八月初降臨，她夢到自己躺在敞開的墓穴底部，動彈不得，雨從灰白的天空落到她朝上的臉龐，然後東尼俯身站在她上面，戴著黃色的耐衝擊工地安全帽。

「莉茲，嫁給我吧，」他說，面無表情地低頭看著她。「嫁給我，要不然就承擔後果。」

她想要說話，答應；只要他帶她離開這可怕的泥坑，她什麼都願意。可是她完全無法動彈。

「好吧，」他說：「那就是妳要承擔後果了。」

他走開。她掙扎著想擺脫癱瘓的狀態，卻沒辦法。

沒多久她聽見推土機的聲音。

一會兒後她看見了，一架高大黃色怪物的鋼鏟前面推著一堆潮濕的泥土，東尼冷酷無情的臉從打開的駕駛室往下看。

他打算活埋她。

受困在無法行動、不能說話的身軀裡，她只能嚇呆得眼睜睜看著，土流開始從洞的側面往下流。

一個熟悉的聲音大喊：「滾開！馬上離開她！滾！」

東尼跌跌撞撞地爬下推土機拔腿就跑。

她頓時如釋重負，如果辦得到她會痛哭出來。接著她的救星出現了，站在敞開墓穴的尾端有

如教堂司事——是愛德・漢納，飄浮在他草綠色的軍裝外套裡，頭髮亂七八糟的，角框眼鏡滑落到鼻尖的小小隆起。他向她伸出手。

「起來吧，」他溫柔地說：「我了解妳的需要。起來，貝絲。」

接著她能起身了。她鬆了一口氣地啜泣，想要謝謝他，她的話一句緊接著一句地突然湧出。愛德僅是溫柔微笑著點點頭。她牽著他的手低頭注意看她的落腳處。當她再度抬起頭來看時，她牽著的是一隻淌著口水的巨大灰狼的腳掌，牠的一雙紅眼有如玻璃油燈，粗大、尖銳的牙齒張開欲咬。

她頓時驚醒挺直地坐在床上，睡衣給汗水浸得濕透，她的身體無法克制地顫抖。即使沖過熱水澡喝了杯牛奶，她仍然沒法適應黑暗。她把燈開著入睡。

一星期後東尼死了。

她穿著睡袍打開門，預期會看到東尼，然而門外卻是丹尼・基墨，和東尼一起工作的同伴。丹尼是個有趣的傢伙，她跟東尼曾與他和他女朋友一起約會過幾次。但是站在她二樓公寓的門口，丹尼看起來不僅嚴肅而且一副生病的樣子。

「丹尼？」她說：「怎麼——」

「莉茲，」他說：「莉茲，妳得挺住。妳……啊，天哪！」他用指節粗大、骯髒的手猛敲門框，她看見他在流淚。

「丹尼，是東尼嗎？出了……」

「東尼死了，」丹尼說：「他——」然而他是對著空氣說話。她已經昏厥過去。

接下來的那個禮拜如在夢中度過。事情經過由令人悲痛的簡短新聞報導和丹尼在港口旅館邊喝啤酒邊告訴她的內容拼湊起來。

他們在十六號公路修理排水涵洞。一段道路被挖開，東尼揮著旗子指揮交通。一個開紅色飛雅特的小伙子從斜坡下來，東尼向他揮旗，但那小伙子甚至不曾減速。東尼當時站在自動傾卸卡車旁邊，沒有空間可以往後跳。開飛雅特的小子頭部裂傷、手臂骨折，他情緒失控但神智完全清醒。警方發現他的煞車油管有幾個破洞，彷彿是過熱後熔穿。他的駕駛紀錄良好，他只不過是煞不住。東尼成為那場汽車事故中極為罕見的無違法車禍的受害者。

她的震驚和沮喪由於內疚而加深，命運從她手中奪走該如何應對東尼的決定權。她令人厭惡的私心裡有些高興事情變成如此，因為她不想嫁給東尼……從作噩夢的那晚以後就不想了。

她回家的前一天崩潰了。

她獨自坐在露出地面的岩石上，大約一個鐘頭後眼淚掉下來，淚水來得猛烈讓她吃了一驚。她一直哭到胃痛頭疼，哭過後她沒有覺得舒服一點，但至少眼淚乾了全身放空。

就在此時愛德・漢納出聲：「貝絲？」

她猛地轉過身去，滿嘴都是恐懼的銅腥味，以為會看到夢中怒吼的狼。不過就只是愛德・漢納，看起來曬黑了，而且沒穿軍裝外套和藍色牛仔褲奇妙地顯得毫無防備。他穿著紅色短褲，長度剛好蓋過瘦骨嶙峋的膝蓋，白色的T恤在他單薄的胸膛上鼓起，有如海風中鬆開的船帆，腳下則踩著一雙橡膠的人字拖。他沒有微笑，強烈的陽光在他的眼鏡上閃耀，因此很難看到他的眼睛。

「愛德？」她遲疑地呼喚，一半確信這是悲傷導致的幻覺。「真的是——」

「是的，是我。」

「你怎麼——」

「我在史高希根的雷克伍德劇院打工。偶然遇到妳室友……艾莉絲，她是叫這個名字吧？」

「沒錯。」

「她告訴我發生了什麼事，我就馬上過來了。可憐的貝絲。」他動了一下頭，只有一度左右，但是刺眼的陽光從他的眼鏡滑落，她沒看到如狼般、掠奪成性的眼神，只看見平靜、誠摯的同情。

她又開始哭泣，意想不到的力道使她的身軀搖晃。他擁抱住她，感覺一切好轉起來。

他們到華特維爾的「沉默女人」吃晚餐，離此地二十五哩；或許這正是她所需要的距離。他們開愛德的車子去，新的科爾維特跑車，而且他駕駛得很好，並沒有如她猜想的，炫耀或小題大作。她不想講話，也不想要人安慰。他似乎明白，只播放收音機裡的輕柔音樂。

他沒有徵求她的意見就自行點了餐：海鮮。她原以為自己不餓，但是當食物端上來時，她立刻狼吞虎嚥地吃了起來。

等她再抬起頭時，餐盤已經掃空，她神經質地大笑。愛德抽著菸盯著她看。

「傷心的少女竟然大吃了一頓，」她說：「你一定覺得我這人糟透了。」

「不，」他說：「妳經歷了很多事情，需要恢復體力。這就像是生了病，不是嗎？」

「對，就像那樣。」

他越過桌面牽住她的手，緊握了一下，然後放開。「不過現在是康復期，貝絲。」

「是嗎？真的嗎？」

「是的，」他說：「所以告訴我，妳有什麼計畫？」

「我明天要回家。在那之後，我還不知道。」

「妳會回學校吧？會嗎？」

「我就是不曉得。在這件意外之後，上學似乎變得非常……無關緊要，很多目標似乎都消失了，所有的樂趣也不見了。」

「這些會再回來的，妳現在很難相信，不過那是真的。花六個禮拜試試看，反正妳沒有更合適的事情要做吧。」最後一句似乎是問句。

「是沒錯啦，我想。可是……我能抽根菸嗎？」

「當然。不過，是薄荷菸喔。抱歉。」

她拿了一根。「你怎麼知道我不喜歡薄荷香菸？」

他聳了下肩。「妳看起來就不像喜歡那種菸的樣子，我猜的。」

她微微一笑。「你這人很不可思議，你知道嗎？」

他不置可否地笑笑。

「不，我是說真的。在所有人當中偏偏是你出現……我以為我不想見任何人。不過我真的很高興見到的是你，愛德。」

「有時候跟和妳沒什麼關聯的人在一起比較好。」

「我想，就是這樣。」她停頓一下。「愛德，除了是我的神仙教父之外，你是誰？你到底是誰？」忽然間她覺得這點很重要，她必須知道。

他聳聳肩。「不是什麼重要人物，只是妳所看到抱著一堆書在校園裡慢慢晃來晃去、長相滑稽的男生裡面的其中一個——」

「愛德，你長得並不滑稽。」

「我當然是，」他說著微微笑了。「從來沒有因為長大擺脫掉高中時期的青春痘，從來沒有重要的兄弟會爭取我入會，在社交場合中也從來沒引人注目過。就只是一個躲在宿舍唸書成績很好的無名小子罷了。明年春天大公司將在校園裡舉行面試，我大概會和其中一家簽約，愛德・漢納就會永遠消失了。」

「那會是非常遺憾的事。」她柔聲說。

他微微一笑，那笑容非常奇怪，近乎尖刻。

「那你的家人呢？」她問：「你住哪裡？喜歡做些什麼——」

「下次吧，」他說：「我想該送妳回去了。明天妳還要搭長程飛機呢，還有很多麻煩事。」

那天晚上是自從東尼過世以來她頭一回感到放鬆，不再覺得好像核心發條的某處被扭緊，緊到瀕臨斷裂的極點。她以為可以輕易入眠，然而並沒有。

有些小疑問不斷困擾著她。

艾莉絲告訴我……可憐的貝絲。

可是艾莉絲在基特里過暑假，那兒離史高希根八十哩，她一定是去雷克伍德看戲。

那輛科爾維特跑車是今年的新款，非常昂貴，在雷克伍德劇院後台工作是支付不起的。他的父母親很有錢嗎？

他點的餐正是她自己應該會點的菜。也許是菜單上唯一她會吃到發現自己很餓的餐點。

薄荷菸，他吻她道晚安的方式，完全就是她希望被親吻的方式。還有——

明天妳還要搭長程飛機。

他知道她要回家是因為她告訴過他，但是他怎麼會知道她是要搭飛機回去？或者怎麼知道是長途旅行呢？

這些問題令她煩惱，她煩惱的原因是她快要愛上愛德・漢納了。

我了解妳的需要。

有如潛水艇船長從深處緩慢有規律地響起的聲音，這句他向她打招呼的話一路伴隨她入睡。

他並沒有到奧古斯塔小機場來為她送行，她在等候飛機時，對自己的失望感到意外。她思考著一個人居然能如此悄悄地變得依賴另一個人，簡直像是成癮的毒蟲。那種染上毒癮的人欺騙自己可以吸也能戒，但實際上——

「伊莉莎白・羅根，」擴音機高聲呼喊。「請拿起白色的免費電話。」

她匆匆忙忙奔去接電話。愛德的聲音說：「貝絲？」

「愛德！聽到你的聲音真好。我還以為你可能……」

「我會去送妳？」他大笑。「妳不需要我去啦，妳是個堅強又美麗的大女孩，妳應付得來的。我會在學校見到妳嗎？」

「我……嗯，我想會吧。」

「很好。」兩人間有片刻的沉默。然後他說：「因為我愛妳。從我第一次見到妳就一直愛著妳。」

她的舌頭不靈活，說不出話來，上千個思緒在她腦袋裡飛速地旋轉。

他再度笑了，溫柔地。「不，什麼都別說。現在別說。我會再見到妳的，到時會有時間，充裕的時間。一路順風，貝絲。再見。」

說完他掛掉電話，留下她手裡握著的白色電話，腦袋裡轉著混亂的思緒和疑問。

九月。

伊莉莎白重拾以前學校和上課的生活模式，宛如編織被打斷的婦女。當然，她再度和艾莉絲同寢室；打從大一時宿舍管理部門的電腦將她們湊在一起後，她們就一直是室友。儘管興趣和個性不同，她們向來相處融洽。艾莉絲勤勉用功，主修化學，平均成績三點六。伊莉莎白比較好交際，沒那麼愛讀書，主修分別為教育和數學。

她們依舊處得很好，但是在暑假期間兩人之間似乎出現了微微的冷淡。伊莉莎白把原因歸咎於雙方對社會學期末考試的意見不合，因此沒有提起。

夏天發生的事件開始感覺像是夢一場。不可思議的是，有時候感覺好像東尼或許是她在高中認識的一個男孩。想起他仍然會心痛，她避免和艾莉絲談到這個話題，不過那痛是舊瘀傷的隱隱抽痛，而不是裸露的傷口那種明顯的疼痛。

更讓她苦惱的是愛德・漢納沒打電話來。

一星期過去，接著兩星期，之後到了十月。她從活動中心拿了一份學生通訊錄，查找他的名字。通訊錄毫無幫助；他的姓名後面只有「米爾街」幾個字。而米爾實在是條很長的街。因此她只能等待，有人約她出去——這是常有的事——她都拒絕。艾莉絲懷疑地挑起眉毛但沒說話；她被活埋在六個星期的生物化學專題報告裡，因此晚上大多待在圖書館。由於通常是她先下課回來，伊莉莎白注意到她室友的郵箱裡一星期會收到一、兩次白色的長信封，不過她並沒有多想。私家偵探社十分慎重，信封上沒有印寄件人地址。

對講機響起時，艾莉絲正在讀書。「莉茲，妳接吧。反正八成是找妳的。」

伊莉莎白走去接對講機。「喂？」

「莉茲，有位男士訪客在門口。」

噢，天哪。

「哪一位？」她問，有幾分不高興，匆匆翻找她那堆爛藉口。偏頭痛吧。她這禮拜還沒用過這一個。

服務台的小姐說，一副好笑的樣子。「他的名字是小愛德華・傑克遜・漢納可沒有比較小。」她的聲音突然壓低。「他的兩隻襪子不一樣。」

伊莉莎白的手迅速揪住睡袍的衣領。「噢，天啊！告訴他我馬上下去，不，跟他說一下下就好。不，等一會兒，好嗎？」

「沒問題，」那聲音曖昧地說：「別失控啊！」

伊莉莎白從衣櫃拿出一條寬鬆長褲，又拿出牛仔短裙，然後摸到頭髮上的捲子呻吟了一聲，開始把髮捲扯下來。

艾莉絲平靜地旁觀這一切，不發一語，然而伊莉莎白離開後她若有所思地注視門口良久。

他看上去跟以往完全一樣，沒有絲毫改變：依舊穿著草綠色的軍裝外套，衣服仍然看起來至少大上兩個尺碼。角框眼鏡的一支腳用電工膠帶修補過。牛仔褲看起來又新又硬，和東尼毫不費力就辦到的柔軟、褪色的「時髦」造型差得十萬八千里。另外他腳上穿著一隻綠的、一隻褐色的襪子。

那一刻她明白了，她愛他。

「你之前為什麼都沒打電話來？」她問，邊走向他。

他把兩手插在外套口袋裡害羞地咧嘴笑。「我想應該給妳一點時間跟別人約約會，認識一些男孩子，想清楚妳要的是什麼。」

「我想我知道了。」

「很好。那妳想去看場電影嗎？」

「都可以啊，」她說：「什麼東西都好。」

隨著日子一天天過去，她突然想到她從未遇到一個人，無論男女，似乎如此徹底或如此不需言語地，了解她的心情和需要。他們的偏好一致。東尼喜歡《教父》之類的暴力電影，愛德似乎比較喜歡喜劇或非暴力的劇情片。有天晚上她情緒低落，他帶她去看馬戲團表演，他們度過爆笑不已的美好時光。讀書約會就真的是讀書約會，而不只是在活動中心三樓愛撫的藉口。他帶她去跳舞，似乎尤其擅長老舞步，那是她所熱愛的。他們在返校懷舊舞會上贏得了五〇年代搖擺步的獎杯。更重要的是，他似乎了解她想要激情的時機。他沒有強迫她或催促她；她從來不會有和其他男孩出去約會時的感覺，好像有個隱含的做愛時間表，以第一次約會的晚安吻為開始，以第十次約會在向某個朋友借來的公寓裡共度一晚為結束。米爾街的公寓是愛德專屬的、位在三樓的無電梯公寓，他們經常去那兒，伊莉莎白去的時候不會感覺好像走進某個平庸唐璜的激情窩。他不逼迫她。他真的似乎想要她所要的，並且是在她想要的時候。之後兩人關係有了進展。

放假後再回到學校時，艾莉絲顯得異常的心事重重。那天下午愛德來接她出去吃晚餐前，好幾次伊莉莎白抬起頭來，看見她室友低頭對著桌上一個大的牛皮紙信封皺眉。伊莉莎白一度差點開口問，但決定還是不要。大概是某個新的專題報告。

愛德送她回宿舍時雪下得很大。

「明天？」他問：「到我住的地方？」

「好啊，我會弄些爆米花。」

「好極了，」他說著吻她。「我愛妳，貝絲。」

「我也愛你。」

「妳想過夜嗎？」愛德溫和地問：「明天晚上？」

「好啊，愛德。」她直視他的眼睛。「隨你的便。」

「很好，」他輕聲說：「小妞，祝妳睡個好覺。」

「你也是。」

她預期艾莉絲睡著了，因此輕聲地走進房裡，然而艾莉絲醒著坐在書桌前。

「艾莉絲，妳還好嗎？」

「莉茲，我得跟妳談談。有關愛德的事。」

「他怎麼了？」

艾莉絲慎重地說：「我想等我跟妳說完後，我們就再也當不成朋友了。對我來說，這等於放棄了很多東西，所以我希望妳仔細聽好。」

「那麼也許妳最好什麼都別說。」

「我必須試試。」

伊莉莎白覺得她最初的好奇點燃成怒火。「妳四處打探愛德的事？」

艾莉絲只是凝視著她。

「妳嫉妒我們嗎？」

「不。我要是嫉妒妳和妳約會的對象，我早在兩年前就搬出去了。」

伊莉莎白看著她，十分困惑。她知道艾莉絲說的是實話。驀地她感到害怕。

「有兩件事讓我懷疑愛德・漢納，」艾莉絲說：「第一，妳寫信告訴我東尼過世，並且說多麼碰巧我在雷克伍德劇院遇見愛德……他馬上趕到布斯貝，真的幫了妳大忙。可是我從來沒碰到他，莉茲，去年暑假我從來沒踏近雷克伍德劇院。」

「可是……」

「可是那他怎麼知道東尼死了？我也不知道。我只曉得他不是從我這裡聽到的。另一件事情是過目不忘的記憶力。我的天啊，莉茲，他連自己穿哪雙襪子都不記得啊！」

「那是完全不同的兩回事，」莉茲生硬地說：「那——」

「愛德・漢納去年夏天人在拉斯維加斯，」艾莉絲柔聲說：「他七月中回來，住進沛馬奎特的汽車旅館，就在布斯貝港鎮的邊界對面，幾乎就像是他在等妳需要他。」

「那太瘋狂了！妳又怎麼知道愛德在拉斯維加斯？」

「我在開學前不久遇到了雪莉・丹東尼奧。她在松林餐廳工作，地點就在劇場的對面。她說她從來沒見到長得像愛德・漢納的人，所以我知道他欺騙妳好幾件事，因此我去找我父親向他說明情況，他同意我放手去做。」

「做什麼？」伊莉莎白困惑地問。

「去僱一個私家偵探。」

伊莉莎白站了起來。「別再說了，艾莉絲。夠了。」她要搭巴士進城，到愛德的公寓度過今晚，反正她只是在等他開口邀請而已。

「起碼聽一下，」艾莉絲說：「然後妳自己作決定。」

「除了他人很體貼很好之外，我什麼事都不必知道——」

「愛是盲目的，啊？」艾莉絲說，諷刺地一笑。「嗯，或許我就是有點愛妳，莉茲。妳曾經想過嗎？」

伊莉莎白轉身盯著她看了好半晌。「妳如果愛我，那妳表現的方式很奇怪，」她說：「好，妳說吧。也許妳說得對，或許我就是欠妳那麼多。妳繼續說吧。」

「妳很久以前就認識他了。」艾莉絲輕聲說。

「我……什麼？」

「康乃狄克州，布里奇波特，P.S.119。」

伊莉莎白當場愣住。她和她父母親在布里奇波特住了六年，在她唸完小學二年級後那年搬到目前居住的家。她上過公立小學119，可是——

「艾莉絲，妳確定嗎？」

「妳記得他嗎？」

「不，當然不！」但是她確實記得第一次見到愛德時的感覺——似曾相識的感覺。

「漂亮的人永遠不會記得醜小鴨吧，我想。也許他暗戀妳。莉茲，妳一年級時和他同班。也許他坐在教室後面，就只是……看著妳。或者是在操場。只不過是個矮小不起眼的小孩，戴著眼鏡很可能還戴了牙套，妳甚至不記得他，不過我打賭他一定記得妳。」

伊莉莎白說：「還有什麼？」

「偵探從學校這條線索追查他，之後就只需要找到人和他們談談。被派來查這個案子的密探說，他不了解有些到手的資料。我也不懂。有些很可怕。」

「最好是。」伊莉莎白陰沉地說。

「老愛德・漢納是個控制不了自己的賭徒。他原先在紐約一流的廣告公司工作，後來搬到布里奇波特，有點算是在逃。密探說幾乎城裡每個巨額賭金的撲克牌遊戲和高額的賭注登記簿都握有他的借據。」

伊莉莎白閉上眼。「這些人真的保證妳的錢能換到一整堆的廢土，是吧？」

「或許吧。反正，愛德的父親在布里奇波特陷入另一次困境。又是賭博，不過這回他惹上獲取暴利的高利貸業者。他不知怎麼搞地弄斷一條腿和一隻手。密探說他不相信是意外。」

「還有別的嗎？」伊莉莎白問：「毆打小孩？盜用公款？」

「一九六一年他在洛杉磯一家二流的廣告公司找到工作，那裡離拉斯維加斯有點太近了，他開始週末都在那兒混，賭得很兇……而且一直輸錢。後來他開始帶著小愛德跟他一起去，然後就開始贏錢。」

「這些全是妳編出來的吧。一定是的。」

艾莉絲拍拍她面前的報告。「全都在這裡，莉茲。有些在法庭上站不住腳，不過密探說和他談話的人沒有一個有說謊的理由。愛德的父親說愛德是他的『幸運符』。雖然他進賭場是不合法的，但一開始沒人反對男孩進場。他爸爸是條大魚。可是之後他爸爸開始堅持只玩輪盤，而且只玩單－雙和紅－黑。到那年年底，男孩就被禁止進入拉斯維加斯大道上的每間賭場。於是他爸爸開始了一種新的賭博。」

「什麼？」

「股市。漢納一家在一九六一年年中搬到洛杉磯時，他們住在租金一個月九十元的廉價小屋裡，漢納先生開的是五二年份的雪佛蘭。但是到一九六二年年底，才過了十六個月，他已經辭掉工作，他們全家住在聖荷西屬於自己的房子裡。漢納先生開全新的福特雷鳥，漢納太太擁有一台福斯。妳明白吧，小男孩進內華達的賭場是違法的，可是沒有人能從他手中拿走股市版。」

「妳是在暗示愛德……他能……艾莉絲，妳瘋了！」

「我沒有暗示任何事情。除了也許他了解他爸爸需要什麼。」

我了解妳的需要。

這句話幾乎像是直接對著她的耳朵說，她打了個寒顫。

「接下來六年漢納太太一直進出不同的精神病院。據說是因為神經失調，但是密探和一位護理員談過，她說漢納太太近乎是精神錯亂。她聲稱她兒子是惡魔的走狗，她在一九六四年用剪刀捅他，想要殺掉他。她……莉茲？莉茲，怎麼了？」

「那道疤痕，」她喃喃地說：「大概一個月前空閒的晚上，我們到大學泳池游泳，他的肩膀上有一道深深凹陷的疤痕……就在這兒。」她把手放到左胸上方一點的位置。「他說……」一陣噁心想要爬上她的喉嚨，她得等作嘔的感覺消退才能繼續說下去。「他說那是在他還小的時候跌倒撞到尖樁柵欄上造成的。」

「我可以繼續嗎？」

「說完啊，為什麼不呢？現在還會有什麼損失？」

「一九六八年他媽媽從聖華金谷一間非常豪華的精神病院出來，他們三個人一起去度假，他們在一〇一號公路一處野餐地點停下來。男孩正在收集木柴的時候，她開車衝出懸在海面上的陡坡邊緣，車上載著她和她先生，有可能是她企圖撞倒愛德。那時他已經快要十八歲，他爸爸留給他百萬美元的股票投資組合。一年半以後愛德來到東岸進入這個學校唸書。報告就到這裡結束。」

「沒其他不可告人的秘密了嗎？」

「莉茲，這些還不夠嗎？」

她站起來。「難怪他從來不想提到他的家人。但是妳就非得挖出陳年往事，對吧？」

「妳已經盲目了，」艾莉絲說。伊莉莎白正穿上外套。「我想妳是要去找他吧。」

「沒錯。」

「因為妳愛他。」

「對。」

艾莉絲穿過房間，抓住她的手臂。「妳可不可以別擺出生氣、任性的臉色一秒鐘，動動腦筋吧！愛德‧漢納能夠辦到我們其他人只能作夢的事。他幫他爸爸在輪盤上贏得賭注，讓他操作股票市場致富。他似乎可以靠意志力贏錢，或許他是某種低階的靈媒，也許他有預知能力。我不知道。有些人似乎有一點這種能力。莉茲，妳難道沒想過是他強迫妳喜歡他的嗎？」

莉茲慢慢地轉向她。「我這輩子從沒聽過這麼荒謬的事情。」

「是嗎？他給妳那份社會學考題，就像他讓他父親押中輪盤正確的那一邊！他從來沒上過任何社會學的課程！我查過了。他那麼做因為那是他能讓妳把他當一回事的唯一方法！」

「住口！」莉茲高聲大喊，她迅速用兩手摀住耳朵。

「他曉得考試的內容，他知道東尼什麼時候會被撞死，他知道妳要搭飛機回家！他甚至清楚去年十月重回妳生命中的適當心理時機。」

伊莉莎白抽身離開她打開門。

「拜託，」艾莉絲說：「求求妳，莉茲，聽我說。我不知道他是怎麼辦到那些事的，我懷疑就連他自己也不確定。他或許不是故意傷害妳，但是他已經造成傷害了。他利用了解妳內心深處的每個希望和需要來讓妳愛上他，那根本不是愛，是強暴。」

伊莉莎白砰的甩上門跑下樓梯。

她趕上當晚進城的最後一班公車。雪下得比以往更大，公車在吹過路面的飄雪中緩慢吃力地前進，宛如一隻跛腳的甲蟲。車上僅有六、七名乘客，伊莉莎白坐在後頭，腦袋裡轉著成千的思緒。

薄荷菸、股票交易、他知道她母親的小名是蒂蒂。一個小男生坐在一年級教室後面，含情脈脈地盯著一個年紀太小所以毫不知情的活潑小女生——

我了解妳的需要。

不。不。不。*我真的愛他！*

她真的愛嗎？或者她只是高興身邊人點的餐、帶她去看的電影總是恰合她意，不去任何她不想去的地方，或做任何她不想做的事？他只不過是某種通靈的鏡子，只反映給她看她想看的東西？他送的禮物總是合她心意。當天氣突然轉冷，她一直渴望有支吹風機，是誰送給她的呢？毫無疑問的，是愛德‧漢納。他說，碰巧在天天超市看到正在打折。而她，當然，非常高興。

那根本不是愛，是強暴。

她在主街和米爾街的轉角下車時，風猛颳著她的臉，她皺皺眉頂著風，公車的柴油引擎發出平穩的隆隆響聲開走了，尾燈在大雪的夜裡短暫地閃爍了一會兒然後消失。

她這一生從未感到如此的孤獨。

他不在家。

她敲了五分鐘的門後站在門外，不知所措。她突然想到她完全不知道愛德沒和她在一起的時候，到底做些什麼事或跟誰見面。這個話題從來不曾提起。

也許他正在撲克牌遊戲中提高另一支吹風機的價格。

一時衝動的決定，她踮起腳尖沿著門框上方摸找備用鑰匙，她知道他收在那裡。她的手指碰到鑰匙，鑰匙叮噹一聲掉到走廊地板上。

她撿起鑰匙插進門鎖。

少了愛德，公寓看起來和平常不同，感覺不大自然，彷彿是舞台布景。她時常覺得有趣，一個如此不在乎儀表的人竟然有這麼雅致、像圖畫書的住處，簡直好像他是為她布置的，而不是為了他自己。但是這當然不切實際。不是嗎？

她再度想起，彷彿是第一次來，她多麼喜歡他們讀書或看電視時她坐的那張椅子。那張椅子就是恰到好處，就像熊寶寶的椅子對金髮女孩來說一樣。不太硬，不太軟，剛剛好。就像她和愛德交往的其他所有東西一樣。

從客廳有兩扇開著的門，一扇通往小廚房，另一扇通到他寢室。

外頭的風呼呼地吹著，讓這棟老公寓大樓時而嘎吱作響時而安定下來。

走進寢室，她凝視著銅床。那張床看起來既不太硬也不太軟，而是剛剛好。一個隱伏的聲音得意地笑著說：這幾乎是太過完美了吧，不是嗎？

她走到書架旁，視線漫無目的地掃過書名。其中一本引起她的注意，她抽了出來：《五〇年代的舞蹈狂熱》。書翻開到大約四分之三的地方都很乾淨。有一個標題為〈搖擺步〉的章節以紅色油性鉛筆重重地圈起來，頁邊的空白處以超大、幾乎像是在指責的字體寫著「貝絲」兩字。

我應該馬上走開，她告訴自己。我還能挽回一些事。假如他現在回來，我絕對沒法再正視他的臉，艾莉絲就贏了。那她的錢就真的花得有價值。

然而她無法停止，她心裡很清楚。事情已經回不了頭了。

她走到衣櫃轉動門鈕，但是轉不開，鎖住了。

抱著碰運氣的想法，她再度踮起腳尖摸索門上方。她的手指摸到一把鑰匙。她取下鑰匙，內心有個聲音非常清楚地說：別這麼做。她想到藍鬍子的妻子，當她打開不該開的門時發現了什麼。然而實在太遲了，倘若她現在不繼續下去，她永遠都會心存懷疑，於是她打開了衣櫃。

她有種十分奇特的感覺，這是真正的愛德·漢納一直以來躲藏的地方。

衣櫃裡頭一團亂——一堆亂七八糟的衣服、書籍、一根斷了弦的網球拍、一雙破爛的網球鞋、到處亂扔的舊預考考卷和報告，和一袋散落出來的雙帆菸絲。他的草綠色軍裝外套丟在最遠的角落。

她拾起其中一本書，驚愕地看著書名：《金枝：巫術與宗教之研究》。另一本：《古代儀式及現代祭禮》。再一本：《海地的巫毒教》。最後一本，封面用老舊、龜裂的皮革裝訂，封皮的書名由於經常觸摸幾乎都擦掉了，聞起來隱約有股腐爛的魚臭味：《死靈之書》。她隨便翻開來，倒抽了一口氣，連忙把書拋開，那令人作嘔的圖像仍殘留在她眼前。

亟欲恢復鎮定，她伸手去拿那件草綠色軍裝外套，不願對自己承認她打算仔細檢查外套口袋。可是當她拿起外套卻發現了別的東西，一個小錫盒……

好奇地，她拿起盒子翻轉過來，聽見裡頭的東西嘎啦嘎啦響。那是小男孩可能選來收藏寶物的那種盒子，錫盒底部以浮凸的字體印著「布里奇波特糖果公司」。她打開盒子。

最上面是個人偶。伊莉莎白人偶。

她仔細看著人偶開始顫抖。

人偶穿著紅色尼龍的碎片，是她在兩、三個月前和愛德去看電影時遺失的圍巾的一小段。人偶的手臂是用菸斗通條做的，上面覆蓋著看起來像藍色苔蘚的東西，也許是墓地青苔。人偶的頭上有頭髮，可是不大對勁，髮絲是淺黃色的細緻亞麻纖維，黏在人偶粉紅色的橡皮頭部上，她本身的頭髮是沙金色而且比這個粗。這比較像是她的頭髮——

在還是小女孩的時期。

她嚥了口口水，喉嚨裡咕噥了一聲。一年級的時候老師是不是發給他們每個人一把剪刀？刀鋒採圓頭設計的小剪刀，剛好適合兒童的小手的那種？那許久以前的小男生是否偷偷摸摸地走到她背後，也許是在午睡時間，然後——

伊莉莎白將人偶放到一旁，再次檢視盒子裡的收藏品。有個藍色的撲克籌碼，上頭用紅墨水畫了一個奇怪的六邊形圖案。一張破破爛爛的報紙訃聞——愛德華‧漢納夫婦的。他們兩人在附帶的相片中意義不明地微笑，她看見同樣的六邊形圖案畫在他們臉上，這回是用黑墨水，有如一層棺罩。另外有兩個人偶，一男一女，與訃聞照片上臉孔的相似程度令人驚駭，絕不會認錯。

還有別的。

她將那東西翻找出來，手指抖得太厲害差點就弄掉了，她逸出微小的驚呼聲。

那是個汽車模型，小男生從雜貨店和模型店買回家用飛機模型黏膠組裝的那種。這輛是飛雅特，漆成紅色，還有一片看似東尼襯衫的碎布黏在車子前面。

她將汽車模型整個翻轉過來，有人把底面敲得碎裂。

「所以妳找到了，妳這忘恩負義的賤女人。」

她大聲驚叫丟下汽車和錫盒，他邪惡的寶藏四散在地板上。

他站在門口，盯著她看。她從沒在任何一個人臉上見過如此充滿憎恨的表情。

她說：「你殺了東尼！」

他令人不快地咧嘴笑。「妳認為妳可以證明嗎？」

「那不重要，」她說，訝異她自己的聲音非常鎮定。「我知道就好。我再也不想看到你了。永遠。如果你對……其他人……做任何事，我都會知道的。我會懲罰你，不管用什麼方法。」

他的臉孔扭曲。「那就是我得到的感謝。我給了妳妳想要的一切，沒有別的男人可以辦到的東西。承認吧，我讓妳覺得非常幸福。」

「你殺了東尼！」她對他吶喊。

他再走一步進入房間。「對，我是替妳下手的。妳算什麼，貝絲？妳根本不懂什麼是愛。我從十七年前第一次見到妳就愛著妳。東尼能說出這種話嗎？妳從來都不需要花費心力。妳長得漂亮，從來不必煩惱欠缺或需要或寂寞，妳從來不需要去找……其他方法來得到妳必須擁有的東西，永遠有個東尼把妳需要的東西給妳，妳只需要笑一笑說聲拜託就可以了。」他的聲音提高了一個音階。「我永遠沒辦法那麼輕鬆地得到我想要的。妳以為我沒努力過嗎？這方法對我父親沒效。他只想要更多更多的東西。他甚至不曾親我說聲晚安或是抱過我，一直到我讓他發了財。我母親也一樣。我幫她挽回了她的婚姻，但是她覺得那樣夠嗎？不，她恨我！她不肯靠近我！她說我很奇怪！我給她好東西但是……貝絲，別那麼做！別……不不不要——」

她踩在伊莉莎白人偶上面，轉動腳跟把人偶壓碎。她心中陡地燃起一把怒火，隨即消逝，她現在不怕他了，他只是躲藏在年輕人的身軀裡的畏縮小男孩。他連襪子都不成對。

「愛德，我想你現在沒辦法對我做任何事了，」她對他說：「至少現在不行。我說錯了嗎？」

他轉身背向她。「妳走吧，」他無力地說：「出去。但是留下我的盒子，起碼把盒子留下來。」

「我會留下盒子，不過裡頭的東西我要帶走。」她走過他的身旁。他的肩膀抽搐，彷彿他可能轉身試圖抓住她，然而最後他的肩膀垮了下來。

當她抵達二樓樓梯平台時，他跑到樓梯頂端尖聲地在她背後喊道：「妳儘管走吧！但是在我之後永遠不會有別的男人可以滿足妳！等妳年華老去，男人不再努力提供妳任何妳想要的東西時，妳就會盼望我在身邊！妳會想到妳捨棄了什麼！」

她走下樓梯進入大雪中。雪的冰冷貼在她臉上感覺很舒服。回校園得走上兩哩的路程，不過她不在乎。她想要走路，想要感受寒冷，她希望雪能潔淨她的身心。

她為他的奇怪、扭曲感到難過──一個擁有巨大力量的小男孩硬塞在發育不全的靈魂裡。一個小男孩企圖讓人像玩具士兵般地行動，然後當他們不肯或被發現時就一氣之下用力踐踏他們。

那她算什麼？得天獨厚地擁有一切他所沒有的東西，既不是因為他犯了錯或者她自己做了什麼努力？她想起她對艾莉絲的反應，盲目、猜忌地想要緊緊抓住安逸而非有益的東西，絲毫不在乎，不關心。

等妳年華老去，男人不再努力提供妳任何妳想要的東西時，妳就會盼望我在身邊！……我了解妳的需要。

可是難道她就這麼渺小，真的需要如此卑鄙的人嗎？

敬愛的神啊，求求祢，千萬不要。

在城鎮和校園間的橋上她停下腳步，將愛德・漢納的巫術廢物從橋的邊緣扔下去，一件一件地。那上了紅漆的飛雅特汽車模型是最後一件，不停翻滾地掉進風雪中，直到看不見蹤影。之後她繼續往前走。

玉米田的孩子

伯特將收音機開得太大聲，卻沒有調低音量，因為他們瀕臨另一次爭吵，他不希望兩人吵起來，他極為渴望兩人不要爭吵。

薇琪說了句話。

「什麼？」他大聲說。

「把音量關小一點！你想震破我的耳膜嗎？」

他拚命咬緊牙關忍住可能衝出口的話將音量調小。

薇琪用領巾替她自己搧風，儘管雷鳥上有冷氣。「欸，我們在哪裡啊？」

「內布拉斯加。」

她朝他冷淡、不置可否地看了一眼。「對，伯特。我曉得我們在內布拉斯加，伯特，可是我們見鬼的到底在哪裡？」

「妳手邊有道路圖啊，查一下，還是說妳看不懂？」

「真有頭腦啊！這就是我們下高速公路的原因。所以我們可以看著三百哩的玉米，一邊欣賞伯特・羅勃遜的聰明才智。」

他牢牢抓住方向盤，力道大得指節都發白。他判定他之所以抓得那麼緊是因為要是放鬆下來，哼，一手很可能就會飛出去正中他身邊前畢業舞會皇后的肋骨。我們在挽救我們的婚姻，他告訴自己。對。我們就是像越戰時步兵四處奔走拯救村落那樣地挽回婚姻。

「薇琪，」他小心翼翼地說：「我們離開波士頓後，我在高速公路上開了一千五百哩。我全都自己一個人開，因為妳不肯開車。既然——」

「我沒有不肯！」薇琪激動地說：「只是我開太久的話會偏頭痛——」

「那我問妳在一些次要道路上可不可以幫我指路的時候，妳說沒問題，伯特。這可是把妳的話原封不動搬出來的喔。沒問題，伯特。結果——」

「有的時候我真懷疑我最後怎麼會嫁給你。」

「因為回答了兩個短短的字啊。」

她嘴唇發白、目不轉睛地盯了他半晌，然後拿起道路圖。她動作粗魯地翻頁。

伯特鬱悶地想，離開高速公路是個錯誤的決定，也很可惜，因為一直到下高速公路前他們都還相處得挺好，幾乎把對方當人一樣地對待。這趟到西岸的旅程表面上是為了拜訪薇琪的哥哥和嫂子，但實際上是無後退餘地地試著修補他們自己的婚姻，之前有些時候覺得這招似乎可以奏效。

然而自從他們離開高速公路後，情況又惡化了。多糟？嗯，事實上，是糟透了。

「我們是在漢堡下高速公路，對吧？」

「對。」

「那到蓋特林之前都沒別的了，」她說：「要開二十哩。非常小的鎮。你想我們可以在那裡停下來找點東西吃嗎？還是說你偉大的行程表說我們得像昨天一樣繼續走到兩點？」

他的目光離開路面注視著她。「我已經受夠了，薇琪。依我看，我們可以就在這裡掉頭回家，去見妳想要跟他談談的那個律師。因為這根本完全行不——」

她的臉又轉向前方，臉像石頭般毫無表情，但突然間她的表情轉變成驚訝和恐懼。「伯特當心！你快要——」

他將注意力轉回道路上，及時看見有個東西消失在雷鳥的保險桿下。片刻後，他才開始從油門換到煞車，感覺有東西在前輪底下令人毛骨悚然地砰砰撞擊，之後又到後車輪。車子沿著中心線煞車，自五十減速到零，留下一長條黑色的煞車痕，他們整個人被甩向前。

「一隻狗，」他說：「薇琪，告訴我那是隻狗。」

她的臉色慘白，宛如白軟起司的顏色。「一個男孩，小男孩。他剛跑出玉米田然後就……恭喜你了，老虎。」

她摸索著打開車門，探出身去，嘔吐。

伯特直挺挺地坐在雷鳥的方向盤後頭，兩手仍鬆鬆地握著方向盤。有好長一段時間他意識不到任何東西，只聞到肥料濃烈、深沉的氣味。

隨後他發現薇琪不在了，他往車外後視鏡裡一瞄，看見她笨拙、跌跌撞撞地往後走向看起來像一堆破布的一團隆起物。她通常是個儀態優雅的女人，但此時她的優雅盡失，蕩然無存。

這是過失殺人，法律上是這麼說的。我當時視線離開路面了。

他熄火下車。風輕柔沙沙地吹過長到一人高的玉米田，發出有如呼吸的怪異聲響。薇琪此時已站在那捆破布旁，他聽見她在啜泣。

他走到車子和她站的位置中間時，左邊有個東西吸引了他的目光，在一整片綠中潑濺了一點過分顯眼的紅色，鮮豔得有如穀倉的油漆。

他停下來，筆直地望進玉米田。他發覺自己在思考（偏離那些並非破布的殘餘的任何東西），現在肯定是非常適合玉米生長的季節。玉米緊密地生在一起，幾乎準備要結果實了。你可以投身到那些整齊、遮蔭的行列間，花上一整天努力找尋重見天日的出路，然而整齊劃一在這裡遭到破壞，幾株高大的玉米稈被折斷，歪斜地倒著。另外在陰影更深處的是什麼？

「伯特！」薇琪高聲喊他。「你不想過來看一下嗎？好告訴你所有的牌友你在內布拉斯加捕獲了什麼東西？你難道不——」然而剩下的話語消失在新一波的啜泣聲中，她的影子明顯地在她腳邊形成一攤。時間已接近中午。

他走入玉米田，遮蔭在他頭上合攏。那紅色的穀倉油漆是鮮血。四周傳來低沉、催眠的嗡嗡聲，蒼蠅停落、品嘗，又匆忙飛走……或許是去通知其他的。再往裡面的葉子上有更多的血。想必血液不可能噴濺到那麼遠吧？不久他站在他從馬路上看到的物體旁，他撿拾起來。

在這兒整齊的玉米行列被攪亂，好幾株玉米稈東倒西歪，其中兩株徹底折斷。泥土被挖開，血跡斑斑，玉米窸窣作響。他有點不寒而慄，走回馬路上。

薇琪歇斯底里發作，朝他尖聲嚷著莫名其妙的話，一下哭一下笑。誰料想得到會以如此戲劇性的方式結束呢？他凝視著她，發現他沒有認同危機或困難的生命過渡期，或者任何一項這些時髦玩意兒。他恨她，重重地甩了她一耳光。

她瞬間停住，伸手摀住漸漸發紅的手指印記。「伯特，你會去坐牢的，」她嚴肅地說。

「我不認為。」他說，將他在玉米田中找到的手提箱放到她腳邊。

「什麼——？」

「我不知道。我猜是他的。」他指向四肢伸開、臉朝下地臥倒在馬路上的屍體。從他的外表來判斷，最多十三歲。

那只手提箱十分老舊，棕色的皮革磨損得破爛不堪，兩捲曬衣繩纏在上頭，綁了超大、滑稽的老奶奶結。薇琪彎身想解開其中一個結，看見血液滲進繩結，連忙縮手。

伯特跪下去輕輕地把屍體翻過來。

「我不想看。」薇琪說，不過還是不由自主地低頭看。當那張眼睛直瞪、茫然無神的臉龐翻向上凝視著他們時，她又尖叫起來。男孩的臉髒兮兮的，表情是恐怖的怪相，他的喉嚨被割開了。

伯特起身用兩手環抱著開始前後搖擺的薇琪。「別昏倒，」他非常輕聲地說：「妳聽見我說的話嗎，薇琪？別昏過去。」

他一遍又一遍地重複，終於她鎮靜下來緊抱住他。他們簡直像在跳舞，在這日正當中的馬路上，腳邊還有具男孩屍體。

「薇琪？」

「怎麼樣？」聲音被他的襯衫蒙住聽不清楚。

「回到車上把鑰匙放進妳的口袋。從後座把毛毯拿下來，還有我的來福槍。拿過來這邊。」

「來福槍？」

「有人割了他的喉嚨，也許誰正在監視我們。」

她的頭猛地抬起，張大眼睛注視著玉米田。放眼看去玉米田無邊無際地展開，隨著土地的微小凹陷及隆起上下起伏。

「我猜想他已經走了，不過幹嘛冒險？去吧，照我說的去做。」

她動作僵硬地走回車子，她的影子跟隨著，在白天這個時刻緊緊黏著宛如一隻深色的吉祥物。當她傾身進入後座，伯特在男孩身旁蹲下。白人男性，沒有明顯的特徵。被車子輾過，沒錯，但是雷鳥並沒有割開這孩子的喉嚨。傷口邊緣參差不齊，割的技巧非常差，顯然沒有陸軍中士指點兇手貼身行刺時比較合適的點，不過最後的效果仍然致命。他要不是逃跑就是被推過最後三十呎的玉米田，已經斷氣或受到致命的傷。而伯特·羅勃遜撞倒他。假如在車子撞到時男孩仍

活著，他的性命最多只縮短了三十秒而已。

薇琪輕拍他的肩膀，他嚇了一跳。

她站在那裡，左手抱著褐色的軍毯，右手拿著裝在盒裡的霰彈槍，臉轉向一邊。他接過軍毯攤開在馬路上，然後把屍體滾進去。薇琪發出絕望的小小呻吟。

「妳還好嗎？」他抬頭看她。「薇琪？」

「還好。」她以壓抑的聲音說。

他將毯子的兩邊翻上來蓋住屍體，然後抱起來，痛恨那密度大而沉的重量。屍體在他臂彎裡逐漸變成U字形，從他的掌握中滑開。他將屍體抱得更緊一些，他們走回雷鳥。

「打開後車箱。」他咕噥著說。

後車箱裝滿旅行用品，行李箱和紀念品。薇琪把大多數的東西移到後座去，伯特將屍體迅速放進騰出的空間，砰的關上後車箱蓋，然後如釋重負地嘆了一口氣。

薇琪站在駕駛座那一側的門旁邊，仍然拿著裝在盒裡的來福槍。

「把東西放到後座去，上車啊。」

他看一下手錶，發現只過了十五分鐘，感覺卻像是好幾個鐘頭。

「那手提箱怎麼辦？」她問。

他小跑步回到馬路上手提箱擱置的白線那兒，好像印象派繪畫中的焦點。他抓住手提箱破爛的握把，提起箱子，停頓了片刻。他有種強烈的被人監視的感覺。那種感覺他在書上讀過，大多是在廉價小說中，他總是懷疑其真實性。然而現在他毫不懷疑了，那感覺彷彿有人在玉米田裡，也許非常多人，冷漠地評估在他們抓住他、把他拖進陰森的玉米行列中、割開他的喉嚨前，女人是否能拿出盒子裡的槍來用——

點。

心臟怦怦跳得厲害，他跑回車子，拔出後車箱鎖上的鑰匙，然後上車。

薇琪又在哭泣。伯特開動車子，不到一分鐘，他就無法再從後照鏡中辨認出事故發生的地點。

「妳剛才說下一個鎮是什麼？」他問。

「喔。」她再度俯身研究道路圖。「蓋特林。我們應該在十分鐘內會到。」

「那地方看起來是大到有警察局的城鎮嗎？」

「不，只是個小點。」

「也許那裡有治安官。」

他們沉默地開了一陣子，經過左邊的一座筒倉。除了玉米外什麼都沒有。反向車道完全沒有車輛與他們交錯而過，甚至連一輛農場卡車都沒有。

「薇琪，我們下了高速公路後有經過什麼東西嗎？」

她想了一下。「一輛汽車和一架曳引機。在那個交流道。」

「不，從我們開上了這條路以後。十七號公路。」

「沒有，我不記得有。」早先這很可能是某句尖刻評論的開場白，但現在她只是望出她那半邊的擋風玻璃，緊盯著不斷展開的道路和無窮無盡的虛線。

「薇琪，妳能打開那個手提箱嗎？」

「你覺得那可能有關係嗎？」

「不知道。可能有吧。」

她在拉扯繩結時臉部凝結成一種獨特的表情——毫無表情但嘴巴抿緊——伯特記得他母親在星期天掏出雞的內臟時也是露出這種表情。此時伯特再度打開收音機。

他們一直在聽的流行音樂電台幾乎被靜電干擾給蓋掉，因此伯特轉台，慢慢旋轉刻度盤讓紅色指標往下。農場報導、巴克・歐文斯、泰咪・溫妮特㉖。全都遙遠模糊，幾乎失真變成雜音。最後，在接近刻度盤末端，一個詞高聲刺耳地從喇叭傳出，響亮清晰到發音的嘴唇簡直就像在儀表板喇叭的金屬網罩下面。

「**救贖！**」那聲音大吼。

伯特驚訝地嘟囔一聲，薇琪嚇了一跳。

「**只有藉由羔羊的血我們才能得救！**」那聲音咆哮道，伯特急忙調低音量。很好，這家電台非常近。近到……沒錯，就在那裡，從地平線那端的玉米田中升起，細長的紅色三腳架映襯著藍天，是無線電塔。

「救贖是諾言，各位兄弟姊妹，」那聲音告訴他們，降低到比較像對話的音高。在背景中，離開麥克風的地方，有聲音喃喃唸著阿門。「有些人認為走入世間也無妨，彷彿你們能在世上工作行走，不會遭到世人玷汙。這可是神的話語教導我們的嗎？」

離開麥克風卻仍然嘹喨的聲音說：「不！」

「**聖子耶穌！**」福音傳道者大聲呼喊，字句以強而有力、脈動的節奏傳來，幾乎如強勁的搖滾樂節拍一樣的猛烈。「他們何時會知道那條是死路？他們什麼時候才會明白世間的代價是在另一邊償還的？啊？啊？上帝說過在祂家裡有許多住處，但是沒有房間給私通者，沒有房間給覬覦的人，沒有房間給褻瀆玉米的人，沒有房間給同性戀者，沒有房間給——」

薇琪啪地關掉收音機。「這胡說八道讓我覺得噁心。」

㉖這兩人均是美國著名鄉村音樂歌手。

「他剛才說什麼？」伯特問她。「他說玉米怎麼樣？」

「我沒聽見。」她在拉扯第二個曬衣繩的結。

「他說了什麼跟玉米有關，我確定他說了。」

「我辦到了！」薇琪說，手提箱無意間在她的膝上打開了。他們經過一個路標寫著：蓋特林五哩，小心駕駛保護兒童。路標是麋鹿慈善互助會設置的。上頭有點二二口徑的彈孔。

「襪子，」薇琪說：「兩件褲子……一件襯衫……一條皮帶……一條打蝴蝶結的細窄領帶和——」她把領帶舉高，秀給他看一條鍍金剝落的頸鍊釦。「這是誰？」

伯特瞄了一眼。「霍帕朗·卡西迪吧，我想。」

「喔。」她把東西放回去。又開始哭泣。

過一會兒後，伯特說：「那個收音機的佈道有沒有哪裡讓妳覺得奇怪？」

「沒有，我小時候聽很多那種東西夠我用一輩子了。我告訴過你啊。」

「妳不覺得他聽起來有點年輕？那個傳教士？」

她發出毫無笑意的大笑。「青少年，也許吧，那又怎樣？那整個生活方式就是這樣荒謬。他們喜歡趁青少年的心靈還有可塑性的時候控制住他們，他們懂得怎樣讓所有的情緒衝動相互制衡。你應該參加一些我爸媽拖著我去的帳篷聚會……我在其中得到『救贖』的那些聚會。

「讓我想想喔。有個貝比·霍藤思，歌唱奇蹟，她八歲，她上台唱〈倚靠主永恆的臂膀〉，她爸爸就傳遞捐獻盤，告訴每一個人『現在，掏出錢來吧，別讓神幼小的孩子失望。』還有諾曼·史丹頓，他經常穿著小公子般的西裝和短褲宣傳地獄裡的磨難，他才七歲。」

她對他一臉不信的表情點點頭。

「他們也不是唯一的兩個，在那個區域有非常多這樣的孩子，他們很能吸引注意力。」她說這個詞彙時啐了一口。「露比•史坦普奈爾，她是個十歲的信仰治療師。葛蕾絲姐妹，她們經常頭上戴著錫箔紙做的小光環出場，還有——噢！」

「怎麼了？」他急轉過身看她，和她兩手裡握著的東西。薇琪正全神貫注地盯著那東西。她慢慢東撈西摸的雙手在手提箱底部碰到那東西，在說話的同時把東西拿上來。伯特把車子停到路邊好仔細看清楚。她一語不發地將東西遞給他。

那是個用玉米殼擰扭出來的十字架，曾經青綠的玉米殼，如今已乾枯。利用編織的玉米鬚連結到十字架上的是根小玉米棒，大多數的顆粒已經被小心翼翼地摘掉，大概是用隨身小刀一次一顆地挖出。剩餘的玉米粒排列成淡黃色淺浮雕的粗糙耶穌受難像。玉米粒的眼睛，每隻眼睛裡劃開縱長的裂口代表瞳孔。向外伸展的顆粒手臂，交疊的雙腿，末尾是粗略的赤足象徵。在上方，四個字母從骨白的玉米芯浮凸出來：INRI[27]。

「這個手工藝品的作工非常好呢，」他說。

「討厭死了，」她以斷然、緊張的口氣說：「把它丟掉。」

「薇琪，警察可能需要看一下啊。」

「為什麼？」

「嗯，我不知道為什麼，也許——」

「把它丟掉，可不可以拜託你幫我丟出去？我不想要它在車上。」

「我把它放到後面去。只要我們一看到警察，不管怎樣我們都可以馬上擺脫掉它，我保證，好嗎？」

[27] 為拉丁文 Iesvs Nazarenvs Rex Ivdaeorvm 的首字母縮寫，意思為拿撒勒的耶穌，猶太人之王。

「噢，隨你高興怎麼處置啦！」她對他大喊。「反正你一定要處理！」

他苦惱地將那東西扔到後座，東西落在一堆衣服上頭。玉米粒的眼睛全神貫注地直盯著雷鳥車內的圓頂燈。他再度把車開出去，碎石子從車輪底下噴出。

「我們會把屍體和手提箱裡的所有東西交給警方，」他承諾。「到時我們就可以擺脫它了。」

薇琪沒有回答，她注視著她的雙手。

再往前開了一哩，無邊無際的玉米田與道路分開，顯露出農舍和附屬建築物。在某家院子他們看見髒兮兮的雞無精打采地啄著土壤，穀倉的屋頂上有褪色的可樂和口嚼菸草的廣告。他們經過一面高聳的廣告招牌，上頭寫著：**唯有耶穌能拯救**。他們經過一間附設康諾克加油島的小餐館，但伯特決定繼續開進鎮中心，如果有的話。假如沒有，他們可以再回來小餐館。等到他們經過餐館之後他才突然想到停車場空空盪盪的，只停了一輛骯髒的老貨卡，而且看起來好像是坐在兩顆扁平的輪胎上。

驀地薇琪開始大笑，高亢、咯咯的笑聲讓伯特覺得她非常危險地瀕臨歇斯底里。

「有什麼好笑的？」

「那些招牌，」她喘著氣斷斷續續地說：「你沒有看嗎？他們稱這裡是聖經地帶，真的不是在開玩笑。噢，老天，又有另一批。」她再度突然發出歇斯底里的大笑，急忙用兩手摀住嘴巴。

每個招牌上只有一個字。倚靠在插入沙質路肩、以白灰粉刷過的木桿上，從外表看來應該是很久以前豎立的；白灰已經剝落、褪色。招牌以每隔八十呎的間距出現，伯特讀出來：

白……晝……以……雲……夜……晚……以……火……柱[28]

「他們只忘了一樣東西。」薇琪說，仍然不由自主地傻笑。

「什麼東西？」伯特皺起眉頭問。

「伯瑪刮鬍膏㉙。」她將指節彎曲的拳頭抵住張開的嘴好抑制笑聲，不過她半歇斯底里的咯咯笑聲從拳頭旁邊流洩出來，宛如冒泡的薑汁汽水的泡沫。

「薇琪，妳還好吧？」

「只要我們離開這裡一千哩遠，到陽光普照的罪惡加州，有洛磯山脈擋在我們和內布拉斯加之間，我馬上就沒事了。」

另一批招牌出現，他們無聲地讀著。

主……耶……和……華……說……拿……這……個……吃……吧㉚

咦？伯特心想，我為什麼立刻把那不定代名詞聯想成玉米呢？那不是他們給你聖餐時說的話嗎？他已經許久沒去教堂，因此他實在記不得了。在這些地區倘若他們用玉米麵包當作聖餅，他也不會感到意外。他張口想告訴薇琪這件事，但重新考慮後還是作罷。

他們爬上一座緩坡，底下就是蓋特林，整整三個街區，看上去好像描寫大蕭條的電影場景。

「那裡應該有治安官，」伯特說，疑惑為何見到這鄉下的古早小鎮在太陽下打盹會讓他喉嚨裡湧起一團恐懼。

他們經過一個速限標誌宣告這之後按規定時速不得超過三十哩，另一個鐵鏽斑斑的路標則寫道：**你現在進入蓋特林，在內布拉斯加，或在其他任何地方，最友善的小鎮！人口五千四百三十**

㉘出自《聖經》出埃及記第十三章：日間，耶和華在雲柱中領他們的路；夜間，在火柱中光照他們，使他們日夜都可以行走。

㉙這家在一九二〇到一九六〇年間著名的刮鬍膏公司，曾以一組六個標語的系列廣告招牌，架在全美公路旁。

㉚出自《聖經》馬太福音第二十六章：他們吃的時候，耶穌拿起餅來，祝福，就擘開，遞給門徒，說：「你們拿著吃，這是我的身體。」

一人。

灰撲撲的榆樹排列在路的兩旁，大多染了病。他們駛經蓋特林儲木場和一家七六加油站，油價標示牌在炎熱的正午微風中緩緩擺動：普通汽油三十五點九，高級汽油三八點九，另一塊招牌寫著：**嗨，卡車司機，柴油在後頭**。

他們穿過榆樹街，然後樺樹街，接近小鎮廣場。街道旁成排的屋舍是用素色的木材搭建而成，門廊以紗窗圍起，呆板實用。草坪枯黃沒有生氣。前方有隻雜種狗慢條斯理地走到楓樹街的中央，站在那兒盯著他們看了一會兒，然後在大馬路中間躺下把鼻子靠在腳掌上。

「停車，」薇琪說：「就在這裡停車。」

伯特順從地把車開到路邊。

「掉回頭去，我們把屍體載到格蘭德島市去吧。距離不是太遠，不是嗎？我們就這麼辦吧。」

「薇琪，有什麼不對勁嗎？」

「你是什麼意思？有什麼不對勁？」她問，她的聲音微微提高。「這個小鎮沒有人住啊，伯特。這裡除了我們以外沒有任何人。你沒有感覺到嗎？」

他的確有點感覺，到現在仍感覺到。不過——

「只是看起來沒有人而已，」他說：「不過這裡確定是只有一個消防栓的小鎮。八成所有的人都在廣場上，正在辦糕餅義賣，或是玩賓果遊戲。」

「這裡沒有半個人，」她用異常、緊張的強調語氣說出這幾個字。「你沒看到剛才那邊的七六加油站嗎？」

「當然看到啦，在儲木場旁邊，那又怎麼了？」他的心思在別的地方，聆聽蟬在鄰近的榆樹上鑽洞的沉悶嗡嗡聲。他能嗅到玉米、沾滿灰塵的玫瑰，和肥料的氣味——毫無疑問的。他們頭一回離開高速公路進入小鎮，一個他以前從未到過的州裡的小鎮（儘管他偶爾會搭聯合航空的七四七飛過這一帶的上空），不知怎地感覺非常不對勁，不過沒關係。在前方某個角落會有設冷飲櫃檯的雜貨店，取名為碧珠的電影院，和以甘迺迪的名字命名的學校。

「伯特，油價表上寫著普通汽油三十五點九，高辛烷值汽油是三十八點九。現在在國內有多久沒人付這種價格了？」

「起碼四年了，」他承認。「可是，薇琪——」

「我們就在鎮上，伯特，可是根本沒有車子，沒有半輛車子啊！」

「格蘭德島市在七十哩外，如果我們把他載過去會顯得很怪。」

「我不管。」

「聽好，我們只要開到法院就——」

「不要！」

來了，他媽的，又來了。簡單地說，這就是我們的婚姻逐漸破裂的原因。不，我不要。絕對不要。再進一步，要是你不讓我照我的意思做，我就憋氣慢慢等到我臉色發青為止。

「薇琪——」他說。

「我想要離開這裡，伯特。」

「薇琪，妳聽我說。」

「掉頭。我們走吧。」

「薇琪，妳可不可以停一下？」

「等我們往反方向開的時候我就住嘴。現在我們走吧。」

「我們的後車箱裡面有個死掉的小孩子啊！」他對她怒吼，看見她畏縮一下，表情崩潰，感到難得的滿足。他用稍微低一點的聲音繼續說：「他的喉嚨被割開推到馬路上，我把他輾了過去。現在我要開到法院或是他們這裡有的任何機構，我要去報案。如果妳想要開始朝高速公路走回去，那妳走啊，我會在中途接妳。不過妳別叫我掉頭開七十哩的路到格蘭德島市，好像我們後車箱裡什麼都沒有，只有一袋垃圾而已。他可是某個母親的兒子，我要趁殺他的兇手翻過山遠走高飛之前去報案。」

「你這混蛋，」她哭著說：「我幹嘛跟你在一起？」

「我不知道，」他說：「我已經不知道了。不過這種情況是可以補救的，薇琪。」

他駛離路緣。狗聽見輪胎唐突的尖銳刺耳聲音抬起頭來，隨後又低頭趴到腳掌上。

他們開過剩下的街區到達廣場。在主街和普萊森特街的轉角，主街一分為二。這裡確實有小鎮廣場，是個中央有音樂台、長滿青草的公園。在另一端，主街又合而為一的地方，有兩棟看起來像公務用的建築。伯特可辨認出來其中一棟上頭的刻字：**蓋特林行政中心**。

「就是那裡。」他說。薇琪沒有答腔。

行駛到廣場半途中，伯特又停靠路邊。他們在一家餐廳旁，蓋特林燒烤酒吧。

「你要去哪裡？」他打開車門時，薇琪擔心地問。

「去找出大家在哪裡。那邊窗子上的招牌寫著『營業中』。」

「你不能把我一個人留在這裡。」

「那就來吧，誰阻止妳啊！」

她打開門下車，他橫過車子前面。他看見她的臉色多麼蒼白，有一瞬間感到憐憫，無可救藥的憐憫。

「你聽見了嗎？」他走到她身旁時她問。

「聽見什麼？」

「空白。沒有車子、沒有人、沒有曳引機，什麼都沒有。」

隨後，從一條街外，他們聽見興奮、歡樂的孩童笑聲。

「我聽到小孩子的聲音，」他說：「妳沒聽見嗎？」

她看著他，一臉苦惱。

他打開餐廳的門，走進乾燥、殺菌的高溫中。地板積著厚厚的灰塵。鋁合金的光澤暗淡。天花板吊扇的木製葉片靜止不動。桌子空著。櫃檯凳子也空盪盪的，但是櫃檯後面的鏡子砸得粉碎，而且還有別的……片刻間他明白了，所有的啤酒龍頭都被折斷，排在櫃檯上好像怪誕的派對小禮物。

薇琪的聲音非常輕快，近乎變調。「沒問題。可以問任何人。對不起，先生，不過你可以告訴我——」

「噢，閉嘴。」但是他的聲音沉悶沒有魄力。他們站在一道從餐廳的大面平板玻璃窗照進來的灰濛濛陽光中，他再度有受人監視的感覺，他想起在他們後車箱的那個男孩，以及孩童高亢的笑聲。無緣無故地，他忽然想起一句短語，一個聽起來與法律有關的短語，這句短語開始在他腦袋裡神秘地一再重複：未經查看。未經查看。未經查看。

他的視線掃過用圖釘釘在櫃檯後面陳舊發黃的價目卡：起司漢堡——三十五分，世上最美味的咖啡——十分，草莓大黃派——二十五分，今日特餐：火腿佐紅眼肉汁加馬鈴薯泥——八十分。

他多久沒看過像這樣的餐廳價格了？

薇琪找到答案。「看看這個，」她尖聲說。她指著牆壁上的月曆。「我猜，他們已經參加豆子宴十二年了。」她發出令人難受的刺耳笑聲。

他走過去看。照片秀出兩個男孩在池塘裡游泳，一隻可愛的小狗搶走他們的衣服。照片下面是文字說明：**蓋特林木材五金致贈** 你弄壞我們修。顯示的月份是一九六四年八月。

「我不懂，」他結結巴巴地說：「不過我確定——」

「你確定！」她歇斯底里地高喊。「當然，你確定！那正是你的問題，伯特，你一輩子都確定！」

他轉身走回門口，她跟在他後面。

「你要去哪裡？」

「去行政中心。」

「伯特，你為什麼一定要這麼固執？你明知道這裡有什麼不對勁，你不能就承認了嗎？」

「我不是固執，我只是想擺脫掉後車箱裡的東西。」

他們走到外面人行道上，伯特再一次深深感受到小鎮的寂靜，及肥料的味道。不知怎地當你塗奶油在玉米穗上、撒鹽再咬下去時，你從不曾想到那個味道。綜合了太陽、雨水、各種各樣的人造磷酸鹽，及一點健康良好的牛糞的贈禮，可是不知道為什麼這氣味和他在紐約州北部鄉下成長時習慣的味道不同。你可以隨意表達你對有機肥料的觀點，可是當撒播機將有機肥埋進田裡時有種近乎芳香的味道。噢不，不是像你的美妙香水味，但是當午後的春風把那味道吹起來飄送過剛翻土的田地，那氣味能引發好的聯想。代表著冬天永遠結束。表示再過六個星期左右學校的大門就要砰的關上，放每個人湧入夏天。那個味道在他心中無可改變地與其他令人愉快的芬芳香氣聯繫在一起：貓尾草、三葉草、新鮮泥土、蜀葵，和山茱萸。

然而他們這裡肯定動了不同的手腳，他心想。那味道很接近，但不完全相同。潛藏著有點令人作嘔的甜膩，幾乎像是死亡的氣味。他在越南當過醫務兵，變得相當熟悉那種味道

薇琪安靜地坐在車裡，將玉米十字架拿在膝上入迷地看著，伯特不大喜歡。

「把那東西放下。」他說。

「不要，」她頭也沒抬地說：「你玩你的遊戲，我玩我自己的。」

他發動車子開往轉角。一盞失靈的紅綠燈懸在頭頂上，在微風中擺蕩。左邊是座整潔的白色教堂。草地修剪過。通往大門的小徑鋪著石板，兩旁的花叢維持得整整齊齊。伯特在路邊停下。

「你要幹什麼？」

「我要進去看一下，」伯特說：「那是鎮上唯一看起來不像積了十年灰塵的地方。而且看看那個佈道板。」

她看一眼。青草底下用木釘釘得整齊劃一的白色字母寫著：**走在行列後面之人的力量與恩典**。日期是一九七六年七月二十四日——前一個星期日。

「走在行列後面之人，」伯特說著熄掉引擎。「我猜，是只有內布拉斯加使用的九千個上帝名稱的其中一個。要來嗎？」

她沒有笑容。「我不要跟你一起進去。」

「好。隨便妳。」

「我從離開家以後就沒進過教堂，我不想進這個教堂，也不想待在這個小鎮上，伯特。我嚇死了，我們不能直接走嗎？」

「我只去一下子。」

「伯特，我有鑰匙，要是你五分鐘內沒回來，我就會把車開走留你在這裡。」

「嘿，只是等一下子，小姐。」

「我就是打算這麼做，除非你想要像個粗野的搶匪攻擊我、奪走我的鑰匙，我想你可以那麼做。」

「不過妳以為我不會。」

「不會。」

她的手提包在兩人之間的座位上，他一把搶過來，她大聲尖叫伸手想抓背帶。他把皮包拿到她手搆不著的地方，根本不費力摸找，他只是將皮包上下顛倒，讓所有的東西掉出來。她的鑰匙圈在面紙、化妝品、零錢，和舊的購物清單中閃閃發亮。她撲過來搶，但是他又搶先一步將鑰匙放進自己口袋。

「你不必那麼做，」她哭喊著說：「把鑰匙給我。」

「不，」他說，朝她冷酷、毫無意義地咧嘴一笑。「絕不。」

「求求你，伯特！我很害怕！」她伸出手，開始懇求。

「妳會等個兩分鐘就決定已經夠久了。」

「我才不會——」

「然後妳就會開走，一面大笑一面對自己說：『這可以教訓一下伯特在我想要什麼東西的時候不該反對我。』這在我們的婚姻生活中不是幾乎是妳的座右銘嗎？這可以給伯特一個教訓，叫他不該反對我？」

他下了車。

「拜託，伯特！」她尖叫，滑過座位。「聽著……我明白……我們可以開車離開小鎮在公用電話亭打電話，好嗎？我有各種零錢。我只是……我們可以……別丟下我一個人，伯特，別把我單獨留在這外面！」

他在她哭喊的同時砰的甩上門，然後倚靠在雷鳥的側面一會兒，用拇指按著閉上的雙眼。她猛敲著駕駛座這一側的窗戶，大喊他的名字。等他終於找到官方來負責男孩的屍體，她會給人留下絕妙的印象。噢，就是這樣。

他轉身走上石板小徑，往教堂大門走去。兩、三分鐘，只要四處看一下，他就退回來。八成連門都鎖著呢。

然而門輕易地推開了，鉸鍊無聲而平滑（有人恭恭敬敬地上了油，他想，這個念頭毫無理由地顯得可笑），他踏進門廳，裡頭非常涼爽近乎寒冷。他的眼睛花了一會兒適應微暗。

他首先注意到的是遠端角落裡有一堆木刻的字母，積滿灰塵，無所謂地雜亂放在一起。他好奇地走過去。這些字母看起來就像燒烤酒吧裡的月曆一樣老舊、遭人遺忘，不像門廳的其他地方，一塵不染而且有條不紊。字母大約兩呎高，顯然是一整組的。他將字母攤開在地毯上，一共有十八個，他像在玩字謎遊戲似地移動位置。HURT BITE CRAG CHAP CS。不是。CRAP TARGET CHIBS HUC。這也不大好。撇開CHIBS裡的CH。他迅速組合出CHURCH（教堂），然後盯著剩下的RAP TARGET CIBS。愚蠢。他蹲在這裡用一堆字母玩著白痴遊戲的時候，薇琪在外頭車上快要發瘋了。他準備起身，這時卻看出來了。他組成BAPTIST（浸信會），剩下RAGEC，掉換兩個字母後他得出GRACE（恩典）。GRACE BAPTIST CHURCH（恩典浸信會教堂）。這些字母原本一定是在門外。他們把字拆下來，毫不關心地扔到角落，而且從那之後教堂重新漆過，所以你甚至無法看出字母原先的位置。

為什麼呢？

這裡已不再是恩典浸信會教堂，這就是原因。那麼現在是什麼樣的教堂呢？由於某種原因這疑問引發一股恐懼，他迅速站了起來，拍掉手指的灰塵。確實他們拆下了一堆字母，那又怎樣？也許他們把這裡改成費力普·威爾森的現在發生啥事教堂㉛了。

但是當時究竟發生了什麼事呢？

他急躁地甩脫這個想法，穿過內部的門。此時他站在教堂本身的後面，當他望向中殿，他感覺恐懼包圍住他的心臟緊緊揪住。他吸進空氣的聲音，在此地耐人尋味的沉默中顯得非常響亮。

講道壇後方的空間由一幅巨大無比的基督像所佔據，伯特心想：假如這個小鎮上沒別的東西令薇琪神經極度緊張的話，這個肯定會。

肖像中的基督咧開嘴笑，如狐狸般狡猾。他的眼睛張大目不轉睛地瞪著，讓伯特不安地聯想到《歌劇魅影》中的朗·錢尼。在兩個完全張開的黑色瞳孔裡各有一人（想必是罪人）溺死在火湖之中。然而最古怪的事情是這個基督頭髮是綠色的……再更仔細察看的話會發現那頭髮是一大團纏繞的初夏玉米。這幅肖像畫得粗糙卻予人深刻的印象，看起來好像是個天才兒童所繪的漫畫壁畫，描繪的是舊約聖經裡的基督，或者異教的基督，可能屠殺他的羊群當獻祭，而非指引牠們。

在左手邊那排靠背長椅的末尾有架管風琴，伯特起初看不出來有哪裡不對勁。他走下左手邊的通道，恐懼慢慢在他心頭升起，他看見琴鍵被劃破，音栓被拔出來……音管本身則塞滿了乾枯的玉米殼。管風琴上方有個精心刻字的匾額，所寫的是：除了用人舌頌讚主耶和華外不得有音樂。

薇琪說得對，這裡極為不正常。他考慮回去薇琪身邊，不再進一步探索，只要盡快上車離開小鎮，別管行政中心大樓了。然而這個主意令他煩躁。說實話，他心想，你要給她的禁令五千考驗一下，再回去承認她從一開始就說對了。

他再過一分鐘左右就回到外面去。

他走向講道壇，一邊思索：一直以來肯定有人經過蓋特林，鄰近的小鎮鐵定有人在這裡有朋

友和親戚，內布拉斯加州州警必定三不五時巡邏經過。還有電力公司呢？那些交通信號燈都不動了，要是電力斷了十二年之久他們當然會知道吧。結論：似乎發生在蓋特林的事是不可能的。

不過，他仍然覺得心裡發毛。

他爬了鋪著地毯的四級台階上講道壇，放眼望著空無人坐的靠背長椅，在半遮蔽的陰影中閃著微光。他似乎感覺到那些怪誕且無疑地不信基督的眼睛彷彿看穿他背部的重量。

在讀經台上有本巨大的聖經，翻開到《約伯記》的第三十八章。伯特低頭瀏覽唸道：「那時，耶和華在旋風中回答約伯，說：這以無知無識的言語，使我的旨意晦暗不明的是誰呢？……我奠定大地根基的時候，你在哪裡呢？你若知曉，就只管說吧。」耶和華。走在行列後面之人。你若知曉就只管說。請把玉米傳過來。

他翻動《聖經》的書頁，在闃靜中形成單調的颯颯聲——那種鬼魂可能會發出的聲響，倘若世上真有鬼的話，而在像這樣的場所你幾乎能相信鬼的存在。《聖經》有幾個章節被切掉，他發覺大多是新約聖經中的，有人決定用剪刀擔任修訂優異的英王詹姆斯版聖經的工作。

不過舊約卻是完整無缺。

他正要離開講道壇時，看見較低的架子上有另一本書，他把書拿出來，心想可能是教會記錄婚禮、堅信禮和喪禮的冊子。

看到技巧不純熟地壓印在封面上的燙金字時，他扮了個苦臉：**萬軍之主說，所以砍倒邪惡不公吧！如此一來大地也許會再度富饒。**

㉛費力普．威爾森的現在發生啥事教堂（Flip Wilson's Church of What's Happening Now）：《現在發生啥事教堂》是一九七〇年代美國喜劇明星費力普．威爾森主持的綜藝節目中的一個單元。

這裡看來好像有一貫的思路，但蓋特林不大在乎這思路背後依恃的是何種想法。

他打開那本冊子翻到第一大張印著橫條紋的頁面。他立刻察覺這應該是小孩子寫的字。到處都有小心翼翼使用去墨水橡皮擦的痕跡，而且雖然沒有拼錯字，字母卻寫得又大又孩子氣，比較像是畫圖而非寫字。第一行寫著：

阿摩司・迪根（理查），生於一九四五年九月四日　一九六四年九月四日
以薩・倫弗魯（威廉），生於一九四五年九月十九日　一九六四年九月十九日
西番雅・柯克（喬治），生於一九四五年十月十四日　一九六四年十月十四日
瑪利亞・威爾斯（羅貝塔），生於一九四五年十一月十二日　一九六四年十一月十二日
葉門・賀里斯（愛德華），生於一九四六年一月五日　一九六五年一月五日

皺著眉，伯特繼續翻閱其他頁，翻到四分之三處，雙行的紀錄突然結束：

拉結・史蒂格曼（多娜），生於一九五七年六月二十一日　一九七六年六月二十一日
摩西・理查森（亨利），生於一九五七年七月二十九日
瑪拉基・博德曼（克雷格），生於一九五七年八月十五日

這一本最後一筆紀錄是路得・克勞森（珊卓拉），生於一九六一年四月三十日。伯特查看他發現這本書的架子，再找出兩本。第一本有相同的砍倒邪惡不公的標誌，並繼續同樣的記錄，單行細心地寫著出生日期和姓名。在一九六四年九月初他找到約伯・吉爾曼（克萊頓），生於九月

六日，下一筆紀錄是夏娃．托賓，生於一九六五年六月十六日。括號裡沒有第二個名字。

第三本冊子是一片空白。

站在講道壇後面，伯特思索了一下。

一九六四年發生了什麼事。跟宗教、玉米……以及小孩子有關的事。

敬愛的上帝我們懇求您賜福讓農作物豐收。奉耶穌之名，阿門。

然後高舉著刀子要犧牲羔羊——但犧牲的是羔羊嗎？也許一個宗教狂橫掃了他們。孤立，全部孤零零的，被數百平方哩沙沙作響的神秘玉米田切斷與外界的聯繫，孤單的在七千萬英畝的藍天下。獨自在神戒備的眼睛底下，如今是個奇異的綠色神祇，玉米神，古老、奇怪而且飢餓。走在行列後面之人。

伯特感覺寒意鑽進他的肌肉。

薇琪，讓我告訴妳一個故事。有關阿摩司．迪根的故事，他出生於一九四五年九月四日，名為理查．迪根。他在一九六四年改名為阿摩司，非常好的舊約名字，阿摩司，小先知之一。嗯，薇琪，發生的事情是——別笑——那個迪克．迪根和他的朋友們，其中包括比利．倫弗魯、喬治．柯克、羅貝塔．威爾斯，以及愛迪．賀里斯，他們變得虔信宗教，殺光了自己的父母親，所有的人。這是不是很誇張？就我所知，開槍將他們打死在床上，用刀子把他們砍死在浴缸裡，在他們的晚餐裡下毒，吊死他們，或者挖出他們的內臟。

為什麼？因為玉米。或許玉米快要枯死，也許他們莫名其妙地有種想法，認為玉米快死是因為周遭有太多罪惡。祭品不夠，他們應當在玉米田的行列中獻祭。

而且啊，不知怎地，薇琪，我相當確定，他們莫名其妙地認定十九歲是他們每個人最多可活的年紀。理查「阿摩司」．迪根，我們這小故事裡頭的英雄，在一九六四年九月四日過他十九歲的生日，就是本子上的日期。我想或許他們殺了他，把他獻祭在玉米田裡。這是不是個很蠢的故事呢？

可是讓我們來看一下拉結·史蒂格曼，她在一九六四年以前一直都是多娜·史蒂格曼。她在六月二十一日踏入十九歲，差不多一個月前。摩西·理查森的生日是七月二十九日，再過三天就十九歲了。妳知道老摩西在二十九日那天會發生什麼事嗎？

我猜得出來。

伯特舔了舔嘴唇，感覺乾渴。

還有一件事，薇琪。看看這個。我們有個約伯·吉爾曼（克萊頓）在一九六四年九月六日出生，之後一直要到一九六五年六月十六日才有其他生命誕生，間隔了十個月。知道我在想什麼嗎？我想，他們殺掉所有的家長，就連懷孕的也不放過。而他們之中有一個人在一九六四年十月懷了孕，生下了夏娃。某個十六或十七歲的少女。夏娃。

他焦躁不安地用拇指往回翻找到夏娃·托賓的紀錄。在下面：「亞當·格林洛，生於一九六五年七月十一日。」

他們現在才十一歲，他想著，雞皮疙瘩開始冒起。也許他們就在外頭、某個角落。

可是這種事情怎麼能守住秘密？怎能持續下去？

除非上述的神准許，否則怎麼可能？

「噢天哪！」伯特對著一片沉寂說，就在此時雷鳥的喇叭開始在午後時分刺耳地響起，一聲長長連續不斷的巨響。

伯特從講道壇一躍而起，跑下中央通道。他猛地打開外面門廳的門，讓炎熱、耀眼的陽光進來。薇琪直挺挺地坐在方向盤後，兩手緊貼在環形喇叭上，她的頭狂亂地轉動。孩子從四面八方靠過來，有的快樂地笑著，他們手裡拿著刀子、短柄小斧、水管、石頭、鐵鎚。一個小女孩，也許八歲，留著一頭美麗的金色長髮，手持一把千斤頂手柄。農村武器。之中沒有一把槍。伯特感覺一股瘋狂的衝動想要高聲大喊：你們誰是亞當和夏娃？誰是母親？誰是女兒？父親？兒子？

你若知曉，就只管說吧。

他們從小巷，從鎮上草地走來，穿過鐵絲網圍欄上的門，鐵絲網圍繞在再往西一條街的學校操場四周。他們有些人冷漠地瞄著僵立在教堂台階上的伯特，有的用手肘輕推彼此，嘻笑著指指點點……孩童甜美的微笑。

女孩子穿著長的棕色呢絨衣服和褪色的寬邊遮陽帽。男孩，有如貴格會的牧師，全都穿著一身黑，戴著圓頂平簷帽。他們在鎮廣場上飛奔朝車子湧來，橫越草坪，有幾個走過在一九六四年以前是恩典浸信會教堂的教堂前院，其中一、兩個接近得幾乎可以摸到了。

「霰彈槍！」伯特大叫：「薇琪，拿霰彈槍！」

但是她驚慌得愣住了，他從台階上就看得出來。他懷疑隔著關起的窗戶她究竟是否能聽見他的聲音。

他們聚集到雷鳥周圍。斧頭、短柄小斧及為數可觀的水管開始起落。我的天啊，我沒看錯吧？他嚇呆地想。一塊箭狀的鋁合金從車子側面剝落。引擎蓋標誌飛出去。刀子胡亂地畫著螺旋刺穿輪胎胎壁，車子往下陷。喇叭繼續不停地叭叭響。擋風玻璃和側邊窗戶在猛烈攻擊下龜裂變得不透明……接著安全玻璃往內飛濺，他又能看見了。薇琪往後蜷縮，現在只剩一手撳著環形喇叭，另一隻手舉起來保護臉部。急切的年輕雙手伸進去，摸找著上鎖／解鎖的按鈕。她狂亂地擊退他們。喇叭聲變得斷斷續續，最後完全停止。

他們用力拉開被敲得凹陷的駕駛座門，想要把她硬拖出來，但是她的兩手牢牢抓住方向盤。

隨後一個傢伙探身進去，一手拿刀，要——

他的癱瘓狀態解除，他衝下台階，差點跌倒，然後跑下石板步道，朝他們奔去。他們之中一個大約十六歲的男孩，留長的紅髮從帽子底下披散下來，他轉身向他，幾乎是漫不經心的樣子，然後某個東西迅速劃過空中。伯特的左手臂向後急抽，一剎那間他有種荒謬的想法，以為他是被人從遠距離揍了一拳。緊接著疼痛出現，如此的劇烈、突然，讓世界瞬時變得灰暗。

他神思恍惚驚訝地檢視他的手臂。一把一塊半的賓西大摺刀從他的胳臂長出來宛如奇形怪狀的腫瘤。他的潘尼百貨運動衫的袖子漸漸染紅。他凝視手臂彷彿有一輩子之久，試圖理解他怎麼可能長出一把摺刀……這有可能嗎？

當他抬起頭來，紅髮男孩幾乎在他上面。他齜牙咧嘴地笑著，充滿自信。

「嘿，你這混蛋！」伯特說。他的聲音尖銳、憤怒。

「把你的靈魂送回神那兒去，因為你馬上就要站到祂的寶座前。」紅髮男孩說著抓向伯特的雙眼。

伯特往後退，拔出手臂裡的賓西戳進紅髮男孩的喉嚨。鮮血立即巨量噴出，濺到伯特身上。紅髮男孩開始發出咯咯的聲音，繞著大圈子走。他抓著刀子，想要拔出來，卻沒有辦法。伯特目瞪口呆地直盯著他。這一切不是真的，只是一場夢。紅髮男孩發出咯咯聲走來走去，現在他的聲音是酷熱的正午過後唯一的聲響。其他人眼睜睜地看著，不知所措。

這一幕不在劇本裡，伯特麻木地想。薇琪和我，我們在劇本裡。那個試圖逃走的玉米田的男孩也在，但劇本裡沒有他們之中任何一個人。他兇惡地瞪視他們，想要大聲喊叫：你們覺得怎樣？

紅髮男孩發出最後一次微弱的咯咯聲，跪下去。他目不轉睛地看了伯特半晌，最後雙手從刀柄滑開，往前倒了下去。

一聲輕微的嘆息從聚集在雷鳥四周的孩子群中傳出，他們瞪著伯特。伯特回瞪他們，震懾得無法動彈……就在此時他留意到薇琪不見了。

「她在哪裡？」他問：「你們把她帶到哪裡去了？」

一個男孩將帶有血絲的獵刀舉到他的喉部，比了個鋸開的動作，他咧嘴笑著，那是唯一的答案。

從背後某處傳來一個年紀較長的男孩聲音，輕聲說：「抓住他。」

男孩們開始朝他走來，伯特往後退，他們加快步伐，伯特也退得更快。霰彈槍，那把該死的霰彈槍！拿不到。太陽切割他們在綠教堂草坪上的模糊影子……他退到人行道上，轉身拔腿就跑。

「殺了他！」有個人大吼，他們緊追著他。

他狂奔，但不盡然是盲目地跑。他繞過行政中心大樓——那邊沒用，他們會把他像隻老鼠般地逼到角落——跑上主街，這裡路變寬，再往前兩個街區又回到公路。要是他肯聽的話，他和薇琪現在早就在公路上遠走高飛了。

他的休閒鞋啪噠啪噠地踩在人行道上。在他前方，他能看見再多幾棟商業大樓，包括蓋特林冰淇淋店，以及——果然有——碧珠戲院。結滿灰塵的戲院看板上殘缺的大字寫著：現正 映 期限定 伊莉 白泰勒 埃及后㉜。再過下一個十字路口就是標示小鎮邊界的加油站，然後再過去就是漸漸接近道路兩側的玉米田。綠色的玉米波浪。

㉜現正上映期間限定的伊莉莎白・泰勒所主演的《埃及豔后》。

伯特繼續奔跑，他已經上氣不接下氣，上手臂的刀傷開始痛了起來，而且留下一路的血跡，他邊跑邊從後面口袋猛拉出手帕塞進襯衫裡面。

他飛快地跑著，休閒鞋重重地踩在人行道破損的水泥上，他的呼吸越來越熱，在喉嚨裡磨出粗重的刺耳聲音。他的手臂開始認真地陣陣抽痛。大腦有些諷刺的念頭想要問他是否認為自己能夠一路跑到下一個鎮，是否能夠跑二十哩雙線道的柏油路。

他不停地跑。在他身後，他能聽見他們正在推進，比他年輕個十五歲，跑得比他快。他們的腳步啪噠啪噠地踏在人行道上，他們彼此來回地大聲歡呼、吼叫。他們比遇上五級大火還要開心，伯特毫無條理地亂想，他們將會談論上好幾年吧。

伯特狂奔。

他跑過標示小鎮邊界的加油站，他的呼吸在胸口粗喘、怒吼，他腳下的人行道到了盡頭。現在只能做一件事，唯一擊敗他們逃出生天的機會。房舍不見了，小鎮遠去。玉米以柔軟的綠波湧回到馬路邊，宛如劍一般的綠葉輕柔地沙沙作響。那裡頭一定很深，又深又涼，因為一人高的玉米行列形成遮蔭。

他跑過一塊路標寫著：**你現在離開蓋特林，在內布拉斯加，或在其他任何地方，最友善的小鎮！隨時歡迎再來！**

我一定會的，伯特懷疑地想。

他宛如衝近終點線的短跑選手般跑經那個路標，然後陡地向左轉，橫越馬路，踢掉休閒鞋。接著他跑進玉米田中，玉米在他背後和上方合攏，猶如綠色的海浪，接納他進去，隱藏他。他突然感覺完全意料之外的安心席捲了他，同時恢復正常呼吸。他的肺，方才一直淺淺的，現在似乎鬆開來給了他較多的空氣。

他沿著進入的第一排直直跑下去，頭壓低，寬闊的肩膀擦過葉子使得葉子搖晃不已。他進去二十碼後向右轉，再次與馬路平行，然後繼續跑，彎低身子以免他們看到他深色頭髮的頭在黃色的玉米穗中上下擺動。他折返回去朝馬路跑了一會兒，再穿過幾排，然後背向馬路隨機地從一排跳到另一排，總是鑽得越來越深入玉米田中。

最後，他癱跪下去，用前額頂著地面。他只能聽見他自己粗重的喘息聲，而他腦海中一遍又一遍地播放這個想法：謝天謝地我戒了菸，謝天謝地我戒了菸，謝天謝地——

不久他能聽見他們，彼此來回大聲呼喊，有些時候不小心相撞（「嘿，這是我的地盤！」），那聲音令他精神大振。他們在他左邊離得相當遠，而且聽起來組織非常欠缺條理。

他從襯衫裡拿出手帕，對摺一下，觀察過傷口後再將手帕塞回去。儘管他鍛鍊了肌肉，但流血似乎已止住。

他再多休息一會兒，忽然意識到他感覺很棒，身體比他這幾年都要來得好……只除了手臂的抽痛外。他覺得自己充分鍛鍊了，並且在試著對付吸乾他婚姻的噩夢小精靈兩年後，突然在竭力克服一個明確（無論多麼荒唐的）問題。

他告訴自己，這是不對的，他不該有這種感覺。他正面臨一生中最致命的危機，而且他太太被帶走。她現在也許已經死了。他努力喚起薇琪的臉，藉此驅逐一些異常的良好感覺，然而她的臉不肯浮現，出現的是喉嚨插著一把刀子的紅髮男孩。

此刻他逐漸察覺到鼻間的玉米芳香，環繞在他四周。風吹過植物頂端產生一種宛如人聲的聲音，撫慰著他。無論有人以這玉米的名義做了什麼事，此刻玉米是他的保護者。

不過他們漸漸接近。

他彎著身子奔跑，急忙循著他所在的這一排往前跑，接著橫穿到另一排，再折返，然後再穿越更多排的玉米。他盡量讓那群人的聲音始終在他左邊，可是隨著午後時間推進，這點越來越難辦到。聲音變得模糊，而且玉米的沙沙聲經常完全掩蓋了他們的聲音。他奔跑、傾聽，再繼續跑。泥土堅硬扎實，他穿襪子的雙腳幾乎沒留下足跡。

許久之後他停下來時，太陽懸在他右邊的田地上方，紅得像著火似的，他看一下手錶，發現已經七點十五分了。夕陽將玉米頂端染成一片微紅的金黃，但是在這裡陰影黑暗而深沉。他側著頭傾聽，隨著日落的到來，風完全停息了，玉米靜止不動，散發生長的芳香到溫暖的空氣中。假如他們仍在玉米田裡，那他們要不是在遠處，要不就是蹲坐下來仔細聽。但伯特不認為一群孩子，就算是發了瘋，能夠安靜那麼長的時間。他懷疑他們做出最像小孩子的行為，不管這樣做的後果如何：他們已經放棄回家去了。

夕陽目前已落到地平線上宛如用椽架構的雲層間，他轉向西沉的太陽，開始走。如果他在玉米行列中沿對角線斜切過去，總是保持落日在他前方，他遲早一定會到達十七號公路。

手臂的疼痛已經緩和下來，變成幾乎是舒適的隱約抽痛，而他依舊有那種良好的感覺。他決定只要他人在這兒，他就讓那種良好的感覺繼續存在心裡，無需愧疚。等他必須面對官方解釋蓋特林發生的事情時，內疚會再回來，但是那可以等待。

他在玉米田中擠出一條路，心想他從不曾覺得意識如此敏銳。十五分鐘後太陽只剩半球突出在地平線上，他再度停下腳步，他的意識突然轉入他不喜歡的新路徑。隱隱……嗯，隱隱約約地感到恐懼。

他把頭偏向一邊。玉米在窸窣作響。

伯特注意到這點好一陣子了，但他剛才把這點和別的串聯在一起。現在風已經停了。那怎麼可能呢？

他警覺地環顧四周，有幾分預期會看到穿著貴格會外套的微笑男孩，悄悄從玉米叢走出來，手中緊握著刀子。然而完全沒這回事，沙沙作響的聲音依舊，在左手邊。

他開始朝那個方向走去，不再需要推擠過玉米叢。玉米行列帶領他往他想去的方向走，自然而然地，行列的盡頭就在前方。盡頭？不，是清光變成某種空地，沙沙的聲響就是從那兒傳來。

他停下來，倏然感到害怕。

玉米的氣味濃到令人生厭。行列保留住太陽的熱度，他忽然察覺到他渾身是汗、穀殼和細如蜘蛛絲的玉米鬚。照理說蟲子應該爬得他全身都是……但是並沒有。

他動也不動地站著，凝望向玉米行列變開闊的地方，那裡看來像是一大圈光禿禿的土地。

這兒沒有搖蚊或蚊子，沒有黑蠅或恙蟎——他和薇琪在談情說愛時稱牠們為「露天電影院小蟲」，他回憶著，突然無預期地湧起悲傷的懷舊之情。另外他沒看見任何一隻烏鴉。一片玉米地裡竟然沒有烏鴉，這是多麼詭異的事！

在最後一絲日光中他仔細掃視左邊的那排玉米，發現每一片葉子每一根莖都完美無缺，那根本是不可能的事。沒有枯萎病、沒有破爛的葉子、沒有毛毛蟲卵、沒有小動物挖的地洞，也沒有——

他的眼睛瞪大。

我的老天啊，甚至沒有雜草！

連一根也沒有。每一呎半有一株玉米從泥土長出。沒有毛狀稷、曼陀羅、美洲商陸、夏至草，或商陸。什麼都沒有。

伯特抬起頭來看，眼睛張大。西邊的光線逐漸消失，宛如用椽架構的雲層一同撤退，在雲層下面金黃的光線已褪成粉紅和赭色，很快天就會黑了。

該是走到玉米田中的空地查看那裡有什麼的時候了——那不是自始至終的計畫嗎？一直以來

他以為自己轉回公路方向，其實不就是被引導到這個地方嗎？

帶著滿腹的恐懼，他繼續走到那一排玉米盡頭，站在空地邊緣。殘餘的光線足以讓他看清這裡有什麼。他尖叫不出來，肺部似乎沒有剩下足夠的空氣。他用宛如兩條碎裂木片的雙腿蹣跚地走進去，他的眼睛從大汗淋漓的臉上凸出來。

「薇琪，」他低聲說：「噢，薇琪，我的天哪——」

她被架在橫木上好似令人驚駭的戰利品，兩手手腕及兩腿腳踝被幾束常見的帶刺鐵絲縛住，那種在內布拉斯加任何一間五金店一碼只要七毛的鐵絲。她的雙眼被挖出來，眼窩裡滿是散發月亮光澤的亞麻色玉米鬚。她的下顎被扳開發出無聲的尖叫，嘴巴裡塞滿玉米殼。

在她左邊是具身著腐朽的白法衣的骷髏，裸露的下顎骨咧開，眼窩似乎打趣地盯著伯特，彷彿這位從前恩典浸信會教堂的牧師在說：這樣子並不算糟，被異教的惡魔小孩獻祭在玉米田裡沒那麼糟糕，依據摩西律法雙眼從頭蓋骨被挖出來也不算太糟——

在穿白法衣的骷髏左邊的是第二具骷髏，這一具身穿腐爛的藍色制服。帽子掛在頭蓋骨上，遮住眼睛，帽舌上有個微帶綠色的徽章刻著：**警察局長**。

就在這時伯特聽見它來了：不是那群孩子，而是體型龐大許多的某種東西，在玉米間移動朝空地而來。不是孩子，不。孩子不會在夜裡冒險進入玉米田。這是聖地，是走在行列後面之人的聖殿。

伯特猛地轉身逃跑。他方才走進空地的那一條路已經消失，閉合起來，所有的玉米行列都封閉了。那個東西現在越來越接近，他聽得見它，擠過玉米間。他能聽見它的呼吸聲。他突然感到一陣盲目的強烈驚恐。它來了。空地遠端的玉米驀地暗了下來，彷彿巨大的陰影遮蔽了光線。

來了。

走在行列後面之人。

它開始走入空地。伯特看見某個巨大、龐然聳入天空的東西……一個全身綠色，可怕的紅眼大如足球的怪物。

那怪物聞起來像是在某處陰暗的穀倉裡堆放多年的乾枯玉米殼。

他放聲尖叫起來，然而他並沒有尖叫很久。

過一段時間以後，一輪膨脹的橘紅色秋收滿月升起。

正午時分玉米田的孩子站在空地，看著兩具釘在十字架上的骷髏和兩具屍體……屍體還沒變成骷髏，不過將來總會化為白骨。遲早有一天。在這裡，內布拉斯加的心臟地帶，玉米田中，什麼都沒有，時間最多。

「聽著，夜裡我作了一個夢，主向我顯示一切。」

他們全都轉過去驚懼地看著以薩，包括瑪拉基在內。以薩年僅九歲，但自從一年前玉米奪走大衛的性命後他就成為先知。當時大衛十九歲，他在他生日那天走進玉米田，就在薄暮飄然降臨夏日玉米行列的時刻。

現在，圓頂帽底下的一張小臉嚴肅，以薩繼續說：

「在我的夢中主是走在行列後面的陰影，他用多年前他對我們年長的弟兄所用的話跟我說。他非常不滿這次的獻祭。」

他們發出一陣嘆息和啜泣的聲音，望著周遭的綠牆。

「於是主說了：我難道沒有提供你們殺戮的場所，讓你們可以在那裡準備犧牲嗎？我難道沒有賜予你們恩典？但是這個男人在我之中做出褻瀆的行為，而我自己完成了這次獻祭。就像多年以前逃跑的藍制服警察和不忠誠的牧師一樣。」

「藍制服警察……不忠誠的牧師。」他們低喃地說，不安地面面相覷。

「所以現在恩典的年限從十九次播種收成降到十八次，」以薩無情地繼續說：「但是在玉米繁殖的時候要結實繁殖，那麼我的恩典也許會顯示給你們看，降臨在你們身上。」

以薩停住。

所有的眼睛轉向瑪拉基和約瑟，這群裡唯一十八歲的兩位。小鎮上還有其他的，或許總共二十人。

他們等著聽瑪拉基會說什麼，瑪拉基是率領大家追獵雅弗的人，雅弗從今而後將被稱為亞哈斯，受到神的詛咒。瑪拉基割開亞哈斯的喉嚨，將他的屍體扔出玉米田，以免他不潔的屍體污染了玉米或導致玉米枯萎。

「我順從神的話。」瑪拉基低聲說。

玉米似乎嘆息著表示讚許。

在接下來的幾星期內，女孩子們將會做許多玉米棒的十字架以抵擋更多的邪惡。

當晚所有現在超過恩典年限的人默默進入玉米田走向空地，以得到走在行列後面之人持續的恩典。

「再見了，瑪拉基。」路得呼喊。她鬱鬱不樂地揮手，她大腹便便懷著瑪拉基的孩子，眼淚無聲地順著她的臉頰迅速流下。瑪拉基沒有回頭，他的背挺得筆直，玉米吞噬了他。

路得轉身離開，仍然在哭泣。她暗自對玉米懷著恨意，有時候會夢想在乾燥的九月來臨時，趁玉米稈枯死火勢容易迅速擴大之際，一手各拿一根火炬走入田中。但是她同時懼怕玉米。夜裡，在那外頭，有東西走動，它看得見一切……甚至能看穿藏在人內心深處的秘密。

薄暮漸深，進入夜晚。在蓋特林附近，玉米悄悄地窸窣私語。它非常的喜悅。

＊本篇於一九八四年改編拍成電影《鐮刀大煞星》，並變成系列片，總共拍攝了八部續集，總共拍攝了八部續集，但是系列中譯片名相當混亂，第三集甚至還被台灣片商拿去當成另外一部系列恐怖片的片名。

梯子的最後一階

我昨天收到凱翠娜的來信，離父親和我從洛杉磯返回後不到一個星期。信是寄到德拉瓦州的威爾明頓，我從那之後已搬了兩次家。現在人時常搬來搬去，這些畫掉的地址和地址變更的標籤看起來竟能如此像控訴，實在不可思議。她的信又縐又髒，由於人手不斷觸摸而摺了一角。我讀了信的內容，接下來我所知的就是，我站在客廳裡手中拿著電話，正準備打給爸爸。我懷著像是恐懼的心情放下電話。他年事已高，而且心臟病發作過兩次。我打算撥電話告訴他凱翠娜來信的事嗎？我們才剛從ＬＡ回來不久啊。這麼做極有可能會奪走他一條命。

因此我沒打電話。但我無人可以傾訴……一件像這封信的事，太過私密無法告訴任何人，除非是妻子或非常親近的朋友。在過去幾年我沒交到太多親密的朋友，而我太太海倫和我已在一九七一年離婚。如今我們交流的只有耶誕卡。你好嗎？工作順利嗎？祝你新年快樂。

由於凱翠娜的信，由於信中的內容我徹夜失眠。她大可寫在明信片上。在「親愛的賴瑞」下面僅有一句話。然而一句就有足夠的影響力，短短一句就夠了。

我記得我們從紐約飛往西部時坐在飛機上的父親，他的臉龐在一萬八千呎高空的刺目陽光下顯得蒼老而憔悴。根據機長的廣播，我們剛經過奧馬哈的上空，爸爸說：「這裡比看上去還要遠得多了，賴瑞。」他的聲音裡有沉重的悲傷讓我感到不自在，因為我無法理解。等接到凱翠娜的信以後我才比較明白。

我們生長在奧馬哈以西八十哩一個名叫海明佛之家的小鎮——爸爸、媽媽、妹妹凱翠娜，和我。我比凱翠娜大兩歲，大家都叫她凱蒂。她是個漂亮的孩子，美麗的女人。即使在穀倉意外事件的那年，她才八歲，你就能看出她玉米鬚色的秀髮永遠不會失去光澤，那對眼睛永遠是深邃的、斯堪地那維亞的藍。只消望進那雙眼睛一眼，男人就會沉淪。

我猜你會說我們是土生土長的鄉巴佬。我爸爸擁有三百畝平坦、肥沃的土地，他種植飼料用的玉米並飼養牲畜，大家都稱那裡是「家庭牧場」。在當時，除了八十號州際公路和內布拉斯加九十六號公路外，全部的路都是泥土路，到鎮上去一趟是你會期盼三天的旅行。

如今我是全美頂尖、獨立的公司律師，他們如此告訴我，而我為了誠實不得不承認我想他們說得沒錯。一家大公司的董事長曾經把我引進他的董事會，受僱專門解決棘手問題。我身穿昂貴的西裝，腳踏頂級的皮鞋。我有三名領全職薪水的助理，如果我需要還能再請一打。但是在從前那段日子，我走在泥土路上到僅有單間教室的學校，書本用帶子綁著背在肩上，凱翠娜走在我旁邊。在春天，有的時候，我們光著腳走路。那年代還沒有你打赤腳餐館就不肯接待、也無法在市場買東西這回事。

後來，我母親過世——凱翠娜和我那時在哥倫比亞市唸高中——兩年後我爸爸失去了牧場，開始銷售曳引機。那是我們一家的終結，雖然當時感覺似乎沒那麼糟。爸爸工作進展順利，獲得了代理權，並在大約九年前被指派接下管理職位。我拿到內布拉斯加大學的足球獎學金，設法在學習如何從右缺口陣形把球傳出去之外學點其他東西。

那凱翠娜呢？我想要告訴你的正是她的事。

穀倉事件是發生在十一月初的某個星期六。坦白告訴你，我不確定實際的年份，不過是在艾克㉝仍當總統的時候。媽媽到哥倫比亞市參加糕餅市集，爸爸到離我們最近的鄰居家（七哩外）幫忙那人修理乾草耙。本來應當有個雇工在牧場上，但那天他根本沒有露面，不到一個月後我爸就解僱了他。

爸爸留給我一張待做的雜務清單（也有一些是要凱蒂做的），吩咐我們要把所有事情做完才能開始玩。但是清單並不長。十一月，到一年的這個時期關係到成敗的時機已過，我們那年再度達到目標，但我們並非總能達成。

那天的事我記得得非常清楚。天空陰沉沉的但並不冷，你能感覺出來天氣想要轉冷，想要認真來場白霜和霜凍、雪和霰。田地已經清空，動物懶怠憂鬱，屋子裡似乎有以前不曾出現過的奇特小氣流。

在像那樣的日子，唯一真正舒適的地方是穀倉。那裡溫暖，充滿了乾草、毛皮和糞便混合的愜意芬芳，而且在最高的第三層閣樓有家燕神秘的咯咯和咕咕聲。倘若你把脖子往上仰，你能看到銀灰的十一月光線從屋頂的縫隙透進來，試著拼你的名字。那是陰霾的秋天裡唯一真的似乎令人愉快的遊戲。

在第三層閣樓高處的橫樑上釘了一座木梯，梯子直通穀倉一樓的地板。大人禁止我們攀爬，因為梯子老舊不穩固。爸爸答應媽媽N次他會拆掉再裝一座較為堅固的，但是每次有空的時候似乎總是會冒出別的事情……比方說，幫鄰居修理乾草耙之類的。而那名雇工就是不幹活。

那座木梯有四十三階，精確無誤，凱蒂和我數了夠多次所以很清楚，假如你爬上那座搖晃的階梯，最後會到達橫樑，距離散亂著麥稈的穀倉地面七十呎。假使你順著橫樑緩緩移動，你的膝蓋顫抖，踝關節嘎吱嘎吱響，嘴巴乾渴得嚐起來像用過的保險絲，這樣子走了十二呎左右就會站在乾草堆上方。然後你可以躍下橫樑，筆直掉落七十呎，隨著這喜不自禁的恐怖瀕死驟降，撲進一張由茂盛乾草堆成的柔軟大床。這張床有乾草的芳香氣味，你躺在夏日重現的香味中，你的胃還遺留在上頭半空中，你會覺得……嗯，鐵定跟死而復活的拉撒路的感受一樣。你從高處墜落大難不死。

毫無疑問地，這是項嚴禁的運動。要是我們被逮到，母親會發出淒厲的尖叫，父親則會用皮帶狠狠伺候，即使我們年紀稍長也不例外。因為那座階梯，因為要是你尚未移到厚厚、鬆軟的乾草堆上，就正好失去平衡從橫樑摔落，你就會跌在穀倉堅硬的地板上徹底毀滅。

然而那誘惑實在太大。當貓不在的時候㉞……咳，你知道會怎麼發展。

那天一開始和其他所有日子一樣，充滿了恐懼混合著期待的愉快感覺。我們站在階梯底部，相互對視。凱蒂的面色紅潤，眼睛顏色比平時更深更為晶亮。

「看妳敢不敢。」我說。

凱蒂立刻回應：「看你敢不敢先上。」

我馬上回：「女士優先。」

「有危險的話男士先。」她說，裝作害羞地垂下眼，彷彿大家不知道她是海明佛第二大的野丫頭。不過她就是如此盤算。她會去，但她不要當第一個。

「好吧，」我說：「我先上去。」

那年我十歲，瘦得跟鬼似的，大約九十磅。凱蒂八歲，比我輕二十磅。以前木梯總撐得住我們，我們認為梯子會再支撐我們，正是這種觀點讓男人和國家一次又一次地陷入麻煩。

那天我能感覺到，當我爬得越來越高時，梯子開始在灰塵瀰漫的穀倉空中微微搖晃。如往常般，爬到一半左右，我腦中想像著倘若梯子突然斷裂完蛋時，我會出什麼事。不過我仍舊繼續

㉝美國艾森豪總統的暱稱。
㉞美國俚語：When the cats are away, the mice will play.（貓不在家，老鼠就造反。）

爬，直到我能夠用兩手攀住橫樑，奮力將身體撐上樑，然後往下看。

凱蒂仰望著我，她的臉蛋變成小小的白色橢圓形。穿著褪色的格子襯衫和藍色牛仔褲，她看起來像個玩具娃娃。在我上方更高處，屋簷積滿灰塵的區域，燕子柔和地咕咕叫。

再一次，出於習慣不假思索的：

「嗨，下面的！」我喊道，我的聲音往下飄到站在乾草碎屑上的她耳邊。

「嗨，上面的！」

我站起來，來回搖擺了一下下。同平常一樣，空中似乎突然出現奇怪的氣流，是下面不存在的。我能聽見自己的心跳聲，為了平衡我把兩手伸展開來，開始一吋吋地慢慢前進。有一回，在這段冒險的途中，一隻燕子忽然飛撲到我的頭附近，在退縮時我差點失去平衡，自此我活在同樣的事情將重演的恐懼中。

但是這回無事，終於我站到乾草上方的安全位置。現在往下看並不如感覺的那麼恐怖，有一瞬間的期待，接著我跳下來躍入空間中，為了加強效果還捏住鼻子。一如既往，重力突如其來地緊抓住我，粗暴地將我往下扯，讓我垂直落下，讓我想要放聲大叫：噢，對不起，我弄錯了，讓我退回上面去！

隨即我撞到乾草，像顆子彈似的噴射進去，乾草滿是灰塵的芳香氣味在我四周翻騰上來，我的身體仍在下墜，彷彿進入重水中，緩緩地埋進乾草堆裡停下。跟往常一樣，我能感覺到噴嚏在鼻子裡頭醞釀。聽見一、兩隻受到驚嚇的田鼠逃向乾草堆裡比較寧靜的區域。然後，奇妙地感覺到，我重生了。我記得凱蒂有一回告訴我，在俯衝進乾草裡面後她感覺自己煥然一新，宛如新生嬰兒。我那時滿不在乎——有點明白她的意思，又有點不懂——但自從接到她的信後，我也回憶起那種感覺。

我爬出乾草堆，有點像在其間游泳，直到我能爬到穀倉地板上。我的褲子上襯衫後面都是乾草，運動鞋和手肘上也沾黏著。頭髮裡有乾草屑嗎？那還用說。

這時她已爬到梯子一半，金色的辮子在肩胛骨上彈跳著，爬過飄浮著灰塵的一束光線。在其他日子裡，光線可能同她的秀髮一樣亮，不過這天她的辮子無可匹敵，毫無疑問地是那上頭色彩最鮮豔的東西。

我記得心裡在想我不喜歡梯子來回搖晃的模樣，覺得好像梯子從來不曾這麼鬆弛不牢固。

沒多久她上了橫樑，高高在我之上——現在換我變得渺小，我的臉是往上仰的白色小橢圓，她的聲音乘著我跳躍時激起的飄浮乾草碎屑傳下來：

「嗨，下面的！」

「嗨，上面的！」

她在橫樑上緩慢地移動，我判斷她已在乾草的安全範圍上方後，胸口的心臟才稍微放鬆。我向來如此，縱使她動作總是比我更優雅……更敏捷，假如這樣說自己的小妹妹聽起來不太奇怪的話。

她站在那兒，用穿著舊的凱德斯低筒帆布鞋的腳趾穩穩站著，兩手伸展在前面，然後如天鵝般地漂游。提到忘不了的東西，無法形容的東西，嗯，我是可以形容……一點點，但是無法形容到讓你了解她的姿勢有多麼美麗、多麼完美，是我一生中少數似乎全然真實、完全純正的東西。不，我沒法像那樣告訴你。無論是用筆或舌，我都沒有那樣的本事。

有一剎那她似乎懸在空中，彷彿僅存在第三層閣樓的神秘上升氣流托著她，像隻內布拉斯加前所未見、有著金羽毛的閃亮燕子。她是凱蒂，我的妹妹，她的雙手姿勢優美地向後伸展，背拱起，那一瞬間我多麼愛她。

然後她掉下來撞進乾草堆消失了蹤影。從她製造的洞中升起爆發的乾草碎屑和一串咯咯笑聲。我忘記了她爬梯子時階梯看上去多麼地搖晃不穩，等到她出來時，我已經又上到一半了。

我想要自己如天鵝般漂游，然而恐懼如往常般攫住我，我的天鵝變成一枚加農炮彈。我想我永遠無法像凱蒂那樣地堅信乾草在那兒。

這個遊戲持續了多久？很難說。不過我後來仰頭看了十或十二次的俯衝，看見光線改變。我們的爸爸媽媽預計要回來了，而我們渾身上下都是乾草屑……幾乎等於簽了名的招供，於是我們達成協議每人再玩一次。

我先上去，感覺身子底下的階梯晃動，而且可以聽見，非常微弱的，木頭裡老釘子鬆開的刺耳嘎嘎聲。我頭一回真正、主動地覺得害怕。我想要是我比較靠近底部，我就會爬下去，一切就到此結束，然而橫樑比較接近，看起來也比較安全。離頂端還有三階橫檔時釘子鬆脫的嘎嘎聲越來越大，我突然怕得發冷，確信我已經玩得太過火了。

接著我的兩手抓到了粗糙的橫樑，將體重從木梯上挪開，討厭的冷汗使乾草梗纏結在我的前額上，遊戲的樂趣全然消失。

我急忙走到乾草上方往下跳，就連下墜時的暢快也沒了。落下來時，我想像萬一上升迎接我的不是柔軟有彈性的乾草，而是堅硬的穀倉地板，將會是什麼感覺。

我出了乾草走到穀倉中央，看見凱蒂正迅速攀爬上梯。我高聲喊：「嘿，下來！梯子不安全！」

「撐得住我的！」她自信地大聲回話。「我比你輕啊！」

「凱蒂——」

可是那句話永遠沒說完，因為就在那時梯子斷裂了。

伴隨著腐朽、碎裂的劈啪聲，我大聲呼喊，凱蒂尖叫。她差不多就在我方才開始深信我太過得寸進尺的位置。

她站的橫檔塌陷，緊接著梯子兩邊分裂。有一瞬間在她下面的階梯，整個分解開來，看起來好像一隻行動緩慢的昆蟲——螳螂或梯蟲——剛剛決定走開似的。

然後梯子倒塌，斷然砰的一聲撞擊到穀倉地板上，揚起灰塵，使得牛群擔心地哞哞叫，其中一頭猛踢畜欄的門。

凱蒂發出拔高、尖銳的叫聲。

「賴瑞！賴瑞！救我！」

我曉得該做什麼，我馬上就看出來了。雖然我非常害怕，但還沒嚇到不知所措。她在我上方超過六十呎處，藍色牛仔褲包裹的腿在虛空中慌亂地踢著，家燕在她上面咕咕的叫。我嚇壞了，確實。而且你要知道，我到現在還是不敢看馬戲團的空中特技，甚至連電視上播的也不敢，看了我的胃就會虛弱。

但我很清楚該怎麼辦。

「凱蒂！」我仰頭對她聲嘶力竭地大叫：「別動！不要亂動！」

她立刻聽從我的話。兩腿停止亂踢，筆直地垂下，小手緊抓住階梯參差不齊的尾端上最後一根橫檔，宛如高空鞦韆停住的特技演員。

我跑向乾草堆，抓起滿滿兩手的乾草，跑回去，扔下。再跑回去。然後再一次、又一次。

那之後我實在不記得了，只除了乾草鑽上我的鼻子，我開始一直打噴嚏，無法停止。我來回奔跑，在階梯底部原先的位置堆起一堆乾草。那是非常小的乾草堆。看看草堆，再看看她懸在上面如此高的地方，你可能會想起有個傢伙從三百呎的高處跳進水玻璃中的卡通。

來來回回。不停地往返。

「賴瑞，我沒辦法再撐太久了！」她的聲音尖銳而絕望。

「凱蒂，妳一定得撐住！妳一定要撐下去！」

來來回回。乾草堆到我的襯衫下面。來來回回。乾草現在堆到我下巴的高度，但我們俯衝進去的乾草堆可是二十五呎深啊！我想如果她只摔斷腿，就算萬幸了。我很清楚假如她完全沒跳到乾草上，絕對會喪命。繼續來回不停地搬。

「賴瑞！橫檔！快要斷了！」

我能聽見橫檔在她的重量下逐漸鬆脫不間斷地發出刺耳的聲音。她的雙腿又開始驚慌地亂踢，但要是她像那樣猛烈擺動，她肯定無法落到乾草上。

「不！」我大叫：「不要！停下來！只要放手就好！放開手，凱蒂！」因為太遲了，我來不及再去多搬點乾草。一切都太遲了，只能盲目的希望。

就在我叫她放手的那一刻，她馬上鬆開手落下，她像把刀似的筆直掉落。我感覺好像她永無止境地墜落，她的金色辮子從她頭上直豎起來，她的雙眼緊閉，臉蒼白得猶如瓷器。她沒有大聲尖叫，她的兩手緊緊交握在嘴唇前，彷彿正在祈禱。

她掉落在乾草的正中央，埋進裡頭不見人影——乾草宛如遭到炮彈攻擊飛揚得到處都是——接著我聽見她的身體撞到木板的重擊聲。那聲音，響亮的砰一聲，讓我感到如死一般的寒意。那聲音太大，太過響亮了。但是我必須親眼看看。

我一面開始哭泣，一面猛撲向乾草堆撥開乾草，將乾草大把大把地往我身後拋。一條裹著牛仔褲的腿露了出來，再來是格子襯衫……然後是凱蒂的臉。她的臉慘白得如死掉一般，眼睛閉著。她死了，我看著她確信這一點。我的世界頓時變得灰暗，十一月的灰暗。在這之中唯一有顏色的是她的辮子，閃亮的金黃色。

再來是她張開眼睛時虹膜的深藍色。

「凱蒂？」我的聲音嘶啞，不敢置信。我的喉嚨覆蓋著乾草屑。「凱蒂？」

「賴瑞？」她困惑地問：「我還活著嗎？」

我把她從乾草堆裡挖出來擁抱，她用兩條手臂摟住我的脖子回抱著我。

「妳還活著，」我說：「還活著，妳還活著。」

她跌斷了左腳踝，如此而已。當佩德森醫生，哥倫比亞市來的家庭醫師，同我父親跟我一起走到穀倉時，他抬頭看著陰影良久。階梯的最後一根橫檔仍懸在那裡，歪斜著，只靠一根釘子固定住。

如我所說，他注視了好一會兒。「奇蹟，」他對我父親說，然後輕蔑地踢著我搬下來的乾草。他走到外面他沾滿灰塵的德索托上，驅車離開。

父親的手放到我的肩膀上。「我們到木柴間去，賴瑞，」他以非常平靜的口吻說：「我相信你很清楚在那裡會發生什麼事。」

「是的，長官。」我低聲說。

「賴瑞，我每揍你一下，我希望你都感謝一次上帝：你妹妹還活著。」

「是的，長官。」

接著我們去了木柴間。他狠狠地揍了我非常多下，多到我在那之後連續一個禮拜都站著吃飯，椅子上鋪著軟墊坐了兩個禮拜。每一次他用長繭的紅腫大手使勁打我時，我都感謝上帝。

用非常、非常響亮的聲音說。到最後兩、三下時，我非常確定祂聽到我的感謝。

在將要就寢前他們讓我進去看她。我記得，她的窗外有隻灰貓嘲鶇。她的腳整個包裹起來，架在木板上。

她非常關愛地凝視我好長一段時間，讓我很不自在。最後她說：「乾草。你把乾草搬下來了。」

「我當然搬了，」我衝口而出。「不然我還能怎麼辦？梯子一斷，就沒別的方法可以上去了。」

「我那時不曉得你在幹什麼。」她說。

「妳一定知道吧！我就在妳下面，我的天哪！」

「我不敢往下看，」她說：「我太害怕了。我從頭到尾都閉著眼睛。」

我震驚得愣住了，目不轉睛地看著她。

「妳不知道？完全不曉得我在幹什麼？」

她搖搖頭。

「那我叫妳放開手的時候妳……妳就照做了？」

她點頭。

「凱蒂，妳怎麼敢那麼做？」

她用那雙深藍的眼眸看著我。「我知道你一定會做什麼想辦法解決，」她說：「你是我的哥哥。我知道你會照顧我的。」

「噢，凱蒂，妳不知道當時有多麼驚險。」

我抬起雙手掩住臉。她坐起來將我的手拿開，親吻我的臉頰。「不知道，」她說：「但是我知道你在底下。哎呀，我好想睡。賴瑞，我們明天見吧。佩德森醫生說，我要去上石膏。」

石膏裹了將近一個月，她班上所有的同學都在上面簽名，她甚至叫我也簽了名。等拆掉石膏，穀倉事件就畫下句點。我父親換上一座堅固的新梯子到第三層閣樓，但是我再也沒爬上橫樑跳進乾草堆了。據我所知，凱蒂也不曾。

那是事件的結尾，但以某種角度來說並沒有完結。不知怎地，這件事一直沒有結束，直到九天前，凱蒂從洛杉磯一棟保險公司大樓的頂樓跳下。我的皮夾裡有《洛杉磯時報》的剪報。我想我會永遠隨身攜帶，不是當作美好的回憶，像你帶著想紀念的人的快照，或是一場非常精采的表演的劇院票根，或世界大賽專刊的片段。我帶著那張剪報就像你背負什麼沉重的東西，因為那是你的使命。剪報上的標題寫著：**應召女郎跳樓致死**。

我們長大了。除了不具任何意義的事實之外，我只知道這點。她原本打算上奧馬哈的商業學院，但是在她高中畢業後的那年夏天，她在一場選美比賽中奪冠，嫁給了其中一位評審委員。聽起來像個下流的玩笑，對不對？我的凱蒂。

我在法學院時，她離了婚，寫給我一封長信，十頁或更多，告訴我當時的狀況，說她的婚姻生活多麼的混亂，要是她能有個孩子情況或許會改善。她問我是否能過去一趟。但是在法學院損失一個禮拜，有如文科大學生錯過一個學期。法學院那些傢伙是獵犬，你要是讓那隻機械小兔子離開視線，它就會永遠消失了。

她搬到洛杉磯又再婚。那次婚姻關係破裂時，我已離開法學院。她又來了一封信，這封稍短，但更憤世嫉俗。她告訴我，她絕對不要受困在那旋轉木馬似的生活中。那是無法改變的情況，你唯一能成功脫離的方法是從馬上摔下來跌破頭蓋骨。假如那是免費搭乘的代價，誰還想要呢？附註，賴瑞，你能來嗎？我們已經好久沒見了。

我回信告訴她我很想去，但我沒辦法。我在一間壓力很大的律師事務所找到工作，是裡頭資歷最淺、地位最低微的人，包辦了大小事沒半點功勞。如果我打算邁進下個階段，非得那一年不可。那是我的長信，全都在講自己的事業。

我回了她所有的信，但是我從來無法真正相信寫信的人真是凱蒂，你知道的，就像我無法真正相信乾草真的在那裡一樣……一直要到下降的末尾，乾草阻擋了我的墜落救我一命才能確信。我無法相信在信件末尾畫圓圈簽上「凱蒂」的受虐婦女和我妹妹真是同一個人。我妹妹仍是留著辮子，胸部還沒發育的小女孩。

停止寫信的人是她。我收到耶誕卡、生日卡，我太太會回禮。後來我們離了婚、我搬家之後就忽略了。爾後接下來的耶誕節和生日，卡片是透過轉寄地址寄來的——第一批。我不斷惦記著：天哪，我得寫信給凱蒂告訴她我搬家了。但我從來沒付諸行動。

但就如我告訴過你的，這些都是毫無意義的事實。唯一重要的事情是我們長大了，她從保險公司大樓如天鵝般躍下，而凱蒂是那個始終相信乾草會在那裡的人。凱蒂是那個說：「我知道你一定會做什麼想辦法解決的。」要緊的是這些事。還有凱蒂的信。

現在人時常搬來搬去，這些畫掉的地址和地址變更的標籤看起來竟能如此像控訴，實在不可思議。她將她的寄件人地址用印刷字體寫在信封的左上角，她一直住在那個地方直到跳樓。那是位在范奈斯一間非常不錯的公寓大廈，爸爸和我到那裡收拾她的東西。房東太太人很和善，她十分喜歡凱蒂。

信件上蓋的郵戳是在她過世前兩個禮拜。要不是轉寄地址，信早就到我手頭上。她一定厭倦了寫信。

親愛的賴瑞：

我最近經常在思考這件事……最後我認為，當年那根最後的橫檔要是在你鋪好乾草之前就斷了，對我來說應該會比較好。

凱蒂筆

對，我猜想她一定是厭倦了寫信。我寧可這樣相信著，而不願去想她認為我肯定是不重視。我不希望她這麼想，因為那一句話或許是唯一能讓我奔跑前進的動力。

然而即使那也不是我現在如此難以成眠的原因。當我闔上眼睛開始迷迷糊糊入睡，我就看見她從第三層閣樓躍下，深藍的眼睛睜大，身體拱起，雙臂優美地向背後伸展。

她是始終確信乾草會在那裡的人。

愛花的男人

一九六三年五月某日傍晚，一個單手插在口袋裡的青年輕快地走在紐約的第三大道上。微風和暖舒適，天空以緩慢的速度漸漸由藍變暗，轉為黃昏寧靜、美麗的紫色。有許多人喜愛這座城市，而這正是令他們喜愛這座城市的夜晚之一。每個站在熟食店、乾洗店和餐廳門口的人似乎都露出微笑。一個用舊嬰兒車推著兩袋食品雜貨的老婦人對著青年咧嘴笑，向他打招呼：「嘿，帥哥！」青年朝她淡淡一笑，舉起手揮一揮。

她繼續走自己的路，心想：他戀愛了。

他的外表給人那樣的印象。他穿著淺灰色的西裝，窄版的領帶略微往下拉，最上面的領釦沒扣。他的頭髮深色、剪得短短的。膚色白皙，眼眸是淡藍色。不是長得特別出色，但在一九六三年五月，這個和煦的春天傍晚，在這條大道上，他算是非常俊美。老婦人發現自己有一瞬間抱著甜蜜的懷舊之情想著，在春天任何人都會看起來很美……只要他們是匆忙趕去和他們的夢中情人約會吃晚餐，也許餐後還去跳個舞。春天是唯一一個懷舊似乎永遠不會變得苦澀的季節，她繼續往前走，慶幸自己和他說了話，很高興他舉手向她致意，回應她的稱讚。

青年橫越六十三街，走路時腳步輕快跳躍，唇邊掛著同樣的淺笑。走到這個街區半途中時，一個老人站在斑駁的綠色手推車旁，車上載滿了鮮花，以黃色為主；一片黃水仙和晚開番紅花的黃色狂熱。老人同時還有康乃馨和幾朵溫室栽培的香水月季，大多是黃色和白色。他坐在手推車的斜對角，一邊吃著扭結餅，一邊在聽笨重的電晶體收音機的廣播。

收音機正在播報沒人注意聽的壞消息：一個用鐵鎚奪命的兇手仍逍遙法外；甘迺迪強調一個叫越南的亞洲小國的情勢值得觀察（播報新聞的人唸成「微南」）；在東河打撈起一個身分不明的女人；在最近市府掃蕩海洛因一役中，大陪審團未能起訴黑幫老大；蘇俄試爆了核子裝置。似乎沒有一則消息是真實的，也沒有一則似乎很重要。輕風和煦芳香。兩個挺著啤酒肚的男人站在麵包店外頭，一面玩丟鎳幣的遊戲，一面互相開玩笑。春天在即將轉入夏天的邊緣搖晃，在這座城市，夏天是夢想的季節。

青年經過賣花攤，播報壞消息的聲音逐漸消失。他猶豫了片刻，轉回頭看，仔細考慮考慮。接著他伸進外套口袋再摸一次裡面的東西。有一瞬間他的表情似乎茫然，寂寞，近乎焦慮不安，然而，當他的手離開口袋，臉上又恢復先前熱切期待的表情。

他轉向賣花攤，露出微笑。他要帶些花送她，她一定會很高興。他喜歡帶給她意外的禮物時，看她的眼睛又驚又喜得發亮起來，通常是些小東西，因為他遠遠稱不上富有。一盒糖果、一條手鍊。有一回僅是一袋瓦倫西亞橙，因為他知道那是諾瑪的最愛。

「我年輕的朋友啊，」灰西裝的男人走回來，迅速掃視手推車裡的貨品時，花店的小販說。小販年約六十八，儘管這天傍晚溫暖，仍穿著破損的灰色針織毛衣，戴一頂軟帽。他的臉滿佈皺紋，眼睛深陷在眼袋中，一根菸在手指間抖動。但是他同樣記得年輕時的春天是如何——年輕，深陷情網，幾乎是輕快地到處飛舞。小販通常總是愁眉苦臉，不過他現在稍稍展露笑容，一如那位推著雜貨的老婦人，因為這個年輕人是如此顯而易見的例子。他拂去鬆垮的毛衣前襟上的扭結餅碎屑心想：假如這小伙子病了，他們會馬上給他悉心的照顧。

「你的花怎麼賣？」年輕人問。

「我可以用一塊錢幫你配一把漂亮的花束。那些香水月季，是溫室栽培的。稍微貴一點點，一朵七毛錢。半打我賣你三塊五。」

「太貴了。」年輕人說。

「一分錢一分貨啊，年輕的朋友。你母親沒教過你嗎？」

年輕人咧嘴笑笑。「她可能提到過吧。」

「當然，她當然說過。我給你半打，兩朵紅的，兩朵黃的，兩朵白的。沒有比這更漂亮的啦，是吧？加一些滿天星——他們都喜歡這個——然後再用一些蕨類把花束填滿，非常好看。或者你可以用一塊錢買把花束。」

「他們？」年輕人問，仍帶著微笑。

「年輕的朋友，」花店小販說，將菸蒂彈入排水溝回以微笑。「在五月沒人買花給自己的。那就像是國家定的法律一樣，你懂我的意思嗎？」

青年想起諾瑪，她滿足、驚喜的眼神和溫柔的笑容，他略微低下頭。「我想我要買一束。」他說。

「你當然要囉。你的意思如何？」

「嗯，你覺得呢？」

「我會告訴你我的想法。嘿！反正建議不用錢，不是嗎？」

青年微笑著說：「我想那是剩下來唯一免錢的東西了。」

「你說得一點也沒錯，確實是這樣，」花店小販說：「好吧，年輕的朋友。假如花是給你母親的，你就送她花束。幾朵黃水仙，幾朵番紅花，加上一些鈴蘭。她不會說出掃興的話：『噢，兒子，我好喜歡哪，這些花了多少錢啊？噢那太貴了，你難道不知道不該隨便亂花錢嗎？』」

青年向後仰頭開懷大笑。

小販說：「但是如果是給你女朋友，那就是另一回事了，孩子，你明白吧。你送她香水月季，她不會變成一個會計，你懂我的意思嗎？嘿！她會張開雙手抱住你的脖子——」

「我要香水月季，」青年說，這回輪到花店小販哈哈大笑。兩個玩丟錢幣的男人回頭看一眼，面露微笑。

「嘿，小子！」其中一人喊道：「你想買個便宜的結婚戒指嗎？我把我的賣給你……我不想要了。」

青年咧嘴笑著，臉紅到深色的髮根去。

花店小販挑選了六朵香水月季，剪去一點莖，噴灑些水，再用圓錐形的紙包起來。

「今晚的天氣看起來正是大家所希望的，」收音機的廣播說：「晴朗暖和，氣溫適中最高到華氏六十度，如果你生性浪漫的話，這種天氣非常適合到屋頂看星星喔。好好享受一下吧，大紐約地區，盡情享受！」

花店小販用透明膠帶黏貼包裝紙的接縫，建議青年轉告他女朋友，在她插花的水中加一點糖可以讓花維持更久。

「我會告訴她的，」青年說。他拿出一張五塊錢鈔票。「謝謝。」

「只是做我分內的工作而已，年輕的朋友，」小販說，找給他一元紙鈔和兩個兩毛五的硬幣。他的笑容變得有點感傷。「替我親她一下啊！」

收音機裡，四季合唱團開始唱〈雪莉〉。青年將找零收進口袋，繼續往前走，眼睛警覺而熱切地張大，不大注意看他身邊第三大道上各處的人生起落，而只專注在自己的心事和前方，滿懷期待的。不過某些事情確實影響了他：一個母親拉著玩具車裡的幼兒，幼兒的臉蛋滑稽地沾滿了冰淇淋；一個小女孩在跳繩邊單調地哼唱她自己的小詩：「貝蒂亨利爬上樹，玩親親！先有愛，再結婚，亨利推著嬰兒車！」兩個女人站在自助洗衣店外面，抽著菸比較懷孕的狀況；一群男人在看五金行櫥窗裡標價四位數字的巨型彩色電視——正在播放棒球賽，所有球員的臉看起來都是綠色的，球場則是模糊的草莓色，在九局上半紐約大都會以六比一領先費城人隊。他繼續走，手中拿著花，渾然不覺自助洗衣店外的兩個女人停止聊天了一會兒，嚮往地看著他拿著一束紙包的香水月季走過去；她們收到花的日子早已結束。他沒察覺到年輕的交通警察猛吹一聲哨子，攔住第三大道和六十九街交叉路口的車子讓他通過；警察本身訂了婚，認得青年臉上夢幻般的神情，因為他自己最近常在刮鬍鏡中看到同樣的表情。他沒意識到同他反方向的兩名十來歲少女經過他身邊後，緊抓著她們自己咯咯地傻笑。

到了七十三街他停下來向右轉。這條街比較陰暗些，兩旁盡是赤褐石建築和義大利名字的地下餐廳。再往下三個街區，漸暗的光線下有人在玩棍子球遊戲。青年並沒有走到那麼遠，在這條街半途中他就轉入窄巷。

此時星星已經出來，柔和地閃爍，巷子陰陰暗暗的，滿是垃圾桶模糊不清的輪廓。青年如今孤獨一人——不，不完全是。在紫色的憂鬱中突然傳來一聲顫抖的嚎叫，青年蹙起眉頭。那是某隻公貓的情歌，實在一點也不悅耳。

他更加放慢腳步，並且瞄一眼手錶。八點十五分，諾瑪應該就——

接著他看見她了，從天井朝他走來，穿著深藍色的寬鬆長褲和水手服，讓他的心揪疼了起來。第一次見到她總是驚喜，總是甜蜜的感動——她看起來如此的年輕。

此刻他的笑容浮現——散發出來，他加快腳步。

「諾瑪！」他叫道。

她抬起頭來微笑……然而當他們挨近時，笑容消失了。

他自己的笑容也微微顫抖，他感到片刻的焦慮。水手服上的臉龐忽然變得好像模糊不清。現在天色越來越暗……他有可能搞錯了嗎？當然不會。的確是諾瑪沒錯。

「我買了花送妳。」他鬆口氣高興地說，將紙包的花束遞給她。

她注視花片刻，微微笑著——然後把花送還回去。

「謝謝你，不過你弄錯了，」她說：「我的名字是——」

「諾瑪，」他低喃地說，從外套口袋拿出一根自始至終都收在裡面的短柄鐵槌。「這花是給妳的，諾瑪……一直都是給妳的……全都是為了妳。」

她往後退，臉蛋變成一團模糊的白皙圓形，嘴巴恐懼得張成黑色的O形，她不是諾瑪，諾瑪已死，她已死了十年，不過那無所謂，因為她即將要尖叫，他揮動鐵槌阻止她尖叫，扼殺尖叫聲，當他揮舞鐵槌時，紙包的花束從他手中掉下去，紙束裂開散落，將紅的、白的、黃的香水月季撒在凹損的垃圾桶旁，貓兒在那兒的黑暗處野交，在交配中不斷地尖鳴、尖鳴、尖鳴。

他揮著鐵槌，她沒有尖叫，不過她很可能叫出來，因為她不是諾瑪，她們全都不是諾瑪，他擺動鐵槌，一而再、再而三地揮舞鐵鎚。她不是諾瑪，因此他揮動鐵鎚，和他做過的其他五次一樣。

過了不知多久，他將鐵槌塞回內側的外套口袋往後退卻，離開四肢不自然地伸開靠在赤褐石建築上的幽暗陰影，遠離垃圾桶旁散得到處都是的香水月季。他轉身離開窄巷。現在天已全黑。棍子球球員已經進室內。假如他的西裝上有血跡，也不會顯露出來，在黑暗中看不出來，在這和暖的晚春夜裡看不出來。她的名字不叫諾瑪，但他知道他的名字是什麼。是……是……

愛。

他的名字是愛，他在這些闃黑的街道上行走，因為諾瑪在等著他。而他終會找到她，在不久的將來。

他開始笑了起來。當他走到七十三街時腳步又恢復小跳躍。一對中年夫婦坐在他們大樓的台階上，看著他經過，歪著頭，眼神飄向遠方，嘴唇上掛著淺淺的笑容。當他經過以後，女人說：「為什麼你再也沒出現過那樣的表情了？」

「啊？」

「沒事，」她說，但她目送穿灰西裝的青年消失在漸漸滲入的昏暗夜色中，心想倘若有什麼比春天更美好，那肯定是年輕的愛。

夜荒荒心慌慌

晚上十點十五分，賀伯・圖克蘭德正考慮要打烊時，一名身穿高級大衣，面色慘白、兩眼直瞪的男人突然闖進位在費爾茅斯北邊的老圖酒吧。這天是一月十日，差不多是大多數人學著安心接受所有他們放棄了的新年新志向的時候，外頭颳著猛烈的東北暴風雪。天黑前已下了六吋，而且從那時起雪下得越來越大，越來越猛。我們看到比利・賴瑞彼高高坐在鎮上鏟雪車的駕駛室中經過兩次，第二次老圖端了一杯啤酒出去給他——我母親會稱之為純粹的善行，而我的上帝知道她在她一生中喝了夠多老圖的啤酒。比利告訴他他們搶先鏟除主幹道的雪，但是旁邊的巷弄已經封住，到明天早晨為止都會保持那樣。波特蘭的廣播預報說暴風時速四十哩，雪堆會再積個一呎。

酒吧裡只有老圖和我，聽風呼嘯地吹過屋簷，看風舞弄著壁爐中的火焰。「喝完這一杯就走吧，布斯，」老圖說：「我準備要打烊了。」

他倒給我和他自己各一杯，就在這時門被撞開，這個陌生人蹣跚地走進來，雪積到他的肩膀和頭髮上，好像他在糖粉裡打過滾似的。狂風在他身後揚起一大片細沙般的雪。

「把門關上！」老圖對他大吼。「你是沒學過規矩嗎？」

我從未見過有人顯得那麼害怕。他活像一匹整個下午都在吃帶刺蕁麻的馬。他的眼睛轉向老圖說：「我太太——我女兒——」然後他就暈倒在地板上。

「我的天哪，」老圖說：「把門關上，布斯，可以嗎？」

我走過去關門，要對抗風使勁把門推上有幾分困難。老圖單膝跪下抬起那男人的頭，輕拍他的臉頰。我走過去他旁邊，馬上看出情況嚴重。他的面色火紅，但是到處長著灰斑，你若是像我一樣，從伍德羅・威爾遜㉟當總統的年代起就在緬因州度過冬天，你就知道那些灰斑意味著凍傷。

「昏過去了，」老圖說：「幫我從吧檯後面架上拿瓶白蘭地過來，好嗎？」

我拿了以後走回來。老圖解開男人的大衣。他稍微恢復知覺，眼睛半睜開，他喃喃說些什麼，聲音太小聽不清楚。

「倒一瓶蓋，」老圖說。

「只要一瓶蓋就好了嗎？」我問他。

「那酒很烈，」老圖說：「沒必要過度刺激他的身體。」

我倒出一瓶蓋看向老圖。他點點頭。「直接從嘴巴灌下去吧。」

我把酒倒下去。他的變化非常顯而易見。那人渾身顫抖開始咳嗽。他的臉色變得更紅。半垂著的眼皮突然升起，好像百葉窗一樣。我有點恐慌，然而老圖只是扶他坐起來拍拍他的背，宛如他是個巨嬰。

那人開始作嘔，老圖又再輕拍他。

「別吐出來，」他說：「那白蘭地可是很貴的。」

男人再咳了幾下，不過現在逐漸減弱。我頭一次仔細地打量他。毫無疑問地，城市人，憑猜測，大概是從波士頓南邊哪個地方來的。他戴著小山羊皮的手套，昂貴卻很薄。他的兩手上八成還有更多灰白的斑塊，他若是沒失去一、兩根手指就算運氣好了。他的大衣很高級，絕無疑問；要是我見過的話一件要三百美元。他穿著非常小雙的靴子，幾乎沒超過他的腳踝，我開始好奇他的腳趾情況如何。

「好多了，」他說。

「很好，」老圖說：「你能過來爐火邊嗎？」

「我太太和我女兒，」他說：「她們在外頭……暴風雪裡。」

「從你進來的樣子，我不會認為她們在家看電視，」老圖說：「你到爐火邊跟在這邊地板上一樣可以放輕鬆地跟我們說。扶著他的手臂，布斯。」

他站了起來，但逸出微弱的呻吟，疼得嘴唇扭曲。我又好奇起他的腳趾狀況，我想知道為什麼在東北暴風雪肆虐的頂點，老天爺覺得他非得讓紐約市來的傻子想要在南緬因開車到處亂跑。我也想知道他的妻子和小女兒是否穿得比他保暖。

我們攙著他走到壁爐邊，讓他在搖椅上坐下來，那張搖椅從前是老圖太太的最愛，直到她在一九七四年過世為止。這酒吧以前大多是由老圖太太所負責，曾經被《下東雜誌》和《週日電報》詳細報導過，甚至有一次上了《波士頓環球報》的星期天增刊。事實上這裡比較像是小客棧而不像酒吧，用木釘而非鐵釘釘在一起的寬大木質地板，楓木製的吧檯，穀倉木椽架起的老舊天花板，和用粗石搭蓋的巨大壁爐。在《下東雜誌》的報導刊出後，老圖太太腦袋裡開始有些想法，想開始稱呼這個地方為老圖客棧或老圖旅店，我承認這聽來有幾分殖民地的味道，不過我還是偏好舊的單純的老圖酒吧。夏季傲慢是一回事，那時整個州擠滿了觀光客，但在冬季是完全另一回事，冬天你和你的鄰居只得互相交易。而且有許多個冬夜，像今晚一樣，老圖和我兩人在一起消磨時間，喝兌水的蘇格蘭威士忌，或只是幾杯啤酒。我自己的太太維多利亞在七三年過世，

㉟伍德羅・威爾遜（Woodrow Wilson）：生於一八五六年，在一九一三年到一九二一年期間擔任美國總統。

到老圖酒吧有足夠的聲音能減弱預示死亡的蛀蟲持續不停的滴答聲，即使只有老圖和我，也夠了。倘若這地方改為老圖旅店，我就不會有同樣的感受。聽起來很蠢，不過我說的是真的。

我們讓這人坐到爐火前，他比之前顫抖得更厲害。他抱著膝蓋，牙齒喀噠喀噠地撞在一起，幾滴透明的黏液從他鼻端流下。我想他開始認知到若他在外面多待十五分鐘就很可能送命。不是由於雪，而是因為風寒效應，會竊走你的體溫。

「你停在哪裡的路邊？」老圖問他。

「距──距離──這──這裡──南──南──南邊──六──六哩，」他說。

老圖和我相互對視，忽然間我感到寒冷。渾身發冷。

「你確定嗎？」老圖質問：「你在大雪中走了六哩？」

他點點頭。「我們開進鎮－鎮上時我查看了一下里程表。我照著路標指示開……要去拜訪我太太的姊－姊妹……在坎伯蘭……以前從來沒去過……我們是從紐澤西來的……」

紐澤西。如果有誰比紐約人更不折不扣的愚蠢，那就是紐澤西來的傢伙。

「六哩，你確定？」老圖再問一次。

「非常確定，沒錯。我找到了岔路，不過路被雪蓋住……被……」

老圖一把抓住他。在變化的火光中，他的臉看起來蒼白繃緊，比他實際年齡六十六歲還要老上十歲。「你向右轉了？」

「右轉，對。我太太──」

「你看到路標了嗎？」

「路標？」他抬頭茫然地看著老圖，擦拭一下鼻尖。「當然看到了。就在我的指示上。走喬因納大街穿過耶路撒冷地到二九五號公路的入口匝道。」他的視線從老圖轉向我，再回到老圖身上。外頭，風在屋簷間呼嘯、怒號、呻吟。「那樣走不對嗎，先生？」

「耶路撒冷地，」老圖說，聲音輕得幾乎聽不見。「噢，我的老天爺啊。」

「怎麼了？」那人說。他的聲音提高。「那樣走不對嗎？我是說，那條路看起來被雪蓋住，不過我想……假如那邊有個小鎮，應該會有鏟雪車……所以我就……」

他的聲音有點越來越輕。

「布斯，」老圖低聲對我說：「拿起電話。打給警長。」

「當然，」這個紐澤西來的傻子說：「沒錯。不過，你們兩人是怎麼回事？你們看起來一副見到鬼的樣子。」

老圖說：「先生，在那個小鎮沒有鬼。你吩咐她們要乖乖待在車上嗎？」

「我當然吩咐了，」他說，聽起來有點受傷。「我又不是瘋子。」

嗯，依我看來你無法證明這點。

「你叫什麼名字？」我問他。「要告訴警長的。」

「拉姆利，」他說：「傑洛德・拉姆利。」

他又開始和老圖談話，我走到電話旁。我拿起話筒卻只聽見死寂。我按了掛斷按鈕幾次。仍然毫無聲音。

我走回壁爐邊。老圖又倒了一小杯白蘭地給傑洛德・拉姆利，這一杯他喝得平順多了。

「他不在嗎？」老圖問。

「電話沒有聲音。」

「要命，」老圖說，我們面面相覷。外頭風一陣陣地狂吹，颳得雪打在窗子上。

拉姆利看著老圖，再看看我，又看回去。

「嗯，你們兩人都沒有車嗎？」他問。焦慮重回他的聲音裡。「她們得開著引擎才能維持暖氣。我的油箱只剩下大約四分之一的汽油，我花了一個半小時走……聽著，你可不可以回答我？」他站起來揪住老圖的襯衫。

「先生，」老圖說：「我想你的手剛才沒經大腦就行動了，你瞧。」

拉姆利看一下自己的手，再看看老圖，最後把手放下。「緬因人，」他恨恨地嘶聲說。他讓這個詞聽起來像是問候誰媽媽的髒話。「好吧，」他說：「那最近的加油站在哪裡？他們一定有拖車——」

「最近的加油站在費爾茅斯中心，」我說：「從這兒順著路往下走大概三哩。」

「謝謝，」他用有點挖苦的口氣說完走向門口，邊扣上大衣的鈕扣。

「不過，沒開喔，」我補充道。

他慢慢地轉回來盯著我們看。

「老頭子，你在說什麼？」

「他是想要告訴你鎮中心的加油站是比利．賴瑞彼開的，現在比利人在外頭開鏟雪車，你這該死的笨蛋，」老圖耐心地說：「好啦，在你拚死命之前，先回到這邊坐下來吧？」

他走回來，一臉惶惑驚嚇。「你是在告訴我你們不能……沒有……？」

「我什麼都沒說，」老圖說：「話都是你在說的，你要是留下來一會兒，我們可以仔細想想。」

「這個小鎮，耶路撒冷地，究竟是什麼地方？」他問：「為什麼路被雪封住？而且到處都沒有燈光？」

我說：「耶路撒冷地兩年前整個燒掉了。」

「他們沒再重建嗎？」他看起來好像不相信。

「看來是那樣，」我說，然後看向老圖。「我們打算怎麼辦呢？」

「不能把她們丟在那裡，」他說。

我向他走近一些。拉姆利漫步到窗邊看著外頭大雪紛飛的黑夜。

「萬一她們被抓到的話呢？」我問。

「有可能，」他說：「但是我們並不確定。我架子上有聖經。你還戴著教皇的聖牌嗎？」

我從襯衫拉出十字架給他看。我出生成長都是屬於公理會教派，不過住在耶路撒冷地附近的大多數居民身上都戴著像是十字架、聖克里斯多福聖牌、唸珠之類的東西。因為兩年前，黑暗十月的那段期間，耶路撒冷地出了壞事。有時，在深夜，僅有幾位常客聚在老圖酒吧的爐火邊，大家會討論這件事。實際上比較像是繞著這話題談論。你聽我說，當時住在耶路撒冷地的人開始失蹤。起初是幾個，接著再多幾個，然後是一整批。學校關閉。一年中大多時間小鎮都空盪盪的。

噢，是有一些人搬進來──主要是從外州來的大笨蛋，就像眼前這個很好的實例──我想，應該是受到低房價的吸引吧。不過他們都沒有待很久。許多人在搬進去一、兩個月之後就搬走。其他的……嗯，他們失蹤了。最後小鎮燒為平地。那是在長期乾燥的秋季末尾發生的事。他們猜想起火點是在俯瞰喬因納大街的山丘上那幢瑪斯登大宅旁，不過沒人知道是怎麼引起的，直到今天都無人知。火勢失控地燒了三天。在大火之後，有一陣子，情況好轉。但是不久又開始了。

我只有一次聽到「吸血鬼」這個詞被提起。一個瘋瘋癲癲的載運紙漿木材的卡車司機名叫李奇・麥斯納，他從弗里波特另一頭來，那晚在老圖酒吧裡，喝了相當多的酒。「天哪，」這個衝動的傢伙吼叫，他站起來大約九呎高，穿著羊毛褲、格子襯衫，和皮面靴子。「你們全都見鬼的怕得不敢說出來嗎？吸血鬼啊！那就是你們大家腦子裡在想的，不是嗎？真是他媽的拜託！簡直像是一群被電影嚇到的小孩子！你們知道在撒冷地那兒究竟有什麼嗎？要我告訴你們嗎？要我告訴你們嗎？」

「說啊，李奇，」老圖說。酒吧裡變得十分安靜。你能聽見爐火劈啪劈啪作響，以及外頭十一月的細雨在黑暗中輕輕落下。「你有發言權。」

「你們在那邊找得到的基本上是一大群野狗，」李奇・麥斯納告訴我們。「那就是你們能找到的。野狗和一堆愛聽精采鬼故事的老女人。哈，給我八十塊錢，我就上那兒去，到你們全都擔心得要死的鬼屋廢墟裡過一晚。哼，怎麼樣啊？有人想出錢嗎？」

但是沒人掏錢。李奇喜歡說大話而且是個討厭的醉鬼，在為他守靈時沒人會掉一滴眼淚，不過我們沒人樂意看他在天黑後走進撒冷地。

「去你媽的你們這幫人，」李奇說：「我的雪佛蘭後車箱裡有把點四一零的霰彈槍，那可以擊倒費爾茅斯、坎伯蘭，或者耶路撒冷地的任何東西。我就是要去那兒。」

他砰地衝出酒吧，好半晌都沒人吭聲。過一會兒拉蒙特・亨利開口了，非常輕聲地說：「噢上帝啊！那是大家最後一次見到李奇・麥斯納了。」說完拉蒙特在胸前畫了個十字，他從在他母親膝蓋上就被養育成衛理公會派教徒。

「他會清醒過來改變心意的，」老圖說，但他聽起來憂心忡忡。「他在打烊前會回來，假裝一切只是開玩笑。」

然而拉蒙特說對了，因為自此沒人再見過李奇。他太太告訴州警她想他是去佛羅里達躲避討債公司，但是你能從她的眼中看出事情的真相——她的眼神煩亂、害怕。或許她認為李奇會在哪個漆黑夜裡來找她。我沒有立場說他可能不會那麼做。

此刻老圖注視著我，我也看著老圖一面把十字架塞回襯衫裡面。我這輩子從不曾覺得如此蒼

老或害怕。

老圖再說一次：「布斯，我們不能就那樣把她們丟在那兒。」

「對啊，我明白。」

我們相互再對視了一會兒，然後他伸出手抓住我的肩膀。「布斯，你是個男子漢。」這句話就足以讓我打起一點精神來。感覺好像你過了七十歲，大家就開始忘記你是個男人，或者曾經是個男人。

老圖走到拉姆利旁邊說：「我有一輛四輪驅動的偵察兵越野旅行車。我去把車開出來。」

「天哪，你這人，之前怎麼不早說呢？」他急忙從窗邊轉過身，怒氣沖沖地瞪著老圖。「你為什麼耗了十分鐘在繞圈子呢？」

老圖非常溫和地說：「先生，你閉上你的嘴。假如你急著想要開始的話，你得記住是誰在該死的大風雪中轉進一條沒有鏟雪的道路。」

他張口想說些什麼，最後閉上嘴。臉頰上浮現深濃的顏色。老圖出去將他的偵察兵開出車庫。我在吧檯底下四處摸找著他的鉻製酒瓶，將瓶子裡裝滿白蘭地。料想在今晚結束前我們可能需要用到。

緬因州的大風雪——你可曾置身在這等暴風雪中過？

飄飛的大雪如此的密集、微細，看起來簡直像沙一樣，打在汽車或貨卡兩側的聲音聽起來也像。你不能使用遠光燈因為雪會反射遠光燈，你連前面十呎都看不清。開近光燈的話，你可以看到十五呎左右。不過我能忍受雪。我不喜歡的是風，當風颳起來開始呼嘯，把雪吹成上百種怪異的飛行幻影，聽起來像是聚積了世上所有的憎恨、痛苦和恐懼。在暴風雪的風聲中夾著死亡，白色的死亡，或許還有死以外的東西。當你舒舒服服地蜷縮在自己的被窩裡，窗板門緊門上鎖，你聽不見這種聲響。但倘若你在開車，那聲音就是如此恐怖。況且我們正要開進撒冷地。

「可不可以快一點？」拉姆利問。

我說：「對一個半凍僵走進來的人來說，你還真是急著再開始走呢！」

他困惑又充滿憤恨地朝我看了一眼，但沒再說別的。我們以每小時二十五哩的速度穩定地行駛在公路上。很難相信比利・賴瑞彼一個鐘頭前才剛鏟過這一段路的雪；上頭又覆蓋了兩吋的雪，而且還持續堆積。最猛烈的疾風吹得偵察兵的彈簧搖晃不已。車頭燈照出我們前方一片打旋的白色空無。我們沒遇上任何一輛車。

大約十分鐘後，拉姆利倒抽一口氣說：「嘿！那是什麼？」

他指向我這側車身的外面；我一直盯著正前方。我轉頭，但遲了一點。我以為我看得見某種彎垂的形影逐漸消失在車後，重回大雪中，不過那可能只是想像。

「那是什麼？一頭鹿嗎？」我問。

「我想是吧，」他說，聲音顫慄。「可是牠的眼睛──看起來是紅的。」他看著我。「鹿的眼睛晚上看起來是那樣子嗎？」他聽起來幾乎像是在懇求。

「看起來可能像任何東西，」我說，想著這或許是真的，不過我在夜間從許多車上看過很多鹿，從來沒看過反射出紅光的眼睛。

老圖沒有說話。

過了十五分鐘左右，我們來到一處地方，道路右邊的雪堤沒那麼高，因為鏟雪車在通過十字路口時會將鋼鏟略微抬高。

「這看起來好像我們轉彎的地方，」拉姆利說，聽來不太確定。「我沒看到那個路標──」

「就是這裡，」老圖回答。他聽起來一點也不像他自己。「你只能看到路標的頂端。」

「噢。當然。」拉姆利聽起來像是鬆了口氣。「聽著，圖克蘭德先生，我很抱歉剛才在那裡那麼急躁無禮。我又冷又擔心，罵我自己無數次笨蛋。我想要感謝你們兩位——」

「先別謝布斯和我，等我們把她們接到車上再說，」老圖說。他將偵察兵切換入四輪驅動模式，砰地撞過雪堤轉進喬因納大街，這條街穿過撒冷地通到二九五號公路。雪從擋泥板往上飛。車尾有點想要打滑，不過老圖從很早以前就常在雪中開車。他稍微調整車子，對偵察兵說一下話，我們就繼續前進了。車頭燈不時辨認出有些微其他輪胎痕跡的跡象，由拉姆利的車子所留下的，但胎痕隨即又消失。拉姆利傾身向前，找尋他的車子。突然間老圖開口說：「拉姆利先生。」

「幹嘛？」他轉過頭去看老圖。

「這一帶的人對撒冷地有些迷信，」老圖說，口氣非常輕鬆，但我看得到他嘴巴四周緊繃的深深皺紋，和他的眼睛不斷從一邊轉到另一邊。「要是你家人在車上，嗯，那很好。我們就把她們載上車，回我那裡，明天，等暴風雪停了，比利會很樂意把你的車從雪堤裡拖出來。不過萬一她們不在車上——」

「不在車上？」拉姆利聲音尖厲地插嘴。「她們怎麼會不在車上？」

「要是她們不在車上，」老圖沒有回答，繼續說：「我們就掉頭開回費爾茅斯中心，吹口哨找警長。反正在暴風雪的夜裡到處打轉也沒有意義，不是嗎？」

「她們會在車上的。不然她們還會去哪裡呢？」

我說：「還有一件事，拉姆利先生。萬一我們碰見任何人，我們絕不跟他們說話。就算他們跟我們搭話也一樣。你明白嗎？」

拉姆利非常緩慢地說：「這到底是什麼迷信？」

我還來不及說話——只有上帝知道我會說什麼——老圖就打斷我們的談話。「我們到了。」

我們接近一輛大賓士的車尾。那輛車的整個引擎蓋都埋在雪堆裡，另一堆雪封閉了車子的整個左邊。但是尾燈仍亮著，我們能看見廢氣從排氣管飄出來。

「至少，汽油沒有用光，」拉姆利說。

老圖停下車拉起偵察兵的手煞車。「你記得布斯跟你說的吧，拉姆利先生。」

「當然，當然。」但是他滿腦子只想著他的妻女。我也不認為任何人可以責備他。

「布斯，準備好了嗎？」老圖問我。他的目光緊盯著我，在儀表板的燈光下顯得陰沉、灰暗。

「我想我準備好了，」我說。

我們全都下車，風緊揪住我們，把雪猛颳到我們臉上。拉姆利走第一個，彎身走入風中，他昂貴的長大衣在他背後迎風鼓起，宛如一張船帆。他投射出兩道影子，一道是由於老圖的車頭燈，另一道是因為他自己的車尾燈。我跟在他後面，老圖則在我身後一步。當我走到賓士的後車箱時，老圖抓住我。

「讓他去，」他說。

「珍妮！法蘭西！」拉姆利喊著。「都還好嗎？」他拉開駕駛座那側的門，彎身進去。「都——」

他猝然僵住。風從他手裡奪走沉重的車門，一口氣將門整個推開。

「我的天啊，布斯，」老圖說，聲音只低於風的呼嘯。「我想慘劇又重演了。」

拉姆利轉身朝我們走回來。他的表情驚恐而困惑，眼睛張大。驀地他衝向我們，在雪中滑行差點跌倒。他完全漠視我彷彿我不存在似的，一把揪住老圖。

「你怎麼知道？」他怒吼。「她們在哪裡？這他媽的究竟是怎麼回事？」

老圖掙脫他的掌握，強行擠過他旁邊。他和我一起查看賓士車的內部。裡頭暖烘烘的，但是無法再維持太久。燃油不足的琥珀色小燈在發亮。大車內空無一人。乘客座位的地墊上有個孩童的芭比娃娃。另外小孩子的連帽滑雪衣綴巴巴的披在椅背上。

老圖用雙手掩住臉……突然間他不見了。拉姆利抓住他將他粗魯地推到雪堤裡。他面色蒼白表情狂亂。他的嘴巴動著彷彿咬到什麼苦的東西還不能張嘴吐出。他伸手進去抓起連帽雪衣。

「法蘭西的外套？」他有點喃喃自語地說。然後聲音變大，咆哮道：「法蘭西的外套！」他轉過身來，抓著毛邊的小兜帽把雪衣拿在他身前。他注視著我，眼神茫然而懷疑。「她不可能沒穿外套就跑出去啊，布斯先生。為什麼……為什麼……她會凍死的。」

「拉姆利先生——」

他踉蹌地走過我身邊，仍拿著雪衣，大聲喊：「法蘭西！珍妮！妳們在哪裡？妳們跑去哪裡——？」

我向老圖伸出手拉他站起來。「你還好——？」

「不用擔心我，」他說：「我們得抓住他，布斯。」

我們盡快跟在他後面，但有些地方的雪深及臀部所以速度快不起來。不過他停了下來，我們追上他。

「拉姆利先生——」老圖開口，把一手搭在他肩膀上。

「這邊，」拉姆利說：「她們就是往這個方向走。看！」

我們低頭看。我們正站在有點低窪的地方，風多半直接從我們頭頂上吹過。你可以看見兩行足跡，一行大的一行小的，剛被雪填滿。要是我們遲了五分鐘，足跡就會消失了。

他開始往前走，頭彎得低低的，老圖把他抓回來。「不行！不行！拉姆利！」

拉姆利將狂亂的臉龐抬起來面對老圖，手指握成拳。他把拳頭往後縮……但是老圖臉上的某種神色讓他猶豫。他的視線從老圖轉向我再回到老圖。

「她會凍壞的，」他說，彷彿我們是一對笨學生。「你們不明白嗎？她沒穿上她的外套，她才七歲大——」

「她們不知到哪裡去了，」老圖說：「你沒辦法跟蹤足跡。這些腳印在下一場雪堆就會不見了。」

「那你建議怎麼辦？」拉姆利大叫，他的聲音高亢、歇斯底里。「要是我們回去找警察，她會凍死的！法蘭西和我太太！」

「她們也許已經凍死了，」老圖說。他的目光緊盯住拉姆利的眼睛。「凍死，或者更糟糕。」

「你是什麼意思？」拉姆利低聲說：「把話說清楚，該死的！告訴我！」

「拉姆利先生，」老圖說：「這個小鎮有些東西——」

但最後是由我說出來，說出我從沒想過要說的詞彙。「吸血鬼，拉姆利先生。耶路撒冷地到處都是吸血鬼。我想這事情你一定很難相信——」

他張大眼睛瞪著我彷彿我變傻了。「瘋子，」他低聲說：「你們是一對瘋子。」然後他轉身離開，兩手圈在嘴巴四周，大聲喊著：「**法蘭西！珍妮！**」他又開始踉蹌地走開，雪高到他昂貴大衣的下襬。

我望著老圖。「我們現在該怎麼辦？」

「跟著他，」老圖說。他的頭髮上黏滿了雪，看起來確實有點瘋狂。「我不能就把他丟在這裡，布斯。你能嗎？」

「不，」我說：「我想我沒辦法。」

於是我們開始在雪中跋涉，儘可能跟在拉姆利後面。不過他領先得越來越多。你要知道，他有年輕人的精力可用。他宛如一頭公牛般在雪中闖出小徑行走。我的關節炎漸漸有點討厭地困擾我，我低頭看著雙腿，告訴自己：再走遠一點，只要再走遠一點，繼續走，該死的，繼續走……我直直撞上老圖，他兩腿張開地站在雪堆中。他的頭低垂著，雙手緊貼在胸口。

「老圖，」我說：「你還好吧？」

「我沒事，」他說著挪開雙手。「我們要跟緊他，布斯，等他累壞了，他就會明白道理的。」

我們爬到一處斜坡的頂點，拉姆利在底部，拚命地找尋更多的足跡。可憐的男人，他是沒有機會找到她們的。在他站的位置那裡風連續不斷地狂吹，任何足跡在形成三分鐘後就會被抹去，更別提兩個小時了。

他抬起頭對著夜空高聲大喊：「**法蘭西！珍妮！老天啊！**」你可以聽出他聲音裡的絕望、恐懼，為他感到憐憫。他得到的唯一回應是風一連串的呼嘯，幾乎像是在取笑他說：我帶走她們了，開高級車、穿駝毛長大衣的紐澤西先生。*我帶走她們，抹掉她們的足跡，等到早上她們就會像冷凍庫裡的兩顆草莓一樣凍得漂漂亮亮的……*

「拉姆利！」老圖壓過風聲呼喊。「聽好，你不在乎吸血鬼或妖怪或那一類的東西，可是你要注意這個！你只是讓她們的情況變得更糟！我們必須去——」

驀地回音出現了，從黑暗中傳來宛如小銀鈴的清脆聲音，我的心臟頓時冷得像水塘裡的冰。

「傑瑞……傑瑞，是你嗎？」

拉姆利轉身向那聲音的方向。然後她來了，從一小叢雜樹林的幽暗陰影中飄出來，宛如鬼魂一般。毫無疑問地，她是個都會女子，而且在那當下她似乎是我所見過最美的女人。我感覺好像我想走近她，告訴她我多麼高興她終究安全無恙。她穿著一件深綠色的套頭衫之類的衣服，我想是叫南美披風。披風在她四周飄動，她的深色秀髮在狂風中飛揚，猶如十二月小溪的水流，正好在冬季的嚴寒使水流靜止將小溪冰封之前。

也許我真的向她踏出一步，因為我感覺到老圖的手擱在我的肩膀上，粗糙而溫暖。但是——我該怎麼說呢？——我渴望著她，那綠色的披風在她的肩頸四周飄蕩，看起來如此神秘美麗，那麼的奇特、充滿異國風情，讓你想到沃爾特・德・拉・梅爾詩中的美麗女子。

「珍妮！」拉姆利呼喚。「珍妮！」他開始在雪中掙扎著走向她，兩隻手臂張開。

「不！」老圖喊道。「不行啊，拉姆利！」

他甚至沒有注意到……但她留意到了。她抬起頭來看著我們咧嘴微笑。當她笑的時候，我感到我的渴望、思慕瞬間轉為恐懼，如墳墓般的寒冷，如壽衣包裹的枯骨一樣慘白沉默。即使從高地我們仍能看見那雙眼睛裡慍怒的紅光。那雙眼不像人類倒比較像是狼的眼睛。當她咧嘴朝你笑的時候，你能看見她的牙齒變得多麼長。她已不再是人類。她是具死屍，不知怎地在這漆黑咆哮的暴風雪中復活。

老圖朝她比了個十字的手勢。她往後退縮……然後又再對我們齜牙咧嘴地笑。我們距離太遙遠，或許也太過懼怕。

「阻止它！」我低聲說：「我們沒辦法阻止它嗎？」

「太遲了，布斯！」老圖陰沉地說。

拉姆利已到她身邊。他渾身罩著雪，自己看起來也像個鬼。他伸手向她……然後開始放聲尖

叫。我作夢都會聽到這叫聲，那男人尖叫得像個作噩夢的孩子。他想要後退躲開她，但她細長、赤裸、白皙似雪的雙臂迅速伸出，將他拉向她。我可以看見她把頭一偏接著往前傾——

「布斯！」老圖嘶啞地說：「我們得離開這兒！」

於是我們拔腿就跑。像老鼠一樣竄逃，我猜想有人會這麼說，不過那些人當晚又不在那兒。我們循著自己的足跡原路逃回去，摔倒，再爬起，半跑半滑。我不斷回頭看那女人是否追在我們後面，齜牙咧嘴地展露笑容，用那雙紅眼盯著我們。

我們回到偵察兵旁，老圖彎下腰抱住胸口。「老圖！」我說，被嚇壞了。「怎——」

「心臟，」他說：「已經有毛病五年或更久了。布斯，扶我進去副駕駛座，然後載我們離開這個鬼地方吧！」

我彎曲一隻手臂伸到他的外套底下，費力地扶他過去，再設法推他上車坐進去。他把頭往後仰閉上眼睛。他的皮膚蠟白發黃。

我用小跑步的方式繞過旅行車的引擎蓋前端，要命地差點撞上那個小女孩。她就站在駕駛座那側的車門旁，頭髮綁著辮子，僅穿著一小件黃色連身裙。

「先生，」她以高而清晰、甜美得有如晨霧的聲音說：「你可不可以幫我找我媽媽？她不見了，我好冷——」

「寶貝，」我說：「寶貝，妳最好上車。妳媽媽——」

我突然打住，倘若我這一生曾經有過近乎暈厥的時刻，就是此時。她站在那兒，你瞧，但她是站在雪的上頭，四面八方毫無她的足跡。

她抬頭看我，拉姆利的女兒法蘭西。她頂多七歲，將來無窮無盡的夜晚她都會永遠停留在七歲。她的小臉是死屍般的慘白，雙眼是會讓你陷進去的銀與紅。在她的下巴底下我能看見兩個宛如針孔的小洞，邊緣可怕地被撕裂。

她朝我伸出雙手微微一笑。「把我抱起來，先生，」她柔柔地說：「我想要親你一下，然後你就能帶我去找我媽咪。」

我並不想，但我無力抗拒。我慢慢向前傾身，伸出雙臂。我能看見她的嘴巴張開，可以看到她嘴唇那圈粉紅裡面的小尖牙。有樣東西滑落她的下巴，透明、發出銀白的光澤，帶著模糊、隱約、恍惚的恐懼，我意識到她是在流口水。

她的小手自行緊纏住我的脖子，我心想：好吧，或許這樣也不算太壞，沒那麼糟，也許過一會兒就不會那麼可怕了——就在這時一個黑色物體從偵察兵飛出，擊中她的胸部。接著出現一股味道奇怪的煙，和片刻即逝的閃光，她慢慢往後退，一面惡狠狠地發出嘶聲。她的臉蛋扭曲成狐狸般的面具，交織著憤怒、憎恨，和痛苦。她轉向側面然後……然後她就不見了。前一刻她還在那兒，下一刻就只剩一團看上去有點像人形的扭曲雪塊。接著風將那團雪吹得四散飛過曠野。

「布斯！」老圖低聲喊。「快點，趁現在！」

於是我匆匆行動。但是沒有急忙到沒時間撿起他扔向地獄來的小女孩的東西。那是他母親的杜埃版聖經。

那是好些時候以前的事。我現在老多了，而且我那時不是個膽小鬼。賀伯・圖克蘭德兩年前過世了。他走時非常平靜，是在晚上。酒吧依舊在那兒，有個來自華特維爾的男人和他妻子買下酒吧，很和善的人，他們將酒吧維持得跟過去差不多一樣。不過我不太常去。自從老圖走後感覺莫名地不同了。

撒冷地的事情發展幾乎一如既往。翌日警長發現拉姆利那傢伙的車，燃油耗盡，電池沒電。

老圖和我都沒說什麼。說了又有什麼意義呢？三不五時會有個搭便車的旅行者或露營的人在那附近某個地方失蹤，在校園丘上或靠近和諧山公墓外。他們會發現那人的旅行背包或平裝書，全都因為雨或雪，或者類似的東西，而膨脹褪色。但從未找到人。

我仍然會作噩夢，夢到我們去那裡的那個暴風雪夜。比起那女人我更常夢見小女孩，夢到她把兩手抬高要我抱起她、好讓她親我一下時的微笑。但我是個老頭子了，停止作夢的時刻不久就會來臨。

你自己或許哪天有機會到南緬因州旅行。非常漂亮的鄉村。你甚至可能在老圖酒吧停下來喝一杯。不錯的地方。他們沿用了原先的名字。那就喝你的吧，不過我對你的忠告是直直往北走。不管你做什麼，千萬別走上往耶路撒冷地的那條路。

尤其是別在天黑後。

有個小女孩在那外面的某處角落。我想她仍在等待她的晚安吻。

＊本篇另有收錄在新版《撒冷地》附錄。

房間裡的女人

問題是：他下得了手嗎？

他不知道。他知道的是她偶爾會嚼碎，臉因為那可怕的橘子味而皺起來，嘴巴發出像是冰棒棍碎裂的聲音。但這些藥丸不同……是膠囊狀的。盒子外頭印著**達而豐綜合止痛藥**。他在她的醫藥櫃裡頭找到這些藥，拿在手中翻來翻去，思考著。這是在她不得不重回醫院前醫生開給她的藥。讓她在時鐘滴答響的夜晚吃的。醫藥櫃裡裝滿了藥物，整齊地排列宛如巫毒醫師的詛咒。西方世界的辟邪物。**佛利特浣腸劑**。他這輩子從沒用過浣腸劑，想到要將蠟似的東西塞進直腸靠體溫軟化，他就覺得噁心。把東西塞進你屁股裡毫無尊嚴可言。**菲利浦斯鹽類輕瀉劑**。**安納辛關節炎止痛配方**。**胃達寶**。還有更多，他可以透過藥物追溯她生病的歷程。

然而這些藥不同。看起來就像尋常的達而豐，只是用灰色膠囊包裝。不過這些藥比較大顆，是他死去的父親以前稱為馬屌的那種藥丸。盒子上寫阿斯匹靈三百五十格令[36]，達而豐一百格令，就算他拿給她吃她嚼得了嗎？她肯嗎？房子仍在運作；冰箱運轉、切斷，火爐開啟、關閉，布穀鳥三不五時粗暴地從時鐘探出來宣告整點或半個鐘頭。他猜想等她死後，處理家產的事將會落在凱文和他頭上。她不在了，毫無疑問的。整個屋子都這麼認為。她

人在位於路易斯頓的中緬因醫院。三一二號病房。她是在疼痛得厲害到無法再走進廚房泡杯咖啡時入院的。偶爾，他去探病時，她哭喊得完全不知情。

電梯嘎吱作響地向上，他發現自己在檢視藍色的電梯合格證。合格證清楚顯示電梯安全無虞，不管是否有嘎吱聲。她至今已在此待了將近三個禮拜，今天他們為她進行一種叫做「cortotomy」的手術㊲。他不確定拼法是否如此，但聽起來像這樣。醫生告訴她「cortotomy」是將一根針刺入她的頸部然後進入她的大腦。醫生告訴她這就像是把針刺進橘子戳其中的籽一樣。等針戳進她的疼痛中樞後，醫生會傳送一個無線電訊號到針尖，疼痛中樞就會被切斷。就好像拔掉電視插頭一樣。如此一來她腹部的癌就不會再那麼惱人。

想到這個手術甚至比想到浣腸劑在他肛門裡溫暖地融化更令他不自在。這讓他想起一本麥可・克萊頓的書：《終端人》，書中就提到將金屬線置入人的頭部。根據克萊頓的書，這可是非常不愉快的經歷。你最好相信。

電梯門在三樓打開，他走了出去。這是醫院的舊大樓，聞起來像郡市集上他們撒在嘔吐物上的芳香木屑。他把藥丸留在車上的置物箱裡。他在這次探病前沒喝半點東西。

這樓上的牆面是雙色調：底層是咖啡色，上層是白色。他認為全世界唯一可能比咖啡色和白色還要令人沮喪的雙色組合是粉紅和黑色。醫院的走廊像巨大的好又多甘草糖。這想像讓他不由得微笑同時又覺得噁心。

兩條走廊在電梯前交會形成一個T字，這裡有台飲水機，他總是停下來拖延一點時間。到處散放著一件件醫院設備，宛如奇怪的遊戲場玩具。一張有著鉻合金邊緣和橡膠輪胎的擔架，就是他們準備好要為你進行「cortotomy」時，用來推你進「手術室」的那種東西。一個大的圓形物

㊱碼磅度量衡制中的最小單位，一格令等於〇・〇六五克。
㊲cordotomy是用來減輕週期性疼痛的神經纖維外科手術，有效阻斷疼痛的感覺以及溫度感知。此處可能是作者刻意拼錯。

體，他不清楚功能是什麼。看上去很像你有時在松鼠籠裡可看到的那種輪子。一支有滾輪的點滴架，上頭吊了兩個瓶子，宛如薩爾瓦多・達利夢中的乳房。其中一條走廊盡頭是護理站，由咖啡刺激出的笑聲飄到他這兒來。

他喝了水後朝她的病房漫步過去。他害怕可能會看到的景象，希望她正在睡覺。假如她真的在睡，他絕不會喚醒她。

在每間病房的門上方有盞正方形的小燈。每當病人按下呼叫鈴，那燈就會亮起，閃爍紅光。走廊各處都有病人在緩慢行走，穿著醫院的內衣罩著廉價的病人袍，病人袍的式樣是藍白相間的細條紋和圓領。醫院的內衣是短袖無領後背開口的短袍，被稱為「病人罩衫」。女人穿「病人罩衫」看起來還好，但是男人穿來確實很奇怪，因為短袍看來像到膝蓋長度的連身裙或襯裙。男人腳上似乎總是穿著棕色的人造皮拖鞋，女人則偏好上頭有毛線球的針織拖鞋。他母親就有一雙，稱之為「便鞋」。

病人讓他想起一部叫做《活死人之夜》的恐怖電影，他們全都緩慢地走路，彷彿有人如打開美乃滋罐子般旋開他們器官的蓋子，裡頭的液體晃來晃去。有些人拄著拐杖，他們沿著走廊上下散步的緩慢走法讓人看了心驚，卻也相當莊嚴。那是沒有目的地的人緩慢的步行，是穿著學士服戴方帽的大學生魚貫進入畢業禮堂的步態。

靈氣音樂從電晶體收音機傳送到各個角落，聲音含糊不清。他可以聽見阿肯色黑橡樹搖滾樂團在唱〈吉姆丹迪〉（吉姆丹迪上吧，吉姆丹迪上吧！），假音快樂地對著走廊上緩慢散步的人高聲尖叫。他能聽見脫口秀節目主持人在討論尼克森，語氣像是浸過強酸的鵝毛筆似的尖酸得冒煙。他能聽到一首配上法文歌詞的波卡舞曲——路易斯頓依然是個說法語的小鎮，他們熱愛吉格舞和佀爾舞的程度幾乎和他們喜歡在下面一點的里斯本街酒吧裡互砍一樣。

他在他母親的病房外停下腳步，並且

在那兒暫停了片刻，他十分的煩躁不安，因此總是喝醉了才來。在母親面前喝得醉醺醺的令他感到羞愧，即使她服用太多麻醉藥和安米替林而意識不清。安米替林是他們提供給癌症病患的鎮定劑，讓病患不會太過煩惱即將面臨死亡。

他採取的做法是下午到桑尼超市買兩盒六罐裝的黑標啤酒，他會和孩子坐在一起看他們下午的電視節目。看《芝麻街》喝三罐啤酒，《羅傑斯先生》時喝兩罐，《電力公司》時再喝一罐，然後晚餐時再配一罐。

他把其餘五罐啤酒帶上車。從雷蒙到路易斯頓要開二十二哩，經由三〇二和二〇二號公路，等他抵達醫院時很可能已喝得相當醉了，因為只剩下一、兩罐啤酒。他會帶些東西給他母親但留在車內，這樣才有藉口回車上拿東西，順便再喝半罐啤酒，讓自己繼續茫茫然。

這同時給了他在室外撒尿的藉口，莫名其妙地這是整個痛苦過程中最爽快的事。他總是停在側邊停車場，那兒的地面是車轍縱橫、結凍的十一月泥土，凜冽的夜晚空氣保證膀胱能充分收縮。在醫院的廁所裡小便太像整個醫院體驗的典範：儲水箱旁邊的護士呼叫鈴，用螺栓固定、呈四十五度角的鉻製扶手，以及洗手檯上那罐粉紅色的消毒液。令人懊喪。你最好相信。

想要喝著酒開回家的衝動全無。因此剩餘的啤酒收在家中的冰箱裡，現在已積了六罐，要是他知道情況會這麼糟，他就

絕對不會來。第一個掠過他腦海的念頭是她不是橘子，第二個是她現在真的是迅速邁向死亡，彷彿她要趕搭空無中的火車。她在床上費力，雖然除了眼睛外動彈不得，但她的體內在努

力，裡頭有什麼在活動著。她的頸部塗抹了看似紅藥水的藥物呈橘紅色，左耳下纏了條繃帶，哼著歌的醫生就是從那兒刺入無線電的針，切斷她的疼痛中樞連同百分之六十的動作控制。她的視線跟著他，宛如數字填圖的耶穌畫像的眼睛。

——強尼，我想你今晚最好別來看我，我的情況不是那麼好，也許明天會好一些。

——怎麼了？

——好癢，渾身發癢。我的兩腿是併攏的嗎？

他看不出來她的兩腿是否併攏。她的腿呈隆起的V字，蓋在有稜紋的醫院被單下。病房內非常熱。目前其他床上沒有人。他心想：同病房的病人來來去去，我媽卻永遠待在這裡。天啊！

——媽，妳的腿是靠攏的。

——強尼，把我的腿放下來，好嗎？弄完後你最好離開。我以前情況從來沒這麼糟糕過，我什麼都不能動。我的鼻子好癢。這不是很可憐嗎，鼻子癢卻沒辦法抓？

他幫她搔抓一下鼻子，然後隔著被單抓住她的小腿把她的腿拉下來。儘管他的手並沒有特別大，卻能輕而易舉地用單手握住兩隻小腿。她呻吟起來，眼淚順著她的臉頰流到耳朵。

——媽？

——你能把我的腿放下來嗎？

——我剛才放了。

——喔，那就好。我想我正在哭吧，我不是故意在你面前哭的，我希望我能夠脫離這個狀況，我願意做任何事來脫離這種狀況。

——妳想抽菸嗎？

——你能不能先給我一杯水，強尼？我口渴死了。

——沒問題。

他拿起她插著可彎吸管的玻璃杯，繞過轉角到飲水機那兒去。一個腿上纏著彈性繃帶的胖男人緩慢平穩地沿著走廊往下走。他沒有穿著細直條紋的病人袍，並且將他的「病人罩衫」背後拉攏起來。

他用飲水機的水裝滿杯子，回到三一二號病房。她已經停止哭泣。她嘴唇叼住吸管的方式讓他想起在旅遊影片中看到的駱駝。她的臉龐瘦骨嶙峋。他身為她兒子的一生中，對她最鮮明的回憶是在十二歲的時候。他跟哥哥凱文和眼前這個女人搬到緬因州，好讓她能照顧她的雙親。她母親年事已高臥床不起，高血壓導致他外婆年老昏聵，雪上加霜的是，還害她失明。八十六歲生日快樂，又添增了一歲。她成天躺在床上，眼盲、頭腦糊塗，穿著成人尿布和橡膠短褲，不記得早餐吃什麼，卻能背誦艾克之前的所有總統的名字。他們三代同住在那間屋子裡，就是他最近發現藥丸的地方（雖然外祖父母兩人都早已過世），十二歲的他在早餐桌上肆無忌憚地大談某件事。他不記得內容，只記得有件事，他母親正在清洗外婆的髒尿布，接著放進那台古舊洗衣機的脫水槽脫水，突然間她轉身用一條尿布痛打他，濕漉漉、沉重的尿布第一下抽打弄翻了他的那碗家樂氏香脆麥米片，碗胡亂地在桌上旋轉好像藍色的大圓片，第二下磨到他的背，不痛但是愣得他的嘴巴停止說出自以為聰明的話，如今萎縮在這間病房這張床上的女人一遍又一遍地反覆痛打他，口中唸著：你給我閉上你的大嘴巴。你現在除了一張嘴以外沒什麼了不起的，所以你把嘴巴給閉著，等你其他地方長得跟嘴一樣大再說。每個強調的字都伴隨著他外婆濕尿布的一下抽打——啪！——其餘他本來可以說的機靈話全都蒸發了。這世上光靠一張伶俐的嘴是不行的。那天他永遠認清了，世上最能讓十二歲孩子對他在大千世界中的地位有正確認知的方法，莫過於用外婆的濕尿布痛擊他的背。那天以後他花了四年才重新學會口出狂言的技巧。

她喝水時稍微嗆到，他嚇壞了，儘管他心裡一直想著要給她吃藥。他再問她一次是否想要抽根菸，她說：

——要是不麻煩的話。然後你最好走吧。也許我明天會好些。

他從散落在她病榻旁邊桌面上的菸包裡抖出一根酷爾涼菸點著，他將菸夾在右手的第一和第二根手指間，她吸一口菸，嘴唇張開咬住濾嘴。她的吸氣很微弱，菸從她的嘴唇飄出。

——我得活上六十年，好讓我兒子能幫我拿菸。

——我不介意。

她再吸一口，讓濾嘴貼著嘴唇許久，因此他的視線從菸轉移到她的眼睛，發現她的雙眼閉著。

——媽？

眼睛張開了一點，微微地。

——強尼？

——是。

——你在這裡待多久了？

——沒很久。我想我最好走了，讓妳睡覺休息。

——嗯——

他在她的菸灰缸裡捺熄了香菸，悄悄地溜出病房，想著：我需要跟醫生談一下。該死的！我要跟動手術的醫生談談。

走進電梯時他心想「醫生」在這行業達到某種程度的熟練後就成為「人」的同義詞，彷彿醫生一定得冷酷無情從而達到特別程度的人性是預料中的事。然而

「我認為她真的沒法再撐太久了，」他當天晚上告訴他哥哥。他哥住在安多弗，往西七十哩。他一星期只到醫院一、兩次。

「可是她的疼痛好一點了吧？」凱夫問。

「她說她很癢。」他的藥放在毛衣口袋裡。他太太安穩地睡著。他把藥拿出來，這是從他母親空無一人的屋子偷來的贓物，那間他們三人一度和外祖父母共同居住的屋子。他講話時一手不斷地翻轉藥盒，彷彿那是幸運的兔腳。

「嗯，那麼，她好一些了。」對凱夫而言，所有事情總是越來越好，好像生命朝著某個崇高的頂點移動。這看法與弟弟截然不同。

「她癱瘓了。」

「都到這時候了，那還重要嗎？」

「這當然重要！」他突然大聲說，想起她蓋在白色羅紋被單下的雙腿。

「強，她快要死了。」

「她還沒死。」事實上正是這點令他害怕。談話的內容將從這兒開始無意義地繞圈子，利益歸於電話公司，但這是要點。還沒死。只是躺在病房裡，手腕上戴著病患標籤，聽著走廊上無所不在的鬼魅廣播。而且

她得和時間搏鬥，醫生說。他是個大塊頭，蓄著黃紅色的鬍子。身高也許有六呎四，肩膀十分寬闊。趁她開始打瞌睡時，醫生巧妙地帶他到外頭走廊上。

醫生繼續說：

——你要明白，在像「cortotomy」這樣的手術中有些行動不良幾乎是無法避免的。你母親現在左手能稍微活動。她也許會合理地預期右手在二到四週內復原。

——她能走路嗎？

醫生審慎地盯著如鑽孔軟木塞的走廊天花板。他的鬍鬚一直長到格子襯衫的衣領，由於某個荒謬的理由，強尼想到了阿爾傑農・史溫朋㊳；為什麼？他說不上來。這個人在各方面都和可憐的史溫朋截然相反。

——我想大概不行，她的病情惡化太多。

——她剩下的時日都得躺在床上嗎？

——是的，我想那是很有可能的假設。

他開始覺得有些讚賞這個人，他原本認為這人會謹慎得令人憎恨。但反感隨之而來；他非得為了這句單純的實話讚賞他嗎？

——她這種情況可以活多久？

——很難說。（這才像話）腫瘤現在堵塞了她一邊的腎臟。另一邊運作正常。等腫瘤把那邊也塞住，她就會陷入昏睡。

——尿毒症昏迷？

——對，醫生說，不過說得比較謹慎一點。「尿毒症」是近代病理學的術語，通常只有醫生和法醫使用。不過強尼知道是因為他外婆死於同一種病症，雖然她外婆並不是得到癌症。她的腎臟單純就是停工了，她過世時浸在體內高達胸腔的尿液中。她死在家裡的床上，在晚餐時間。強尼是第一個懷疑她這回真的死了的人，不只是像一般老人那樣嘴巴張開、昏睡不醒而已。兩滴小淚珠從她眼中擠出。年老無牙的嘴巴縮進去，讓他想到挖空的番茄，或許是為了裝蛋沙拉，最後卻被遺忘在廚房架上數天。他把化妝用的圓鏡拿到她嘴邊一會兒，發現鏡面沒有起霧遮住她番茄般的嘴的影像時，他大聲呼喊他母親。當時那一切似乎是理所當然，如今這件事卻感覺好像不對勁。

——她說她還是疼痛。而且身體很癢。

醫生嚴肅認真地拍拍頭，好像以前的精神科醫師卡通裡的維克多•德格魯特。

——疼痛是她想像出來的。不過雖然如此，對她來說還是很真實。這就是為什麼時間那麼重要。你母親不能再用秒、分、時當單位來計算時間。她必須把單位重新調整成日、星期和月。

他意識到這個蓄鬍子的魁梧男人在說什麼，吃了一驚。鐘聲輕柔地響起。他無法再跟這人多說。他是個專業人士。他平心靜氣地談論時間，彷彿他輕易地掌握這個概念如同抓釣竿一般。或許他真是如此。

——你還能為她再做些什麼嗎？

——非常少。

不過，他的態度平靜，彷彿這是恰當的。畢竟，他並「沒有提供虛假的希望」。

——有可能比昏迷更糟嗎？

——當然可能，我們沒法完全精確地預測病情的發展。那就像是有條鯊魚在你體內自由活動。她可能會浮腫。

——浮腫？

——她的腹部可能腫脹，消下去，然後又再腫脹。可是現在幹嘛擔心這些事呢？我相信我們

㊳阿爾傑農•史溫朋（Algernon Swinburne）：十九世紀英國詩人。

可以有把握地說

他們會盡責任，不過假使他們沒做到呢？或者假設他們逮到我呢？我可不想因為安樂死的罪名上法庭，就算我能勝訴也不要。我沒有折磨她的動機。他想到新聞標題觸目驚心地印著弒母，臉部就扭曲。

坐在停車場，他將藥盒拿在兩手中翻來翻去。達而豐綜合止痛藥。問題仍然是：他下得了手嗎？他應該下手嗎？她說過：我希望我能夠脫離這個狀況。我願意做任何事來脫離這種狀況。凱文考慮要在他家整理一個房間給她，這樣她就不會在醫院過世。醫院希望她出院。他們開給她一些新的藥，她出現語無倫次的不適反應。那是在動了「cortotomy」手術四天後。他們希望她到別處，因為還沒有人完成過真正萬無一失的「腫瘤切除術」。而且到這地步，假如他們將她的腫瘤全切除，她就只剩下兩條腿和頭而已了。

他一直在想她感受到的時間應當是如何，好像某種失控的東西，宛如裝滿線軸的針線籃撒了一地，讓一隻壞心的大雄貓玩弄。在三一二病房的白天、三一二病房的夜晚。他們從呼叫鈴拉了條細繩，綁在她的左手食指上，因為在她認為需要床上便盆時，她再也無法把手伸得夠遠去按鈴。

反正這也不太重要了，因為她感覺不到下面的壓力；她的上腹部簡直像鋸木屑堆。她大小便都在床上，只有聞到臭味時她才知道。她的體重從一百五十磅掉到九十五磅，身體的肌肉鬆弛到變成只是連接大腦的鬆垮袋子，宛如孩童的布袋玩偶。到凱夫家會有所不同嗎？他殺得下手嗎？他很清楚這是謀殺。最嚴重的，弒母，彷彿他是早期雷•布萊伯利的恐怖小說中那個有知覺的胎兒，決定扭轉情勢，墮掉賜予自己生命的動物。反正也許是他的錯。他是唯一在她體內孕育的孩子，接近更年期才意外得到的寶寶。他的哥哥是領養的，因為另一個面帶笑容的醫生告訴她她永遠不會擁有自己的孩子。當然，如今在她體內的腫瘤就是始於子宮，猶如第二個孩子，他邪惡的雙胞胎。他的生命和她的死亡都起源於同一個地方。他難道不該做另一個兄弟已經動手且做得如此緩慢、笨拙的事嗎？

為了止住她想像中的疼痛，他一直偷偷給她吃阿斯匹靈。她把藥放在舒咳潤喉片盒子裡，和慰問卡及不再使用的老花眼鏡一起收在床邊茶几的抽屜裡。他們拿走她的假牙，因為他們擔心她可能把假牙吞下喉嚨而窒息，因此她只能吸吮阿斯匹靈直到舌頭微微變白。

當然他可以將那些藥丸給她；三、四顆就夠了。一千四百格令的阿斯匹靈和四百格令的達而豐餵給體重在五個月間掉了百分之三十三的女人。

沒人知道他有那些藥，就連凱文、他妻子都不曉得。他想或許他們安排別人住進三一二號病房另一張床上，他就不必煩惱這件事。他可以安全地逃避。事實上，他懷疑那樣會不會是最好的。假如有另一個女人在病房裡，他就失去選擇權，也就能把事實當做是上天點頭同意，他想。

——妳今天看起來好一點。

——是嗎？

——當然。妳覺得怎樣？

——喔，不是太好。今晚不太舒服。

——我們來看看妳右手的活動情形吧。

她將右手從床單抬起。她的右手手指張開在她眼前飄浮了片刻，然後掉下去。砰的一聲。他微微一笑，她也微笑回應。他問她：

——妳今天見到醫生了嗎？

——有，他進來過。他人很好，每天都來。強，你可以給我一點水嗎？

他讓她用可彎吸管喝點水。

——強，你很乖，那麼常來。你是個好兒子。

她又哭了。另一張病床是空的，似乎是在指責。走廊上不時有穿藍白條紋病袍的人經過。他們的門半開著。他輕輕拿開她的水，白痴地想：這玻璃杯是半空還是半滿？

——妳的左手感覺怎樣？

——喔，挺好的。

——讓我看看。

她抬了起來。她向來左手比較靈巧，或許這就是左手為何能從「cortotomy」破壞力十足的副作用中恢復得那麼好。她將左手握緊，彎曲，無力地彈一下手指。然後手又落到床單上，砰。她抱怨說：

——可是手都沒有感覺。

——讓我看個動作吧。

他走到她的衣櫥，打開來，伸到她穿進醫院的外套後面拿她的手提包。她將手提包放在這裡面是因為她極端害怕遭搶，她聽說有的護理員是竊盜高手，任何能弄到手的東西都偷。她從一個已出院回家的同房病人那兒聽說，新大樓有個女人掉了藏在鞋裡的五百塊錢。近來他母親疑神疑鬼地擔心許多事，曾經告訴他一個男人有時候會在三更半夜藏在她的床底下。這多疑有些是他們在她身上試用的藥物組合造成的。與這些藥相比，他在大學時偶爾吃的安非他命簡直像伊克賽錠止痛藥。你可以在走廊盡頭、護理站過去不遠處的上鎖藥櫃挑選；病情起起伏伏，時茫時痛。死亡，也許，安樂死像張溫柔的黑毯。現代科學的奇蹟。

他將手提包拿到她床邊打開。

——妳可以從裡面拿出東西嗎？

——噢，強尼，我不知道……

他勸誘地說：

——試試看。為了我。

左手有如跛腳的直升機從床單升起，緩慢巡行，急遽下降。拿出一張起縐的舒潔面紙。他鼓掌喝采：

——好棒！好棒！

但是她背過臉去。

——去年我能夠用這雙手拉兩個裝滿盤子的手推車。

假如要動手的話，就趁現在。病房裡非常炎熱，但他前額上的汗是冷的。他想：如果她沒要阿斯匹靈，我就不給了。今晚不動手。他也知道如果今晚不做就永遠不會做了。好吧！

她的眼睛偷偷瞟向半開的門。

——強尼，你能不能偷偷給我兩顆藥？

她總是這樣問。她不該吃正規用藥之外的任何藥物，因為她的體重減輕太多，而且她已經逐漸累積到他大學時代吸毒的朋友所說的「重劑量」。身體的免疫力綳到僅差一指甲寬的致命劑量，再多一顆就過量了。他們說瑪麗蓮・夢露的情況就是如此。

——我從家裡帶來一些藥。

——是嗎？

——那些藥止痛效果很好。

他把藥盒拿出來給她，她只能非常靠近地看，她看著大號的印刷字蹙眉，然後說：

——我以前吃過一些達而豐的止痛藥，沒效。

——這個藥效比較強。

她的視線從藥盒抬起，與他的眼睛相對。她漫不經心地說：

——真的嗎？

他只能愚蠢地微笑。他說不出話來。就好像他頭一次和人發生性關係，是在他朋友的車子後座，事後回家他母親問他玩得開不開心，他只能露出同樣的愚蠢笑容。

——我可以嚼嗎？

——我不曉得，妳可以試試。

——好吧，別讓他們看到。

他打開盒子，撬開藥瓶的塑膠蓋子，拉出瓶頸的棉花。她可以用宛如跛腳直升機的左手完成這全部的動作嗎？他們會相信嗎？他不知道。或許他們也不知道，也許他們甚至不會在意。

他抖出六顆藥丸到手裡，他注意到她在盯著他看。六顆實在太多了，就算是她一定也知道。如果她開口詢問，他就把藥丸全放回去，給她單一顆關節炎止痛配方。

外面一名護士悄悄走過，他的手抽搐了一下，將灰色膠囊握在一起，不過護士並沒有順便看病房裡的「cortotomy小妞」在幹什麼。

他母親什麼話也沒說，只是注視著藥丸彷彿那些是完全正常的藥（倘若真有這種東西存在）。但是另一方面，她從來就不喜歡儀式；她不會在她自己的船上敲破香檳。

——拿去，

他以完全自然的口氣說，將第一顆拋進她嘴裡。

她若有所思地用牙床咀嚼直到明膠溶解，她皺起臉。

——很難吃嗎？我不……

——不，不太難吃。

他再給她一顆，又再一顆。她露出同樣的沉思表情咀嚼著。他給她第四顆，她對他微微一笑，他驚駭地發現她的舌頭發黃。或許如果他打她的肚子，她會把藥給吐出來。但是他辦不到，他絕不能毆打他母親。

——你可以看一下我的兩腿是不是併攏在一起嗎？

——先把這些吃完。

他給她第五顆、第六顆。然後他查看她的兩腿是否併攏，是併攏著。她說：

——我想我現在要小睡一下。

——好啊。我要去喝點水。

——你一向是個好兒子，強尼。

他把藥瓶放進盒子裡，再將盒子塞進她的手提包，留下塑膠瓶蓋在她身旁的床單上。他將打開的手提包擱在她旁邊，心想：她開口要她的手提包，我在離開前拿過來給她並且打開。她說她可以從裡面拿她想要的東西，她說她會請護士幫她把皮包放回衣櫃。

他走出去喝水。飲水機上方有面鏡子，他伸出舌頭查看。

當他回到病房時，她兩手緊緊合在一起睡著了。她手上的血管粗大、蜿蜒。他親吻她一下，她的眼睛在眼皮後面轉動，但並沒有張開。

就是這樣。

他感覺沒有差別，既不好也不壞。

他準備走出病房時想起別的事，於是又回到她床邊，從盒子裡拿出藥瓶，在襯衫上整個擦拭一遍。接著將睡著的她左手軟綿綿的指尖壓在瓶子上，然後把藥瓶放回去，迅速走出房間，沒再回頭看。

他回家等著電話響起，但願他剛才多親她一次。他在等待的時候，邊看著電視邊喝下大量的水。

*《刺激一九九五》與《綠色奇蹟》的導演法蘭克・戴倫邦（Frank Darabont）曾在一九八三年將本篇改編為學生時期的短片作品，這部短片是他的執導處女作。

復活

史蒂芬·金
STEPHEN KING

我們的人生就像一部真實的電影，
誰會是你生命中的那張鬼牌？

Amazon 懸疑小說年度選書第一名！
即將改編電影，由金獎影帝羅素克洛主演！

鎮上新來的牧師雅各斯，好像什麼都懂的他很快便成為六歲的詹米崇拜的心靈導師。然而一場意外的悲劇奪走了雅各斯美麗的妻子和年幼的兒子，悲痛之餘，他在講壇上詛咒上帝、嘲弄信仰，最後被逐出小鎮。二十多年後，海洛因上癮、走投無路的詹米再度遇到雅各斯。這一次，雅各斯不僅用自行研究的電療治好了他的毒癮，還給了他一份工作。但詹米卻發現電療會帶來難以預料的後遺症，而在所謂的「復活」背後，更隱藏著雅各斯真正的計畫……

R E V I V A L

國家圖書館出版品預行編目資料

有時候，他們會回來 / 史蒂芬 ‧ 金 Stephen King 著；黃意然譯 -- 初版 . -- 臺北市：皇冠，2014.05
[民 103]
面；公分 . -- （皇冠叢書；第 4393 種　史蒂芬金選；29）
譯自 :Night Shift
ISBN 978-957-33-3077-6（平裝）

874.57

皇冠叢書第 4393 種

史蒂芬金選 29

有時候，他們會回來

Night Shift

作　　者—史蒂芬・金
譯　　者—黃意然
發 行 人—平雲
出版發行—皇冠文化出版有限公司
台北市敦化北路120巷50號
電話◎02-27168888
郵撥帳號◎15261516號
皇冠出版社(香港)有限公司
香港上環文咸東街50號寶恒商業中心
23樓2301-3室
電話◎2529-1778　傳真◎2527-0904
特約編輯—金文蕙
美術設計—王瓊瑤
著作完成日期— 1976 年
初版一刷日期— 2014 年 5 月
初版四刷日期— 2019 年 9 月
法律顧問—王惠光律師

如有破損或裝訂錯誤，請寄回本社更換
讀者服務傳真專線◎ 02-27150507
電腦編號◎ 508029
ISBN ◎ 978-957-33-3077-6
Printed in Taiwan
特價◎新台幣 399 元 / 港幣 133 元